HEATHER GRAHAM

TRIUMPH DER LIEBE

Roman

Aus dem Amerikanischen von
Eva Malsch

PAVILLON VERLAG
MÜNCHEN

PAVILLON TASCHENBUCH
Nr. 02/0076

Titel der Originalausgabe
AND ONE RODE WEST

Umwelthinweis:
Dieses Buch wurde auf
chlor- und säurefreiem Papier gedruckt.

Taschenbuchausgabe 5/2000

Der Pavillon Verlag ist ein Unternehmen der
Heyne Verlagsgruppe, München
http://www.heyne.de
Printed in Germany 2000
Umschlagillustration: John Ennis/Agentur Schlück
Umschlaggestaltung: Nele Schütz Design, München
Gesamtherstellung: Elsnerdruck, Berlin

ISBN: 3-453-16888-7

PROLOG

Ende September 1865

Langsam erwachte Christa aus einem unruhigen Schlaf und bemerkte den Mann. Das Herz schlug ihr bis in den Hals. Er war sehr groß und füllte den Eingang des Zeltes ganz aus. Die Umrisse seiner breiten Schultern zeichneten sich vor dem samtigen Dunkel der stürmischen Nacht ab. Der blutrote Widerschein des kleinen Feuers in der Zeltmitte beleuchtete ihn nur sehr schwach.

Kaltes Entsetzen erfüllte sie in jenen ersten Sekunden. Das rotgoldene Licht ließ ihn wie einen uralten Gott dieses wilden Landes erscheinen, ein unbezwingbares Wesen, das nur aus Muskeln und Sehnen und Rachsucht bestand. Wer mochte er sein? Sie wußte, daß er ihretwegen gekommen war.

Das muß Buffalo Run sein, dachte sie, und er will Vergeltung üben. Er würde sich mit ihr vergnügen – und ihr dann den Kopf abhacken. Sie wußte, daß die Komantschen ihre Gefangenen oft folterten und ihnen die Zungen herausschnitten. Danach würde ihr Skalp mit dem langen, flatternden schwarzen Haar auf einem Pfahl stecken, hoch oben auf einem Hügel, so daß ihn jeder Reisende sehen konnte.

Vor nicht allzulanger Zeit hatte sie einen blonden Skalp erspäht, der einer jungen Frau gehört haben mußte, wie Robert Black Paw und Dr. Weland festgestellt hatten.

Lieber Gott, nein, betete Christa, laß den Mann verschwunden sein, wenn ich die Augen öffne. Inständig hoffte sie, sie hätte sich die hochgewachsene Gestalt im Dunkel nur eingebildet. Früher wäre es nicht so wichtig gewesen. Jetzt schon. Sie wollte leben, leben für ihr Kind – leben für eine gemeinsame Zukunft.

Sie zwang sich, die Augen zu öffnen. Da stand er immer noch und starrte sie an. Er war im Vorteil, denn die Schwärze der Nacht umgab ihn, während sie in den goldenen Flammenschein getaucht war. Mühsam schluckte sie und versuchte, keine Angst zu zeigen. Vor allem dies mochte Jeremy an ihr bewundert haben. Eines Nachts hatte er mit ihr im Zelt gelegen und ein wenig bitter zugegeben, daß sie keine zimperliche Südstaatenschönheit sei, so sehr sie es auch genieße, die Rolle der großen Dame zu spielen. Hätte sie an der Front gekämpft, wäre es Grant vielleicht nie gelungen, Richmond einzunehmen.

O ja, sie verstand es zu kämpfen. Aber konnte sie das jetzt? Sie hatte sich diesen Weg selbst geschaffen: mitten hinein in diese Katastrophe, wo das Feuer im Zelt manche Dinge in bernsteinfarbenen Glanz tauchte, andere in purpurrote Schatten, die geisterhaft und bedrohlich wirkten – so bedrohlich wie der Mann, der im unheimlichen Zusammenspiel aus Licht und Dunkel stand. Plötzlich trat er einen Schritt vor.

Der stürmische Gewitterregen hatte nachgelassen. Nur der kalte Wind wehte immer noch. Schmerzliches Stöhnen und herzzerreißendes Geschrei tönte grausig über die Landschaft hinweg. Christa hörte immer noch die endlose Monotonie der Trommeln, während sie die hoch aufragende Gestalt beobachtete, die langsam auf sie zukam.

Sie legte eine Hand über die Augen und versuchte, den Mann zu erkennen. Ringsum pulsierten die Trommelschläge und untermalten die Sekunden, die viel zu langsam verstrichen.

Was bedeutet der Trommelwirbel, fragte sie sich verzweifelt. Sollte sie einem heidnischen Gott geopfert werden? Jeremy hätte es gewußt. Er kannte die Komantschen und ihre Gebräuche, ebenso wie die Apachen, die Cheyennes, die Pawnees, die Utes und die anderen Stämme entlang des langen Weges nach Westen. Für manche Soldaten waren sie einfach nur Wilde. Aber er hatte sich die Zeit genommen, sie einzeln kennenzulernen.

Und er hatte sie selbst oft genug vor den Komantschen gewarnt, die sich tatsächlich wie gnadenlose Wilde verhalten konnten. Doch sie hatten mehr als diese Wildheit. Sie besaßen unbeugsamen Stolz und starkes Unabhängigkeitsstreben.

Ein Schrei stieg in Christas Kehle auf. Instinktiv preßte sie ihre Hand auf die Lippen, um ihn zu ersticken. Aber warum bemühte sie sich überhaupt darum?

Vielleicht gab es eine Chance. Auch die Komantschen pflegten ihre weiblichen Gefangenen zu verkaufen. Sie vergewaltigten sie und überließen sie dann den Spaniern in Mexiko. Natürlich handelten sie nur mit gebrauchten Waren.

Vage spürte sie die Wärme im Zelt, trotz des stundenlangen Regens, trotz des heulenden Sturms. Die Komantschen wußten ihre tragbaren Behausungen vor dem Wetter zu schützen, in diesem feindlichen Land zu überleben und Gefangene zu quälen.

Christa erschauerte heftig. Nun war er nur noch wenige Schritte von ihr entfernt. Bald würde er die Zeltmitte erreichen. Sie würde ihn sehen, in rotgoldenes Licht gebadet...

»Du!« stieß sie hervor. Er hatte das Feuer erreicht, und sie erstarrte vor Bestürzung. Ihr Mund wurde trocken. Sie konnte sich kaum bewegen. Jetzt sah sie den Glanz in seinen Augen, die intensive Gefühle widerspiegelten – aber sie erkannte nicht, was er empfand. Während sie ihn immer noch ungläubig anschaute, umklammerte er ihre Handgelenke, zog sie auf die Beine und riß sie an sich.

»Vielleicht werde ich morgen für dich sterben.« Wie gut sie sich an seine tiefe, klangvolle Stimme erinnerte... Mit einem Arm preßte er sie an seine Brust, mit der anderen Hand streichelte er ihr Gesicht, umfaßte ihr Kinn, zwang sie, seinen Blick zu erwidern. Seine Finger schlangen sich in ihr langes zerzaustes Haar. Dann rückte er ein wenig von ihr ab, um sie von Kopf bis Fuß zu mustern – vermutlich, um nach irgendwelchen Verletzungen zu suchen. Dann trat er wieder näher und flüsterte dicht an ihren Lippen: »Morgen werde ich vielleicht sterben. Aber heute nacht...« Er unterbrach sich kurz, und sie sah das Feuer in seinen Augen, so glutvoll wie die Flammen, die das Zelt erhellten. »Heute nacht«, fuhr er heiser fort, »heute nacht wirst du mir alles geben, meine Liebste.«

Seine Lippen preßten sich auf ihre, leidenschaftlich, fordernd, weckten auch in ihr ein brennendes Verlangen.

»Großer Gott«, flüsterte sie, als sich sein Mund endlich von ihrem löste. Heiße Wellen strömten durch ihre Glieder, durch ihr Herz, ihren Bauch. O ja, sie hatte ihn schon einmal begehrt, aber nicht so sehr wie in dieser Nacht, während jenseits der Zeltwände aus Büffelhaut der Wind tobte und die Trommeln unaufhörlich schlugen.

Stöhnend klammerte sie sich an ihn, und seine Hände wanderten aufreizend sanft über ihren Rücken. Dann sank er mit ihr zu Boden, auf die weichen Felle. »Leben und Tod – sorge dafür, daß sich beides lohnt.« Sein männlich schönes Gesicht war dicht über ihrem, und sie spürte seinen warmen Atem. »Liebe mich!« befahl er heiser und sprang auf, um seine Kleidung abzulegen. Nackt stand er vor ihr, der Flammenschein zuckte über seinen vollendeten Körper. Im nächsten Augenblick lag er an ihrer Seite und befreite sie von dem Kleid aus feinem Rehleder, das die Frauen ihr gegeben hatten. Ihre Haut schien zu brennen, als er sie umarmte. Seine Lippen verzogen sich zu einem wehmütigen Lächeln. »Gib mir alles, Christa, alles.«

Schmerzerfüllt verengte sich ihre Kehle. Schon einmal hatte sie ihm alles gegeben. Und er wußte von ihrer Kapitulation. Aber er wußte nicht, wie bedingungslos ihm ihr Herz gehörte. Wenn sie ihm das sagte, würde er ihr nicht glauben. Zu gut hatte sie gekämpft, seinen Willen mißachtet, ihn sogar verraten. Nur durch ihre tollkühne Entschlossenheit waren sie in diese schreckliche Situation geraten. Trotzdem war er nun zur ihr gekommen.

Er kniete über ihr, seine kraftvollen Schenkel hielten ihre Hüften fest, und sie sah die pulsierenden Muskeln seiner Arme, seiner bronzebraunen schimmernden Brust. Als sie seine leidenschaftliche innere Anspannung spürte, begann sie zu zittern, begehrte ihn heißer denn je und wußte, wie sehr sie ihn liebte. Sie streckte die Arme nach ihm aus, die Augen groß und glänzend, befeuchtete ihre Lippen und gelobte: »Ich will dir alles geben. Und es soll sich lohnen.«

Ein hungriger Kuß verschloß ihren Mund, eine schwielige Hand streichelte ihre vollen Brüste. Von wilder Sehnsucht erfaßt, hätte sie es beinahe ausgesprochen – *ich liebe dich*. Aber welchen Sinn hätte ein solches Geständnis, dachte sie gequält, wenn es vielleicht keine Zukunft gibt, in der ich beweisen kann, wie ernst ich es meine?

Doch dann verloren solche Gedanken jede Bedeutung. Der Kuß fachte das Feuer des Verlangens an, Christas Erregung steigerte sich zu fiebriger Hitze. Sie öffnete die Lippen und fühlte, wie seine Zunge begierig ihren Mund erforschte. Überall schien er sie zu berühren. Seine Finger glitten über ihre Brüste, ihre Hüften, ihre Schenkel. Dann wanderten seine Lippen über ihr Kinn, ihren Hals, umschlossen ein harte Brustwarze und entfesselten neue betörende Empfindungen. Seine Hände liebkosten die Innenseiten ihrer Schenkel, und sie schrie leise auf, während seine Fingerspitzen sie an der Stelle liebkosten, auf die sich alle ihre Wünsche konzentrierten. Atemlos wand sie sich, und während er seine aufreizenden Zärtlichkeiten fortsetzte, beobachtete er sie im rotgoldenen Licht. »Der Tod schreckt mich nicht, meine Liebste«, hörte sie ihn flüstern. »Du bist alles wert, was ich auf mich nehme.«

Das Blut, das ihr in die Wangen stieg, konnte er im Feuerschein nicht sehen. Aber vielleicht fühlte er es. Doch in dieser Nacht würde er kein Zögern dulden, keine Hemmungen. Er warf sich über sie, küßte und streichelte ihren ganzen Körper. Ihre Finger gruben sich in sein hartes Fleisch, die bebenden Muskeln. Sie küßte seine Lippen, seine Brust, halb von Sinnen, wie berauscht von seiner Nähe. Während seine Zunge mit ihrer spielte, schob er langsam ihre Schenkel auseinander.

Jetzt wird er mich nehmen, dachte sie, denn wir können es beide nicht ertragen, noch länger zu warten. Doch er tat es nicht. Offenbar bekam er nicht genug davon, sie nur zu berühren, zu schmekken, ihren Duft einzusaugen. Wieder küßte er ihre Brüste, den Bauch, und ihr Atem stockte, als seine Zungenspitze in ihre intimsten Regionen vordrang. Heftige Erschütterungen erfaßten ihren gesamten Körper, und sie glaubte, die wilde Kraft ihrer Emotionen würde ihr das Bewußtsein rauben. Alles in ihr strebte einem gewaltigen Höhepunkt entgegen. Drängend und stöhnend wand sie sich unter ihm – bis er sich aufrichtete, sie in die Arme riß und sich mit ihr vereinte. Die Macht seiner Leidenschaft beschleunigte ihren Herzschlag zu einem rasenden Crescendo.

Die Zeit stiller Zärtlichkeiten war vorbei. Es gab nur noch

diesen wilden Hunger, der Befriedigung forderte. Die Arme um seinen Hals geschlungen, war sie den Tränen nahe, während sie sich seinem gebieterischen Rhythmus anpaßte. Immer höher schien das Feuer emporzulodern. Christas Verstand setzte aus, sie registrierte nur noch körperliche Eindrücke. Die braune Farbe der Zeltwand aus Büffelhaut, den rotgoldenen Flammenschein, die weichen Felle und den nackten Rücken. Den Mann über ihr, seine glänzenden, vibrierenden Muskeln. Und seine Augen, so eindringlich, so verzehrend. Dieses wundervoll gezeichnete, markante Gesicht. Das aufwühlende Stöhnen der wachsenden Sinnenlust.

Sie stieß einen gellenden Schrei aus, hielt sich an ihm fest, die Beine um seine Hüften geschlungen, als sie endlich den ersehnten Gipfel erreichte. Dann hörte sie ihn etwas flüstern, verstand aber die Worte nicht, überließ sich zitternd und erschöpft all den köstlichen Emotionen, die jetzt auf sie einstürmten.

Wenige Sekunden später spürte sie, wie sich sein Körper anspannte, wie er nach Atem rang, als auch er seine Erfüllung fand. Danach lag er neben ihr, nahm sie in die Arme und streichelte ihr Haar. Ich liebe dich – da waren die Worte wieder in ihren Gedanken. Doch sie konnte sie nicht aussprechen. Er hatte sie ins Paradies geführt. Aber das war nur eine Illusion. Die Wirklichkeit lag in diesem Zelt, an diesem Lagerfeuer, in der tödlichen Gefahr.

Christa öffnete die Lippen, um etwas zu sagen, doch er brachte sie zum Schweigen. »Pst! Die ganze Nacht gehört uns.«

Ja, sie hatten diese Nacht. Vielleicht keine Zukunft. Nur eine Vergangenheit. Es kam ihr so vor, als hätte die Vergangenheit, die sie mit ihm teilte, schon vor einer Ewigkeit begonnen.

Oder war er erst vor wenigen Augenblicken zu ihr geritten? Ein widerstrebender Kavalier. Einer, der die falsche Farbe trug, mit dem sie ein teuflisches Geschäft abgeschlossen hatte.

Vor endlos langer Zeit... Nein, erst vor wenigen Monaten. Zu Beginn des Sommers hatte der Krieg sein Ende gefunden. Es war der Anfang des privaten Kampfes gewesen.

nie wieder seine Lippen auf ihren spüren. Und so hatte sie nur zugesehen, wie die Paare sich glücklich geküßt hatten.

Jetzt verglich sie sich manchmal mit dem Haus. Vor dem Krieg waren sie beide schön und voller Leben gewesen. Nun benötigte Cameron Hall einen neuen Anstrich und verschiedene Reparaturen, Christa brauchte die Wiederkehr ihrer Jugend. So jung war sie gewesen, bevor das alles begonnen hatte! Die Gastgeberin von Cameron Hall, die Tochter ihres Vaters, der Stolz ihrer Brüder. Von weit her waren junge Männer gekommen, um auf Partys und Bällen Christas Aufmerksamkeit zu erregen. Man hatte sie die »Rose von Cameron« genannt, eine Schönheit zwischen zwei Dornenbüschen – Jesse und Daniel. Alle drei Geschwister besaßen die kobaltblauen Cameron-Augen, das ebenholzschwarze Haar. Damals hatte Christas Teint elfenbeinweiß geschimmert, mit einem Hauch von Rouge. Jetzt waren ihre Wangen sonnenbraun, die Hände schwielig und rauh, trotz der Salben, die Janey ihr gegeben hatte. Ihre undamenhaften Muskeln, im Lauf der arbeitsreichen Monate entwickelt, fand sie noch schlimmer.

Aber Cameron Hall stand nach wie vor, und das war ihr Werk. Trotz der Kämpfe, trotz der grausamen Vernichtung hatte sie das Haus und den Grundbesitz erhalten. Und jetzt, nach dem Kriegsende, kümmerte sie sich immer noch um die Tomatenstauden. Sie war wieder allein im Haus, denn Jesse und Kiernan hatten geschäftlich in Washington zu tun, Daniel und Callie halfen in Richmond, die Nachkriegswirren zu schlichten. Verwundete Rebellen mußten aus den nördlichen Kriegsgefangenenlagern in den Süden zurückgeholt, verletzte Yanks in ihre Heimat gebracht werden. Christas drei kleine Neffen und ihre Nichte hatten die Eltern begleitet. Die Miller-Zwillinge, Kiernans Schwägerin und ihr Schwager aus erster Ehe, lebten ebenfalls in Washington. Janey hatte sie begleitet, der schwarze Butler Jigger betreute Daniel und dessen Familie.

Zur Zeit lebte niemand außer Christa und ein paar ehemaligen Sklaven auf Cameron Hall. Tyne, den großen hübschen Schwarzen, hatte Kiernan aus Harpers Ferry mitgebracht. Er wohnte wie die anderen in den Hütten bei den Ställen. Jesse und Daniel hatten alle Sklaven schon lange vor der Befreiungsproklamation freigelassen. Viele waren weggegangen, aber zum Großteil zurückgekehrt.

Das große Haus bewohnte Christa jetzt allein. Plötzlich fragte sie sich, ob es ihr Schicksal sein würde, hier zu altern und schließlich zu sterben. Tante Christa – eine unverheiratete Verwandte, abseits von der Fülle des Lebens. Beinahe hörte sie die Kinder irgendwann einem Besucher erklären: »Ach ja, das ist unsere arme liebe Tante. Jetzt ist sie alt und verhutzelt, aber früher zählte sie zu den berühmtesten Schönheiten in den Südstaaten. Alle Männer lagen ihr zu Füßen. Ihr Verlobter ist im Krieg gefallen, und seither lebt sie hier. Sie kümmerte sich um uns, als wir Kinder waren, kochte, strickte und nähte...«

Werde ich wirklich nur am Glück anderer partizipieren, überlegte sie. Ich müßte heiraten. Aber es gab keine Heiratskandidaten mehr. Viel schlimmer als die Vernichtung des Landes und der Häuser war der Blutzoll gewesen, den der Krieg gefordert hatte. So viele Männer waren, wie ihr geliebter Liam, in der Blüte ihres Lebens für das Vaterland gestorben.

Aber selbst wenn noch Tausende lebten, die Christa hätte heiraten können, ihr Herz lag in jenem unbekannten Massengrab verschüttet, in dem ihr Liebster seine letzte Ruhe gefunden hatte.

Was blieb übrig? Cameron Hall. Dafür lebte sie nun, an diese stolzen, hohen Säulen klammerte sie sich. Sie bückte sich wieder und drückte die weiche Erde rings um die Tomatenstauden fest. Ein schwaches Zittern im Boden veranlaßte sie, hastig aufzublikken. Ein unbekannter Reiter galoppierte die Zufahrt herauf. Um ihn besser zu sehen, kniff sie die Augen zusammen. In der flimmernden Hitze schien er zu schwanken und zu verschwimmen. Der Mann trug eine Yankee-Uniform. Ihr Herz begann, schneller zu schlagen. Kehrte Jesse aus irgendeinem Grund zurück, ohne Kiernan? Aber schon wenige Sekunden später erkannte sie, daß es nicht ihr älterer Bruder war. Der Waffenrock zeigte keine Abzeichen des Ärztecorps, außerdem trug dieser Reiter keinen Federhut, so wie Jesse. Und er vermochte auch nicht, so elegant zu reiten wie die Camerons und die meisten Südstaatenoffiziere.

Der Krieg war beendet. Vor diesem Yankee brauchte sie sich also nicht zu fürchten. Sie wischte sich die staubigen Finger an der schlichten grünen Schürze ab, die sie über ihr Tageskleid aus Gingan gebunden hatte, und ging um das Haus herum, um den Mann auf der Veranda zu erwarten. Wachsendes Unbehagen erfaßte sie. Was wollte er hier?

Sie beschleunigte ihre Schritte, und als sie um die Ecke bog, sah sie, daß der Mann abgestiegen war. Er hielt eine Art Flugblatt in der Hand und starrte zur Fassade des Hauses hinauf. Dann nahm er einen Hammer und einen Nagel aus seiner Satteltasche. Gemächlich stieg er die Verandastufen hinauf und begann, den Zettel an die Haustür zu nageln.

»Was tun Sie denn da?« rief Christa atemlos, am Fuß der Treppe angekommen.

Der große, breitschultrige Bursche wandte sich zu ihr. Neugierig musterte er sie von oben bis unten, und das bärtige Gesicht verzog sich zu einem breiten Grinsen. »Oh, hallo, Ma'am! Ich habe gehört, hier würden Rebellen wohnen. Aber von einem bildhübschen Rebellenmädchen hat mir keiner erzählt. Freut mich, Sie kennenzulernen. Wir beide werden uns sicher großartig verstehen.«

Christa ignorierte seine anzüglichen Worte. »Was machen Sie hier?«

»Ah, wir sind eine kleine Miss Hochmut, was? Nun, seien Sie lieber nett zum alten Bobby-Boy, der wird nämlich jetzt einen Räumungsbefehl an diese Tür heften.«

»Einen Räumungsbefehl!« wiederholte sie fassungslos, dann stieg heiße Wut in ihr auf. So sehr sie ihren Yankee-Bruder Jesse auch liebte – sie hatte nie verstanden, warum er die Union dermaßen wichtig nahm. Und sie verstand noch weniger, warum die siegreichen Nordstaaten jetzt, nach dem Ende des Krieges, lauter Abenteurer, Strolche und Abschaum in den Süden schickten.

»Genau, kleine Miss Hochmut«, bestätigte der Yank. »Ein Räumungsbefehl. Wegen diverser Verbrechen gegen die Vereinigten Staaten von Amerika, begangen von einem gewissen Colonel Daniel Cameron.«

»Verbrechen!« rief Christa ungläubig. »Er war Soldat, und er hat im Krieg gekämpft. Deshalb können Sie ihn nicht aus seinem Haus jagen.«

Der Soldat kam auf sie zu und schaute sie mit schmalen Augen an. »Sind Sie Camerons Frau?«

»Wer ich bin, geht Sie nichts an.«

»Also sind Sie ein Dienstmädchen?«

»Ich bin Miss Cameron«, informierte sie ihn erbost.

»Seine Schwester, nicht wahr? Also, wo steckt er?«

»In Richmond. Dort hilft er kranken und verletzten Leuten, nach Hause zurückzukehren – Rebs und Yankees! Der Krieg ist vorbei, und Sie können nicht mehr hier herumlaufen und Räumungsbefehle verteilen. Außerdem halte ich es für ungesetzlich, was Sie mir da androhen. Das Haus gehört nicht Daniel, sondern Jesse. Wer ist Ihr Vorgesetzter?«

Bobby-Boy grinste. »Was für ein temperamentvolles Mädchen Sie sind! Das gefällt mir.« Er trat noch einen Schritt näher, und sie wurde von neuem Unbehagen ergriffen.

Trotzdem hielt sie seinem Blick stand und stemmte die Hände in die Hüften. »Ich werde mich an Ihren Vorgesetzten wenden. Und nun verschwinden Sie von meinem Land!«

»Von Ihrem Land?«

»Ja!« zischte sie. »Das ist Cameron-Land, und ich bin eine Cameron!«

»Und eine echte Südstaatenschönheit«, erwiderte er höhnisch, »obwohl Sie ein bißchen verhungert aussehen. Und wie man so hört, können die vornehmen Damen im Süden unter all ihrer Magnolienblütenunschuld die wildesten leidenschaftlichsten Gefühle entwickeln. Wenn Sie nett zu mir sind – wirklich nett – dann könnte ich Ihnen wahrscheinlich helfen.« Lächelnd streckte er eine Hand aus und strich mit einem Finger über ihre Wange.

Ohne zu überlegen, gab sie ihm eine schallende Ohrfeige. Auf seiner Wange zeichnete sich der rote Abdruck ihrer Finger ab. Sie hatte so kräftig zugeschlagen, daß er rückwärts taumelte. Verblüfft starrte er sie an.

»Verdammt, Sie kleines Biest! Jetzt haben Sie einen schweren Fehler gemacht.«

»Verschwinden Sie sofort von meinem Land, oder…«

»Oder was?« unterbrach er sie herausfordernd und ging wieder auf sie zu. »Sie sind wohl ganz allein hier, was, Miss Hochmut? Sie wohnen in diesem großen, schönen alten Haus, und Sie bilden sich ein, Sie würden aus irgendeinem gottverdammten Südstaatenadel stammen, nicht wahr? Nun, Sie und Ihresgleichen sind vernichtend geschlagen worden, Lady. Sie haben hier nichts mehr zu sagen, und Sie tragen die Nase viel zu hoch für eine Frau, die in so abgerissenen Kleidern herumläuft.«

»Wenn Sie noch einen Schritt näher kommen, schreie ich«, warnte sie.

Er hielt inne, dann hob er spöttisch die Brauen. »Nun, Schätzchen, selbst wenn hier noch ein paar Neger herumlungern – jetzt, wo sie befreit sind, werden sie keinen Finger rühren, um der weißen Frau zu helfen, die sie alle versklavt hat. Die werden mir sogar zujubeln und mich anfeuern.«

»Seien Sie kein Narr, Yankee. Unsere braven, tüchtigen Leute wissen ganz genau, was weißer Abschaum ist.«

»Wissen Sie, was ich glaube? Daß hier kein Mensch ist außer uns beiden. Und wissen Sie, was ich sonst noch glaube? Wir werden uns ganz großartig miteinander amüsieren.«

»Wenn Sie mich anrühren…«

»Ich werde einfach behaupten, Sie seien bereit gewesen, alles zu tun, um diesen alten Schuppen hier zu retten, Miss Cameron.« Er zeigte über die Schulter auf das Haus. »Deshalb haben Sie einen Unionssoldaten zu verführen versucht.«

Seine Wurstfinger packten das Oberteil ihres Kleids, unsanft zerrte er sie zu sich heran. Sein Atem stank nach Whiskey, und sie dachte, daß er vermutlich zu den Lakaien zählte, die den ganzen Tag in der Stadt herumsaßen, sich betranken und die Zeit totschlugen. So sah also der Wiederaufbau im besetzten Süden aus. Dafür wurden Männer wie dieser Bobby-Boy eingesetzt. Vielleicht wäre die Situation anders, wenn Lincoln noch lebte. Aber er ist ermordet worden… Und der siegreiche Norden will mit aller Macht verhindern, daß sich der Süden wieder erholt.

Von wachsender Angst erfaßt, starrte Christa in die Augen des

Yankees, die seine Absichten zu deutlich verrieten. Sollte sie um Hilfe rufen? Tyne würde den Unionssoldaten sicher töten – und dann am Galgen enden. Der alte Peter arbeitete unten im Räucherhaus, und ihr Schrei würde den schwerhörigen Mann nicht erreichen. Und wenn doch, müßte er dasselbe Schicksal erleiden wie Tyne.

Angewidert zuckte sie zusammen, als seine dicken Finger über ihren Körper tasteten. »Lassen Sie mich los, Sie ekelhafter Gorilla!« fauchte sie und versuchte ihn wieder zu schlagen.

Er versetzte ihr einen kräftigen Stoß, so daß sie auf den Boden der Veranda fiel, dann warf er sich über sie. Ihr Herz hämmerte schmerzhaft gegen die Rippen. Verzweifelt wehrte sie sich, trat nach ihm, zerkratzte ihm das Gesicht. So fest sie nur konnte, biß sie die Zähne zusammen, um ihre Tränen zu unterdrücken. Sie erinnerte sich an ihre Liebe zu Liam, an ihren Entschluß, ihm erst in der Hochzeitsnacht alles zu schenken. Und jetzt sollten ihre Ehre und ihre kostbare Unschuld von diesem schurkischen Yankee geraubt werden, im Staub auf der Veranda ihres eigenen Hauses?

Wie durch einen Schleier sah sie das pockennarbige Gesicht, viel zu dicht über ihren Augen, die blutigen Kratzer auf den fleischigen Wangen. »Halt still, Mädchen!« keuchte er. »Es wird dir gefallen, das verspreche ich!«

»Man wird Sie vor ein Kriegsgericht stellen und erschießen«, zischte sie. »Vergewaltigung ist ein Verbrechen...«

»Ein Yankee gegen eine Cameron? Mein Vorgesetzter wird mir einen Orden verleihen, Schätzchen.« Begierig zerrte er ihren Rock nach oben.

»Sie sind wahnsinnig!« kreischte sie. »Sie und Ihr Vorgesetzter! Mein ältester Bruder Jesse, der Besitzer von Cameron Hall, ist ein Colonel der Yankee-Armee. Er wird Ihnen bei lebendigem Leib die Haut abziehen, wenn Sie mich auch nur anhauchen!«

»Halt endlich still, du kleine Teufelin!« befahl er und hieb ihr mit aller Macht eine Faust in den Magen.

Sekundenlang blieb ihr die Luft weg. In einem schwarzen Himmel über ihrem Kopf schienen Sterne zu bersten. Reglos lag sie da, dann kehrte ihr Kampfgeist zurück. Blitzschnell hob sie ein Knie und rammte es zwischen die Schenkel des Unionssoldaten. Heulend bäumte er sich auf, und es gelang ihr, unter ihm davonzukriechen. Auf Händen und Knien floh sie zu den Verandastufen und rannte hinunter.

Aber er folgte ihr, packte ihren Arm und warf sie zu Boden. Sie hielt sich an Grashalmen fest, versuchte, sich über den Rasen davonzuziehen, trat mit aller Kraft um sich, von dem Staub in ihren Augen geblendet. Irgendwie schaffte sie es, auf die Beine zu kommen, stolperte aber über ihren weiten Rock und stürzte erneut. »Nein!« schrie sie, als der Yankee einen ihrer Fußknöchel umklammerte. Sie sah, wie er sich wieder auf sie werfen wollte, und schloß gequält die Augen. »Nein!«

Plötzlich spürte sie einen gewaltigen Luftstrom und blinzelte verblüfft. Bobby-Boy schien emporzufliegen, als hätte ihn eine gigantische Hand von ihr weggerissen. Grunzend, mit einem gewaltigen Aufprall, landete er einige Schritte hinter ihr im Gras.

Sie war frei. Während sie mühsam Atem schöpfte, versuchte sie, die Lage zu sondieren. Der Yank streckte eine Hand aus. Versuchte er, erneut nach ihr zu greifen, oder protestierte er gegen eine unbekannte Bedrohung? Christa schrie auf, immer noch in wilder Panik, und rutschte von ihm weg. Da stieß sie gegen etwas Hartes. Offenbar war irgend jemand aufgetaucht, der genug Kraft besaß, um Bobby-Boy hochzuheben und ins Gras zu schleudern. Verwundert drehte sie sich um und starrte auf ein Paar glänzende schwarze Kavalleriestiefel.

»Wenn Sie sie noch einmal anrühren, sind Sie ein toter Mann!« wurde Bobby-Boy von einer tiefen, harten Stimme gewarnt.

Zitternd hob Christa den Kopf. Auch dieser Mann trug eine blaue Uniform. Und es war nicht Jesse.

Blaue Hosenbeine umspannten muskulöse Schenkel. Ein Waffengurt mit Schwert umschlang eine schlanke Taille. Als Christa noch weiter nach oben schaute, wurde sie für einige Sekunden von der Sonne geblendet und sah nur, daß der Mann sehr groß war und einen Federhut trug. Die Hände in die Hüften gestützt, blickte er sich um.

Inzwischen hatten sich ihre Augen an das grelle Sonnenlicht gewöhnt, und sie konnte sein Gesicht erkennen. Kastanienbraunes Haar, markante, bronzefarbene Züge. Nur zu gut kannte sie diese stahlgrauen Augen, die manchmal wie helles Silber funkelten oder sich verdunkeln konnten wie schwarze Gewitterwolken. Bitterer Zorn krampfte ihr das Herz zusammen. Sie vergaß, daß sie vor einer Vergewaltigung bewahrt worden war, kannte nur einen einzigen Gedanken. *Er* war hier. Ausgerechnet dieser Yankee. Jeremy McCauley.

2

Oh, verdammt, dachte Jeremy McCauley müde und blickte von dem wütenden Soldaten zu Christa hinab. In ihren leuchtenden blauen Augen konnte er nicht lesen, was sie empfand, aber er kannte sie und bezweifelte, sogar unter diesen besonderen Umständen, daß sie sich über seine Ankunft freute. Um Himmels willen, sagte er sich ärgerlich, der Krieg ist vorbei. Aber hier im Süden scheint er bis in alle Ewigkeit zu dauern.

Oft genug hatte er Unionssoldaten beobachtet, die sich im Vollgefühl ihres Sieges wie grandiose Eroberer aufführten. *Wir haben den Krieg gewonnen!* hätte er den Yankee am liebsten angeschrien. *Aber das gibt uns noch lange nicht das Recht, Frauen zu vergewaltigen, zu morden und den Süden zu plündern. Wie konnten Sie es wagen, Christa Cameron anzurühren?*

Zu seiner eigenen Verwirrung verspürte er das Bedürfnis, seine Hände um den Hals des Mannes zu legen, der über Christa hergefallen war. Sie mochte seine Feindin sein, war aber die Schwägerin seiner Schwester Callie, und also auch in gewisser Weise mit ihm verwandt.

Immer noch auf den Knien, starrte sie ihn an – trotz der staubigen derangierten Kleidung eine eindrucksvolle Frau, stolz und herausfordernd. Vielleicht hätte sie seine Hilfe gar nicht gebraucht und den Soldaten aus eigener Kraft bezwingen können. Sie besaß zwar nicht dessen Körperkräfte, aber einen eisernen Willen, der vermutlich so manchen Mann zu zähmen vermochte. Irgendwie erboste es ihn, daß sie trotz ihrer mißlichen Lage immer noch so zauberhaft aussah. Das zerzauste Haar fiel in blauschwarzen Wellen auf ihren Rücken hinab und umrahmte ein Gesicht mit makellosen klassischen Zügen. Die Augen erinnerten Jeremy an einen Sommerhimmel. Und jetzt verrieten sie auch, was in ihr vorgegangen war. Vermutlich haßte sie ihn immer noch und gab ihm die Schuld an diesem ganzen gottverdammten Krieg. Aber sie hatte sich gefürchtet, wahrscheinlich zum erstenmal in ihrem Leben, und jetzt atmete sie erleichtert auf, weil er gerade noch rechtzeitig gekommen war.

Seine Gedanken kehrten zu jener ersten Begegnung zurück. Callie war aus dem Haus gelaufen, um ihn zu umarmen, und über ihre Schulter hinweg hatte er Christa auf der Veranda stehen sehen – groß, schlank, königlich. Die schönste Frau, die er je erblickt hatte, sogar noch schöner als Callie. Wie ein Verräter war er sich vorgekommen und wütend auf sich selbst gewesen. Sie murmelte irgend etwas von Yankees, die sich überall herumtreiben würden, und Daniel Cameron hätte sich beinahe auf ihn gestürzt. Doch da erschien Jesse, und Daniel führte ihn in die Bibliothek, wo sie unter vier Augen die Situation besprachen und klärten.

Nur am Anfang nahm die hochelegante Miss Cameron am Dinner teil. Dann hatte sie es vorgezogen, mit den Kindern in der Küche zu verschwinden, statt mit einem Yankee an einem Tisch zu sitzen. Es gab nur einen einzigen Yankee, dessen Gegenwart sie duldete, und das war ihr Bruder Jesse.

Und jetzt lag sie vor Jeremy auf den Knien. »Stehen Sie auf, Sergeant!« befahl er dem Soldaten mit scharfer Stimme. Dabei juckte es ihn in allen Fingern, den Mann erneut ins Gras zu schleudern.

»Moment mal, Colonel!« schnaufte Bobby-Boy. »Ich glaube, Sie verkennen die Situation, Sir...«

»Stehen Sie auf, Sergeant!« donnerte Jeremy. »Oder ich breche Ihnen alle Knochen!«

1
DIE BESIEGTEN

Juni 1865, Cameron Hall, Tidewater, Virginia

Die Hitze flimmerte über den Feldern und verzerrte die Konturen der Landschaft. Erschöpft richtete Christa Cameron sich auf, streckte den schmerzenden Rücken und ließ den kleinen Spaten fallen, mit dem sie das Erdreich rings um die Tomatenstauden gelockert hatte. Für ein paar Sekunden schloß sie die Augen. Dann schaute sie zum Fluß hinüber, der genauso dahinströmte wie eh und je. Unter der sengenden Sonne wirkte das Wasser blauschwarz. Aus dieser Entfernung betrachtet, schien es stillzustehen. Pa hatte oft gesagt, ein Sommer in Virginia könne der Hölle gleichen. Heißer als in Georgia oder Florida oder im Westen, in Kalifornien. Nachts mochte der Fluß eine gewisse Kühlung bringen, aber tagsüber konnte er die Hitze nicht mildern. Doch diese Temperaturen waren ihr immerhin vertraut. Seit sie denken konnte, hatte sie damit gelebt. Und das Haus war so gebaut, daß es auch die schwächste Brise einfing.

Christa drehte sich um und betrachtete das Gebäude. Der Fluß verriet nichts von den Stürmen der letzten vier Jahre, das Haus erzählte alles darüber. Der Verputz blätterte von den Wänden, Balken hatte sich gelockert, an der Hinterveranda fehlte immer noch eine Stufe. Beim Anblick von Cameron Hall fühlte sie sich elend. Schwindelgefühle drohten sie zu überwältigen. Dann wurde sie von bitterem Zorn erfaßt, ihr ganzer Körper begann zu zittern.

Sie hätte Dankbarkeit empfinden müssen, weil ihr Heim immer noch stand. So viele andere schöne Häuser waren bis auf die Grundmauern abgebrannt. Oft sah man nur noch Schornsteine, die sich wie Geister aus der verkohlten Erde erhoben. Aber Cameron Hall hatte das Grauen überlebt. Im sechzehnten Jahrhundert war sein Grundstein gelegt worden. Eine große Halle bildete den

Mittelpunkt des majestätischen Gebäudes. Die breiten Doppeltüren an der vorderen und hinteren Veranda standen im Sommer meistens offen, um eine angenehme Brise willkommen zu heißen. Früher waren elegant gekleidete Männer und Frauen durch diese Eingänge geschritten, um Partys zu feiern, oder hinausgegangen, um auf dem mondhellen Rasen zu tanzen.

Doch die Wiese war jetzt verwüstet. Aber das Haus stand – und das bedeutete mehr als alles andere. Keine einzige Flamme hatte die anmutigen Säulen geschwärzt, keine einzige Kanonenkugel das Mauerwerk beschädigt.

Und wenn der Verputz auch abbröckelte und dreiviertel der Felder brachlagen – Cameron Hall lebte weiter, und das war Christa zu verdanken. Nur Jesses wegen hatten die Yankees den Befehl erhalten, die Plantage zu verschonen. Der älteste Cameron-Erbe des Familiensitzes hatte für die Union gekämpft. Aber auch die Rebellen waren nicht über Cameron Hall hergefallen, weil der jüngere Bruder Daniel für den Süden gefochten hatte. Einmal hätten die Yanks das Haus beinahe niedergebrannt, doch es war der Familie gelungen, es mit vereinten Kräften zu retten.

Aber letzten Endes durfte Christa den Verdienst für sich beanspruchen, Cameron Hall über die Kriegsjahre hinweg bewahrt zu haben. Sie war hiergeblieben, während Jesse ein blaue Uniform und Daniel eine graue getragen hatte. Sie lernte den Garten zu bebauen und die Felder zu bestellen, während ihre Sklaven in den Norden gingen, um dort ein neues Leben zu beginnen. Entschlossen hatte sie begonnen, das Erdreich umzupflügen, die Baumwolle zu ernten. Einmal reparierte sie sogar das Dach, das über Jesses Arbeitszimmer geleckt hatte. Ihre Schwägerinnen halfen ihr, mußten sich aber vor allem um ihre Kinder kümmern. Jesse, der Yankee, hatte die Rebellin Kiernan geheiratet – Daniel, der Rebell, das Yankee-Mädchen Callie.

Die beiden Frauen lebten für ihre Familien. Und Christa widmete sich dem Haus.

Plötzlich wehte ein sanfter, erfrischender Wind, und sie nahm ihren breitrandigen Strohhut ab.

Es hätte anders kommen können. Wäre kein Krieg ausgebrochen, hätte sie ihre Gefühle nicht so sehr auf Cameron Hall konzentrieren müssen. Sie war verliebt gewesen – nicht wie ihre Brüder in jemanden von der gegnerischen Seite, sondern in den Konföderiertenoffizier Liam McCloskey. Sie hatten Pläne geschmiedet, von einer besseren Welt geträumt, in der sie nach dem Kriegsende leben würden, in den brandneuen, befreiten Konföderierten Staaten von Amerika. Ein halbes Dutzend Kinder wollten sie großziehen, Baumwolle und Tabak pflanzen und jene Güter bewirtschaften, die ihrer Heimat zu Wohlstand verholfen hatten.

Unterstützt von Kiernan und Callie nähte sie schöne Perlen und Spitzenborten auf ein weißes Brautkleid aus Taft. Ringsum tobte der Krieg, die Lebensmittel wurden immer knapper, und bald galt es als Luxus, ein Paar Strümpfe zu besitzen. Aber sie nähten zu dritt ein wunderbares Kleid, das Christa an ihrem Hochzeitstag tragen sollte. Am Morgen vor der geplanten Trauung zog sie es an, doch Liam McCloskey traf nicht ein. Am Abend wußte sie in der Tiefe ihres unglücklichen Herzens, daß der junge Offizier auf dem Schlachtfeld gefallen war.

Sie färbten das schöne Brautkleid schwarz, und Christa schlüpfte wieder hinein, um würdig auf dem Bahnhof die sterblichen Überreste ihres Verlobten zu übernehmen. Doch statt dessen hatte sie nur die Nachricht erhalten, er sei zusammen mit zahllosen anderen Soldaten in einem Massengrab bestattet worden.

Wenigstens war er in Virginia gestorben.

Christa holte tief Atem, hob ihr Gesicht der Sonne entgegen und schloß sekundenlang die Augen. Sie hatte zu weinen aufgehört. So viele junge Männer lagen unter der Erde. Sie war abgestumpft gegen die Neuigkeiten von all den Todesfällen. Jesse und Daniel hatten überlebt, und das erfüllte sie mit tiefer Dankbarkeit. Aber sie waren heimgekehrt, zu Ehefrauen, die sie mit offenen Armen begrüßt hatten. Christa beobachtete, wie ihre Brüder – einer in Blau, einer in Grau – gemeinsam eintrafen. Auch sie wollte ihnen entgegenlaufen. Doch dann überließ sie es ihren Schwägerinnen, die lange Zufahrt hinabzueilen. Der Mann, an dessen Brust sie sich hätte werfen können, war nur mehr eine Erinnerung. Nie wieder würde sie sein warmherziges, liebevolles Lächeln sehen,

Hastig sprang der Mann hoch und wartete in sicherer Entfernung. Jeremy streckte eine Hand aus, um Christa auf die Beine zu helfen. Sicher war sie überrascht, ihn hier zu sehen. Er hatte seinen Besuch weder brieflich angekündigt, noch irgend jemanden über seine Absichten unterrichtet. Aber letzte Woche waren in Washington gewisse Entscheidungen gefallen, und er wollte sich von Callie verabschieden. Er würde seinen Posten zwar erst in einiger Zeit übernehmen, doch er wußte nicht, ob er genug Zeit finden würde, noch einmal in den Süden zu reiten. Und so hatte er beschlossen, sofort nach Cameron Hall aufzubrechen.

Christa schaute an seiner Hand vorbei und tat so, als würde sie die hilfreiche Geste nicht bemerken. Natürlich widerstrebte es ihr, die Hand eines Yankees zu ergreifen. General Lee mochte die Notwendigkeit der Kapitulation erkannt haben, aber sie dachte da sicher ganz anders. Jeremy hob die Brauen, als sie aufstand, dann richtete er seine Aufmerksamkeit wieder auf den Missetäter. Wie müde er war – über solche und andere Geschichten. Die Nordstaaten zerrten ebenso an seinen Nerven wie der Süden, und er wollte von alldem nichts mehr wissen, aber wenn es ein Problem gab, mußte er es lösen – das war er seinem Ehrgefühl schuldig. »Wer sind Sie, zum Teufel, und was geht hier vor?«

»Ich habe einen Räumungsbefehl«, antwortete Bobby-Boy. »Alle, die in diesem Haus wohnen, müssen es verlassen. Heute abend soll es niedergebrannt werden.«

»Niedergebrannt!« Wütend trat Christa einen Schritt vor, aber Jeremy packte sie an der Schulter und hielt sie fest.

»Dieses Haus gehört Colonel Jesse Cameron vom Ärztecorps der Vereinigten Staaten«, erklärte er.

»In den Akten steht aber ganz was anderes«, entgegnete Bobby-Boy. »Diese Leute wollten verhindern, daß das Haus von den Konföderierten angezündet wurde, und deshalb gaben sie Daniel Cameron als Besitzer an. Verdammt, es läßt sich kaum feststellen, wer hier ein Freund und wer ein Feind ist, was, Sir? Offenbar versucht man das zu drehen und zu wenden, wie's einem gerade beliebt.«

Erbost befreite sich Christa von Jeremys Griff. »Cameron Hall gehört meinem Bruder Jesse, und er hat die Armee der Vereinigten Staaten niemals verlassen.«

»Trotzdem wird das Haus brennen, weil Daniel Cameron als Eigentümer aktenkundig ist.« Bobby-Boy setzte ein selbstgefälliges Grinsen auf, das sofort erlosch, nachdem er Jeremys Blick begegnet war.

»Sie sollten die Situation hier erklären, Sergeant, und zwar so schnell wie möglich.« Jeremy sprach in leisem, gefährlichem Ton. »Für Ihre Handlungsweise werden Sie sich verantworten müssen. Der Krieg ist vorbei, und selbst wenn es anders wäre – kein Soldat besitzt die offizielle Erlaubnis, Frauen zu vergewaltigen...«

»Aber Sir, sie hat darum gebeten, das schwöre ich!«

»Gebeten!« rief Christa entrüstet. »Sie widerlicher Bastard! Lieber lasse ich mich von einer Leiche anfassen!«

»Sergeant, die Lady hat gewiß nicht darum gebeten«, bemerkte Jeremy ausdruckslos. »Ich kenne Miss Cameron. Sie mag sich so manches zuschulden kommen lassen – aber einen Mann in blauer Uniform würde sie niemals um so etwas bitten.«

»Wie galant Sie eine wehrlose Frau verteidigen, Colonel!« zischte sie empört.

Jeremy ignorierte ihre Worte und konzentrierte seine Aufmerksamkeit immer noch auf Bobby-Boy. »Ich könnte Sie vor ein Kriegsgericht stellen lassen.«

»Sie schlagen sich auf die Seite einer Rebellin, gegen einen Yankee-Soldaten!«

»Genau«, bestätigte Jeremy. »Und nun erzählen Sie mir endlich, was hier eigentlich los ist.«

Unbehaglich trat Bobby-Boy von einem Fuß auf den anderen. »Also gut«, erwiderte er nach kurzem Zögern. »Die ganze Sache scheint nicht ganz legal zu sein, und ich weiß wirklich nicht, was dahintersteckt. Jedenfalls will irgendein hohes Tier dieses Haus brennen sehen. Und die letzten Steuern wurden in wertlosem Konföderiertengeld bezahlt, die letzten Personen, die irgendwelche Rechnungen unterschrieben, waren Daniel und Christa Cameron. Und wenn Jesse Cameron der rechtmäßige Eigentümer ist, sollte er sich mit seiner Yankee-Uniform und seinen Yankee-Dollars noch vor diesem Abend im Gericht von Williamsburg blicken lassen, sonst wird das Haus in Flammen aufgehen. Der neue Besitzer wartet nur noch den legalen Zeitpunkt ab, um Cameron Hall zu übernehmen.«

»Der neue Besitzer?«

»Nun, die Person, die Cameron Hall nach Sonnenuntergang in Brand stecken will.«

»Also heute abend. Wer ist der neue Eigentümer, und wieso wurde die Familie Cameron erst jetzt von alldem verständigt?«

Bobby-Boy zuckte die Achseln. »Vielleicht wollte irgend jemand verhindern, daß die Nachricht früher hierherdringt.«

»Und wie heißt der neue Besitzer?«

»Keine Ahnung, Colonel, Gott ist mein Zeuge. Lieutenant Tracy in Williamsburg beauftragte mich, heute morgen den Räumungsbefehl an die Tür von Cameron Hall zu nageln. Dabei gab er mir zu verstehen, das Haus sei ein rebellisches Schlangennest – bewohnt von jener Sorte, die Lincoln umgebracht hat.«

Ungläubig schüttelte Christa den Kopf. »Das alles kann unmöglich legal sein. Was für ein neues schmutziges Spiel treibt ihr miesen, elenden Yankees in diesem Land?«

»Hören Sie jetzt, Colonel, wie sie über uns redet?« fragte Bobby-Boy triumphierend.

Jeremy trat drohend einen Schritt vor, und der Soldat wich sofort zurück. »Verschwinden Sie, Sergeant, und zwar so schnell wie möglich! Sollte ich erfahren, daß Sie sich jemals wieder in die Nähe von Cameron Hall gewagt haben, werde ich meinen Status als Yankee-Offizier vergessen und Sie eigenhändig in Stücke reißen. Habe ich mich klar genug ausgedrückt?«

Bobby-Boy wurde leichenblaß unter dem dichten Gestrüpp seines Barts. Auf zitternden Beinen eilte er zu seinem Pferd, stieg auf und galoppierte davon. Christa und Jeremy schauten ihm schweigend nach.

Ein seltsamer Schauer rann ihr über den Rücken. Sie war allein mit Jeremy. Obwohl sie ihre Schwägerin Callie lieben gelernt hatte, war es ihr nie gelungen, Callies Bruder in diesem Haus zu akzeptieren. Von Anfang an waren sie Feinde gewesen.

Durch die Gastfreundschaft, die Jesse und Daniel diesem Yankee gewährt hatten, fühlte sie sich zu nichts verpflichtet. Daran konnte auch die Tatsache nichts ändern, daß er an der Seite ihrer beiden Brüder gegen die Yankees gekämpft hatte, um Cameron Hall zu retten. Und jetzt empfand sie es als äußerst unangenehm, ihm Dank zu schulden. Aber in dieser Situation blieb ihr wohl nichts anderes übrig, als seine Hilfe erneut anzunehmen, wenn sie das Haus erhalten wollte. Sogar vom Teufel würde sie sich helfen lassen...

Sobald Bobby-Boy aus seinem Blickfeld verschwunden war, wandte sich Jeremy zu Christa. »Wo ist Jesse?«

»In Washington. Er kann unmöglich rechtzeitig hier sein. Obwohl die Züge wieder verkehren – ich müßte erst zu ihm fahren und ihn hierherholen. Das würden wir vor heute abend niemals schaffen.« Bitter stieß sie hervor: »McCauley, sagen Sie mir doch, daß das alles nicht wahr ist! Nicht einmal ihr elenden Unionssoldaten könnt über uns herfallen wie ein Bande brutaler Eroberer...«

»*Wir sind* die Eroberer«, erinnerte er sie mit sanfter Stimme, aber der silberne Glanz in seinen Augen verriet, daß er sich nur mühsam beherrschte.

»O ja, ein dreifaches Hoch auf die heldenhaften Eroberer!« spottete sie. »Verdammte Schurken!«

Seine Kinnmuskeln verkrampften sich. Irgendwie wirkte er verändert, und sie entsann sich, daß er bei der letzten Begegnung einen Schnurrbart getragen hatte. Jetzt war er glatt rasiert, und sein Gesicht wirkte noch markanter, noch entschlossener.

»Wollen Sie gegen mich kämpfen, Christa, oder Ihre Schwierigkeiten meistern?«

Sie senkte den Blick und wünschte, sie würde sich nicht bemüßigt fühlen, Jeremy herauszufordern. Immerhin brauchte sie seine Hilfe. »Wie konnte es überhaupt zu dieser Katastrophe kommen? Gibt es denn keine Gesetze?«

Seine silbernen Augen musterten sie. Was er in ihr sah, konnte sie sich nicht vorstellen. Jedenfalls schien er die Fähigkeit zu besitzen, in die Tiefe ihrer Seele zu schauen. Offenbar bedrückte ihn die Gefahr, in der Cameron Hall schwebte, ebenso sehr wie sie selbst, denn er seufzte tief auf. »Eigentlich ist es undenkbar, und niemand würde so etwas tun, außer…«

»Außer?«

Jeremy zuckte die Schultern. »Jemand, der Ihnen feindlich gesinnt ist und großen Einfluß ausübt. Solche Leute können fast alle Maßnahmen ergreifen.«

»Und warum? Weil der Norden den Süden für alle Zeiten in die Knie zwingen will?«

»Christa! Manche Menschen sind gut, andere sind böse. Und einige böse Männer mißbrauchen ihre Macht.« Er ging zu seinem großen, kräftigen rotbraunen Hengst. Als er aufgestiegen war, wandte er sich zu ihr. »Ich nehme an, meine Schwester ist nicht auf Cameron Hall? Daniel kann unmöglich hier sein.«

»Callie ist bei ihm in Richmond. Wieso wissen Sie, daß er nicht hier ist?«

»Wäre er hier, würde der Sergeant nicht mehr leben. Also gut, ich werde herausfinden, was da vorgeht.«

»Ich begleite Sie…«

»Nein.«

»Verdammt, das ist mein Haus, mein Heim…«

»Und Sie laufen Gefahr, es heute abend brennen zu sehen – nachdem Sie uns so liebenswürdig als brutale Eroberer und Bastarde bezeichnen.«

Mit einiger Mühe verkniff sie sich die scharfe Antwort, die ihr auf der Zunge lag. Jeremy McCauley war der einzige Mensch, der ihr helfen konnte. »Beeilen Sie sich! Und kommen Sie sofort hierher zurück!«

Er tippte an seinen Kavallerierhut. »Jawohl, Miss Cameron. Nachdem ich Sie vor einer Vergewaltigung bewahrt habe, werde ich auch Ihr hochgeschätztes Heim retten. Ich werde alles tun, wozu ein mieser, elender Yankee fähig ist.«

Sie spürte, wie ihr das Blut in die Wangen stieg, und fauchte: »Reiten Sie doch endlich los!«

Jeremy verneigte sich, dann sah sie ihn davongaloppieren. Verbittert preßte sie die Lippen zusammen. Wie sie zugeben mußte, saß dieser Yankee beinahe genauso elegant im Sattel wie ihre Brüder.

Eine Stunde später ging sie vor dem Haus auf und ab, als sie wieder Hufschläge hörte. Ihr Herz begann, wie rasend zu schlagen, und sie mußte sich an einer Säule festhalten. Jeremy sprengte die Zufahrt herauf. Sie eilte ihm atemlos entgegen. Während er abstieg, fragte sie ungeduldig: »Haben Sie etwas erreicht? Konnten Sie diesen Wahnsinn verhindern?«

Wie sein düsterer Blick deutlich genug verriet, war seine Mühe vergeblich gewesen.

Tränen brannten in ihren Augen. Mit beiden Fäusten trommelte sie gegen seine blauuniformierte Brust. »Zum Teufel mit Ihnen! Sie hätten mich mitnehmen sollen! Das ist nicht *Ihr* Heim. Deshalb haben Sie nicht hart genug dafür gekämpft. Ihnen ist es egal...«

»Halten Sie den Mund, Christa!« befahl er mit rauher Stimme und umklammerte ihre Handgelenke. »Natürlich habe ich mein Bestes getan. Wie können Sie daran zweifeln? Immerhin habe ich auf Jesses Seite gekämpft, und meine Schwester ist mit Daniel verheiratet. Auch sie betrachtet Cameron Hall als ihr Zuhause.«

»Aber...«

»Im Gerichtsgebäude traf ich meinen Freund, Lieutenant Tracy. Nicht einmal er weiß, wer dieses Haus mit aller Macht vernichten will. Jedenfalls erteilte ein gewisser General Grayson die Order, Cameron Hall zu konfiszieren, und dabei ging alles mit rechten Dingen zu – zumindest sieht es auf dem Papier so aus. Schon vor dreißig Tagen hätten Sie die Nachricht erhalten müssen, Christa.«

»Vor dreißig Tagen!« wiederholte sie verächtlich und versuchte erfolglos, sich loszureißen.

Eisern hielt er sie fest. »Grayson muß sich auf schmutzige Geschäfte eingelassen und vielleicht sogar Bestechungsgelder angenommen haben. Aber ich könnte nichts weiter tun, als ihm gegenüberzutreten und ihn einen Lügner zu nennen. Danach müßte ich ihn erschießen, man würde mich vors Kriegsgericht stellen und aufhängen.«

Krampfhaft schluckte sie, voller Angst, vor seinen Augen in Tränen auszubrechen. »Würden Sie damit das Haus retten?«

Seine Brauen zogen sich zusammen. »Nein.«

»Dann ersparen Sie sich die Mühe«, flüsterte sie unglücklich.

Endlich gelang es ihr, seine Hände abzuschütteln. Mit hängenden Schultern wandte sie sich ab und stieg die Verandastufen hinauf.

»Es gibt nur eine einzige Möglichkeit, Cameron Hall zu retten!« rief er ihr nach. »Eine Unterschrift vor Einbruch der Dunkelheit.«

Hastig drehte sie sich um. »Ich würde alles unterzeichnen!« flüsterte sie, immer noch den Tränen nahe, und das wollte sie nicht zeigen.

»Das würde nichts nützen, Christa. Die Leute wollen die Unterschrift eines Yankees haben. Wenn doch Jesse hier wäre!«

»Wäre Jesse hier, hätte es solche Probleme nie gegeben.«

»Da haben Sie sicher recht. Aber Jesse ist nicht hier. Und ich bin da in etwas hineingeraten, das ich nicht verstehe. Vermutlich wäre es Ihnen am liebsten, wenn ich jeden Yankee erschießen würde, der mir in der Stadt über den Weg läuft – leider weiß ich nicht, wen. Was immer da geschieht, es ist nicht mein Kampf.«

»Irgendein dreckiger, verlogener Aasgeier…«

»Ja, irgendein dreckiger, verlogener Aasgeier ist aus den Nordstaaten in den Süden geflogen«, vollendete Jeremy den Satz in gleichmütigem Ton. »Aber ich weiß nicht wer, Christa.«

Hilfloser Zorn stieg in ihr auf. Überall in der Stadt war sie blauen Uniformen begegnet. Nach ihrer Ansicht hatten die meisten dieser Männer niemals gekämpft. Sie kamen nur hierher, um den Süden wie eine schwerverwundete Kreatur sterben zu sehen, freigelassene Sklaven und verarmte, verzweifelte weiße Männer als Arbeitskräfte auszubeuten, halb verhungerte Frauen zur Prostitution zu zwingen – und Häuser für einen Apfel und ein Ei zu erwerben.

Aber wer immer Cameron Hall in seinen Besitz zu bringen suchte, wollte es niederbrennen. Niemals würde sie das zulassen. »Man muß doch irgend etwas tun können!« rief sie erbost.

»Man würde sich sogar mit Callies Unterschrift begnügen –

zusammen mit dem Geld.« Jeremy seufzte. »Aber sie ist ebenso unerreichbar wie Daniel und Jesse. Außerdem weiß ich nicht, ob sie offiziell ihre Loyalität gegenüber den Vereinigten Staaten von Amerika bekunden müßte – und ob sie das als Daniels Frau tun würde. Überlegen Sie doch, Christa, vielleicht gibt es irgend jemanden, der Ihnen helfen könnte. Einen Verwandten – es muß ein Cameron sein oder jemand, der mit einem Cameron verheiratet ist und auf Seiten der Union steht. Außerdem brauchen Sie hundertfünfzig Dollar. Nun, dafür kann ich Ihnen einen Wechsel von meiner Bank leihen. Aber am wichtigsten ist ein Yankee mit einer festen Bindung an dieses Haus.«

Verzweifelt starrte sie ihn an. »Das kann doch unmöglich legal sein. Ohne jede Vorwarnung…«

»Im Gericht wurde behauptet, Sie wären mehrmals schriftlich benachrichtigt worden und hätten alle Briefe zerrissen.«

»Das ist eine gottverdammte, dreckige Yankee-Lüge…«

»Ob es eine Lüge ist oder nicht – jedenfalls betrachtet man es als Tatsache.« Zögernd fügte Jeremy hinzu: »Und ob es Ihnen gefällt oder nicht, Christa, der Süden wurde besiegt. Im Augenblick zählt Ihr Wort gar nichts.«

Sie biß die Zähne zusammen, wäre am liebsten die Stufen hinabgelaufen, um mit beiden Fäusten gegen seine Brust zu trommeln. Statt dessen erklärte sie tonlos: »Ich brauche einen Cognac.« Abrupt kehrte sie ihm den Rücken und eilte ins Haus. Er folgte ihr durch den Flur in Jesses Bibliothek. Als sie ein Glas fast bis zum Rand gefüllt hatte, riß er ihr die Flasche aus der Hand. Wütend fauchte sie ihn an: »Wie können Sie es wagen! Sie sind weder mein Bruder noch mein Vater noch mein Mann…«

»Genau, Christa. Ich bin nur ein dreckiger Yankee. Und Sie werden sich zu einer Südstaaten-Säuferin entwickeln, wenn Sie nicht aufpassen.«

Wie überlegen er wirkte mit seinem Hut, den er tief in die Stirn gezogen hatte, den silbrigen Augen, in denen kalte Verachtung funkelte… Nie zuvor hatte sie so schmerzliche Bitterkeit empfunden. Es drängte sie, mitten in sein arrogantes Gesicht zu schlagen. Aber vor Jeremy McCauley mußte sie sich in acht nehmen. Er war überaus kräftig gebaut, mit eisenharten Muskeln, und reaktionsschnell. Das hatte sie bereits festgestellt. Außerdem konnte er skrupellos sein. Sie wagte es nicht, seine Geduld auf die Probe zu stellen.

Von diesem Mann durfte sie keine Ritterlichkeit erwarten. In einem langen, zähen Krieg hatte er genug Erfahrungen gesammelt. Einen Kampf gegen ihn würde sie nicht gewinnen. Er war es gewohnt, Befehle zu erteilen – eine Fähigkeit, die er auch bei ihr anwandte. Obwohl er doch verdammt gut wissen mußte, daß sie ihm niemals gehorchen würde. Er war nicht ihr Bruder, nicht ihr Vater und schon gar nicht ihr – Ehemann!

Ein kalter Schauer durchlief ihren Körper, und ihre Knie wurden weich. Sie sank auf den Stuhl vor Jesses Schreibtisch, und auch Jeremy setzte sich. Mit schmalen Augen beobachtete er sie abwartend und goß sich selber einen Cognac ein. »Nun?« fragte er.

Christa fuhr mit der Zunge über ihre Lippen. Sie konnte es nicht – nicht einmal für Cameron Hall... Doch! Für dieses Haus würde sie alles tun. »Sie versuchen, mir einzureden, dies alles sei legal? Oder es würde zumindest dem entsprechen, was ihr Yankees heutzutage legal nennt?«

»Hören Sie, Christa...«

»Irgend jemand haßt Jesse oder Daniel. Vermutlich Daniel, denn er ist ja der Verlierer, nicht wahr? Er haßt ihn so abgrundtief, daß er nicht einmal vor den übelsten Machenschaften zurückschreckt, um dieses Haus bis auf die Grundmauern niederzubrennen. Ist es so?«

»Ja, verdammt, genauso ist es. Also wollen wir versuchen...«

Sie beugte sich vor. »Moment mal. Ich brauche hundertfünfzig Dollar und die Unterschrift einer Person, die in enger Verbindung mit Cameron Hall und auf Seiten der Union steht. Wer immer mir das antut, muß wissen, daß Jesse in Washington ist. Er könnte das alles verhindern, aber unmöglich rechtzeitig hier sein. Ich lebe allein, habe keine Yankee-Verwandten in meiner Nähe, und das weiß dieser unbekannte Feind.«

»Ja, das dürfte stimmen.« Jeremy leerte sein Glas, dann

seufzte er. »Ich bleibe hier und werde versuchen, das Haus zu retten, aber ich bezweifle, daß es mir gelingen wird. Einer Ihrer Brüder muß sich einen überaus mächtigen Mann zum Feind gemacht haben.«

»Sie können dieses Formular doch unterschreiben.«

»Cameron Hall gehört mir nicht. Und ich habe auch keine verwandtschaftlichen Beziehungen zur Familie. Callie schon, aber ich nicht.«

»Das wäre anders, wenn...«

»Wenn?«

Entschlossen stand sie auf und versuchte, ihre Nervosität zu verbergen, in möglichst geschäftsmäßigem Ton zu sprechen. »Wir müssen heiraten – noch heute.« Vielleicht brachte er genug Verständnis für ihre Lage auf, um ihr diesen Gefallen zu tun. Selbstverständlich würde die Ehe nur auf dem Papier bestehen – und schwierig aufzulösen sein, aber sobald das Haus gerettet war, konnte man da sicher etwas unternehmen.

»Was?« schrie er und sprang auf.

Offensichtlich verstand er es nicht. Doch das spielte keine Rolle. Sie mußte ihn überzeugen. »Jeremy, es geht nicht anders.«

Er trat näher und zwang sie, den Kopf in den Nacken zu legen, wenn sie seinem Blick standhalten wollte. Dadurch fühlte sie sich erheblich benachteiligt, aber sie unterdrückte ihren Ärger. Ihre Finger krampften sich um das Cognacglas. »Oh, Sie brauchen das nicht ernst zu nehmen. Später läßt sich das alles sicher rückgängig machen. Aber jetzt müssen wir heiraten, so schnell wie möglich.«

Er setzte sich wieder hinter den Schreibtisch und hob die kastanienbraunen Brauen. »Finden Sie, Miss Cameron?«

»Ja.«

Ungläubig starrte er sie an. »Einfach so?«

»So weltbewegend ist es doch auch wieder nicht...«

Plötzlich riß er ihr das Glas aus der Hand, stellte es auf den Tisch, dann schlossen sich seine Finger um ihr Handgelenk, und ehe sie wußte, wie ihr geschah, zwang er sie vor sich in die Knie. »Das ist also nicht weltbewegend, Miss Cameron? O nein, für Sie vielleicht nicht. Liam McCloskey ist auf dem Schlachtfeld gefallen, und andere Männer zählen nicht für Sie – mögen sie tot oder lebendig sein.«

Vergeblich versuchte sie, sich zu befreien. »Das stimmt nicht!« protestierte sie. »Sehr viele Menschen sind mir wichtig. Ich liebe meine Brüder…«

»Aber vor allem lieben Sie diesen Haufen aus Ziegeln und Mörtel und Glas und Holz!«

Endlich gelang es ihr, ihm ihre Hand zu entziehen. »Sie verstehen das nicht! Das ist nicht nur ein Ziegelhaufen, dieses Haus symbolisiert die Geschichte meiner Familie, schon seit Jahrhunderten.«

Nach einem langen Schweigen erwiderte er: »Ich werde es nicht tun, Christa.«

»Oh, zum Teufel mit Ihnen…« Mühsam beherrschte sie sich. Wenn sie ihn in Wut brachte, würde sie ihr Ziel nicht erreichen. Sie mußte es auf die sanfte Tour versuchen. »Bitte!« wisperte sie und versuchte, ihm einen flehenden Blick zu schenken.

»Hören Sie auf, mit mir zu flirten, Christa. Ich weiß, daß Sie allein schon meinen Anblick hassen.«

»Dann tun Sie es für Ihre Schwester, für Ihre Nichte, für Ihren Neffen!« Ihre blauen Augen funkelten voller Zorn. »Und tun Sie es, weil ihr gottverdammten Yankees uns für diesen Krieg etwas schuldig seid!«

Jeremys Mundwinkel zuckten. »Wie könnte ich mich nach dieser zauberhaften Liebeserklärung weigern, Ihren Wunsch zu erfüllen?«

»Dann wollen Sie es also tun?«

»Ich habe bereits nein gesagt.«

»Oh – Sie…« Blitzschnell hob sie eine Hand, um ihn zu ohrfeigen, aber er kam ihr zuvor und packte erneut ihren Unterarm.

»Sie sollten nicht gegen mich kämpfen, sondern lieber überlegen, wie…«

»Mir ist alles egal!« stieß sie hervor. »Bald wird es ohnehin nichts geben, wofür es sich zu leben lohnt!«

»Christa…« Seine Stimme nahm einen etwas sanfteren

Klang an. »Sie hassen mich. Und wie ich zugeben muß, stehen Sie nicht gerade auf der Liste meiner Lieblingsrebellinnen. Also können wir nicht heiraten.«

»Ich würde sogar diesen widerwärtigen Bobby-Boy heiraten, um Cameron Hall zu erhalten.«

»Das meinen Sie doch nicht ernst!«

»Ach, ich weiß nicht mehr, was ich meine. Nur eins weiß ich – niemals werde ich dieses Haus aufgeben.« Tränen glänzten in ihren Augen. »Alles würde ich tun.«

»Wirklich alles?« Seine Silberaugen schienen sie zu durchbohren. »Sie würden tatsächlich einen Mann heiraten, den Sie verabscheuen, einzig und allein für Cameron Hall?«

Ihr Atem stockte. »Soll das heißen – Sie werden es tun?« Sie wagte, es nicht zu hoffen, denn er sah zorniger aus denn je.

»Miss Cameron, Sie sind einfach unglaublich. Die Ehe bedeutet Ihnen überhaupt nichts. Für dieses Haus würden Sie sogar Ihre Seele dem Teufel verkaufen. Aber was ist mit mir? Wenn ich nun jemand anderen liebe?«

Mühsam schluckte sie. Mit dieser Möglichkeit mußte sie natürlich rechnen. Jeremy McCauley war ein sehr attraktiver Mann – und ein Kriegsheld. Wahrscheinlich wartete irgendwo im Norden eine Frau auf ihn. »Und? Lieben Sie jemanden?«

»Würde das eine Rolle für Sie spielen, Christa?«

Sie hatte Angst vor seiner Antwort. »Nein! Mich interessiert nur, daß Leute von Ihrer Sorte dieses Haus niederbrennen wollen, für das ich mir die Finger wund gearbeitet habe – für das einzige, das mir noch geblieben ist...« Ihre Stimme drohte zu brechen. »Verdammt, Jeremy, werden Sie es tun oder nicht?«

Durchdringend schaute er sie an, und sie mußte sich zwingen, seinem Blick nicht auszuweichen. »Sie verkaufen unsere beiden Seelen dem Teufel, Miss Cameron. Aber ich werde es tun. Und wir müssen uns beeilen. Wir haben nur mehr wenige Stunden Zeit, und der Ritt nach Richmond ist lang und beschwerlich.«

»Ich würde sogar in die Hölle reiten!«

Mit einer spöttischen Verbeugung erwiderte er: »Ich fürchte, genau dort werden Sie landen, Miss Cameron.«

Obwohl sie am ganzen Körper zitterte, hob sie tapfer ihr Kinn. »Drohen Sie mir nicht, Jeremy.«

Seine Finger umklammerten ihre Oberarme so fest, daß sie fast aufschrie vor Schmerzen. »Wenn ich sage, daß Sie geradewegs in die Hölle wandern, so ist das keine Drohung, sondern ein Versprechen.«

»Aber...«

»Ein Versprechen, das ich halten werde.«

3

Der Episkopalpriester erklärte sich bereit, Christa und Jeremy zu trauen, als ihm der Fall wahrheitsgemäß vorgetragen wurde. Beide mußten schwören, den vor Gott geschlossenen Bund in Ehren zu halten, und zwei Chorknaben dienten als Zeugen.

Christa hatte sich vorgestellt, einmal in Weiß zu heiraten – nicht in dem Baumwollkleid, das sie bei der Gartenarbeit trug. Und sie hatte von einer Hochzeit im Kreis ihrer Familie und aller ihrer Freunde geträumt – und von der glücklichen Ehe mit einem Mann, der sie liebte, dessen Gefühle sie von ganzem Herzen erwiderte.

Aber das weiße Brautkleid war schwarz gefärbt worden. Ihre Familie nahm nicht an dieser Farce teil, viele ihrer Freunde lagen in den Gräbern rings um die Schlachtfelder. Und der Mann, den sie geliebt hatte, war gemeinsam mit der Hoffnung auf unabhängige Südstaaten begraben worden.

Sie schaute Jeremy an, der neben ihr stand. Seit er ihrem Plan zugestimmt hatte, verhielt er sich untadelig. In knappen, aber überzeugenden Worten hatte er dem Priester die Notwendigkeit dieser überstürzten Hochzeit erklärt. Nun fragte sie sich, was er denken mochte. Natürlich mußte er wissen, daß diese Ehe nur geschlossen wurde, um Cameron Hall zu retten. Sobald alles erledigt war, würden sie getrennte Wege gehen. Bedrückt blickte sie sich um. Sie heirateten in einer leeren Kirche am Stadtrand von Williamsburg. In den Außenmauern steckten Fragmente von Kanonenkugeln, einige der bunten Fenster waren zerbrochen. Nur mit halbem Ohr hörte sie der monotonen Stimme des Priesters zu. Bald mußte sie geloben, ihren Mann zu lieben und zu ehren und ihm zu gehorchen.

Alles würde sie geloben. Während der Zeremonie betrachtete sie das große Kruzifix, das über dem Altar hing. Verzeih mir, lieber Gott, betete sie stumm, dann mußte sie wegschauen. Sicher würde der Allmächtige verstehen, was sie da tat. Immerhin hatte er zugelassen, daß sie in diese Zwangslage geraten war und den Yankees zum Sieg verholfen.

Nun legte Jeremy das Ehegelübde ab, und seine Stimme klang erstaunlich ruhig und entschlossen. Trotzdem wußte sie, daß er innerlich vor Zorn kochte, daß er ihr das alles irgendwie heimzahlen würde. Doch das kümmerte sie nicht. Entschlossen warf sie ihr Haar in den Nacken. Sobald ihr Heim gerettet war, würde sie mit allen Mitteln gegen ihn kämpfen.

Der Priester räusperte sich, die Trauung war beendet. »Jetzt dürfen Sie die Braut küssen, Colonel McCauley.«

Jeremys Lippen streiften Christas Stirn nur ganz leicht, aber ihre Haut schien zu brennen unter der Berührung. Sein Händedruck beschleunigte ihren Herzschlag geradezu beängstigend. Ihre Finger zitterten so heftig, daß sie den Trauschein kaum unterzeichnen konnte. Jetzt hieß sie McCauley. Den Namen Cameron hatte sie aufgegeben, um Cameron Hall zu bewahren. Die Frau des Priesters reichte jedem ein Gläschen Sherry, schwatzte fröhlich und tat so, als wäre es eine Liebesheirat gewesen.

In einem Zug leerte Jeremy das Glas, bezahlte den Priester und packte Christas Hand. Sie stiegen auf ihre Pferde und ritten wie der Teufel in die Stadt, in die Straße, wo das Gerichtsgebäude stand. Dort zeigte Jeremy den Trauschein vor, auf dem die Tinte kaum getrocknet war. Er warf einen Wechsel über hundertfünfzig Dollar auf den Tisch und leistete seine Unterschrift. Ein nervöser Beamter versicherte, nun könne niemand Hand an Cameron Hall legen. Als Kavalleriekommandant genoß Jeremy einen erstklassigen Ruf. Niemand konnte leugnen, daß er ein unerschütterlicher, treuergebener Unionssoldat war.

Ungeduldig stand Christa neben ihm und wartete, während er mehrere Formulare ausfüllte. Dann richtete er sich auf. Es war vorbei. Sie wandte sich ab und eilte aus dem Gerichtsgebäude in den Hof, gefolgt von Jeremy. »Bist du jetzt glücklich, teure Gemahlin?« fragte er.

»Natürlich.«

»Du hast unter Eid gelogen.« Warum lag dieser verdammte verächtliche Ausdruck in seinen Silberaugen?

Sie warf den Kopf in den Nacken. »Für Cameron Hall hätte ich auch den Satan persönlich geheiratet. Und wenn ich sterbe, werde ich so oder so zur Hölle fahren. Das hast du mir doch prophezeit.«

»O nein, Christa«, widersprach er mit einem spöttischen Lächeln. »Von deinem Tod habe ich nichts gesagt. Du wirst schon jetzt in der Hölle leben. Ich glaube, als Ehefrau des alten Bobby-Boy hättest du's besser getroffen. Nach deiner Ansicht bist du doch tatsächlich mit dem Teufel verheiratet, nicht wahr?«

»Mit einem Yankee-Teufel«, stimmte sie zu. Es war geschehen, es gab kein Zurück mehr – warum quälte er sie jetzt?

»Ah, mit einem Yankee-Teufel«, wiederholte er gedehnt.

Hastig senkte sie den Blick und erinnerte sich, daß sie allen Grund hatte, ihm dankbar zu sein. »Tut mir leid. Ich weiß deine Hilfe wirklich zu schätzen.«

»Was bedauerst du? Daß du mich als Teufel bezeichnet oder daß du mich geheiratet hast?« Da schaute sie zu ihm auf, und er lachte belustigt. »Schon gut, du brauchst nicht zu antworten. Nun, was jetzt? Wir sind verheiratet, Cameron Hall ist gerettet. Was wollen wir nun tun? Nun, wir sollten erst einmal zu Abend essen.«

»Ich bin nicht hungrig.« Christa kannte nur einen einzigen Gedanken – zurück nach Cameron Hall, weg von Jeremy.

»Ich schon.«

Offenbar blieb ihr ein Dinner mit ihrem Ehemann nicht erspart. »Also gut, gehen wir essen«, erwiderte sie und zwang sich zu einem höflichen Lächeln. Aber ihre Ungeduld klang deutlich in ihrer Stimme mit. Das schien Jeremy zu amüsieren.

Sie fanden ein kleines Gasthaus weiter unten an der Straße. Fest entschlossen, Christa zu ärgern, erzählte Jeremy dem Kellner, sie seien frisch verheiratet, und bestellte Champagner, dazu die Spezialität des Lokals, ein Roastbeef. »Auf dich, Mrs. McCauley!« Grinsend prostete er ihr zu.

Christa bemühte sich, seinen Sarkasmus zu ignorieren, hob ebenfalls ihr Glas und entgegnete honigsüß: »Auf Cameron Hall!«

In einem Zug leerte er sein Champagnerglas. »Und auf alles, was wir zu Ehren dieses geheiligten Hauses getan haben!«

»Meinetwegen!« fauchte sie. »Das ist mir egal!«

»Wir sollten auch auf den glücklichen Umstand trinken, der mich gerade zur rechten Zeit nach Cameron Hall geführt hat.« Jeremy goß noch etwas Champagner ein.

Sie hob die Brauen. Zum erstenmal wunderte sie sich, wieso er tatsächlich im richtigen Moment eingetroffen war. »Was machst du in Virginia?«

Jeremy stellte sein Glas ab. »Ich wollte mich von Callie verabschieden.«

»Wohin gehst du denn?«

»Nach Westen.«

Erstaunt runzelte sie die Stirn. »Aber der Krieg ist vorbei.«

»Ja, der Krieg ist vorbei.«

Er lehnte sich zurück. »Meine Nachbarn sind tot oder verstümmelt, meine Felder mit verwesenden Leichen in Grau oder Blau übersät. Deine Brüder haben auf verschiedenen Seiten gekämpft. Du müßtest das verstehen. In Maryland sind die Loyalitäten gespalten. Manche Leute können vielleicht heimkehren. Ich jedoch kann es nicht. Zumindest jetzt noch nicht.«

Zu ihrer eigenen Verblüffung empfand sie ein gewisses Mitgefühl. Was wußte sie über diesen Mann? Es war ein langer Krieg gewesen. Wie Jesse und Daniel hatte er an den ersten und an den letzten Kämpfen teilgenommen. Und jetzt wirkte er todmüde. Sie griff wieder nach ihrem Champagnerglas und beschloß, ihn wenigstens bei diesem einen gemeinsamen Dinner halbwegs höflich zu behandeln. »Du bleibst also beim Militär?«

»Ich gehörte schon früher der regulären Armee an, also behalte ich meinen Rang. Manche Beförderungen galten nur während des

Krieges, aber ich bin nach wie vor Colonel. Nun werde ich ein Regiment zu einem Fort im Westen bringen. Dort gibt es sehr viel Land, das besiedelt werden kann.«

»Indianergebiete?« Als er nickte, bemerkte sie: »Also wirst du wieder kämpfen.«

»Hoffentlich nicht.«

»Aber das sind doch lauter Wilde.«

»Nicht alle. Manche verhalten sich sogar recht zivilisiert, im Gegensatz zu...« Seine Stimme erstarb.

»Zu den Rebellen?« fragte Christa eisig.

»Nein, das wollte ich nicht sagen.«

»Was dann?«

»Sie verhalten sich zivilisiert, verglichen mit gewissen weißen Männern – dabei denke ich weder an Nord- noch an Südstaatler, sondern an die Weißen im allgemeinen.«

Christa starrte auf ihren Teller hinab. Sie hatte kaum einen Bissen zu sich genommen, trotz des Hungers, der sie schon seit langer Zeit quälte.

»Du mußt essen«, meinte er und füllte erneut die Champagnergläser.

Seine Worte kränkten sie. War sie denn so mager? Deutete er an, sie sei eine dürre alte Jungfer? Sie lächelte gezwungen. »Vielleicht müßte ich mehr essen. Aber hier im Süden sind wir an den Hunger gewöhnt. Genauso wie ihr Yankees daran gewöhnt seid, euch den Bauch vollzuschlagen.«

Jeremy stellte die Flasche ab. Der warme Glanz, der vor kurzem in seinen Augen aufgeleuchtet hatte, erlosch wieder. »Also gut, dann hungere dich eben zu Tode, wenn es dir Spaß macht, Christa.«

Verlegen senkte sie den Kopf. Es war nicht ihre Absicht gewesen, ihn zu beleidigen. Aber sie hatte zu viele Jahre damit verbracht, alle blauen Uniformen zu fürchten – außer jener, die Jesse trug. »Es tut mir leid.«

Er schwieg, und sie spürte, wie er sie beobachtete. Blitze schienen in der Luft zwischen ihnen zu knistern. Sie mußte ihre feindselige Haltung wirklich aufgeben. Immerhin hatte er ihr geholfen, wenn auch widerwillig. Plötzlich legte er eine Hand auf ihre. »Es war ein verdammt langer Krieg, nicht wahr?«

Christa wollte den sanften Klang seiner Stimme nicht hören, nicht zur Kenntnis nehmen. Rasch entzog sie ihm ihre Finger. »Jetzt würde ich gern nach Hause reiten«, sagte sie unbehaglich. »Ich bin müde.«

»Der Weg nach Cameron Hall ist weit. Wir sollten in der Stadt übernachten.«

»Nein! Nun, du kannst ja hierbleiben, Jeremy. Ich nicht. Ich muß nachsehen, ob das Haus wirklich noch steht.«

Kommentarlos musterte er sie. Dann beglich er die Rechnung, und sie starrte die Yankee-Dollars an, die er auf den Tisch legte. Großer Gott, wie schnell sich die Welt veränderte! Vor nicht allzu langer Zeit hatten sie alle die Yankees verspottet. Nun bückten sich die Südstaatler verzweifelt nach dem Unionsgeld, und die wertlosen Konföderiertenbanknoten landeten im Mülleimer. Sie stand auf und straffte die Schultern. »Wenn du die Nacht lieber in Williamsburg verbringst, würde ich das verstehen.«

»Nein.«

»Ich bin durchaus imstande, allein nach Hause zu reiten…«

»Verdammt, Christa, ich würde dich sogar heimbegleiten, wenn du nur eine flüchtige Bekannte wärst. Aber das bist du nicht. Und ich lasse meine Ehefrau auf keinen Fall allein durch die Dunkelheit reiten.«

»Wie du willst.«

Es war ein langer, beschwerlicher Ritt, den sie größtenteils schweigend zurücklegten. Manchmal drehte sich Jeremy zu Christa um, voller Sorge, sie könnte eingeschlafen sein und von ihrer Stute fallen. Aber diese Gefahr drohte ihr nicht. Auf Cameron Hall waren Pferde gezüchtet worden, und sie hatte vermutlich früher reiten als laufen können. Sicher und anmutig saß sie im Sattel.

Es war ein verdammt langer Tag, dachte er, und er ist noch nicht vorbei… Bald mußte er sich in Washington zurückmelden. Er wollte warten, bis er sich von Callie verabschieden konnte, und dann aufbrechen. Sicher würde es Christa gelingen, eine Scheidung oder Annullierung der Ehe zu erwirken. Das mochte einige Zeit dauern, doch das interessierte ihn nicht. Er würde im Westen sein, und – was seine Frau nicht wußte – er hatte sein Herz in der Asche des Krieges begraben. Deshalb war es ihm gleichgültig, wann die Farce dieser Ehe ein Ende finden würde.

Plötzlich erinnerte er sich an die Zeremonie, an Christas Gelübde, an seines. Warum hatte er sich überhaupt darauf eingelassen? Nun war er also verheiratet. Und er hatte immer geglaubt, eine Ehe würde lebenslange Liebe und wechselseitige Verpflichtung bedeuten. Seine Kinnmuskeln verkrampften sich. Sie hatte es nur für das Haus getan, das nicht einmal ihr, sondern Jesse gehörte. Es würde ihr recht geschehen, wenn ich sie zwänge, ihr Ehegelöbnis zu erfüllen, überlegte er. Weil sie immer so verdammt fest entschlossen ist, ihren Willen durchzusetzen...

Im Mondlicht tauchte Cameron Hall auf. Geistesabwesend zügelte er seinen Hengst. Ein schönes Haus. Wie ein Schloß stand es auf einem Hügel am James River, majestätisch erhoben sich die weißen Säulen. Ein Schloß, in dem Christa wie eine Königin residiert hatte, von ihren älteren Brüdern angebetet, von Dienstboten verwöhnt, von jungen Männern umschwärmt. Sie war es gewöhnt, alle ihre Wünsche erfüllt zu sehen. Auch von ihm hatte sie erwartet, er würde widerspruchslos auf ihren Plan eingehen.

Verheiratet! Das Wort ließ ihn sekundenlang erschauern, und er spürte, wie der Zorn wuchs, den er seit der Trauung empfand. O ja, Christa liebte es, an den Fäden zu ziehen und die Leute wie Marionetten zu behandeln.

»Das Haus steht noch!« seufzte sie erleichtert. Plötzlich spornte sie ihre Stute an und galoppierte an ihm vorbei, die Zufahrt hinauf. Sie ritt wie der Wind, als wäre sie mit dem Pferd verschmolzen. Jeremy biß die Zähne zusammen, dann folgte er ihr. Sie war bereits abgestiegen, als er die Veranda erreichte. »Jeremy, würdest du dich um die Pferde kümmern.« Es war eher ein Befehl als eine Bitte.

»Sehr wohl, Madam!« murmelte er. Er sprach leise, aber sie hörte den scharfen Unterton in seiner Stimme.

Die Röcke gerafft, stieg sie die Stufen hinauf. »Das Gästezimmer wird immer für Besucher bereitgehalten. Du weißt doch, wo es ist? Der dritte Raum auf der linken Seite des Flurs.«

»Ja, ich weiß, wo es ist. Dort habe ich mehrmals übernachtet.« Jeremy schwang sich aus dem Sattel. In diesem Augenblick erschien einer der Stallburschen, dem er die Pferde übergab, mit dem Auftrag, beide zu striegeln. »Sie haben einen langen Ritt hinter sich«, erklärte er dem Jungen.

Christa ging in die Halle und ließ Jeremy einfach draußen stehen. Cameron Hall existierte immer noch, alles andere interessierte sie nicht. Seine Augen verengten sich. Was sollte er tun? Er hatte es satt, als elender Yankee bezeichnet und ausgenutzt zu werden. Ihr Wunsch war erfüllt worden, aber nun mußte sie den Preis dafür bezahlen. Noch nie hatte er eine Frau zu irgend etwas gezwungen, und er wußte, daß Christa ihn wie eine Wildkatze bekämpfen würde.

Vielleicht wollte er in dieser Nacht kämpfen. Und sie sollte wissen, daß man keine Geschäft abschließen konnte, schon gar nicht mit einem dreckigen Yankee, ohne den erforderlichen Beitrag zu leisten.

»Warte, Christa!« rief er und eilte hinter ihr in die Halle. Hätte sie ein kleines bißchen Dankbarkeit gezeigt, wäre er nicht so wütend gewesen. Nun verspürte er gute Lust, sie zu packen und zu schütteln. Und je länger sie ihn ansah, als wäre er ein Angestellter, desto größer wurde sein Zorn.

»Jeremy, ich bin sehr müde«, entgegnete sie, ganz die vornehme Hausherrin. Er hatte seine Schuldigkeit getan, er konnte gehen.

So einfach ist das nicht, Mrs. McCauley, dachte er und ballte die Hände.

Majestätisch stand sie im Mondlicht da, das durch die breiten Glastüren hereinfiel, und erwiderte seinen Blick. Er hob abwartend die Brauen, seine Hände in die Hüften gestützt. »Oh...«, murmelte sie. »Vielen Dank, Jeremy. Und gute Nacht.«

Sie wandte sich zur Treppe, aber er hielt ihren Arm fest und riß sie so kraftvoll herum, daß sie gegen seine Brust fiel. Ehe sie protestieren konnte, fragte er: »Wohin gehst du?«

»Ins Bett.«

»Einfach so?«

Verwirrt starrte sie ihn an. »Jetzt ist es doch vorbei.«

»Ganz im Gegenteil, es fängt erst an. Du wirst nirgendwo hingehen.«

»Ich weiß nicht, wovon du redest, und ich möchte jetzt schlafen.«

Langsam verzogen sich seine Lippen zu einem Lächeln, und er schüttelte den Kopf. »Das wirst du nicht.«

»Was zum Teufel bildest du dir eigentlich ein?« zischte sie. »Du bist weder mein Bruder noch mein Vater…«

»Aber dein Mann!« unterbrach er sie. »Verdammt noch mal, hast du das vergessen?«

Christa holte tief Atem. Das war es also. Er beabsichtigte nicht, sich wie ein Gentleman zu verhalten, und er wollte ihr heimzahlen, daß sie ihn zu dieser Heirat überredet hatte. Nun, sie war bereit, den Fehdehandschuh aufzuheben, den er ihr hinwarf. »Ich habe beschlossen, ins Bett zu gehen, und das werde ich auch tun.«

»Wie du willst.« Seine Silberaugen funkelten gefährlich. »Du kannst ins Bett gehen, Christa, aber nicht allein.«

»Was?« flüsterte sie fassungslos.

»Lady, du hast mich zu alldem überredet und unsere beiden Seelen für Jesses Haus verkauft. Nun, es ist gerettet. Weil ich gezwungenermaßen dein Ehemann bin. Und jetzt wirst du dich gefälligst wie eine Ehefrau benehmen.«

Erbost stemmte sie beide Hände gegen seine Brust. »Mach dich nicht lächerlich! Das kannst du unmöglich ernst meinen…«

»O ja, Christa«, fiel er ihr ins Wort, mit stahlharter Stimme. Er schlang seine Finger in ihr Haar, bog ihren Kopf nach hinten, so daß sie ihn ansehen mußte. »Du hast mich geheiratet, Christa. Das war ein folgenschwerer Schritt. Ich habe dich gewarnt. Und wie es in diesem Sprichwort so schön heißt – jetzt mußt du in dem Bett liegen, das du dir selber gemacht hast. Du verstehst doch, was ich meine?«

Heftig schüttelte sie den Kopf und befreite ihr Haar von seinen Fingern. Ja, sie wußte es. Nur zu gut. Typisch für einen Yankee! Er konnte sich nicht einfach daran freuen, daß sie das Haus gerettet hatten, o nein. Er wünschte sich eine richtige Hochzeitsnacht. Obwohl sie es kaum ertrugen, sich im selben Zimmer aufzuhalten! »Diese Ehe existiert nur auf dem Papier!« stieß sie zwischen zusammengebissenen Zähnen hervor. »Ich akzeptiere Jesse nur, weil er mein Bruder ist. Aber alle anderen Yankees verabscheue ich, Jeremy McCauley. Und ich weiß nicht einmal, ob ich dich ausstehen könnte, wenn du kein Yankee wärst. Aber du bist einer, und du trägst immer noch die Uniform der Unionskavallerie. Im Dienst der Union wirst du in den Westen reiten.«

»Auch im Westen wirst du mein Bett teilen, Christa. Diese Ehe besteht nicht nur auf dem Papier. Obwohl ich gewisse Rebellen verabscheue – und obwohl du dazugehörst.«

Sie starrte in seine Augen, und plötzlich strömten heiße Wellen durch ihren Körper – so wunderbare Gefühle, die ihr den Atem nahmen. Ihre Knie wurden weich, ihre Lippen trocken. Er wollte die Ehe vollziehen, wollte mit ihr schlafen. In dieser Nacht. Und so abgrundtief sie ihn auch haßte – plötzlich stellte sie sich seine bronzebraunen Hände auf ihrer nackten Haut vor, diesen harten, muskulösen Körper, an ihren eigenen gepreßt, die sinnlichen Lippen an ihrem Hals. Schmerzhaft hämmerte ihr Herz gegen die Rippen, ein seltsames Feuer schien ihr Blut zu erhitzen. Sie fing Jeremys Blick auf, und plötzlich wußte sie, daß ihn ähnliche Emotionen bewegten. Es muß Haß sein, dachte sie, die Leidenschaft wilden Zorns... Aber es spielte keine Rolle, was es war. Nur die beängstigende Intensität dieser Gefühle zählte. Verzweifelt schüttelte sie den Kopf. »Nein!« Es hätte ein Wutschrei werden sollen, ein heftiger Protest. Aber dafür fehlte ihr der Atem, und sie brachte nur ein schwaches Flüstern zustande. Weil diese Silberaugen viel zu tief in ihre schauten.

Obwohl er mit leiser Stimme sprach, klang ein harter, eiskalter Unterton darin mit. »Du hast mich zu dieser Hochzeit überredet, erinnerst du dich? Und du hast versichert, du würdest alles für Cameron Hall tun. Jetzt ist es an der Zeit, dieses Versprechen einzulösen. Du mußt den Preis bezahlen.«

Endlich kehrten ihre Kraft und ihr Mut zurück. »Du mußt wahnsinnig sein!« zischte sie. »Ich schlafe doch nicht mit jedem dahergelaufenen Yankee-Ungeziefer.«

»Nicht einmal mit dem Ungeziefer, das dein kostbares Haus gerettet hat?«

»Der Krieg ist vorbei!« stieß sie hervor.

»Nein.« Bitter und herausfordernd lächelte er sie an. »Du hast darauf bestanden, immer wieder Öl ins Feuer zu gießen. Unser Krieg hat eben erst begonnen.« Ehe sie wußte, wie ihr geschah, nahm er sie auf die Arme und trug sie die breite Treppe hinauf.

Verbissen wehrte sie sich. »Laß mich hinunter! Verdammt, ich weiß nicht, was mit euch Yankees los ist. Wir sind fertig miteinander, verstehst du denn nicht?«

Wortlos eilte er mit ihr durch die Ahnengalerie im Oberstock. Mehrere Cameron-Generationen starrten auf ihn herab, aber er ignorierte sie. Im Flur zögerte er nicht. Dreimal war er hier zu Gast gewesen. Jesses und Kiernans Zimmer lag am Anfang des Korridors, Daniel und Callie bewohnten einen Raum weiter hinten an der rechten Seite, in der Nähe der Kinderzimmer. Direkt gegenüber fand er mühelos Christas Tür, die er mit einer Fußspitze aufstieß.

Mit aller Kraft wand sich Christa in seinen Armen, und mit jedem Schimpfwort, das sie ihm ins Gesicht schleuderte, steigerte sie seinen leidenschaftlichen Zorn. Sie nannte ihn einen miesen kleinen Farmer, elenden Abschaum und natürlich immer wieder einen dreckigen Yankee.

Er brauchte kein Licht im Schlafzimmer anzuzünden. Der Schein der Gaslampe fiel vom Flur herein, außerdem erhellte ein bleicher Vollmond den Raum. Zum erstenmal hatte Jeremy Christas hübsch eingerichtetes Zimmer betreten. Ein weißer Baldachin mit Vorhängen wölbte sich über dem Bett. Große Lehnstühle standen vor den Fenstern, wo durchsichtige Gardinen in der Brise flatterten. Sanft schimmerte die Politur eines schönen Schreibtischs aus Kirschbaumholz.

Jeremy warf Christa aufs Bett, beugte sich über sie und hielt sie fest. Ihre Augen schienen blaue Funken zu sprühen, und sie öffnete den Mund, um zu einer neuen Schimpfkanonade anzusetzen. Doch er ließ sie nicht zu Wort kommen. »Schlafen die Rebellen etwa nicht mit ihren Ehefrauen?«

Sekundenlang starrte sie ihn entgeistert an, dann fand sie ihre Sprache wieder. »Du bist um keinen Deut besser als dieser unappetitliche Sergeant, der mich vergewaltigen wollte...«

»... und den du bereitwillig geheiratet hättest.«

»Wenn du mich nicht sofort aufstehen läßt...«

»Oh, du wirst aufstehen.« Er umschlang ihre Taille, hob sie hoch und stellte sie auf die Füße. Dann drehte er sie herum und begann die winzigen Häkchen an ihrem Kleid zu öffnen. »Soeben habe ich meine Seele verkauft. Jetzt will ich sehen, was für eine großartige Rebellenschönheit ich für meine Mühe bekommen habe.« Er wußte nicht genau, was er beabsichtigte, wie weit er gehen wollte. Vielleicht würde er ihr nur klarmachen, was sie ihm schuldete, und daß er großzügig sein würde, wenn sie Glück hatte.

Doch er fand keine Gelegenheit, Großmut zu zeigen. Heftig riß sie sich von ihm los, und das war ein Fehler. Mit einem lauten Ratsch zerriß der abgetragene Stoff ihres Kleids und blieb in Jeremys Händen hängen. An diesem Tag trug sie weder Unterröcke noch ein Korsett. Das zerfetzte Kleid rutschte an einem dünnen Unterhemd aus Baumwolle hinab, das noch aus früheren luxuriösen Tagen stammte, mit schmalen Trägern und Spitzenbesatz. Sinnlich schmiegte sich der zarte Stoff an die vollen Brüste, deren rosige Spitzen hindurchschimmerten. Zwischen den Schenkeln waren die Umrisse eines dunklen Dreiecks zu erkennen.

Im Mondlicht betonte das Hemd Christas schlanke Schönheit, und einen Augenblick lang stand Jeremy einfach nur da und starrte sie an. Es war unmöglich, sie nicht zu begehren. Sie erschien ihm wie eine Göttin – nur dazu erschaffen, Verlangen zu erregen. Diese Gedanken wurden von einer schallenden Ohrfeige unterbrochen, die sie ihm plötzlich verabreichte. Das Echo des Geräusches hallte durch die Nacht und schien sogar Christa zu überraschen. Sie wich zurück, stolperte über das Kleid, das zu Boden gefallen war. »Ich – ich...«, stotterte sie, dann schrie sie: »Du bist ein widerlicher, unverschämter Yankee! Sogar Ehepaare ziehen sich hinter Wandschirmen aus. Ein Gentleman wendet sich ab, wenn seine Frau ihre Kleider ablegt, und wahrt stets den Anstand...«

»Anstand!« fiel Jeremy ihr verächtlich ins Wort. Obwohl seine Wange schmerzhaft brannte, grinste er belustigt. »Glaubst du, dein Bruder legt Wert auf Anstand, wenn er meine Schwester liebt? Um Callies Willen möchte ich das nicht hoffen!« Mit zwei Schritten war er bei ihr, umfaßte ihre Schultern und zog sie an sich. Mit einem Finger hob er ihr Kinn, ihre Lippen berührten sich.

Jetzt dürfen Sie die Braut küssen... Höhnisch schien dieser Satz in seinen Ohren zu gellen.

Mit einem halberstickten Laut, der sofort in ihrer Kehle steckenblieb, protestierte Christa. Niemals in all den Kriegsjahren hatte Jeremy weniger Mitleid gekannt. Sie hatte ihn geheiratet, also konnte sie ihn verdammt noch mal küssen. Aber nicht nur deshalb preßte er seinen Mund immer begieriger auf ihren. Wie süß ihre schönen vollen Lippen schmeckten... Und sie zitterten, verrieten die Leidenschaft ihrer Gefühle. Es mußte die Leidenschaft ihres Hasses sein, doch das spielte keine Rolle. Er wollte sie küssen, wollte den ganzen Zauber kosten, den sie ausstrahlte. Ohne ihre Gegenwehr zu beachten, schlang er die Finger in ihr dichtes schwarzes Haar.

Seine Zunge zwang ihre Zähne auseinander, erforschte ihren weichen, warmen Mund. Und während er sie immer enger an sich drückte, schien ihr Widerstand zu erlahmen.

Vielleicht war es nicht nur der betörende Geschmack ihrer Lippen, der ihn anspornte. Bei der ersten Begegnung war er verwirrt von ihrer Schönheit gewesen, sogar gefesselt. Er entsann sich, wie er sie einfach nur angestarrt und vergessen hatte, warum er nach Cameron Hall gekommen war. Und jetzt geriet er erneut in diesen seltsamen Bann.

Unter dem dünnen Baumwollhemd spürte er die erregenden Formen ihres Körpers. Runde Brüste schmiegten sich an ihn. Und er nahm den rasenden Schlag ihres Herzens wahr, die langen schlanken Beine, sogar die sanfte Erhebung ihres Venusbergs. Der Duft ihres Haars drohte ihm den Verstand zu rauben.

In Christas Nähe konnte er den Krieg vergessen, die Liebe, die Träume, die zu Asche zerfallen waren. Sie schien in Flammen zu stehen. Mochte ihre Leidenschaft auch aus Zorn geboren sein, sie reizte ihn noch mehr als ihre Schönheit, weckte den Wunsch, immer weiter von ihren Lippen zu trinken.

Sie hatte aufgehört, sich gegen ihn zu stemmen, und er rechnete bereits mit ihrer Hingabe, doch da riß sie sich abrupt los und berührte ihre geschwollenen Lippen. »Du hast kein Recht!« würgte sie hervor.

Langsam schüttelte er den Kopf. »*Du* hattest kein Recht, mich zu schlagen, und es ist mein gutes Recht, hier zu sein, in deinem Schlafzimmer. Du hast mich geheiratet, erinnerst du dich? Es war deine Idee. Und jetzt möchte ich all die Schönheit sehen, die meine Rebellenfrau zu bieten hat.«

»Wie kannst du es wagen...« Empört verschränkte sie die Arme vor der Brust.

»Oh, ich werde eine ganze Menge wagen. Und nun will ich dieses Hemd haben, Mrs. McCauley.«

»Oh, du – du...«

Jeremy grinste amüsiert. »Hüte deine Zunge, Christa. Wenn du dich wie eine gehorsame Ehefrau benimmst, beschließe ich vielleicht, dich in diesem Zimmer allein zu lassen.«

»Und wenn nicht?«

»Das Kleid ist bereits zerrissen. Dein Hemd könnte dasselbe Schicksal erleiden.«

Ihre Augen verengten sich. »Das würdest du nicht tun.«

»Möchtest du mich auf die Probe stellen? Immerhin bin ich ein Yankee. Das solltest du stets bedenken.«

Herausfordernd hob sie das Kinn. »So kannst du heute nacht reden, aber wenn Jesse oder Daniel hier wären?«

Wütend packte er ihr Handgelenk und zerrte sie zu sich heran. »Droh mir nicht mit deinen Brüdern, Christa! Es sei denn, du willst noch mehr Blut fließen sehen. Du hast mich geheiratet, und ich habe dich gewarnt – ich sagte, du würdest unsere beiden Seelen dem Teufel verkaufen. Jesse und Daniel sind deine Brüder, in der Tat. Aber jetzt heißt du McCauley. Ich bin dein Mann. Du wolltest es so, und jetzt mußt du die Konsequenzen auf dich nehmen!«

Als er nach dem Hemd griff, um es ihr vom Leib zu reißen, befreite sie sich, zog es mit bebenden Händen über ihren Kopf und schleuderte es in sein Gesicht. »Bastard!« rief sie. »Da, nimm das verdammte Ding!«

Nur sekundenlang wurde er von einer weißen Wolke geblendet, dann stieß er sie beiseite, packte Christas Ellbogen und warf sie aufs Bett. Ehe sie sich erheben konnte, kniete er über ihr, die Hüften zwischen seine Schenkel geklemmt.

Er sah den zornigen, rebellischen Glanz in ihren Augen, das schwarze Haar, das sich auf den Kissen ausbreitete, die leicht geöffneten Lippen, noch feucht und gerötet von seinem Kuß. Elfenbeinweiß schimmerten ihre Brüste im Mondlicht. Die wütende Hitze, die sie ausstrahlte, ging in seinen Körper über, spannte all seine Muskeln an, beschleunigte seinen Puls. Er staunte selbst über das wilde, brennende Verlangen, das ihn erfüllte.

»Nun, was hast du jetzt vor?« fauchte sie.

Jeremy beugte sich zu ihr hinab. »Ich glaube, du kennst die Wirkung deiner Reize sehr wohl. Aber bist du ein angemessener Preis für eine Seele?« Er spürte, wie sie heftig zu zittern begann. Die heiße Wut, die ihn erfaßte, galt ihm selbst ebenso wie ihr. Er stand auf und sah, wie sie verblüfft die Brauen hob. Dann zog sie hastig die Bettdecke über ihren Körper. Er verbeugte sich, mit ausdrucksloser Miene. »Meine Liebe...«

»Du gehst?« fragte sie ungläubig.

»Für eine kleine Weile.«

»Aber was...« Sie unterbrach sich, fuhr mit der Zunge über ihre Lippen, und er beobachtete, wie ihr Zorn mit maßloser Erleichterung kämpfte.

»Du bist tatsächlich ein angemessener Preis, Christa. Aber verdammt noch mal, ich brauche jetzt einen Drink.«

Als er zur Tür ging, wurde er von einem Kissen getroffen, und drehte sich blitzschnell um. »Oh, du Bastard!« kreischte sie. »Du hast das alles nur getan, um mich zu quälen, zu demütigen, um mir meine Würde zu nehmen...«

»Christa, ich kann dir nichts nehmen, was du nicht selber aufgegeben hast. Du sagtest, du würdest sogar den schurkischen Sergeant heiraten, der dich beinahe vergewaltigt hätte. Also verlang nicht von mir, auf deine Würde Rücksicht zu nehmen. Ja, vielleicht wollte ich dich quälen...« Und bei Gott, ich habe mich selber gequält, fügte er in Gedanken hinzu. »Aber es steckt noch mehr dahinter. Du hast mich geheiratet. Anfangs war es dir egal, was das bedeuten könnte. Nun, es ist geschehen. Und du wirst herausfinden, daß es wirklich etwas bedeutet. Aber nun wünsche ich dir erst einmal eine gute Nacht.«

Schweigend schaute sie ihm nach, als er das Zimmer verließ.

4

Jeremy versuchte auch diesmal, die zahlreichen Camerons zu ignorieren, die ihn in stummer Mißbilligung aus ihren Bilderrahmen anstarrten. Er wollte keine Camerons mehr sehen. Die Erinnerung an jene eine Cameron, die nackt und wütend vor ihm gelegen hatte, genügte ihm vollauf. Christa in all ihrer Schönheit... Warum zum Teufel begehrte er sie so heftig, obwohl es nach dieser Farce von einer Hochzeit keinerlei zärtliche Gefühle zwischen ihnen gab, nur wilden Haß und Feindschaft?

Er stieg die Treppe hinab, betrat die Bibliothek und zündete die Gaslampe über dem Schreibtisch an, dann sank er in den Sessel dahinter. Auf einem Beistelltischchen stand eine Cognackaraffe, und er schenkte sich ein Glas ein. Müde lehnte er sich zurück und nahm einen Schluck, der wie Feuer in seiner Kehle brannte.

Christa... Gleichgültig, ob er die Augen offen oder geschlossen hielt – er sah sie vor sich, und diese Vision ließ sich nicht verscheuchen. Vielleicht spielten zärtliche Gefühle nach einem so langen Krieg keine Rolle mehr, und es war ohnehin schon so lange her, seit sie ihm etwas bedeutet hatten. Vielleicht genügte die Begierde. Und die vermochte Christas vollkommene Schönheit zweifellos zu erregen. Sie war groß und schlank, vielleicht ein bißchen zu dünn, aber nicht einmal die Entbehrungen der langen Kriegsjahre hatten die sanften Rundungen ihres wohlgeformten Körpers beeinträchtigt. Und ihr süßer Duft... Jeremy stöhnte leise. Er hätte sie nicht anrühren dürfen. Was für ein Dämon ihn in dieser Nacht antrieb, wußte er nicht. Nur eins wußte er – ihre rebellische Arroganz zerrte dermaßen an seinen Nerven, daß er es unmöglich fand, sich wie ein Gentleman zu verhalten. Sie würde den Preis für all das zahlen müssen, was sie ihm aufgebürdet hatte. Sie glaubte, es wäre ganz einfach, die Menschen nach Belieben zu manipulieren. Allmählich mußte sie lernen, die Folgen ihrer Handlungsweise zu tragen.

Für sie bedeutete diese Ehe nicht mehr als ein Ritt in die Stadt, die Eskapade eines Nachmittags, ein Gelübde, das nur auf dem Papier bestand, mühelos ausgesprochen, ebenso mühelos wieder vergessen.

Für sie zählte nur eins, die Rettung dieses kostbaren Hauses. Irgendwie verstand er das sogar. Cameron Hall war ein historisches Monument, zeugte von den Generationen einer Familie, die in der Neuen Welt Wurzeln geschlagen, Ansehen und Wohlstand erworben hatte. Nach all den Wirren und Leiden des Freiheits- und Sezessionskriegs erhob es sich immer noch majestätisch auf seinem Hügel und verdiente es, gerettet zu werden. Ja, Jeremy brachte Verständnis für Christas Gefühle auf, obwohl er ihr grollte, weil sie ihn so skrupellos benutzt hatte, um ihre Ziele zu erreichen.

Noch ein weiterer Punkt spielte bei seinen Überlegungen eine Rolle. Auch ihn störte das Verhalten der siegreichen Yankees im Süden. Zuviel Macht wurde in rücksichtslose Hände gelegt. Lincoln hatte den Frieden angestrebt, aber er war tot. Und Johnsons Regierung konzentrierte sich nicht auf den Frieden, sondern auf die Bestrafung der Unterlegenen. Wahlen wurden manipuliert, viele Männer – vor dem Krieg in der Politik tätig – von Ämtern ferngehalten, weil sie für die Konföderierten Staaten von Amerika gekämpft hatten. Daniel Cameron wartete immer noch auf eine Begnadigung von seiten der Unionsregierung, und manche Leute fragten sich, ob Jeff Davis am Galgen enden würde. Neben diesem offenkundigen Machtmißbrauch fanden noch kleinere Ränkespiele statt. Zahllose opportunistische Beamte, die wie Heuschrecken über die Südstaaten hergefallen waren, ließen sich bestechen und verkauften ihre Gunst demjenigen, der den höchsten Preis bot. Beinahe wäre auch Cameron Hall das Opfer einer solchen Intrige geworden.

Jeremy mochte seinen Schwager. In Virginia geboren und aufgewachsen, hatte Daniel Cameron keine andere Möglichkeit gesehen, als dem Ruf seines Gewissens zu folgen und sich auf die Seite der Rebellen zu stellen. Der Krieg hatte ihnen beiden kaum die Gelegenheit geboten, ihre Bekanntschaft zu vertiefen. Aber sie teilten gewisse Ansichten über das Leben, über Verantwortungsbewußtsein, über die Art und Weise wie man die Welt betrachten mußte. Und Jeremys Schwester Callie liebte Daniel. Das allein sprach für ihn.

Plötzlich sah Jeremy seine an diesem Nachmittag geschlossene Ehe mit etwas anderen Augen. Immerhin hatte er damit auch Daniel geholfen. Er hob sein Cognacglas. »Auf dich, Daniel!«

Als er zum erstenmal auf Cameron Hall gewesen war, hatte er ebenfalls Cognac getrunken – zusammen mit Daniel. Ein seltsamer Tag... Er war als Feind hierhergekommen – bereit, für seine Schwester zu kämpfen. Und als Freund seines Schwagers hatte er das Haus wieder verlassen, obwohl sie beide immer noch verschiedene Uniformen trugen.

Dem ausgezeichneten Militärarzt Jesse Cameron war Jeremy öfter begegnet, da sie auf derselben Seite gekämpft hatten. Der Krieg verlangte dem älteren Cameron-Bruder eine ganze Menge ab, da er immer wieder Freunde und alte Bekannte zusammenflicken mußte – ebenso aus Unions- wie aus Konföderiertenreihen. Oft genug hatte Jeremy seine Schwägerin Kiernan in den Lazaretten getroffen, eine tüchtige Assistentin ihres Mannes und fürsorgliche Betreuerin der Verwundeten.

Während des ganzen Kriegs war Jesse von der Angst begleitet worden, eines Tages könnte er unter den vielen Toten seinen Bruder finden. Doch die beiden hatten alle Schlachten überlebt, und Jeremy mochte die Brüder sehr. Auf welcher Seite sie standen, spielte für ihn keine Rolle. Mit den Cameron-Männern gab es keine Probleme. Um so lieber würde er seine Hände um den schönen weißen Hals ihrer Schwester legen. Zum Teufel mit ihr! Männer wußten zu kämpfen, zu siegen und zu kapitulieren. Für

Christa würde der Krieg nie zu Ende gehen. Und sie würde auch niemals begreifen, daß sie nicht der einzige Mensch war, der in dem jahrelangen Gemetzel das Glück einer tiefen Liebe verloren hatte. Der bittere Schmerz kehrte zurück, obwohl er glaubte, er hätte schon vor langer Zeit gelernt, ihn zu unterdrücken.

Es war schlimm genug gewesen, Soldaten sterben zu sehen. Aber manches Kanonen- oder Gewehrfeuer hatte nicht nur Männer in Uniform dahingerafft, sondern auch alte Leute, unschuldige Frauen und Kinder. Er biß die Zähne zusammen. Jennifer Morgan war während des langen, schrecklichen Angriffs auf Vicksburg, Mississippi, gestorben, vor über zwei Jahren. Immer noch erinnerte er sich deutlich, wie er sie gefunden hatte. Ein knochendürrer Junge, ein kleiner Blockadebrecher, führte ihn zu ihr, nachdem die Stadt in die Hände der Yankees gefallen war. Sie hatte in den Höhlen am Fuß der Berge gehaust. Und da lag sie nun, die Hände über der Brust gefaltet und sah aus, als würde sie schlafen. Aber dann versuchte er, sie hochzuheben, und entdeckte das Blut an ihrem Hinterkopf.

Jenny… Ein Jahr zuvor war er ihr zum erstenmal begegnet. Seine Soldaten hatten auf den Feldern ihrer Farm kampiert. Er tat sein Bestes, um sie für die Verwüstung zu entschädigen, die seine Leute mit ihren Zelten und Pferden auf ihrem Land angerichtet hatten. Jennifer Morgan war eine wunderschöne Frau und grünäugig, zierlich und sanftmütig, aber sehr stolz und würdevoll. Drei abgemagerte kleine Kinder in fadenscheinigen Kleidern klammerten sich an ihre Röcke. Für eine Brosche, die er Callie zu Weihnachten schenken wollte, bezahlte er ihr ein Vermögen. Und mit seinen Yankee-Dollars konnte die verwitwete Mrs. Morgan, deren Mann bei Shilo gefallen war, Nahrung und Kleidung für ihre Kinder kaufen.

Jeremy verbrachte das Weihnachtsfest bei seiner Schwester und kehrte dann nach Mississippi zurück. Er blieb auf Jennys Farm, während Grant die Stadt Vicksburg unerbittlich attackierte, fest entschlossen, sie zu erobern – koste es, was es wolle. Er war der einzige, wirklich tüchtige Unionsgeneral, der sich nicht jedesmal zurückzog, wenn die Südstaatenstreitkräfte in seine Nähe kamen.

Wie er sehr wohl wußte, verfügte er über etwas, das dem Gegner fehlte – Truppenstärke. Die Rebellen konnten sich kein Massensterben leisten, die Union ihre gefallenen Soldaten jederzeit ersetzen.

Doch zwischen Jenny und Jeremy spielte der Krieg keine Rolle. Er wußte nicht, wann er sich in sie verliebt hatte. Vielleicht in einer jener Nächte, wo er so lange auf ihre Fenster gestarrt hatte, bis es unerträglich geworden war. Schließlich stieg er aufs Pferd, ritt hinüber und fand heraus, daß sie schon seit langem auf ihn wartete. Die Stunden der Dunkelheit verwandelten sich in eine magische Welt.

Jenny interessierte sich nicht besonders für Politik. Aber sie war in Mississippi geboren und sorgte sich um ihre Landsleute. Er erfuhr nichts von ihrer Absicht, mit den Kindern nach Vicksburg zu gehen, obwohl er sie vor der fortgesetzten Belagerung durch die Union gewarnt und ihr dringend davon abgeraten hatte, ihre Pläne zu verwirklichen und im Lazarett Verwundete zu betreuen.

Während ringsum der Krieg tobte, entstand im Farmhaus eine eigenartige häusliche Atmosphäre. Die Kinder liebten Jeremy, und wann immer er zu Besuch kam, wühlten sie eifrig in seinen Taschen.

Er erhielt die Order, mit seiner Kompanie das Gelände rings um Vicksburg zu erkunden. Das Manöver dauerte mehrere Tage. Bei seiner Rückkehr war Jenny verschwunden. Er fand einen Brief vor, mit der Beteuerung, sie liebe ihn und wolle ihn heiraten, sobald die Belagerung der Stadt vorbei sei. Im Herbst erwarte sie ein Kind. Da erkannte er, wieviel sie ihm bedeutete.

Zahlreiche Unionsspione gingen in der belagerten Stadt ein und aus, und so fiel es ihm nicht schwer, sich über Jennys Situation zu informieren. Nachdem so viele Häuser den Kanonen oder Granaten zum Opfer gefallen waren, lebte sie wie die meisten Bürger in den Höhlen am Fuß der Berge. Nur dort konnte man sich vor dem unablässigen Feuer schützen. Aber es gab kaum noch Lebensmittel. Man briet sogar die Ratten, die sich im Unrat tummelten.

Schweren Herzens schrieb er Jenny einen langen Brief und flehte sie an, Vicksburg zu verlassen. Er liebe sie sehr und würde sie sofort heiraten. Natürlich freue er sich auf das Baby, und auch ihren Kindern aus erster Ehe würde er ein guter Vater sein. Nun müsse sie mit den drei Kleinen aus der Stadt fliehen, er wolle sie an irgendeinem sicheren Ort unterbringen, wo keines der beiden Heere hinkommen würde.

Tage verstrichen, dann überbrachte ihm ein Spion Jennys Antwort. Tiefe Dankbarkeit für den Mann, der sein Leben riskiert hatte, erfülle Jenny. Voller Sehnsucht las Jeremy Jennys liebevolle Worte, ohne zu ahnen, daß sie sich seinen Wünschen nur zum Schein beugte und entschlossen war, nur den eigenen Weg zu gehen.

Sie blieb in Vicksburg, denn sie hatte sich mit einem der Blokkadebrecher auf dem Fluß angefreundet und wollte den Bürgern der Stadt helfen. Heimlich beförderte sie Lebensmittel und Morphium in die Höhlen. An dem Tag, an dem Vicksburg fiel, kam Jeremy in die Stadt. In den Straßen, durch die blauuniformierte Soldaten marschierten, sah er zahllose Frauen weinen. Und er spürte den ganzen Haß des Südens. Doch er ignorierte diese Gefühle und ließ sich den Weg zu den Höhlen beschreiben.

Zwei Tage, bevor die Stadt kapituliert hatte, war Jenny von einem Querschläger getroffen worden und vierundzwanzig Stunden später gestorben. Niemand in der Höhle störte sich an seiner blauen Uniform. Vielleicht zeigte er seinen Schmerz deutlich genug. Jennys blonde Kinder versuchten ihn zu trösten, als er die Leiche in die Arme nahm, seine Hand auf den Bauch legte, in dem sein Baby zusammen mit der Geliebten den Tod gefunden hatte.

Am Eingang der provisorischen Behausung zwischen den Klippen stand eine Frau, die Jenny glich. Verzweifelt schaute er zu ihr auf. »Ich möchte die Kinder adoptieren, und ich werde irgendwo eine sichere Unterkunft für sie finden...«

»Jetzt droht ihnen keine Gefahr mehr in Vicksburg, Sir. Wir haben kapituliert. Bei mir sind die Kinder in Sicherheit. Ich bin Jennys Schwester, und ich habe meinen Mann verloren, auch meinen einzigen Sohn.« Nach einer kleinen Pause fügte sie hinzu, während er schwankend aufstand und die Tote immer noch an sich preßte: »Jenny hat Sie geliebt, und sie wußte, daß ihre Gefühle erwidert wurden. Sie freute sich so sehr auf ihr Baby, und daß der Vater ein Yankee war, kümmerte sie nicht im mindesten. Legen Sie sie jetzt wieder hin, Sir, wir müssen sie begraben.«

Sie hatten Jenny beerdigt, und Jeremy wurde in den Osten zurückversetzt, ganz egal, ob er dort kämpfen wollte oder nicht.

Grant war fest entschlossen, den raffinierten Lee in eine Falle zu locken, mit allen Mitteln. Er würde Schlachten und Männer verlieren, wieder kämpfen, neue Soldaten rekrutieren.

Im Osten fand Jeremy wenigstens eine Gelegenheit, Callie wiederzusehen. Er war so wütend angesichts der Entdeckung gewesen, daß sie ein uneheliches Kind von einem Reb erwartet hatte. Jetzt, nachdem er selber beinahe der Vater eines Südstaatenbabys geworden wäre, sah er das alles mit anderen Augen und brachte Verständnis für seine Schwester auf.

Ungeduldig sehnte er ein Wiedersehen herbei, mußte aber feststellen, daß sie von den Rebellen nach Süden entführt worden war. Und so ritt er nach Cameron Hall. Dort war er Daniel und Jesse zum erstenmal begegnet. Und der schönen blauäugigen Hexe, die da oben in ihrem Schlafzimmer lag, die ihn geheiratet hatte, die ihn verabscheute und haßte...

»Auf dich, Christa!« flüsterte er und trank noch einen Schluck Cognac. Sicher hatte sie oft genug an diesem Schreibtisch gesessen und sich ebenfalls ein Gläschen genehmigt, in dieser gediegenen Bibliothek mit den antiken Möbeln und unzähligen Büchern. Früher mochten sich die Gentlemen während einer Party hierher zurückgezogen haben, um Cognac oder Whiskey zu trinken, Zigarren zu rauchen, über Politik zu reden – Dinge, die Frauen nicht interessierten.

Bis der Krieg die Männer weggeholt und die Frauen zurückgelassen hatte. Für einen kurzen Augenblick wurde er von Mitleid erfaßt. Christa hatte ihr Bestes für das Haus getan und ein Recht, es zu lieben. Stets war sie bereit gewesen, dafür zu kämpfen – so wie an jenem Tag, wo Eric Dabney und seine Yankee-Plünderer es niederzubrennen versucht hatten. Um Kiernan, Callie und sich selbst zu retten, hatte Christa nicht gezögert, eine Waffe zu heben und auf den Feind zu schießen.

Eine geborene Kämpferin, dachte Jeremy. Und nun bedauerte er sie, weil sie Cameron Hall verlieren würde, denn es gehörte Jesse. Plötzlich mußte er lächeln. Er sollte sie tatsächlich in den Westen mitnehmen. Dort wurden mutige, tatkräftige Frauen gebraucht. Außerdem war sie so schön und begehrenswert...

Ernüchtert stellte er sein Glas auf den Tisch. Der Wilde Westen war kein geeigneter Aufenthaltsort für eine Frau wie Christa. Obwohl manche Männer ihre Ehefrauen dorthin mitnahmen – doch von diesen Frauen wurden sie geliebt.

Irgendwo im Haus schlug eine Uhr – zwölfmal. Seine Hochzeitsnacht. Die hatte er sich ganz anders vorgestellt. Voller Liebe, Leidenschaft und Zärtlichkeit. Er hatte von goldblondem Haar auf seiner nackten Brust geträumt, von Jennys glücklichem Lächeln, wenn er ihren Bauch berührte, um die Bewegungen seines Kindes zu spüren...

»Alles mögliche habe ich mir vorgestellt«, murmelte er. »Nur eins nicht – daß ich in der Bibliothek von Cameron Hall sitzen und Cognac trinken würde.« Aber auch Christa hatte sich vermutlich eine andere Hochzeitsnacht ausgemalt. Für sie mochte es noch schlimmer gewesen sein, denn sie war verlobt gewesen, der Hochzeitstermin bereits festgesetzt. Callie hatte ihn brieflich über Liam McCloskeys Tod informiert und geschildert, wie das Brautkleid schwarz gefärbt worden war.

An diesem vergangenen Tag hatte Christa ihren verstorbenen Bräutigam kein einziges Mal erwähnt. Abrupt stand Jeremy auf. Sie würde nicht alleine schlafen. Man heiratete keine Verführerin mit ebenholzschwarzem Haar und strahlenden Blauaugen, um dann in einem Gästezimmer zu nächtigen – nicht einmal, wenn sie eine Xanthippe war! Nach einem letzten Schluck Cognac schleuderte er das Glas in den Kamin, verließ die Bibliothek und stieg die Treppe hinauf. In der Ahnengalerie starrten ihn die verdammten Camerons wieder an. Diesmal blieb er stehen und erwiderte die abweisenden Blicke. »Laßt euch bloß nicht einfallen, irgendwas zu sagen! Sie ist meine Frau!« Im Zusammenhang mit Christa klangen diese Wort äußerst sonderbar.

Zielstrebig ging er an den Porträts vorbei, zu Christas Zimmer, trat ein und schloß die Tür hinter sich. Mondschein fiel auf das Bett. Jeremy beugte sich zu ihr hinab. Sie war eingeschlafen. Jede andere Frau hätte sich vermutlich in den Schlaf geweint, aber so etwas paßte nicht zu Christa. Sie lag auf dem Bauch, und die Decke reichte bloß bis zur Taille. Im silbrigen Licht war der wohlgeformte Rücken deutlich zu sehen, schwarzes Haar breitete sich darauf aus. Eine geballte Hand hatte sie unters Kinn geschmiegt, ihre langen Wimpern überschatteten die Wangen. Behutsam berührte er ihr Gesicht, glaubte trotz allem, eine Tränenspur zu fühlen. »Aber das ist es doch, was du wolltest«, flüsterte er. Dann setzte er sich aufs Fußende des Betts und zog seine Stiefel aus.

Sie mußte wirklich völlig erschöpft sein, denn sie bewegte sich nicht. Die ganze Zeit beobachtete er ihr Gesicht, während er seine Uniform ablegte, ordentlich zusammenfaltete und über den Stuhl vor dem Toilettentisch hängte.

Ohne Christa anzufassen, kroch er neben ihr ins Bett, starrte zur Zimmerdecke hinauf und verfluchte sich selbst. Natürlich hatte er niemals erwogen, sie im Schlaf zu vergewaltigen. Was zum Teufel hoffte er dann zu erreichen, wenn er hier neben ihr lag und es unmöglich fand, sie nicht zu begehren?

Denk an Jenny, befahl er sich energisch. Erinnere dich an all das, was hätte sein können. Erinnere dich an Christas Worte, wie schmählich sie den »dreckigen Yankee« beleidigt hatte. Doch das alles nutzte nichts. Heißes Verlangen durchströmte seine Adern.

Er wandte sich zu ihr, und ihr Haar kitzelte seine Nase, duftete nach Rosen, fühlte sich an wie Samt.

Aber dann riß er sich zusammen, kehrte ihr den Rücken und begann, Schäfchen zu zählen. Seine Hochzeitsnacht... Verdammt komisch. Nein, es war eine reine Qual. Aber glücklicherweise hatte er eine ganze Menge Cognac getrunken und lange, beschwerliche Tage hinter sich. Er war völlig übermüdet, und im Morgengrauen schlief er endlich ein.

Für gewöhnlich erwachte er schon beim leisesten Geräusch. Während unzähliger Nächte in Feldlagern, wo er auf die geringfügigsten Gefahren hatte achten müssen, war seine Fähigkeit, tief und fest zu schlafen, verlorengegangen. Aber in dieser Nacht schlief er wie ein Toter.

Und seltsamerweise hatte er schöne Träume. Er überquerte eine Wiese, wahrscheinlich in Maryland, seiner geliebten Heimat, wo in der Ferne blaugrüne Berge aufragten. Über den Wegen vereinten sich die Zweige der Bäume und bildeten natürliche Torbögen. Er kehrte nach Hause zurück, und nun begann er zu laufen, weil er Jenny sah. Die Arme ausgestreckt, eilte sie ihm entgegen, schön und zierlich, das Haar wie eine Wolke aus Sonnenschein. Endlich daheim! Der Krieg war vorbei, ein neues Leben konnte beginnen.

Doch dann begann Jennys Vision zu verblassen, und er wußte im Traum, daß sie tot war. Wie aus weiter Ferne hörte er etwas, das der realen Welt des Bewußtseins zu entstammen schien.

»Christa!« Eine sanfte, weibliche Stimme. Dann klopfte es an der Tür. »Christa...?«

Er öffnete die Augen, schüttelte die letzten Nebel des Schlummers ab und setzte sich auf. Als er den Kopf nach rechts wandte, sah er, wie auch Christa sich bewegte. Daß ihr Anblick sofort wieder neue Begierde weckte, verblüffte ihn. Unwillkürlich stellte er Vergleiche an. Jenny war blond und sanft gewesen, so zierlich, so ätherisch. Obwohl Christa noch schlanker sein mochte, besaß sie üppigere Kurven, und sie wirkte kein bißchen ätherisch. Sie verkörperte Leidenschaft und Feuer und Sinnlichkeit. Wie sehr er sich nach ihr sehnte...

»Christa?«

Jemand stand vor der Tür. Die Gefahr, mit ihm im Bett ertappt zu werden, schien sogar Christas Selbstbewußtsein empfindlich zu beeinträchtigen. Als sie ihn entsetzt anstarrte, konnte er sich einer gewissen boshaften Genugtuung nicht erwehren. »Was um Himmels willen machst du hier?« zischte sie. »Du mußt sofort aufstehen und verschwinden!«

Jeremy lehnte sich ans Kopfteil des Betts und schüttelte langsam den Kopf. Seelenruhig verschränkte er die Arme vor der Brust. »O nein, Christa.«

»Das war Kiernans Stimme! Sie ist mit Jesse zurückgekommen. Wenn mein Bruder dich hier findet, wird er dich umbringen.«

»Wir sind verheiratet, erinnerst du dich? Oh, welch ein Jammer! Jesse ist wieder da? Stell dir das mal vor! Wäre er vierundzwanzig Stunden früher heimgekommen, hättest du dir die Ehe mit mir ersparen können.«

Sie warf ihm einen wütenden Blick zu. »Du bist einfach grauenvoll, Jeremy McCauley! Aber ich habe auch gar nichts anderes erwartet – von...«

»Von einem miesen, dreckigen Yankee, ich weiß.«

Christa bedachte ihn mit einem weiteren ihrer majestätischen, vernichtenden Blicke. Dann versuchte sie, die Beine über den Bettrand zu schwingen und irgendwelche Kleidungsstücke zu suchen – selbst wenn er sich weigerte, diesem Beispiel zu folgen. Blitzschnell packte er ihren Arm und zog sie zu sich heran.

»Jeremy, laß mich los...«

»Deck dich zu, Liebste. Gleich wird jemand durch diese Tür hereinstürmen.«

Und er behielt recht. Kaum hatte er die Decke über ihre beiden Körper gezogen, als die Tür auch schon aufflog. Ein schriller Schrei erklang. Kiernan stand auf der Schwelle, vor Jesse, Daniel und Callie.

Die vier starrten ins Zimmer, und Kiernan hauchte: »Oh, mein Gott!«

5

Zweifellos hatten Christa und Jeremy ein eindrucksvolles Publikum. Jesse trug seine blaue Uniform, Kiernan ein elegantes senfgelbes Kleid, das ihre blonde Schönheit betonte. Inzwischen hatte Daniel die graue Südstaatenuniform mit einer hellbraunen Kniehose, einem schwarzen Gehrock, einem weißen Hemd und einer roten Krawatte vertauscht. Callie sah in einem blauen Kleid mit dezenten Unterröcken und Samtturnüre bezaubernd aus.

Ihre grauen Augen spiegelten maßlose Verblüffung wider, und Jeremy hätte über ihre Miene gelächelt, wäre die atemlose Spannung, die in der Luft lag, nicht fast greifbar gewesen. Christa stöhnte an seiner Seite. Er hatte einen Arm um ihre Schultern geschlungen und spürte, wie sie zitterte. »Wieso seid ihr hier?« fragte sie. »Ich…«

»Jesus, das ist ja McCauley!« fiel Daniel ihr ins Wort. Heller Zorn schwang in seiner Stimme mit, was Jeremy nicht überraschte. Der jüngere Cameron besaß ein hitzigeres Temperament als der ältere und fühlte sich in noch höherem Maße zum Beschützer seiner Schwester berufen.

Was glaubst du wohl, wie mir damals zumute war, als du *meine* Schwester entführt hattest, dachte Jeremy.

Nach einem langen Schweigen begann Daniel wieder zu sprechen. »McCauley, wenn du glaubst…«

Hastig trat Callie vor. »Daniel, das ist mein Bruder!«

»Und Christa ist meine Schwester!«

»Schon gut, schon gut.« Beschwichtigend hob Jesse eine Hand. »Wir wollen versuchen, die Situation zu klären.«

»Verdammt, sie ist auch *deine* Schwester, Jess!« Wütend schob Daniel seine Frau beiseite, die ihn zurückzuhalten versuchte.

»Allerdings, und wir machen sie gewiß nicht allzu glücklich, wenn wir alle hier herumstehen und sie angaffen. Jeremy, es gibt doch eine Erklärung?«

Jeremy wandte sich an Daniel. »Du hast wirklich Nerven. Da schaust du mich an, als wäre ich der niederträchtigste Schurke – nachdem ich mitten im Krieg heimgekommen bin und meine Schwester in anderen Umständen angetroffen habe. Dann mußte ich auch noch erfahren, sie sei von einem Reb nach Süden entführt worden.«

»Ich habe sie geheiratet…«, begann Daniel entrüstet.

»Moment mal«, warnte Jesse und trat zwischen die beiden Männer. Wir haben nicht nur ein imposantes Publikum, dachte Jeremy ironisch, es rückt auch noch immer näher. »Was Callie angeht, habt ihr zwei schon vor langer Zeit Frieden geschlossen. Jeremy hat an unserer Seite gekämpft, um Cameron Hall zu retten. Daniel, also sei vernünftig. Nun, McCauley, was zum

Teufel treibst du eigentlich im Bett meiner Schwester? Hoffentlich hast du eine gute Erklärung.«

»Eine verdammt gute. Sie ist meine Frau.«

»Seine Frau!« flüsterte Kiernan fassungslos.

Daniel warf Christa einen ungläubigen Blick zu. »Stimmt das?«

»Ja, ich...«

»Du hast ihn geheiratet? Wirklich und wahrhaftig?«

Entschlossen räusperte sich Callie. »Es ist keineswegs so erstaunlich, daß ein Mädchen meinen Bruder geheiratet hat, Daniel.«

Erneut versuchte Jesse die Wogen zu glätten. »Wir sind nur deshalb überrascht, weil wir uns nicht vorstellen konnten, daß Christa und Jeremy jemals ein zivilisiertes Wort miteinander wechseln, geschweige denn heiraten würden. Oder war das ein Irrtum?«

Jeremy schüttelte den Kopf. »Ich werde alles erklären, wenn ihr so freundlich wärt, uns für ein paar Minuten zu entschuldigen, damit wir uns anziehen können.«

»Ja, natürlich.« Kiernan ging zur Tür. Als ihr niemand folgte, rief sie ungeduldig: »Nun kommt schon! Die beiden liegen nackt im Bett, und wir starren sie unentwegt an!«

Callie und Jesse gehorchten sofort, aber Daniel zögerte. Dann warf er krachend die Tür hinter sich zu.

»Großer Gott!« Christa schlug die Hände vors Gesicht. »Warum sind sie alle plötzlich hier aufgetaucht? Jetzt wird es noch schwieriger sein, diese schreckliche Situation zu bereinigen.« Sie sprang aus dem Bett, und vor lauter Verzweiflung vergaß sie ihre verführerische Nacktheit, während sie in aller Eile etwas zum Anziehen suchte. Sie riß eine Schublade auf und murmelte, ohne Jeremy anzusehen: »Wenn wir ihnen alles erklärt haben, werden wir schon eine Lösung finden.«

Er stand etwas langsamer auf und trat hinter sie, packte sie bei den Schultern und drehte sie zu sich herum. »Das ist gar nicht nötig. Daß wir geheiratet haben, war *deine* Idee. Es ist nun mal geschehen, und dabei bleibt es.«

Ihr Atem ging schneller, und er sah aus nächster Nähe, wie sich ihre reizvoll runden Brüste hoben und senkten. Dieser Anblick blieb nicht ohne Wirkung auf seinen eigenen nackten Körper. Er spürte, wie seine Erregung wuchs, und auch Christa merkte es. Krampfhaft schluckte sie und versuchte, sich von seinem Griff zu befreien. »Jetzt sind meine Brüder zu Hause, Jeremy. Also wage es bloß nicht, mich anzurühren, sonst schreie ich.«

Diese Drohung brachte ihn in helle Wut. Unsanft riß er sie an sich. »Gut, dann schrei nur. Ich werde dich nämlich anfassen, wann und wie es mir beliebt. Jesse und Daniel sind deine Brüder, aber mit *mir* bist du verheiratet. Das solltest du nicht vergessen, es sei denn, du willst tatsächlich Blut fließen sehen. Natürlich würdest du es begrüßen, Witwe zu werden und mich elenden Yankee in ein Leichentuch zu hüllen. Nun, deine Brüder sind verdammt gute Kämpfer, aber du solltest meine Fähigkeiten nicht unterschätzen. Immerhin habe auch ich vier Jahre an vorderster Front überlebt. Denk daran, falls du beabsichtigst, neue Zwietracht zwischen meinen Schwägern und mir zu säen.«

Christa war blaß geworden und bemühte sich nicht mehr, seine Hände abzuschütteln. Sie senkte den Blick. »Würdest du mich bitte loslassen? Wir müssen ihnen alles erklären.«

Sofort erfüllte er ihren Wunsch. Sie eilte zum Waschtisch, und er begann, sich rasch anzuziehen. Während er seinen Waffengurt umschnallte, hörte er Wasser plätschern. Den Rücken zu seiner Frau gewandt, wartete er. »Du kannst ohne mich hinuntergehen«, schlug sie vor. Offenbar konnte sie es nicht erwarten, ihn loszuwerden. Brauchte sie Zeit, um eine plausible Geschichte für ihre Brüder zu erfinden? Warum, wo die Wahrheit doch einleuchtend genug klang?

»Du schickst mich also allein in die Höhle der Löwen?« fragte er gedehnt und drehte sich um. Sie schlüpfte gerade in ein hübsches Tageskleid aus blaugrau kariertem Taft mit schwarzem Spitzenbesatz, hochelegant und dezent. Als sie mit dem Verschluß am Rücken kämpfte, trat Jeremy ungeduldig zu ihr, um die Häkchen und Ösen zu schließen.

»Meine Brüder sind keine Löwen«, entgegnete sie. »Außerdem dachte ich, sie wären dir verdammt egal.«

»Ich fürchte mich nicht vor Ihnen, aber sie sind mir keineswegs ›verdammt egal‹.« Jeremy strich über die Bartstoppeln auf seinem Kinn. Im Augenblick konnte er sich keine Zeit für eine Rasur nehmen. Die Camerons und seine Schwester verdienten eine Erklärung, und sie sollten sie so bald wie möglich hören. Allerdings wollte er es Christa überlassen, die passenden Worte zu finden. »Gehen wir, Mrs. McCauley?« Er bot ihr seinen Arm, den sie ignorierte. Hocherhobenen Hauptes rauschte sie zur Tür hinaus, und er folgte ihr seufzend.

Auf dem Weg durch die Galerie dachte sie bedrückt, wie einfach alles gewesen wäre, hätte er sich wie ein Gentleman verhalten und gebührenden Abstand gewahrt. Das Blut stieg ihr in die Wangen, als sie sich erinnerte, wie sie neben ihm erwacht war. Sie hatte seinen warmen, kraftvollen Körper am Rücken gespürt, und das war keineswegs unangenehm gewesen, im Gegenteil. Sie hatte sogar das unerklärliche Bedürfnis empfunden, sich umzudrehen und sich an ihn zu schmiegen. So muß es sein, wenn man im Ehebett aufwacht, dachte sie. Und ich bin tatsächlich verheiratet... Am Treppenabsatz blieb sie abrupt stehen. »Was sollen wir ihnen sagen?«

»Mal sehen... Ich ritt hier vorbei, wir verliebten uns unsterblich ineinander, und weil wir keine Minute länger warten konnten, suchten wir sofort einen Priester auf, um uns trauen zu lassen. Und nun sind wir vereint, auf immer und ewig.«

»Sehr amüsant«, fauchte sie. Jeremy hatte seinen Federhut tief in die Stirn gezogen, und im Schatten der Krempe konnte sie seine Augen kaum sehen. Doch das brauchte sie auch gar nicht, um zu wissen, daß er seine Ankündigung, er wolle die Ehe aufrechterhalten, ernst gemeint hatte.

Lässig lehnte er sich ans Geländer. »Jesse und Daniel sind deine Brüder, Christa. Warum erzählst du ihnen nicht einfach die Wahrheit?«

»Ich möchte nicht, daß sie...« Ihre Stimme erstarb.

»Was?« fragte er scharf, doch sie blieb ihm die Antwort schuldig. »Nun, vielleicht kann ich's erraten. Sie sollen nicht erfahren, daß du – nur um ein Haus zu retten – einen Mann geheiratet hast, den du verabscheust. Daß du nicht davor zurückgeschreckt bist, dich wegen eines Ziegelhaufens zu verkaufen.« Es juckte sie in den Fingern, ihn wieder zu ohrfeigen. Aber er mußte es geahnt haben, denn er umklammerte ihr Handgelenk, ehe sie sich zu bewegen vermochte. »Nicht, Christa«, warnte er.

Sie wollte seine Nähe und Körperwärme nicht spüren, seine tiefe Stimme nicht hören. Zu ihrer tiefsten Bestürzung erkannte sie, wie die Faszination wuchs, die er auf sie ausübte. Seine Größe, seine Stärke, die bronzebraunen Finger, die ihr elfenbeinweißes Handgelenk umschlossen – das alles war ihr viel zu intensiv bewußt, und es rührte irgendeine Saite in ihrem Inneren an, ob es ihr gefiel oder nicht. Sie starrte in seine stahlgrauen Augen. »Dann hör auf, dich so gräßlich zu benehmen!«

»Also gut.« Er zog sie noch näher zu sich heran und flüsterte, dicht an ihren Lippen: »Wir erklären ihnen, die Heirat sei angesichts der widrigen Umstände notwendig gewesen. Aber als wir später darüber nachdachten, waren wir sehr glücklich über unseren Entschluß. Jetzt, wo der Krieg vorbei ist, sind wir keine Feinde mehr. Und nach der Heimkehr deiner Brüder mußt du Cameron Hall nicht mehr hüten, kannst dein eigenes Leben führen und wirst mich in den Westen begleiten.«

Entsetzt wich sie zurück. »Niemals!«

»Ob du's tust oder nicht, spielt im Moment keine Rolle. Wir sagen es einfach nur.« Eine Zeitlang kämpfte sie mit sich, dann gab sie ihm recht. Im Augenblick war es tatsächlich unwichtig. Sie mußte erst einmal diesen Tag überstehen. »Nun, bist du bereit?« fragte er.

Christa fuhr sich mit der Zunge über die Lippen. Nein, das war sie nicht. Aber er nahm ihre Hand und führte sie die Treppe hinab. Die anderen warteten im Salon rechts vom Eingang. Als sie ihre gedämpften Stimmen hörte, rang sie mühsam nach Atem. Was gesprochen wurde, verstand sie nicht. Aber sicher würde Callie ihren Bruder verteidigen, während Daniel seiner Empörung Ausdruck gab und Jesse sich vermutlich Vorwürfe machte, weil er die verzweifelte Situation nicht verhindert hatte, die seine Schwester in diese Ehe getrieben haben mußte.

Vor dem Salon blieb Jeremy stehen. »Nach dir, meine Liebe.«

Sie warf ihm einen vernichtenden Blick zu und stieß die Doppeltür auf. Sofort wandten sich vier Augenpaare zu ihnen, die heftige Schuldgefühle verrieten.

Jeremy trat hinter seiner Frau ein, schloß die Tür und lehnte sich dagegen. Als er Christa beobachtete, bewunderte er ihr schauspielerisches Talent. Mit einem strahlenden Lächeln rief sie: »Wie wundervoll, daß ihr alle wieder hier seid!« Sie küßte die Wangen ihrer Schwägerinnen, drückte Jesse an ihre Brust, dann wandte sie sich zu Daniel, der ihre Umarmung ein wenig steif erwiderte. Doch davon ließ sie sich nicht beirren. »Wieso seid ihr überhaupt hier?«

Einen Ellbogen auf dem Kaminsims, erwiderte Jesse: »Wegen des Hauses. Wie ein Freund in Washington herausfand, sind hier einige üble Machenschaften im Gange. Cameron Hall soll infolge ausstehender Steuern enteignet und niedergebrannt werden. Auf dem Weg durch Richmond holten wir Callie und Daniel ab, und da sind wir. Die ganze Zeit fürchtete ich, wir würden zu spät kommen und nur mehr eine Ruine vorfinden.« Er ging zu Christa und ergriff ihre Hände. »Was ist geschehen?«

»Nun ja…« Sie schluckte, und Jeremy überdachte seinen Entschluß, ihr alle Erklärungen zu überlassen. Plötzlich empfand er Mitleid, und so hielt er es für besser, einzugreifen und ihr aus der Verlegenheit zu helfen.

»Vor meiner Versetzung wollte ich mich von Callie verabschieden. Deshalb kam ich gestern hierher – zufällig im selben Moment, wo ein fragwürdiger Unionssergeant gerade im Begriff war, einen Räumungsbefehl an die Tür zu nageln. Bis zum Abend hatten Christa und ich Zeit, etwas dagegen zu unternehmen.« Er trat zu ihr und legte einen Arm um ihre Taille. »Und wir fanden eine großartige Lösung für das Problem. Wir ritten nach Williamsburg und ließen uns trauen.«

»Aber…« Callie schnappte nach Luft. »Ihr haßt euch doch!«

Jeremy grinste und erkannte zu seiner eigenen Überraschung, daß er über eine ebenso beachtliche schauspielerische Begabung verfügte wie seine Frau. »Nun, das mag so ausgesehen haben.

Aber ich schwöre euch, Christa wollte mich heiraten, mehr als alles andere auf der Welt. Nicht wahr, Liebste?« Sein Arm umfing ihre Taille noch fester.

»Ja!« stieß sie hervor.

Die Camerons waren noch immer nicht überzeugt. »Verdammt, es ist meine Schuld!« seufzte Jesse. »Ich hätte mich nicht nach Washington zurückbeordern lassen dürfen und…«

»Nein, du kannst nichts dafür, Jess«, fiel Daniel ihm bitter ins Wort. »*Ich* war der Reb, erinnerst du dich? Der Feind, der diese Situation verursacht hat.«

»Als der Ältere trug ich die Verantwortung…«

»Hört doch auf, ihr beiden!« flehte Christa und schmiegte sich an ihren Mann. »Jeremy und ich sind so glücklich. Statt über irgendwelche Schuldfragen zu streiten, solltet ihr uns lieber gratulieren.«

Ein kurzes Schweigen entstand, dann räusperte sich Jesse. »Könnte ich dich in der Bibliothek unter vier Augen sprechen, McCauley?«

Jeremy nickte, ließ Christa los und folgte seinem Schwager zur Tür.

»Sie ist auch meine Schwester«, betonte Daniel und eilte ihnen nach.

In der Bibliothek füllte Jesse drei Gläser mit Whiskey. »Verdammt, Jeremy, ich stehe tief in deiner Schuld. Schon vor Kriegsende hast du uns geholfen, das Haus gegen diesen Schurken Eric Dabney zu verteidigen. Und seit gestern ist es einzig und allein dir zu verdanken, daß Cameron Hall immer noch existiert.«

»Was ist eigentlich passiert?« erkundigte sich Daniel. Der anklagende Unterton war aus seiner Stimme verschwunden.

In knappen Worten schilderte Jeremy die Ereignisse. »Eure Schwester und ich sind rechtmäßig verheiratet, das versichere ich euch. Der Trauschein steckt in meiner Satteltasche. Christa hätte euch alle gern dabeigehabt, aber Cameron Hall in Schutt und Asche – das wäre ein zu hoher Preis für eine große Hochzeit gewesen.«

Daniel wechselte einen raschen Blick mit seinem Bruder, dann dankte er Jeremy, und Jesse wußte, wie schwer ihm das fiel.

Im Krieg hatten die beiden auf verschiedenen Seiten gekämpft. Trotzdem war eine Art Freundschaft zwischen ihnen entstanden. Aber Jeremy als Familienmitglied zu akzeptieren – an diesen Gedanken mußte sich Daniel erst noch gewöhnen. »Verdammt, Jeremy, Christa ist unsere einzige Schwester. Wenn du dich scheiden lassen willst...«

»Nein, ganz sicher nicht.« Das war die reine Wahrheit, was Jeremy allerdings erst jetzt bewußt wurde. Es gab wieder ein Ziel in seinem Leben, einen Inhalt – woran er seit Jennys Tod nicht mehr geglaubt hatte. Wenn er mit Christa auch keine Liebesehe führen konnte, sie würden sich nicht trennen. Sein Herz war gestorben, ebenso wie ihres. Womöglich paßten sie gerade deshalb zusammen. Immerhin begehrte er sie. »Sicher, es kam ein bißchen plötzlich... Ich muß mich in Washington zurückmelden, und ich habe die Order, eine Truppe nach Westen zu bringen. Vielleicht begleitet mich meine Frau – oder sie bleibt hier. Nun müssen einige Entscheidungen getroffen werden. Jedenfalls strebe ich keine Scheidung an.« Er lächelte. »Warum sollte ich? Sie ist die schönste Frau, die ich je gesehen habe.«

Wieder wechselten die Brüder einen schnellen Blick, dann grinste Daniel. »Wenn das so ist, wollen wir dich in der Familie willkommen heißen.«

»Du gehörst bereits zur McCauley-Familie«, erwiderte Jeremy und schüttelte die Hand, die Daniel ihm reichte.

Jesse klopfte ihm auf den Rücken. »Herzlichen Glückwunsch.«

»Macht euch keine Sorgen, ich würde für Christa sterben«, hörte Jeremy sich sagen. Und das stimmte. Während des Krieges hatte er sein Leben oft genug für Menschen eingesetzt, die ihm anvertraut gewesen waren. Selbstverständlich würde er das auch für seine Frau tun.

»Vermutlich können die Ladys ihre Ungeduld kaum noch bezähmen«, meinte Jesse. »Wir sollten wieder zu ihnen gehen«. Als sie in den Salon zurückkehrten, fragte er: »Haben wir Champagner im Haus, Christa?«

Sie saß neben Kiernan auf einem Sofa. Nun sprang sie nervös auf. »Im Keller. Ich werde sofort...«

»Nein, Jigger wird sich drum kümmern. Er ist mit uns hierhergekommen.« Jesse rief nach dem Butler, der dienstbeflissen in den Keller hinabstieg.

Wenig später stießen sie alle miteinander an. Janey erschien mit ihren kleinen Schützlingen. Entzückt spielte Christa mit ihren drei Neffen und der Nichte, während sich Jeremy mehr für die beiden Kinder seiner Schwester interessierte. Ihr schwarzhaariger, blauäugiger Sohn Jared war das Ebenbild seines Vaters, die jüngere Annie besaß die rötlichen Locken und silbrig glänzenden Augen der McCauleys.

So werden auch unsere Kinder aussehen, dachte er, Christas und meine. Und wenn wir niemals miteinander schlafen? Doch, das werden wir. Diesen Preis fordere ich für die Rettung von Cameron Hall. Möge das Haus für alle Zeiten erhalten bleiben...

Jared rannte zu ihm, zupfte an seinem Hosenbein, und Jeremy schwenkte seinen kleinen Neffen hoch in die Luft.

Kurz danach servierte Janey Tee und einen leichten Lunch. Für den Abend versprach sie der Familie eine große Mahlzeit. Rasch verging der Nachmittag. Jeremy freute sich über Callies Gesellschaft, und Christa war glücklich, alle ihre Lieben versammelt zu sehen.

Beim Dinner erkundigten sich Jesse und Daniel nach Jeremys Order, die ihn in den Westen führen würde. Beide waren vor dem Krieg in Kansas stationiert gewesen. Sie diskutierten über den Santa Fé Trail, die Indianergebiete, die zivilisierten und unzivilisierten Stämme. Nach dem Essen kehrten sie in den Salon zurück, um Kaffee und Cognac zu trinken.

An der Tür blieb Christa stehen und legte eine Hand auf Jeremys Arm. »Ich weiß nicht, was du mit meinen Brüdern besprochen hast, aber – ich möchte dir danken.«

»War mir ein Vergnügen.«

»Und – was hast du ihnen gesagt?«

»Daß ich mich nicht scheiden lassen werde.« Er sah, wie ihr

Atem stockte. »Und ich bin kein Lügner, Christa, sondern ein Mann von Ehre – selbst wenn es nur die Ehre eines Yankees ist. Wir werden eine richtige Ehre führen, also sei darauf vorbereitet. Du weißt doch, was ich meine?«

»Nur zu gut!« zischte sie.

»Und?«

Ihre blauen Augen verengten sich. »Wir Camerons begleichen immer unsere Schulden«, erwiderte sie tonlos und fühlte sich elend. Dann floh sie zu ihren Schwägerinnen.

Die Kinder waren bereits zu Bett gegangen. Während die Männer Landkarten von den westlichen Gebieten studierten, entschuldigte sich Kiernan als erste und erklärte, sie sei erschöpft. Dann zog sich auch Christa zurück, nachdem sie ihren Mann pflichtbewußt auf die Wange geküßt hatte. Bald gingen auch die Cameron-Brüder nach oben, und Callie blieb mit Jeremy allein zurück. »Die anderen konntest du vielleicht zum Narren halten. Aber ich glaube kein Wort von dieser Geschichte.«

»Was hätte ich denn tun sollen?« Seufzend lehnte er sich ans Kaminsims. »Diese Leute wollten das Haus niederbrennen.«

Callie eilte zu ihm und sprach mit leiser, eindringlicher Stimme. »Du kennst Christa nicht so gut wie ich. Sie ist sehr stolz, kann furchtbar eigensinnig sein und besitzt einen unbeugsamen Kampfgeist. Du solltest dich auf einiges gefaßt machen.«

»Glaub mir, ich werde nichts Unmögliches von ihr verlangen – nur all das, was ein Mann von seiner Frau erwarten darf.«

»Ich werde für euch beide beten«, versprach sie, stellte sich auf die Zehenspitzen und küßte ihn. »Jeremy, du bist mein Bruder, ich liebe dich und möchte, daß du glücklich wirst.«

»Dein Wunsch wird sich bestimmt erfüllen.«

Lächelnd wandte sie sich zur Tür. »Gute Nacht. Bleib nicht mehr allzu lange hier unten. Christa wird schon auf dich warten.«

»Ich gehe gleich zu ihr.« Ja, Christa wird auf mich warten, dachte er, als er allein war. Die Camerons begleichen immer ihre Schulden. Nun, dann will ich meinen Teil kassieren… Er griff nach der Cognackaraffe, um sein Glas noch einmal zu füllen, doch dann besann er sich anders, verließ den Salon und stieg die Treppe hinauf. Leise knarrten seine Schritte auf dem Parkettboden der Galerie.

Christa lag im Bett, in einem hochgeschlossenen Nachthemd, und schien sich schlafend zu stellen. Aber er spürte, daß sie wach war. Mit Nachdruck schloß er die Tür hinter sich und legte seine Uniform ab. Splitternackt kroch er neben seiner Frau unter die Decke. Er legte einen Arm um sie, drehte sie auf den Rücken. Ihre Augen waren fest geschlossen.

»Christa, spiel mir kein Theater vor. Du schläfst nicht, das weiß ich ganz genau.« Widerstrebend hob sie die Lider, und er strich über den bestickten Kragen ihres Nachthemds. »Zieh dieses Ding aus«, befahl er.

»Du mieser Schurke!« fauchte sie.

Lächend nickte er. »Ein Yankee-Schurke, den du in lebhafter Erinnerung behalten wirst, wenn er nicht mehr hier ist.«

»Du reist ab?« fragte sie rasch.

»Ja.« Diesen Entschluß hatte er eben erst gefaßt. Sicher war das für alle Beteiligten die beste Lösung. »Morgen früh reite ich nach Washington zurück. Dort warte ich auf meine endgültige Order für den Aufbruch nach Westen.« Er merkte, wie sie erleichtert aufatmete. Nicht gerade ein Kompliment... Nun, in dieser Nacht würde sie ihn wohl oder übel ertragen müssen. »Zieh das verdammte Hemd aus!«

»Aber...«

»Wenn du willst, kann ich's auch zerreißen.«

Wieder einmal bedachte sie ihn mit den üblichen Schimpfnamen – vom Bastard bis zum dreckigen Yankee. Aber sie richtete sich auf und zerrte das Nachthemd über ihren Kopf. Wütend schleuderte sie es zu Boden, dann sank sie ins Kissen zurück. »Also, dann tu – was immer du vorhast.«

Beinahe hätte er laut gelacht. Auf einen Ellbogen gestützt, schob er die Decke nach unten und strich über Christas makellosen nackten Körper. Mondschein leuchtete auf ihren weißen Busen. Zunächst berührte er sie nur ganz sanft mit den Fingerspitzen. Als er dann seine Hand um die Wölbung einer ihre Brüste legte, hörte er, wie sie den Atem anhielt. Langsam ließ er seine Zunge um die rosige Spitze gleiten und nahm sie in den Mund.

Unruhig bewegte sich Christa unter ihm, und er fühlte ihren beschleunigten Herzschlag. Er streichelte die andere Brust, hob den Kopf und begegnete ihrem Blick, bevor er sie küßte. Sie weigerte sich, eine Reaktion auf seine Zärtlichkeiten zu zeigen, und wenn sie auch nicht gegen ihn kämpfte – sie erlaubte ihm nicht, ihre Lippen zu öffnen. Doch er ließ nicht locker. Die Finger in ihr Haar geschlungen, schob er seine Zunge in ihren Mund, erforschte ihn ausgiebig und nahm ihr verhaltenes Zittern wahr. Welche Leidenschaften in ihr schlummerten! Wenn er sie doch vollends wecken könnte…

Ihr Mund schmeckte unglaublich süß und steigerte Jeremys Begierde. Als er seine Lippen von ihren löste, schaute er ihr wieder in die Augen. Ihr Atem ging flach und unregelmäßig. Fürchtete sie sich? Die sonst so unerschrockene Christa Cameron? Sicher war sie schon von einem anderen Mann geküßt worden. Sie hatte Liam McCloskey geliebt. War es bei keuschen Küssen geblieben? Woran mochte ihr Zittern liegen? An angstvoller Unschuld? An bitterem Haß? »Hast du es noch nie getan?« fragte er.

»Oh, du verdammter Rüpel!« stieß sie hervor und versuchte, sich von ihm loszureißen.

Aber er hielt sie gnadenlos fest, lachte leise und zufrieden, obwohl er nicht recht wußte, warum, küßte sie wieder, fordernd und hungrig, ohne ihr eine Gelegenheit zum Widerstand zu geben. Dann kniete er über ihr. »Ich werde ganz vorsichtig sein.«

Christa antwortete nicht und schloß die Augen. Ihr bleiches, vom Mondlicht erhelltes Gesicht bildete einen faszinierenden Kontrast zum tintenschwarzen, dichten Haar. Wieder liebkoste Jeremy ihre Brüste, preßte den Mund auf ihren Bauch, fühlte die Hitze ihres Körpers. Seine Hand glitt zwischen ihre Schenkel, schob sie behutsam auseinander. Dabei richtete er sich auf und betrachtete ihre ausdruckslose Miene, die immer noch gesenkten Lider. Er wußte, daß er sie erregte, denn bei der Berührung ihres Busens hatte er ihre innere Anspannung gespürt. Doch sie wollte ihm nicht entgegenkommen, war fest entschlossen, ihm nichts von ihrer Leidenschaft zu schenken.

Trotzdem widerstrebte es ihm, ihr weh zu tun. Sanft schob er einen Daumen zwischen ihr seidiges, ebenholzschwarzes Schamhaar, streichelte sie langsam und sinnlich, neigte sich hinab, um die zartesten, intimsten Regionen ihres Fleisches zu küssen, zu befeuchten, wenn er sie schon nicht reizte.

Doch, er reizte sie, es gab keinen Zweifel, denn sie bäumte sich auf, krallte die Finger in sein Haar. Er ignorierte ihren geflüsterten Protest, seine Zunge liebkoste sie immer begieriger, und er konnte die wilde Hitze seiner Sehnsucht kaum noch ertragen.

Als er dann auf ihr lag, schauten ihn die strahlend blauen Augen endlich an. Seine Lippen verschlossen ihr den Mund, während er in sie einzudringen versuchte. Ihre Empörung über seine Frage war berechtigt gewesen. Sie hatte sich McCloskey nicht hingegeben, denn ihr Körper leistete heftigen Widerstand, und sie drehte den Kopf zur Seite, um Jeremys Kuß auszuweichen. Nur ein einziges Mal schrie sie gequält auf, ehe sie in ihre Unterlippe biß. Er bezähmte seine Begierde, nachdem er mit ihr verschmolzen war, und wartete, bis ihr Schmerz verebbte. Schließlich bewegte er sich, nur ganz langsam. Wie gut es tat, von Christas Wärme umhüllt zu werden, mochte sie ihn auch bis in alle Ewigkeit verdammen.

Sie ist dafür geschaffen, dachte er, stützte sich auf beide Arme und beobachtete sie. Obwohl sie die Augen wieder fest geschlossen hatte und den Kopf abgewandt hielt, paßte sich ihr Körper instinktiv dem Rhythmus an, den Jeremy wählte.

Die sanften Windungen ihrer Hüften erhöhten den Reiz, den sie auf ihn ausübte. Nun schloß er selbst die Augen, biß die Zähne zusammen, rang um seine Selbstkontrolle, zögerte seine Erfüllung so lange wie möglich hinaus. Doch dann erlahmte seine Willenskraft, seine Bewegungen beschleunigten sich, und er ließ der Leidenschaft, die Christa entfacht hatte, freien Lauf. Immer tiefer drang er in sie ein, bis er den Gipfel seiner Lust erreichte.

Atemlos blieb er auf ihr liegen. Sie stemmte sich gegen sein Gewicht, und er glitt rasch von ihr herunter, ein wenig beschämt.

Abrupt kehrte sie ihm den Rücken, als wäre sie zutiefst gekränkt und verletzt worden. Ärger und Ungeduld erfaßten ihn. Verdammt, sie war seine Frau. Und wenn er sie auch nur alle fünf Jahre sah, sie würden sich ganz gewiß im Bett begegnen.

Er legte eine Hand auf ihre bebende Schulter. »Tut mir leid, wenn ich dir weh getan habe, Christa. Es ist ganz natürlich, wenn eine Frau beim ersten Mal weint…«

»Ich weine nicht.«

Vermutlich war das eine Lüge, und er versuchte, sie zu trösten. Zärtlich strich er über ihren schönen Rücken, der sich sofort versteifte. »Christa…«

»Du hast bekommen, was du wolltest. Und jetzt laß mich verdammt noch mal in Ruhe!«

Rasch zog er seine Hand zurück, als hätte er sich verbrannt. Die Finger hinter dem Kopf ineinandergeschlungen, starrte er zur Zimmerdecke hinauf. Obwohl die Ehe nun vollzogen war, fühlte er sich betrogen. Wäre Christa dazu bereit gewesen, hätte auch sie die höchste Erfüllung gefunden. Das hatte ihr Körper verraten. Sie war schön und sinnlich, und er spürte ihren Lebenshunger, ihre Leidenschaft, sogar in ihrem Haß.

Gut, dann hasse mich, dachte er, aber du wirst mir alles geben. Nach einer Weile griff er nach ihr, drehte sie zu sich herum und begegnete ihrem eisigen Blick. »Jeremy, es ist vorbei…«

»Irrtum, es fängt erst an.« Sobald sein Mund sich wieder auf ihren preßte, erwachte sein Verlangen von neuem, mit einer drängenden Kraft, die keine Gegenwehr duldete. Er küßte sie, bis ihre Lippen anschwollen, kostete ihre Ohrläppchen, saugte an ihren Brüsten, während sie protestierend stöhnte. Und dann vereinte er sich ein zweites Mal mit ihr, von einem schier unersättlichen Hunger getrieben. Und ob sie es wollte oder nicht, sie bewegte sich mit ihm. Zitternd wand sie sich hin und her, schürte das Feuer, das in ihm brannte, eine immer intensivere Begierde, die ihn um den Verstand zu bringen drohte. Während seines explosionsartigen Höhepunkts erschauerte sie. Aber kein Laut kam über ihre Lippen, nicht einmal der Hauch eines Flüsterns.

Als er dann neben ihr lag, wandte sie ihm wieder den Rücken zu. Frustriert starrte er sie an. »Warum, Christa?«

»Ich weiß nicht, wovon du redest.«

»Du bist meine Frau. Wieso verschließt du dich vor mir?«

»Leider habe ich keine Ahnung, was du meinst.«

Jeremy stützte sich auf einen Ellbogen. »Mach mir nichts vor! Du bist aus Fleisch und Blut – und durchaus zu gewissen Emotionen fähig. Aber die verweigerst du mir.«

»Du hast dein Ziel erreicht, etwas anderes steht dir nicht zu. Du bist nicht…« Plötzlich verstummte sie.

Er packte sie an der Schulter, drehte sie wieder zu sich herum, sah in ihren Augen Tränen schimmern, die sie um keinen Preis vergießen würde. »Was bin ich nicht, Christa?« Sie schüttelte wortlos den Kopf, und er fuhr mit kalter Stimme fort: »Gut, dann will ich die Frage selber beantworten. Ich bin nicht Liam McCloskey. Nun, du bist auch nicht gerade die Frau meiner Träume, aber mit mir verheiratet. McCloskey ist tot, und du wirst ihn in seinem Grab ruhen lassen, verstanden?«

Ihre Wimpern senkten sich. »Ein dreifaches Hoch auf den heldenhaften Eroberer…«

»Der Süden ist nun mal geschlagen worden, und auch du zählst zu den Besiegten. Finde dich damit ab, Christa.«

Da schaute sie ihn wieder an, kühl und herausfordernd. »Ja, der Süden hat den Krieg verloren. Aber ich wurde niemals besiegt.«

»Eines Tages wirst auch du kapitulieren. Dafür will ich sorgen.«

Erbost schüttelte sie seine Hand ab und kehrte ihm erneut den Rücken. Eigentlich hätte er sich elend fühlen müssen. Statt dessen lächelte er. Die Leidenschaft, von der er träumte, glühte in seiner Frau, ohne jeden Zweifel. Er mußte sie nur entfachen, mit beharrlicher Geduld ihre Willenskraft überwinden, den richtigen Schlüssel finden, um ihr Inneres zu öffnen. Mochte Christa ihn auch ihr Leben lang hassen – jedenfalls würden sie eine sehr interessante Ehe führen.

6

Christa traf vor den anderen auf Sterling Hall ein. Während sie den Hals ihrer Stute streichelte, betrachtete sie das schöne Haus. Wie schade, daß es so lange vernachlässigt worden war... Der große, weißgestrichene Ziegelbau mit der Säulenreihe glich Cameron Hall und erhob sich wie der alte Familiensitz vor mehreren Nebengebäuden, der Räucherkammer, der Wäscherei, dem Küchenhaus, den Stallungen und Sklavenquartieren.

Jetzt gab es keine Sklaven mehr, aber ein Teil des Hauspersonals von Cameron Hall würde Daniel und Callie hierher folgen. Außerdem brauchten zahlreiche Neger – und auch ein paar arme, vom Krieg schwer getroffene weiße Menschenseelen – Arbeit und ein Dach über dem Kopf. So wie früher würde es nie wieder sein. Wahrscheinlich mußten die Camerons einen Teil ihres Grundbesitzes verkaufen. Aber Christa bezweifelte nicht, daß Daniel, der geborene Pflanzer und Reiter, beide Plantagen gut verwalten würde. Jesse wollte den Militärdienst bald quittieren, um daheim eine Arztpraxis zu eröffnen.

Und wo soll ich leben, fragte sie sich. Natürlich wünschte sich Daniel ebenso wie Jesse einen eigenen Hausstand. Sterling Hall befand sich seit dem Freiheitskrieg im Familienbesitz, die Mitgift der Ururgroßmutter. Während des Sezessionskrieges hatten sie sich kaum darum gekümmert und die verfeindeten Heere glücklicherweise überhaupt nicht – vielleicht, weil das Haus hinter üppig wuchernden Büschen und Bäumen fast verschwand. Es war immer noch in gutem Zustand, mußte nur ein wenig renoviert werden, und Callie würde es sicher in ein schönes, gemütliches Heim verwandeln.

Christa schwang sich aus dem Sattel, stieg die Verandastufen hinauf und sah sich um. Nachdem Cameron Hall an Jesse gegangen war, trat nun der jüngere Daniel sein Erbe an, Sterling Hall. Für die einzige Schwester blieb kein Wohnsitz übrig, denn man hatte angenommen, sie würde einen Südstaaten-Gentleman heiraten und ihm in sein Haus folgen – so wie es der natürlichen Ordnung der Dinge entsprochen hätte. Stets hatten die Camerons im Wohlstand gelebt. Der erste war ein englischer Aristokrat gewesen, der in der Neuen Welt mehr Abenteuer als Reichtum gesucht hatte. Zwei Jahrhunderte später hatte der Ururgroßvater der jetzigen Generation seinen Adelstitel abgelegt, um sich im Freiheitskrieg auf die Seite der Rebellen zu schlagen. Jene Revolution war erfolgreich verlaufen. Und im eben erst beendeten Krieg hatte der Norden die Rebellen der Konföderierten Staaten besiegt.

In Christas Satteltaschen steckten mehrere Sachen, die sie hierhergebracht hatte, um Callie bei der Gründung des Haushalts zu helfen. Aber statt alles ins Haus zu tragen, wanderte sie über die Veranda, setzte sich auf die breite Balustrade, an eine Säule gelehnt, und schloß die Augen.

Sie hatte es kaum ertragen, als Jesse davongeritten war, um für die Union zu kämpfen. Jetzt mußte sie froh darüber sein, denn aufgrund seines Entschlusses besaßen die Camerons immer noch ihre Ländereien. Und Yankee-Dollars.

Aber die Rettung von Cameron Hall war *ihr* zu verdanken – und Jeremy McCauley, ihrem Ehemann. Sie preßte die Lippen zusammen, im bitteren Bewußtsein der breiten Kluft, die seine Welt von ihrer trennte. Der Krieg war vorbei, doch die geschlagenen Bewohner der Südstaaten standen der Besatzungsmacht immer noch in bitterer Feindschaft gegenüber. Die verlorene Sache der Konföderation, die vergeblich angestrebte Unabhängigkeit, lebte in den stolzen Seelen weiter. Die Rebellen mochten besiegt worden sein, aber was sie in der Tiefe ihrer Herzen empfanden, würde niemals sterben.

Sowohl im Norden als auch im Süden hatten die Zeitungen ausführliche Berichte über die Hinrichtung der »Lincoln-Verschwörer« veröffentlicht. Der Schauspieler John Wilkes Booth, der den Präsidenten vor dem Ford's Theater getötet hatte, war erschossen worden. Am 7. Juli starb Mary Surratt – die erste Frau, die von der Regierung exekutiert wurde – zusammen mit anderen am Galgen, die sich am mörderischen Komplott gegen Lincoln beteiligt hatten. Mrs. Surratts Sohn, ebenfalls in das Attentat verwickelt, war entkommen.

Viele Südstaatler hatten Lincoln während des Krieges für einen schrecklichen Tyrannen gehalten. Nun betrauerten sie ihn, denn nur ihm wäre es gelungen, eine echte Versöhnung herbeizuführen, einen richtigen Frieden. Booth hatte sich als Held gefühlt, war aber von vielen seiner eigenen Leute verachtet worden. Die Exekutionen ließen die Gefühlswellen von neuem höher schlagen. Hitzige Temperamente prallten aufeinander, Kämpfe entbrannten, und die Kluft vertiefte sich. Alte Wunden begannen wieder zu bluten.

Christa stand auf und straffte ihren Rücken, der ihr seit einiger Zeit Schmerzen bereitete. Sicher wegen der anstrengenden letzten Tage, dachte sie. Gemeinsam mit Callie, Kiernan und Janey – der Exsklavin, die mehr von der Hausarbeit verstand als sie alle zusammen – hatte sie Sterling Hall gründlich saubergemacht. Und jetzt, wo fast alles erledigt war – wohin sollte sie gehen? Zu Jeremy? Vermutlich würde ihr nichts anderes übrigbleiben.

Er war immer noch in Washington stationiert, schrieb ihr pflichtschuldigst kurze, unpersönliche Briefe – und endlos lange Episteln an seine Schwester Callie. Im Heer fanden große Umwälzungen statt. Viele Soldaten wurden entlassen, andere rekrutiert, neue Kompanien gebildet. Jeremys Aufbruch in den Westen verzögerte sich. Da er Christa nicht viel zu sagen hatte, sandte er ihr Zeitungsartikel über die neuen Siedlungsgebiete, Bücher, von Entdeckungsreisenden verfaßt, mit Anmerkungen wie: »Vielleicht interessiert Dich das.« Oder: »Gib es an Daniel weiter, wenn Du's gelesen hast.« Welch ein zärtlicher Ehemann…

Von einem plötzlichen Schwindelgefühl erfaßt, preßte sie eine Hand auf die Stirn, schüttelte den Kopf und setzte sich wieder.

Es mußte an der Sonne liegen. Oder an ihrem Schlafmangel in letzter Zeit, von Jeremy verschuldet. Vor über fünf Wochen war er davongeritten, und sie wünschte verzweifelt, sie müßte nicht ständig an ihn denken.

Als sie an jenem Morgen die Augen aufgeschlagen und ihn nicht mehr neben sich im Bett gesehen hatte, war sie maßlos erleichtert gewesen – und fest überzeugt, es würde nur ein bißchen Zeit brauchen, bis ihre Wunden verheilt wären. Doch die

Tage verstrichen, und wenn sie sich an die Nacht mit Jeremy erinnerte, schwankte sie zwischen einem schmerzlichen Gefühl tiefer Demütigung und seltsamer Faszination.

Statt in wehmütigen Träumen von ihrem geliebten Liam zu versinken, dachte sie viel zu oft an Jeremy, die stahlgrauen Augen, die von unbeugsamer Willensstärke zeugten, die zerzausten, lokkigen kastanienbraunen Haare, den kraftvollen nackten Körper. Immer wieder verdrängte sie solche Gedanken, die ihr das Blut in die Wangen trieben. Ein Glück, daß er in Washington war, daß sie derzeit keine ehelichen Pflichten erfüllen, nicht gegen jenes schädliche Bedürfnis ankämpfen mußte, sich zu unterwerfen, ihrer Sehnsucht nachzugeben, süße und magische und geheimnisvolle Dinge zu tun...

Den Kopf wieder an die Säule gelegt, schaute sie zum leuchtend blauen Himmel hinauf. Die mörderische Sommerhitze ließ nach, bald würde der Herbst beginnen – eine wundervolle Jahreszeit in Virginia mit angenehm kühler Luft. Eine feurige Farbenpracht würde die grüne Landschaft verändern. Wie sehr Christa ihre Heimat liebte...

Sie seufzte und beobachtete eine Spinne, die ein Netz wob. Bald würde Jeremy die Reise nach Westen antreten. Und was dann? Sie biß sich auf die Unterlippe. In letzter Zeit fühlte sie sich immer öfter von Jesse beobachtet, und der traurige Ausdruck in seinen Augen griff ihr ans Herz. Offensichtlich glaubte er nicht länger an das Märchen von der glücklichen Ehe, die Jeremy und seine Schwester so bereitwillig eingegangen waren. Bis an sein Lebensende würden ihn Gewissensbisse plagen, weil er dachte, er hätte Christas Leid verursacht, indem er nicht rechtzeitig zur Stelle gewesen war.

In den Regierungsbüros von Williamsburg hatte er gründliche Nachforschungen angestellt. Aber nicht einmal Jesse war es gelungen, die Wahrheit herauszufinden. Auf dem Papier schien alles in Ordnung zu sein. Angeblich hätte Christa genug Zeit gefunden, ihn zu verständigen, so daß es ihm möglich gewesen wäre, nach Cameron Hall zu kommen und alles zu regeln. Das Rekonstruktionspersonal, mit der Umgestaltung der politischen Verhältnisse in den Südstaaten beauftragt, wurde ständig ausgewechselt. Keiner der Unionsbeamten konnte sagen, was damals zu der für Cameron Hall so bedrohlichen Situation geführt hatte. Und der Mann, der sich das Haus anzueignen versucht hatte, um es niederzubrennen, war spurlos verschwunden.

Cameron Hall existierte nach wie vor – aber es war nicht mehr Christas Heim. Sie stand auf und kehrte zu der Stute zurück, ohne an das Schwindelgefühl zu denken, das sie vorhin befallen hatte. Aber dann verspürte sie es erneut, als sie die schweren Satteltaschen vom Pferderücken hob, die wertvolles Tafelsilber enthielten.

Leise fluchte sie – während des Krieges hatte sie ein paar ziemlich derbe Ausdrücke gelernt – und stellte die Taschen hastig auf die Verandastufen. Ihr Magen rebellierte, und sie mußte sich an eine Säule lehnen. Seit einiger Zeit wurde ihr morgens manchmal übel, doch das hatte sie immer wieder schnell überwunden. Auch diesmal würde es vergehen. Sie wartete, aber zu ihrer Verblüffung fühlte sie sich immer schlechter.

An der Seite des Hauses stand ein Brunnen, den Daniel erst am Vortag überprüft hatte. Kühles Wasser würde ihr vielleicht helfen. Sie eilte um die Ecke, zog einen Wassereimer hoch und trank aus dem Schöpflöffel. Es nützte nichts. Die Hände auf den Magen gepreßt, mußte sie sich mitten im Geißblattgestrüpp übergeben. An welcher sonderbaren Krankheit mochte sie leiden? Sie wusch sich das Gesicht, spülte den Mund aus, und trank noch etwas Wasser. Diesmal konnte sie es bei sich behalten. Sicher würde es ihr bald wieder gutgehen.

Da sie einen alten mehrfach geflickten Unterrock trug, riß sie bedenkenlos einen Volant herunter, tauchte ihn in den Eimer und kühlte ihre Stirn damit. Dabei gewann sie den unangenehmen Eindruck, beobachtet zu werden. Beklommen drehte sie sich um und sah einen Yankee heranreiten. Jeremy.

Verdammt, offenbar machte er sich's zur Gewohnheit, immer dann aufzutauchen, wenn sie sich nicht in allerbester Verfassung befand. Das letzte Mal war er erschienen, als sie am Boden gelegen und sich gegen Bobby-Boy gewehrt hatte. Und jetzt erblickte er sie in einem ihrer ältesten, schäbigsten Reitkleider, mit gerötetem

Gesicht und feuchtem Haar, und eben erst war ihr speiübel gewesen.

Er stieg vom Pferd, und je näher er kam, desto heftiger pochte ihr Herz. »Soll ich dir helfen?« erbot er sich. »Du siehst aus, als würdest du jeden Moment in Ohnmacht fallen.«

Energisch straffte sie die Schulter. »Ich werde keineswegs in Ohnmacht fallen, ich...«

»Ach ja, du bist eine Cameron, nicht wahr? Und Camerons verlieren nie die Besinnung.« Die Hände in die Hüften gestemmt, musterte er Christa.

Unwillkommene Gefühle stiegen in ihr auf, und sie wandte sich rasch zum Brunnen. »Wieso hast du mich hier gefunden?«

»Ich war auf Cameron Hall.«

Unbehaglich preßte sie wieder den zusammengeknüllten feuchten Volant gegen ihre heiße Stirn. »Tut mir leid, ich muß irgendeine Krankheit eingefangen haben. Du solltest dich lieber von mir fernhalten.« Als sie sein schiefes Grinsen sah, fügte sie bissig hinzu: »Oh, es freut mich, daß du mein Pech so amüsant findest.«

»Tut mir leid, wenn ich dich enttäusche, aber so etwas würde mich niemals belustigen. Es ist nur – ich glaube nicht, daß du krank bist.«

»Aber...«

»Christa, meine süße Unschuld, ist es dir noch gar nicht in den Sinn gekommen, daß du ein Baby erwarten könntest?«

Nun spürte sie, wie alle Farbe aus ihren eben noch hochroten Wangen wich. Nein, daran hatte sie nicht gedacht, trotz der wiederholten morgendlichen Übelkeit. Sie war viel zu beschäftigt gewesen, zu verzweifelt über ihre derzeitige Lage.

»Ist deine Periode ausgeblieben?« fragte er ohne Umschweife.

Sofort stieg ihr wieder das Blut ins Gesicht. »Wie kannst du es wagen, mit mir über solche Dinge zu reden! Ein Gentleman darf niemals...«

»Großer Gott, Christa, erspar mir diesen Unsinn!«

»Über so etwas solltest du nicht einmal Bescheid wissen!« zischte sie.

»Verzeih mir, aber für einen Mann in meinem Alter ist es etwas schwierig, den Zustand völliger Unschuld zu bewahren.«

Ihr Magen drehte sich um, und zu ihrem Entsetzen verspürte sie einen neuen Brechreiz. »Würdest du bitte weggehen?«

»Christa, ich will wissen...«

»Nicht, bitte!« flüsterte sie unglücklich. »Vielleicht kennst du dich mit solchen Dingen aus, aber du solltest nicht darüber sprechen.« Verzweifelt preßte sie den nassen Lappen auf ihr Gesicht.

»Dreh dich um und schau mich an.«

Verdammt, warum ließ er sie nicht in Ruhe? Ehe sie wußte, wie ihr geschah, nahm er sie auf die Arme, und sie protestierte irritiert: »Ich werde nicht in Ohnmacht fallen!« Und wenn sie Glück hatte, würde sie sich nicht einmal übergeben.

Er trug sie zur Veranda und setzte sich mit ihr auf die Stufen. Den linken Arm um ihre Schultern gelegt, benutzte er die rechte Hand, um sanft mit dem feuchten Lappen über ihre Stirn und ihre Wangen zu streichen. Sie schloß die Augen. Seine Fürsorge wirkte seltsam beruhigend, und zu ihrer eigenen Überraschung fand sie es sehr angenehm, ausnahmsweise einmal nicht das Bedürfnis zu verspüren, gegen ihn zu kämpfen. Behutsam, fast zärtlich hielt er sie umfangen.

Er roch nach Seife und Tabak und Leder, nach all den Düften, die sie ihr Leben lang gekannt und geliebt hatte. Aber jetzt gehörten sie zu Jeremy McCauley, wie ihr plötzlich bewußt wurde. Zu dem Mann, von dem sie möglicherweise ein Kind erwartete. Wegen jener einen verfluchten Nacht, wo er so unnachgiebig darauf bestanden hatte, die Ehe zu vollziehen...

Sie öffnete die Augen und starrte ihn bestürzt an. »Das kann doch nicht sein!« flüsterte sie. »Es war nur eine Nacht...«

Seine Miene verschloß sich. »Manchmal genügt eine einzige Nacht, Christa.«

Kalte Angst stieg in ihr auf. Für eine solche Verantwortung war sie nicht bereit. Es gab zu viele andere Probleme. Zwischen zusammengebissenen Zähnen stieß sie hervor: »Du würdest dich natürlich unbändig freuen, wenn ich wirklich schwanger wäre, und wahnsinnig stolz auf deine mannhafte Leistung sein!«

Jeremy seufzte tief auf. »Wenn du in jener Nacht bereit warst, ein Baby zu empfangen, so hat das verdammt wenig mit meinem männlichen Stolz zu tun.«

Sie senkte den Kopf und bedauerte, daß sie die Beherrschung verloren hatte. In manchen Situationen benahm er sich tatsächlich viel besser als sie. »Tut mir leid. Jetzt geht's mir wieder besser.« Wortlos erhob er sich und half ihr auf die Beine. »Vielleicht lag es nur an der Hitze«, fügte sie unsicher hinzu.

»Ja, es ist ziemlich heiß heute«, bestätigte er höflich.

Wie konnte sie sein Kind gebären? Er war immer noch ein Fremder, immer noch ein Feind, obwohl sie einmal auf derselben Seite gekämpft, obwohl sie das Ehebett geteilt hatten, obwohl jene unerwünschten Gefühle in ihr erwacht waren. Sie hob das Kinn. »Du scheinst einiges über Frauen in anderen Umständen zu wissen. So als...« Sie unterbrach sich, verwirrt über ihre eigenen Gedanken. »So als hättest du schon einmal ein Kind gezeugt.«

Es klang wie eine Anklage. Doch mit dem wilden Zorn, der seine Augen verdunkelte, hatte sie nicht gerechnet. »Ich habe keine lebenden Kinder«, erwiderte er in eisigem Ton.

»Aber...«

»Damit ist das Thema beendet, Christa.«

Mühsam schluckte sie, und nach einer kurzen Pause erkundigte sie sich: »Was führt dich hierher? Was willst du?«

»Was ich will?« Er lächelte freudlos. »Meine Frau natürlich. Endlich habe ich meine Order erhalten. Ich reite nach Westen.« War er gekommen, um sie mitzunehmen? Plötzlich hatte sie das Gefühl, der Boden würde ihr unter den Füßen weggezogen. Schwankend rannte sie zu ihrer Stute, drohte zu stürzen und erschreckte das Tier so sehr, daß es durchging und in Richtung Cameron Hall davonsprengte.

Nach Hause, dachte Christa verzweifelt und versuchte tränenblind, dem Pferd nachzulaufen. Doch da spürte sie Jeremys starken Arm um ihre Taille. »Komm, wir nehmen meinen Hengst.«

»Ich kann nicht nach Westen gehen«, sagte sie tonlos.

»Wir werden sehen«, erwiderte er und hob sie wieder hoch, um sie zu seinem gut trainierten Kavalleriepferd zu tragen.

»Ich kann Cameron Hall nicht verlassen. Alles habe ich dafür getan, die Felder bepflanzt, das Dach geflickt – und...«

»Und du hast sogar das allerschlimmste Opfer gebracht – du bist meine Frau geworden.« Er setzte sie in den Sattel, und sie schaute verzweifelt auf ihn herab.

»Du verstehst das nicht.«

»*Du* bist es, die noch immer nichts begreift. Jetzt ist es Jesses Haus.«

Sie hob den Kopf, als sie Hufschläge und Räderrollen hörte. Endlich bog der Wagen, auf den sie gewartet hatte, um die Ecke von Sterling Hall. Daniel und seine Frau saßen auf dem Kutschbock.

Callie sprang herunter und rannte die Verandastufen hinauf. »Christa!«

Ihre Schwägerin wollte antworten, aber Jeremy sah zu ihr auf und legte einen Finger an die Lippen. Warum sie dem stummen Befehl gehorchte, wußte sie nicht. Sie beobachtete, wie Callie sich zu ihrem Mann umdrehte. »Da liegen ihre Satteltaschen, Daniel, aber sie ist nicht da.«

»Jeremy muß Christa gefunden haben.«

»Ja, natürlich.« Nach kurzem Zögern fügte sie etwas leiser hinzu: »Die Kinder sind bei Kiernan und Jesse. Wir haben das Haus ganz für uns allein.«

»Und es wäre doch nur angemessen, wenn ich dich über die Schwelle deines neuen Heims tragen würde, Mrs. Cameron.«

»Oh, das würde mir sehr gefallen!«

Wehmütig sah Christa zu, wie ihr Bruder seine schöne, glückstrahlende Frau auf die Arme nahm und mit ihr in der Halle verschwand. Fröhliches Gelächter drang heraus, dann rief Callie: »O Daniel...« Abrupt verstummte sie. Offenbar verschloß ihr ein leidenschaftlicher Kuß die Lippen..

Jeremy schwang sich hinter Christa auf den Pferderücken. »Ich frage mich, ob du meinen Namen auch einmal so aussprechen könntest...«

»Mußt du ständig Witze machen?«

»Das war kein Witz, nur eine melancholische Überlegung.«

Eine Zeitlang ritten sie schweigend zwischen den Bäumen hindurch, dann bemerkte er: »Du kannst also nicht nach Westen gehen. Welchen deiner Brüder willst du mit deiner künftigen Gesellschaft beehren?«

»Sei still!« fauchte sie.

»Arme Christa! So sehr hast du dich um Cameron Hall bemüht und mich sogar geheiratet, um es zu erhalten. Und jetzt ist es Jesses Heim.«

»Hör auf, mich zu verspotten!«

»Ich verspotte dich nicht, ich sage nur die Wahrheit.«

»Ich begreife nicht, warum du so besorgt um meine Zukunft bist. Du kannst mich nicht ausstehen, und es wäre ganz sicher schrecklich für dich, wenn ich dich in den Westen begleiten würde.«

»Da irrst du dich. Ich bewundere deinen Mut und deine innere Kraft. Und ich halte dich für die ideale Ehefrau eines Kavallerieoffiziers.«

Verwirrt runzelte sie die Stirn. War das möglich? Hatte er tatsächlich auch gute Seiten an ihr entdeckt?

Wenig später erreichten sie Cameron Hall. Ohne Jeremys Hilfe sprang Christa vom Pferd. Dabei blieb ihr Rock am Sattelknauf hängen, und ihr Mann mußte sie befreien. »Finde dich damit ab, meine Liebe«, sagte er leise. »Du wirst mich begleiten.«

Unglücklich sah sie zu ihm auf. »Warum? Weil ich mich nützlich machen könnte? Wie soll ich dir helfen, wenn ich...« Sie verstummte und biß sich auf die Unterlippe.

»Wenn du mein Kind erwartest?« Nachdem er abgestiegen war, fügte er hinzu: »Es gibt einen ganz bestimmten Grund, warum ich dich mitnehmen möchte. Jeder Mann wünscht sich einen Sohn.«

»Ja, und außerdem bin ich harte Arbeit gewöhnt, habe Schwielen an den Händen, kann hervorragend schießen...«

»Obwohl du im Grunde deines Herzens immer eine verwöhnte kleine Südstaatenschönheit bleiben wirst.«

Empört schnappte sie nach Luft. »Trotzdem willst du mich mitnehmen?«

»Es gibt einen weiteren Grund, obwohl ich es nur ungern

zugebe – denn ich sollte deinem trotzigen, stolzen Rebellenhirn nicht noch mehr Nahrung geben...«

»Ja?« flüsterte sie, als er zögerte.

»Ich finde dich ungewöhnlich schön. Und da du meine Frau bist, wirst du mich in den Westen begleiten – ob du es willst oder nicht.«

7

Jeremy stand in Christas Zimmer an einem der großen Fenster und betrachtete den Park, den gepflegten Rasen, der zum Fluß hin abfiel. Ein schönes Land, die Heimat seiner Frau...

Sie würde Cameron Hall nicht sofort verlassen müssen. Während eines langen Gesprächs mit Jesse hatte er die Einzelheiten arrangiert. Er selbst mußte schon am nächsten Tag nach Washington zurückreiten. Mit der Bahn würde er nach Illinois fahren, dann mit einem Dampfer nach Little Rock.

Ein Teil seiner Soldaten würde ihn von Washington aus begleiten, andere sollten ihm in Little Rock unterstellt werden. Er war froh, daß er früh genug dort eintreffen würde, um das Gebiet erkunden zu können, durch das er seine Männer und einige ihrer Ehefrauen führen mußte. Es war ratsam, ein Gelände, in dem Gefahren lauerten, genau zu kennen.

Jesse wollte seinen Urlaub verlängern lassen und seine Schwester nach Little Rock bringen, obwohl sie immer wieder dagegen protestierte und erklärte, er dürfe seine Familie nicht verlassen. Aber wie sie alle wußten, konnte Christa unmöglich allein den besetzten Süden und dann noch einige Städte im Norden durchqueren. Der Krieg war zwar vorbei, doch die Feindseligkeiten hatten noch immer kein Ende gefunden.

Ihr würde genug Zeit bleiben, um ihre Sachen zu packen und ihr Lieblingspferd nach Little Rock zu schicken. Von dort würde sie zusammen mit Jeremy die lange Reise nach Westen antreten, von Fort zu Fort, von Camp zu Camp. Noch mußte sie sich nicht von Cameron Hall verabschieden. Aber die Trennung war so gut wie vollzogen. Es gab kein Zurück.

Vom Fenster aus beobachtete Jeremy, wie seine Frau und Jesse Arm in Arm zum Familienfriedhof wanderten, der auf halber Höhe zwischen dem Haus und dem James River lag. Worüber mochten die beiden reden? Er sah, wie sie ihren Bruder anlächelte, den Kopf mit dem glänzenden schwarzen Haar in den Nacken warf, dann warf sie sich an seine Brust.

»Christa! Jesse!« rief jemand, und Jeremy sah, wie Daniel zu ihnen eilte, einen Arm um die Taille seiner Schwester und den anderen um die Schultern seines Bruders legte. Ein schönes Trio, verbunden durch innige Liebe und jene manchmal so irritierende Cameron-Ehre...

Seufzend unterdrückte Jeremy seinen unvernünftigen Ärger. Natürlich mißgönnte er Christa die Zuneigung ihrer engsten Verwandten nicht. In seiner eigenen Familie herrschte eine ähnliche Verbundenheit – zumindest in dem kleinen Rest, der noch übrig war. Der Krieg hatte ihm den Vater und den ältesten Bruder Josiah genommen. Joshua, der zweitälteste, verwaltete jetzt die Farm, mit seiner Jugendliebe verheiratet, die während all der langen Schlachten auf ihn gewartet hatte.

Und beide Brüder vergötterten ihre Schwester Callie. Daran änderte ihre Ehe mit einem Konföderiertenoffizier nicht das geringste – ebensowenig, wie Jesses Kampf auf Seite der Yankees die Zusammengehörigkeit der Camerons oder die Liebe seiner Frau Kiernan beeinträchtig hatte, einer eingefleischten Rebellin.

Jeremy hörte Christas Gelächter, sah ihre lebhaften Gesten, die deutlich zeigten, welch tiefe Gefühle sie für ihre Brüder hegte. Aber nicht für ihn. Wie wäre ihm zumute, wenn sie ihn jemals so zärtlich anlächeln würde mit ihren strahlenden blauen Augen? Doch das würde nie geschehen. Und wenn doch – dann möge der Himmel ihm beistehen. Vor dieser Frau mußte er sich in acht nehmen. Sie besaß eine ungeheure innere Stärke. Sollte sie jemals den Eindruck gewinnen, sie könnte Macht über ihn ausüben, würde sie ihr Bestes tun, um seinen Willen zu brechen, um sich von ihm zu befreien.

An die Wand neben dem Fenster gelehnt, schloß er sekundenlang die Lider. Vielleicht beurteilte er sie zu hart – vielleicht hatte er zu lange um eine sanftmütige blonde Frau getrauert. Aber auch Jenny war eine willensstarke Frau gewesen, hatte seine Warnung mißachtet und deshalb im belagerten Vicksburg den Tod gefunden, zusammen mit seinem ungeborenen Kind...

Doch er wollte nicht mehr an die schmerzliche Vergangenheit denken. Jetzt war er mit Christa verheiratet, die – wenn ihn nicht alles täuschte – ein Baby erwartete, und fest entschlossen, eine gute Ehe mit ihr zu führen, mochte auch die Liebe fehlen, von der er einmal geträumt hatte. Die Leidenschaft, die er für sie empfand und die er auch in ihr entfachen wollte, konnte zumindest einen Teil der tieferen Gefühle ersetzen.

Er trat wieder ans Fenster, sah Jesse und Daniel zum Haus zurückkehren. Christa blieb am Friedhofszaun stehen und schaute ihnen nach, dann wandte sie sich ab und senkte den Kopf. Da wußte Jeremy, daß sie weinte, glaubte sie sogar schluchzen zu hören. Von plötzlichem heißem Mitleid erfaßt, biß er die Zähne zusammen.

»Nicht nur deinetwegen ist sie so verzweifelt.«

Überrascht drehte er sich um. Callie stand in der Tür. »Oh, das beruhigt mich aber«, erwiderte er lächelnd und verschränkte die Arme vor der Brust. »Und wie bist du zu dieser Erkenntnis gelangt? Was hat sie über mich gesagt?«

»Sie macht nur Andeutungen – daß sich Öl und Wasser manchmal mischen, daß Liebe und Haß und Leidenschaft nah beieinanderliegen. Gerade ich müsse das verstehen. Und damit hat sie recht... Ich kenne sie sehr gut, Jeremy. Als ich damals hierherkam, unsicher und ängstlich, waren meine Schwägerinnen einfach wundervoll. Christa zog ihr letztes Hemd für mich aus und...«

»Wohl kaum«, unterbrach er sie trocken. »Sie besitzt immer noch genug Kleider, um einen Modesalon zu eröffnen, wenn sie das wollte.«

Ungeduldig winkte Callie ab. »Jedenfalls hat sie mich reich beschenkt.«

»Ja, in mancher Hinsicht kann sie sehr großzügig sein.«

»Und in anderer?«

»Meine Liebe, es gibt gewisse Dinge, die dich nichts angehen.«

Lächelnd trat sie zu ihm, und sie stützten sich nebeneinander auf das Fensterbrett. Nach einer Weile sagte Callie leise: »Ich weiß, woran Christa denkt.«

»So?«

»An alles, was die Familie verloren hat – an die Eltern, Anthony Miller, Kiernans ersten Mann, an Liam und all die vielen Freunde, die nicht von den Schlachtfeldern zurückgekehrt sind...«

»Auch wir trauern um unseren Vater und unseren Bruder, Callie«, erinnerte er sie mit gepreßter Stimme.

»Ja, aber wir haben den Krieg gewonnen – nicht die Südstaaten, die Christa so viel bedeuten. Du mußt versuchen, das zu berücksichtigen.«

»Warum sollte ich? Meine Frau benimmt sich keineswegs wie eine Verliererin. Die Camerons kapitulieren niemals.«

Callie mußte lachen. »Als ob ich das nicht wüßte!«

Sie beobachteten, wie Christa um die Ecke des kleinen Friedhofs bog und zwischen den Bäumen verschwand. »Wohin zum Teufel geht sie jetzt?« stieß Jeremy hervor, dann erinnerte er sich bestürzt an eine Zeit, wo es ihm nicht einmal im Traum eingefallen wäre, vor einer Dame zu fluchen, schon gar nicht vor seiner kleinen Schwester. »Oh, verzeih...«

»Schon gut, ich hab's nur mit halbem Ohr gehört. Warum bist du ihr eigentlich böse?«

»Das bin ich nicht«, log er. Natürlich grollte er Christas verdammtem Cameron-Stolz, der es ihr verbot, vor ihrem Mann zu weinen, der sie veranlaßte, sich irgendwo zu verstecken, ehe sie ihre Tränen vergoß. Am liebsten wäre er ihr nachgelaufen, um sie zu packen und zu schütteln. Zwang er sie denn, das Leben einer Küchenmagd zu führen? »Wohin geht sie?« fragte er noch einmal.

»Zum Sommerhäuschen. Da drüben siehst du eine Ecke, zwischen den Bäumen. Vor dem Krieg war es während der warmen Jahreszeit sehr elegant eingerichtet. Wenn man alle Türen und Fenster öffnet, weht vom Fluß her kühle Luft hindurch. Da saßen die Damen, tranken Julep oder Limonade, und den Herren wurden alkoholreichere Erfrischungen angeboten. Ich glaube, jetzt stehen kaum noch Möbel drin. Im letzten Juni ließ Christa eine alte Chaiselongue hinbringen. Sie erzählte mir, als Kind habe sie sich dort verkrochen, wann immer Probleme aufgetaucht seien. Und das taten auch ihre Brüder. Diese Gewohnheit wurde beibehalten. Der Pavillon ist für jeden tabu, wenn ein anderes Familienmitglied drinsitzt. Bald wird sie herauskommen, Jeremy.«

»Allerdings!« Mit langen Schritten lief er zur Tür und erreichte die Treppe, ehe seine Schwester ihre Verblüffung überwinden und ihm folgen konnte.

»Jeremy!«

Er tat, als hörte er den Ruf nicht. Inzwischen hatte er die Veranda bereits verlassen und war im Gewirr der Rosenbüsche untergetaucht. Atemlos blieb sie auf den Stufen stehen, und Daniel kam zu ihr. »Laß ihn gehen.«

»Aber – er ist so wütend auf Christa.«

»Die beiden werden ihre Probleme schon lösen. Außerdem – was könnten wir schon tun? Soll ich ihn verbotenerweise zum Duell fordern? Dann würde einer von uns sterben und der andere ins Gefängnis wandern.«

»Mach dich nicht lächerlich!«

»Dann misch dich nicht ein...«

Die Stimmen hinter Jeremy verklangen. Er kam zum weißgestrichenen Zaun, der den Friedhof umgab. Hier war er schon bei seinem ersten Besuch auf Cameron Hall gewesen, während er gewartet hatte, um sich allein von seiner Schwester zu verabschieden. Wie er sich eingestand, hatte ihn das Familienerbe von Anfang an fasziniert. Damals war er zu General Grant nach Osten versetzt worden. Und die durchaus realistische Gefahr hatte bestanden, er könnte Daniel auf dem Schlachtfeld gegenüberstehen. Doch das war ihnen erspart geblieben. Während dieses grausamen Krieges hatte der Allmächtige gelegentlich Barmherzigkeit gezeigt.

Jeremy betrachtete die Gräber der ersten Camerons in der hinteren Friedhofsecke. Jamie und seine Jassy. Grabsteine aus dunklem Schiefer, im späten sechzehnten Jahrhundert datiert. Ein geisterhafter Ort, aber von eigenartiger Schönheit. Über manchen toten Camerons breiteten Engelsstatuen ihre Flügel aus. Hinter diesem Zaun fanden Christas Eltern, Groß- und Urgroßeltern ihre letzte Ruhe, Tanten und Onkel, Kusinen und Vettern – Menschen, die zwei Jahrhunderte lang mitgeholfen hatten, die Geschichte von Virginia zu prägen.

Langsam ging Jeremy um den Friedhof herum. Zwischen den Zweigen der Bäume und Sträucher sah er den weißen Pavillon, der ebenso wie das Haupthaus dringend einen neuen Anstrich brauchte. Die Tür war geschlossen, aber nicht versperrt, und er trat ein.

Mehrere Felle lagen vor einem großen Kamin, und Jeremy fragte sich lächelnd, ob man das Sommerhäuschen auch im Winter benutzt hatte. Nur zu gut konnte er sich die Atmosphäre vorstellen. Hier drin die Wärme knisternder Flammen, draußen kalte Stürme, eine verschneite Landschaft...

Er bemühte sich keineswegs, das Geräusch seiner Schritte zu dämpfen, aber Christa hörte ihn nicht. Zusammengesunken saß sie auf einer Chaiselongue mit grünem Brokatbezug und blickte durch eines der hohen Fenster zum Fluß hinab, der schimmernd vorbeiströmte und mit seiner düsteren Farbe bereits den Herbst ankündigte.

Nun schien Christa die Anwesenheit ihres Mannes instinktiv zu spüren, denn sie drehte sich erschrocken um. Die meisten Frauen sehen nicht gut aus, wenn sie weinen, dachte er, mit geschwollenen Lidern und roten Flecken im Gesicht.

Aber über Christas Wangen zog sich ein bezaubernder Hauch, tränennasse Augen leuchteten wie Kristalle. Bei Jeremys Anblick nahmen sie einen feindseligen herausfordernden Ausdruck an, und das Mitleid, das er eben noch empfunden hatte, verflog. Ihr Stolz übertraf alle anderen Gefühle in ihrem Herzen. »Was machst du hier?« wisperte sie.

Er hob die Schultern. »Bin ich etwa in eine geheiligte Domäne eingedrungen?«

Christa wandte sich ab und starrte wieder auf den Fluß. »Natürlich nicht. Das ist nur ein Sommerhäuschen, wie jedes andere auch.«

Schweigend stand er hinter ihr und rührte sich nicht, aber seine Gegenwart schien sie zu beunruhigen, denn plötzlich sprang sie auf und drehte sich zu ihm um, als wagte sie es nicht, ihm den Rükken zu kehren. Als er sie verwundert beobachtete, vertiefte sich die Röte ihrer Wangen, und sie ging zum Kamin, vor dem die Felle lagen. Den restlichen Boden bedeckte ein Wachstuch, mit Marmormuster bemalt, an den Rändern im Lauf der Jahre ausgefranst.

»Ich glaube zu wissen, warum du's tust«, sagte sie tonlos, die Schultern gestrafft, die Finger ineinandergeschlungen. Ihr Blick hielt seinem stand.

»Oh?« Er nahm eine militärische »bequeme« Stellung ein, die Beine leicht gespreizt, die Hände auf dem Rücken verschränkt. »Was tu ich denn?«

»Du zwingst mich, dich in den Westen zu begleiten.«

»Und was veranlaßt mich deiner Meinung nach dazu?«

Jetzt schaute sie unbehaglich zur Seite. »Es muß mit Callie und Daniel zusammenhängen. Du versuchst es ihm heimzuzahlen, daß er sie aus Maryland weggeholt hat. Vielleicht ist dir das selber gar nicht bewußt, aber wenn du mal drüber nachdenkst...«

»Wenn ich lange genug nachdenke«, unterbrach er sie und bezähmte seinen aufsteigenden Zorn nur mühsam, »könnte ich in die Versuchung geraten, dir den Hals umzudrehen. Dann würden sich deine Brüder verpflichtet fühlen, mich zu erschießen, und im Tode wären wir endlich vereint – für immer.«

Christa zuckte mit keiner Wimper. »Du verstehst es einfach nicht...« Abrupt verstummte sie, denn jetzt kam er zu ihr und umklammerte ihre Oberarme. »Eins wollen wir nun endgültig klarstellen. Alles, was es zwischen Daniel und mir bezüglich meiner Schwester zu sagen gab, wurde bereits bei meinem ersten Besuch auf Cameron Hall erörtert. Seither hege ich keine feindseligen Gefühle mehr gegen deinen Bruder, denn ich erkannte, wie sehr die beiden sich lieben. Und mit Liebe kann man sehr viele Sünden entschuldigen. Was mich selber betrifft – ich gehöre nicht zu den überaus edlen Camerons und habe gelegentlich Fehler begangen. Aber ob du's glaubst oder nicht – auch uns heidnischen Yanks werden gewisse Moralbegriffe beigebracht, wenn wir im Ackerland von Maryland aufwachsen. Niemals würde ich dich meinen einstigen Groll gegen Daniel spüren lassen.«

Verächtlich schaute sie auf seine Hände hinab, die ihre Oberarme festhielten. »Also richtet sich deine feindliche Gesinnung nur gegen mich...«

Jeremy ignorierte ihre Worte und zog sie an sich. »Es gibt nur einen einzigen Grund, warum du mich in den Westen begleiten wirst, und den will ich dir jetzt klarmachen...« Die Finger in ihr langes, seidiges Haar geschlungen, küßte er sie hungrig, fordernd und entschlossen, genoß in vollen Zügen alle Reize ihres warmen Mundes.

Vielleicht hatte er sie völlig überrumpelt, oder er umarmte sie so kraftvoll, daß jeder Widerstand unmöglich war. Nur ein leises Stöhnen kam aus ihrer Kehle, nur ein einziges Mal versuchte sie, sich halbherzig gegen seine Brust zu stemmen. Jeremy sank mit ihr auf die weichen Felle vor dem Kamin hinab. Er hatte keineswegs beabsichtigt, nach so langer Zeit hierher zurückzukehren und mit seiner widerwilligen Frau am Boden eines Sommerhäuschens zu schlafen.

Aber sobald es um Christa ging, tat er immer wieder Dinge, die er nicht geplant hatte. Zum Beispiel die überstürzte Hochzeit, der Entschluß, sie in den Westen mitzunehmen...

Ihre Lippen öffneten sich. Wenn sie seinen Kuß auch nicht erwiderte – sie wehrte sich nicht dagegen. Reglos lag sie da, und er spürte, wie ihr Herz immer schneller schlug.

Nach einer Weile hob er den Kopf und betrachtete ihr blauschwarzes Haar, auf dem Fell ausgebreitet. Er streckte sich neben ihr aus, umfaßte eine ihrer Brüste. Ihre Wimpern senkten sich, das Blut stieg ihr in die Wangen. Während er ihren Mund mit einem neuen Kuß verschloß, schob er eine Hand unter ihr Kleid und die Unterröcke. Verdammt, warum mußten die Frauen immer soviel anhaben?

Die spitzenbesetzte Unterhose bildete ein weiteres Hindernis, aber seine ungeduldigen Finger fanden das Band und lösten die Verknotung. Dann strich er über Christas nackten Bauch, tastete nach dem zarten Haar zwischen ihren Beinen.

Die Berührung der verlockenden, intimsten Stelle ihres Körpers, so weich und warm und feucht, fachte das Feuer, das während der ganzen Trennungszeit in ihm gebrannt hatte, zu unerträglicher Intensität an. Er hatte Christa prophezeit, die Ehe mit ihm würde eine Hölle sein. Aber nun lebte er in seiner eigenen Hölle, gepeinigt von einer wochenlangen unerfüllten Begierde.

Hastig entledigte er sich seiner Kavalleriehose und glitt zwischen die Schenkel seiner Frau. Ein letzter Rest seines Verstands warnte ihn. Sie war immer noch ein Neuling im Reich der Liebe und keineswegs eifrig bestrebt, etwas dazuzulernen. Und so setzte er seine erotischen Liebkosungen fort, suchte die empfindsamsten Körperzonen, um Christas Sinne zu reizen.

Zu seiner Überraschung wurde er endlich belohnt – mit einem halbersticktten Seufzer, obwohl sie versuchte, die Beine zusammenzupressen. Doch das verhinderten seine muskulösen Schenkel. Als er in sie eindrang, hielt sie den Atem an, grub die Finger in seine blauuniformierten Schultern und verbarg das Gesicht an seinem Hals. Immer wieder hob er rhythmisch seine Hüften, um tiefer und tiefer in ihr zu versinken, erwartete einen Schmerzens- oder Protestschrei. Aber er hörte nichts dergleichen, und ihre Arme umschlangen sogar seinen Nacken.

Langsam, ermahnte er sich und versuchte, sein Verlangen im Zaum zu halten. Aber ihr berauschender Duft schien sein Blut zu durchströmen, die Sehnsucht, die ihn seit der Trennung gequält hatte, mußte gestillt werden. Und die Haut ihrer Hüften, von seinen Händen umschlossen, fühlte sich unglaublich seidig und verführerisch an. So eng mit Christa verschmolzen zu sein – das weckte eine überwältigende Lust, die er nie zuvor gekannt hatte.

Und Christa war, wie sie nur zu gern betonte, eine Cameron, mit allen Leidenschaften der Camerons behaftet, wild und erregend. Ob sie es wollte oder nicht – sie schenkte ihm diese betörende Sinnlichkeit.

Während sich Jeremys süße Qual dem Höhepunkt näherte, zwang er die Hüften seiner Frau zu geschmeidigen, aufreizenden Bewegungen. Und dann riß er sie mit sich empor, zu einem stürmischen, wundervollen Gipfel.

Aus dem Paradies auf die Erde zurückgekehrt, staunte er fast ungläubig über die Intensität der Gefühle, die Christa hervorgerufen hatte. Was mochte erst in ihm vorgehen, wenn sie sich freiwillig hingab?

Die Augen geschlossen, rang sie nach Atem. Dann versuchte sie, ihre Röcke nach unten zu streifen, was ihr schwerfiel, da er immer noch halb auf ihr lag. Rasch rückte er von ihr weg und biß sich auf die Lippen. Eine großartige Leistung war das, dachte er bedrückt. Erst störe ich den Frieden ihres geliebten Zufluchtsortes, dann nehme ich sie auch noch auf der Stelle, am Boden, fast vollständig bekleidet…

Er sah ihr an, wie unbehaglich sie sich fühlte. Verlegen stand er auf, schloß seine Hose und ging zu einem Fenster. Eine Zeitlang betrachtete er den James River, dann drehte er sich zu Christa um. »Entschuldige, bitte. Es tut mir leid.«

Sie saß auf einem der Felle, immer noch bemüht, ihre derangierte Kleidung zurechtzuzupfen. Das lange Haar verbarg ihre Augen. »Was konnte ich von *dir* schon anderes erwarten?«

Diese hochmütige Stimme, der königliche Tonfall der beleidigten Südstaatenschönheit, den er schon viel zu oft gehört hatte, zerrte an seinen Nerven. Mit zwei Schritten war er wieder bei Christa, ging wütend vor ihr in die Knie, ohne sie anzurühren. »Also gut – es tut mir *nicht* leid! Verdammt, du bist meine Frau, und verheiratete Leute schlafen nun mal miteinander.«

»Eigentlich begegnen sich die meisten Eheleute höflich und respektvoll«, erwiderte sie kühl und warf ihre schwarze Lockenpracht in den Nacken. »Sie paaren sich nicht einfach wie…«

»Großer Gott, so blind kannst du doch gar nicht sein! Was meinst du wohl, warum sich Callie und Daniel heute morgen in Sterling Hall verkrochen haben? Um miteinander Tee zu trinken? Und was glaubst du, warum diese verdammten Felle hier vor dem Kamin liegen?«

Anmutig erhob sie sich. »Warum hast du dich dann überhaupt entschuldigt?«

Auch Jeremy stand auf und stemmte die Hände in die Hüften. »Nie wieder werde ich das tun, Christa.« Er lächelte eisig und erinnerte sich an die Tränen, die sie vergossen hatte, weil sie ihn in den Westen begleiten mußte. »Das wäre auch lächerlich, angesichts der – nach deinen Maßstäben – geradezu dekadenten Erlebnisse, die dich erwarten. Denn ich müßte mich auf Schritt und Tritt entschuldigen – für den Schmutz am Boden der Soldatenzelte, das weite, unberührte Land, die zahllosen Bäche und Flüsse, die verlassenen Indianerhütten, all die wunderbaren, unzivilisierten Plätzchen, wo man sich in animalischer Lust paaren kann... Und wenn ich an eine bereitwillige, leidenschaftliche, fantasievolle Ehefrau denke, fällt es mir schwer, meine ungeduldige Vorfreude zu unterdrücken.«

Herausfordernd reckte sie das Kinn hoch. »Falls du versuchst, mich zu schockieren und mir angst zu machen – spar dir die Mühe. Immerhin habe ich den Krieg überlebt. Und ich werde auch *dich* überleben. Ich...«

»O ja, du bist eine Überlebenskünstlerin. Niemand besitzt soviel Kampfgeist wie du. Wärst du aufs Schlachtfeld geritten, hätte General Grant nicht den Hauch einer Chance gegen die Rebellen gehabt. Und wenn die Indianer wüßten, daß du sie demnächst heimsuchst, würden sie schon jetzt in ihren Lederhosen zittern.«

Ihre funkelnden blauen Augen verengten sich zu schmalen Schlitzen. »Du mieser Bastard! Du willst einfach nicht aufhören, mich zu verhöhnen, was?« Blitzschnell stürzte sie sich auf ihn, und weil er nicht darauf vorbereitet war, brachte sie ihn fast aus den Gleichgewicht. Doch es gelang ihm, ihre Handgelenke zu packen, ehe sie ihm mit den Fingernägeln ins Gesicht fahren konnte. »Christa...«

»Laß mich los!« Wütend versuchte sie, in die Hände zu beißen, die sie festhielten, und trat gegen sein Schienbein.

Es tat höllisch weh. »Christa!« Wütend drehte er ihr die Arme auf den Rücken und preßte sie an seine Brust, so daß sie sich nicht mehr zu rühren vermochte. »Heb nie wieder eine Hand gegen mich. Versuch nicht noch mal, mich zu beißen und zu treten, sonst...«

»Sonst?« fauchte sie. »Was denn?«

»Sonst würdest du's bereuen.«

»Wagst du's etwa, mir zu drohen, du elender Yank?«

»Was bleibt mir denn sonst übrig?« Unsanft stieß er sie von sich. »Irgendwie muß ich mich doch behaupten, nachdem ich in die heilige Familie der Camerons eingeheiratet habe.«

»Wie abscheulich, so was zu sagen! Welch eine Blasphemie! Typisch für einen...«

»... für einen Yankee-Bastard. Nun, dann werde ich dich wieder allein lassen an deiner friedvollen Zufluchtsstätte. Ich interessiere mich für einige Bücher in der Bibliothek deiner Brüder. Sollte dich die Sehnsucht nach mir überwältigen, weißt du, wo du mich findest.« Spöttisch lächelte er, und mit einer übertrieben tiefen Verbeugung schlenderte er aus dem Pavillon.

Aber auf dem Weg zum Haus wurde er von schmerzlicher Scham erfaßt und bedauerte sein Verhalten zutiefst. Natürlich verstand er Christas Gefühle nach all den bitteren Kriegsjahren, ihre leidenschaftliche Abneigung gegen die siegreichen Yankees. Und er hatte sie weder grob noch grausam behandeln wollen. Doch sie brachte ihn immer wieder dermaßen in Wut, daß er die Beherrschung verlor. Dabei wünschte er sich nichts sehnlicher, als sie in die Arme zu nehmen und zu trösten.

Natürlich würde sie sich lieber von einer Klapperschlange trösten lassen.

Jeremy blieb plötzlich stehen. Zum Teufel mit Christa – mit ihrem Stolz, ihrem Mut, ihrer Schönheit, mit all dem Feuer in ihrer Seele! Dieses Feuer hatte ihn schon vor dem merkwürdigen Hochzeitstag fasziniert, aber da war er noch fähig gewesen, Distanz zu wahren, seine Augen vor der Tatsache zu verschließen, daß ein Großteil seiner Feindseligkeit von heißem Verlangen herrührte.

Und jetzt sah er sich ihrer Anziehungskraft manchmal fast hilflos ausgeliefert. Sogar in diesem Augenblick verspürte er das Bedürfnis, zu seiner Frau zurückzukehren, sie zu umarmen, ihr zu versichern, alles würde sich zum Guten wenden... Nein, nur das nicht! Sie würde versuchen, die Oberhand zu gewinnen, ihn ihrem Willen unterzuordnen.

Er mußte vorsichtig sein, durfte ihr nicht zeigen, wie mühelos er ihre Gefühle nachempfinden konnte, wie oft er von ihr träumte, wie sehr er sie begehrte. Entschlossen straffte er die Schultern. Verdammt, du närrischer Yankee, beschimpfte er sich selbst. Er würde nicht schwach werden, sich nicht in Christa verlieben.

Falls es nicht schon zu spät war...

8

Als Christa das Haus betrat, hörte sie Jesse sagen: »Da draußen lauern zahllose Gefahren.« Eigentlich hatte sie ihre Schwägerinnen aufsuchen wollen, aber nun ging sie zögernd auf den Salon zu, aus dem die Männerstimmen drangen.

»Vor allem, wenn man sich in die Nähe der Komantschen- und Apachenstämme wagt«, ergänzte Daniel.

Lautlos schlich Christa zur halboffenen Tür und spähte hindurch. Die drei standen in der Mitte des Raums vor dem Tisch, auf dem eine Landkarte ausgebreitet war.

»In der Umgebung von Little Rock leben hauptsächlich zivilisierte Indianer«, wandte Jeremy ein.

Grinsend nickte Daniel. »Die sind sogar zivilisierter als manche Weiße, die ich kenne.«

»Falls du die Yankees meinst – vergiß nicht, daß du hier in der Minderzahl bist«, wurde er von Jesse gehänselt.

Christa lehnte sich an die Wand und biß auf ihre Unterlippe.

Schon längst hatte sich Daniel mit der Tatsache des verlorenen Krieges abgefunden. Vielleicht war es für ihn leichter. Gegen Ende der Kämpfe hatte er ihr gestanden, allmählich sei es ihm verdammt egal, wer gewinnen würde. Er wünsche sich nur noch, das Blutvergießen möge aufhören.

Nun ergriff Jeremy wieder das Wort. Offenbar zeigte er auf die Landkarte, denn er erklärte: »Die Jagdgründe der Indianer liegen in den Great Plains, die wir an dieser Stelle durchqueren werden. Da können wir auf die Southern Cheyenne treffen, ihre Verbündeten, die Schoschonen, oder die Snakes. Und hier leben die Kiowa, die Kiowa-Apachen...«

»Und die Komantschen«, fügte Jesse leise hinzu.

»Wird Christa auch wirklich nichts zustoßen?« fragte Daniel. »Großer Gott, Jeremy, ich finde, du hast nicht das Recht, sie solchen Gefahren auszusetzen.«

Da mußte Christa lächeln. Er nahm nie ein Blatt vor den Mund. Ihr älterer Bruder war viel diplomatischer.

»Viele Soldatenfrauen folgen ihren Männern überallhin«, bemerkte Jesse. »Falls sie ein Baby erwartet, wäre die lange, beschwerliche Reise allerdings nicht unbedenklich... Andererseits konnte ich oft feststellen, daß Frauen, die während der Schwangerschaft körperlich aktiv sind, bei der Geburt kaum Probleme haben.«

»Wird die Kompanie von einem Miltärarzt begleitet?« erkundigte sich Daniel. Im Salon flammte ein Streichholz auf. Offenbar steckte einer der drei Männer eine Zigarre in Brand. Christa hielt den Atem an und lauschte.

»Ja, Major John Weland«, antwortete Jeremy.

»John?« rief Jesse, hörbar erfreut.

»Hast du zusammen mit ihm gedient?

»Im letzten Kriegsjahr. Ein ausgezeichneter Mediziner und Chirurg.«

Also braucht sich Jesse wenigstens nicht um meine ärztliche Betreuung zu sorgen, dachte Christa bitter.

»Trotzdem ist der Westen gefährlich«, beharrte Daniel. »Gerade hast du uns doch Colonel Craltons Brief vorgelesen.« Papier raschelte, dann fuhr er fort: »Wenn ich diesen besonderen Abschnitt wiederholen darf... ›Offenkundig wurden die zwölf Männer von ein paar hundert Sioux angegriffen. Jeden durchbohrten mindestens fünfzig Pfeile. Die Rothäute schnitten ihnen die Ohren und Genitalien ab. Letztere steckten zwischen den Lippen der Leichen, als man sie fand...‹ Großer Gott!«

Krampfhaft schluckte Christa, preßte eine Hand auf den Mund, versuchte, das grausige Bild aus ihrer Fantasie zu verscheuchen, das Daniel heraufbeschworen hatte.

»Diese Männer hatten eine unsinnige Suchaktion unternommen«, betonte Jeremy. Gläser klirrten. Anscheinend sahen sich auch die Männer genötigt, die Vision von jenen zwölf Soldaten zu verdrängen. »Von einem Narren losgeschickt, um einen Narren aufzuspüren. Ich beabsichtige jedenfalls, mein Regiment beisammenzuhalten.«

»Und wie ich höre, verstehst du dich recht gut mit den Komantschen«, sagte Jesse.

»Niemand kennt die Komantschen wirklich«, erwiderte Jeremy. »Es gibt mehrere Dutzend Kriegerscharen. Aber ich kenne Buffalo Run, der einen gewissen Einfluß ausübt.«

»Genug Einfluß, um Christa notfalls zu retten?«

Jeremy seufzte. »Ich selber werde sie beschützen. Sicher, das Leben, das uns erwartet, ist nicht gerade einfach. Aber ich werde das Fort Jacobson kommandieren, das ganz in der Nähe von der texanischen Nordgrenze liegt, und man wird mir tausend Morgen Land zuteilen. Ja, ich habe beschlossen, mich im Westen niederzulassen – so wie ich zu Beginn des Krieges an der Westfront kämpfte, als ich die Gelegenheit dazu erhielt. Ich wollte nicht auf meine Rebellenfreunde aus Maryland und Virginia schießen. Und jetzt – nun, verdammt noch mal, wir haben den Sieg errungen. Und ich mußte Johnsons grandiose Rekonstruktionspolitik mitansehen! Korrupte Politiker, Ämterjäger, Schwindler, Chaos – da ziehe ich die Indianer bei weitem vor.«

Sekundenlang schloß Christa die Augen, dann hörte sie Jesse leise entgegnen: »Nun, vielleicht hast du recht. Aber ich frage mich, was in Christa vorgeht. Hat sie Angst vor den Indianern?«

Ja, gräßliche Angst! wollte sie schreien, doch sie schwieg.

»So, wie ich Christa kenne«, meinte Jeremy gedehnt, »werden sich eher die Komantschen vor ihr fürchten müssen als umgekehrt.«

»Was…«, begann Jesse, aber da eilte Christa in den Raum, mit raschelnden Röcken, das Kinn hoch erhoben. Sie lächelte, aber ihr Gesicht fühlte sich an, als würde sie eine Gipsmaske tragen.

Wie sie jetzt erkannte, mußte Jeremy, der hinter dem Tisch stand, durch die halboffene Tür ihr Kleid gesehen haben. Also wußte er, daß sie gelauscht hatte. Doch das spielte überhaupt keine Rolle.

Schnurstracks ging sie zur Whiskeykaraffe, fest entschlossen, ihn zu ignorieren, sollte er ihr einen mißbilligenden Blick zuwerfen. Mochte es auch noch so unschicklich sein, sie füllte ein Glas. Herausfordernd starrte sie ihren Mann an, der nicht im mindesten schockiert, sondern eher belustigt wirkte. Offenbar war es ihr Schicksal, ihn unentwegt zu amüsieren. Nach dem ersten Schluck brannte ihr Magen, und sie stellte den Whiskey rasch beiseite.

»Nun, was hältst du von Jeremys Plänen?« fragte Christa.

»Du solltest ernsthaft darüber nachdenken«, riet Jesse.

Das war ihre große Chance, ihrem Mann zu sagen, er solle allein Cowboy und Indianer spielen. Sie würde daheim bleiben, in sicherer Geborgenheit, von ihren Brüdern beschützt. Aber die beiden würden nach diesem langen Krieg endlich imstande sein, ein normales Familienleben zu führen. Und sie selbst? Sie würde einen Platz am äußersten Rand dieses Lebens einnehmen und im Grund nur stören.

Jeremy schlenderte um den Tisch herum und schenkte sich noch etwas Whiskey ein. »Die Indianer sind wirklich faszinierend. Aber die Weißen, vor allem hier an der Ostküste, neigen leider dazu, sie alle in einen Topf zu werfen. Dabei sind die einzelnen Stämme einzigartig. Zum Beispiel die Choctaw und die Cherokee. Du wirst verschiedene kennenlernen, Christa. Sie besitzen eine hervorragende Rechtsprechung, und ihre Stammesgesetze haben mich tief beeindruckt. Die Arikara am Missouri tolerieren so eigenartige Lebensarten, daß ihre Nachbarn weggezogen sind. Sie leben in Erdhütten, zwischen ihren Abfällen, praktizieren Inzest und verbringen die Wintermonate damit, einander die Ehefrauen abzujagen. Hingegen sind die Cheyenne berühmt für ihre Keuschheit. Viele Ehefrauen gehören Gilden an und prahlen mit ihren Leistungen im Haushalt, auf die sie oft stolzer sind als die Krieger auf ihre Jagdbeute.«

Natürlich wußte sie, daß er absichtlich versuchte, sie zu schockieren. Aber sie würde ihm ihre Angst niemals zeigen. »Erzähl mir doch etwas über die Komantschen«, bat sie leichthin.

»Vielleicht lieber nicht...«, begann Daniel.

»Oh, ich sterbe fast vor Neugier und will unbedingt hören, was Jeremy zu berichten hat.«

»Die meisten sind klein und haben O-Beine. Sie sind die besten Reiter in den Plains und bilden sich eine ganze Menge drauf ein, daß sie sich völlig lautlos an ihre Gegner heranpirschen können.«

Langsam ging Jeremy auf Christa zu. »Ein gewisser Walking Bear soll einem Texaner die Frau gestohlen haben, während sie nachts neben ihm schlief. Die Komantschen genießen es richtig, ihre Feinde gefangenzunehmen und manchmal auch zu foltern. Und wenn die Ärmsten zu laut schreien, schneiden sie ihnen die Zungen heraus.«

»Großer Gott, Jeremy!« protestierte Jesse.

»Schon gut«, versuchte Christa ihn zu beschwichtigen. »Ich finde, ich müßte alles über mein zukünftiges Leben wissen.«

»Bleib lieber hier«, mischte sich Daniel ein. »Zumindest, bis das Baby geboren ist – oder bis Jeremy sich in seiner neuen Heimat eingelebt hat.«

Da war sie wieder, die große Chance.

»Aber Christa fürchtet sich doch niemals, nicht wahr, meine Liebe?« fragte Jeremy.

Sie warf ihm einen ausdruckslosen Blick zu, dann wandte sie sich zu ihren Brüdern. »Ich habe einen Yankee geheiratet. Wie sollten mich da kleine, o-beinige Komantschen erschrecken können?«

»Es gibt auch hochgewachsene, starke, äußerst kluge Komantschen«, bemerkte Jeremy. »Sie können leidenschaftlich und überaus wild sein. Vielleicht solltest du tatsächlich daheim bleiben.«

Sogar er baute ihr jetzt eine goldene Brücke. Vielleicht sollte sie wirklich darauf eingehen. Aber sie schwieg, und die Chance war vertan.

Grinsend prostete er ihr zu. »Doch das alles kann Christa McCauley, geborene Cameron, die grandiose Rebellin, nicht davon abhalten, in den Westen zu ziehen. Und die Komantschen und Apachen und Kiowa sollten sich vor ihr in acht nehmen – nicht wahr, meine Liebe?«

»Gewiß«, bestätigte sie und hob ebenfalls ihr Glas. »Immerhin steht mir der heldenhafte Colonel McCauley zur Seite. Kein Krieger würde es wagen, seine Gemahlin zu entführen.«

»Wollen wir's hoffen«, murmelte Jesse, die Stirn sorgenvoll gerunzelt.

»Oh, mir wird nichts passieren!« rief Christa in enthusiastischem Ton. »Das weiß ich!« Abwartend schaute sie ihren Mann an. Würde er ihr erneut die Möglichkeit bieten, sich anders zu besinnen? Doch diese Gelegenheit hatte sie wohl endgültig verpaßt. Er nahm ihren Arm und führte sie zum Tisch, wo die Landkarte lag. »Komm, ich möchte dir deine Reiseroute zeigen. Du fährst mit der Bahn von Richmond nach Washington, dann nach Illinois, und mit einem Mississippi-Dampfer wieder in den Süden...«

»Washington?« unterbrach sie ihn bestürzt.

»Das ist der beste Weg«, erklärte Jesse.

»Ich muß also erst in den Norden, um dann im Südwesten zu landen?«

»Die Hälfte der Bahnlinien im Süden muß erst noch instand gesetzt werden, Christa«, sagte Daniel, und sie hörte eine gewisse Bitterkeit aus seiner Stimme heraus. »Und selbst wenn es nicht so wäre, die Route über Illinois ist wirklich am günstigsten.«

Sie nickte und starrte auf die Landkarte. Was für eine lange, lange Reise...

Jesse hatte diese Karte vor dem Krieg in Kansas gekauft. Sie wies keine Grenzlinien zwischen den Nord- und den Südstaaten auf. Auch jetzt existierten diese Grenzen nicht mehr. Der Norden und der Süden bildeten wieder ein einziges großes Land. Und da lag auch eine Karte, in der große westliche Gebiete eingezeichnet waren, mit Namen wie »Niemandsland«.

Unberührtes Territorium – vielleicht sogar sicher vor den eisernen Fäusten der Rekonstruktion... Die großen Flecken auf der Landkarte waren in kleinere Zonen unterteilt, und darin standen die Namen von Indianerstämmen: Schoschonen, Cheyenne, Choctaw, Sioux, Schwarzfuß- und Krähenindianer, Komantschen...

Sie spürte die Blicke der drei Männer – Jesses Sorge, Daniels neuerliche Abneigung gegen seinen Schwager – und was dachte Jeremy? Wollte er sie immer noch in den Westen mitnehmen? Oder hatte er entschieden, die Mühe würde sich kaum lohnen, weil sie den Ansprüchen nicht genügte, die er an eine Ehefrau stellte? Zu ihrer eigenen Verblüffung brannten Tränen in ihren Augen.

Welch widersprüchliche Gefühle sie ihrem Mann entgegenbrachte... Sie konnte ihm nicht verzeihen, daß die Yankees den Krieg gewonnen hatten, und noch viel weniger, daß er immer und überall seinen Willen durchsetzen mußte. Manchmal haßte sie ihn, weil er sie niemals höflich umschmeichelte, so wie sie es von ihren früheren Verehrern gewöhnt war. Natürlich, er hielt sie für eine der verhätschelten Südstaatenschönheiten, die er verachtete. Aber sie würde ihm schon noch zeigen, wie sie wirklich war – aus härterem Holz geschnitzt, furchtlos, durchaus imstande, sich im Wilden Westen zu behaupten.

Und so sehr sie seine Manieren und seinen Charakter auch verabscheute – er faszinierte sie mit seinen Augen, die stahlhart schimmern oder einen fast zärtlichen Silberglanz annehmen konnten, mit seinem muskulösen, wohlgeformten Körper... Einerseits war sie fest entschlossen, ihm auch weiterhin die Hingabe zu verweigern, die er sich von ihr wünschte – und andererseits wollte sie, daß sein Verlangen nach ihr niemals erlosch.

Ja, sie würde ihm in den Westen folgen. Ihr Entschluß stand endgültig fest. Langsam strich ihr Finger über die große Karte. »Bis jetzt habe ich noch keine allzu weiten Reisen unternommen. Einmal war ich in Westpoint, um Jesse und Daniel zu besuchen. Und in New York und in Savannah, aber...« Sie hob den Kopf und sah ihren Mann an. »Das hier ist ganz etwas anderes. Wie lange wird es dauern, bis ich dich in Little Rock treffe, Jeremy?«

Wie so oft lächelte er belustigt, aber sie glaubte, eine gewisse Bewunderung in seinen Silberaugen zu lesen. »Nicht allzu lange, meine Liebe. Angenommen, du brichst in ein bis zwei Wochen auf, dann wirst du etwa vierzehn Tage unterwegs sein. Also sind wir nicht länger als einen Monat getrennt. Das müßtest du doch ertragen?«

»Oh, ich werde mich jeden Abend in den Schlaf weinen...« Hastig verstummte sie und wandte sich ab, ihr Magen begann, wieder einmal zu revoltieren. Auf keinen Fall durfte Jeremy merken, wie übel ihr war, denn das könnte er als Feigheit deuten. »Wenn die Gentlemen mich jetzt entschuldigen und ihr Gespräch ohne mich fortsetzen würden...«

Sie wartete nicht ab, bis sie von irgend jemandem entschuldigt wurde, sondern floh aus dem Salon. Hinter sich glaubte sie, Jeremys leises Lachen zu hören.

Am nächsten Nachmittag ritt Jeremy mit seiner Frau und Jesse nach Richmond. Er beobachtete Christas Gesicht und bereute, ihr jemals vorgeschlagen zu haben, sie möge ihn mit ihrem älteren Bruder bis in die Stadt begleiten und sich erst dort von ihm verabschieden.

Vielleicht hatten ihn die vielen Schlachten dermaßen abgehärtet, daß er glaubte, die Nachwirkungen des Krieges könnten nicht allzu schlimm sein. Doch das war, wie er jetzt erkennen mußte, ein Irrtum. Unzählige Krüppel humpelten durch die Straßen. Die Amputationen hatten einige tausend Menschenleben gerettet, aber es war überaus schmerzlich, die Ergebnisse dieser chirurgischen Meisterleistungen zu betrachten. Einige der Verstümmelten trugen immer noch ihre Uniformen oder deren zerfetzte Reste. Viele der geschundenen Körper wurden nur unvollkommen von den grauen Lumpen bedeckt, die meisten Veteranen präsentierten sich schmutzig und unrasiert.

Aber am schlimmsten war der Ausdruck in ihren Augen. Sie sahen aus, als hätten sie alle Hoffnung verloren, als wäre ihnen der Tod auf dem Schlachtfeld barmherziger erschienen. Und zwischen all den Einbeinigen oder Einarmigen, oder noch schrecklicher Verstümmelten, auf Straßen, wo sich zuvor nur sittsame Frauen gezeigt hatten, stolzierten Huren umher. In grellroten Kleidern schwenkten sie die Hüften und boten sich jedem Mann an, der einigermaßen unversehrt wirkte. Überall tauchten Soldaten in blauer Uniform auf. Manche eilten geschäftig vorbei, und andere, die offenbar dienstfrei hatten, schlenderten gemächlich dahin. In manchen Yankee-Augen las man Trauer über den Verlust der Menschlichkeit, der in dieser Stadt so überdeutlich zum Vorschein kam. Aber die meisten schienen zu triumphieren angesichts der verheerenden Niederlage, die sie den Rebellen beigebracht hatten.

Auch Geldverleiher und diverse Geschäftsleute tummelten sich in den Straßen. Seltsame Gestalten in bunten Hemden und gestreiften Hosen standen auf Seifenkisten und versprachen sichtlich verwirrten Exsklaven die wunderbarsten Reichtümer, falls sie da oder dort arbeiten würden. Vom ersten Sonnenstrahl bis zum Einbruch der Dunkelheit würden sie sich abplagen müssen, als freie Männer – aber für ein Almosen, mit dem sie ihre Familien nicht ernähren konnten.

Wieder einmal sah Jeremy bestätigt, was er von der Rekonstruktion hielt, und er konnte es kaum erwarten, alldem zu entrinnen und in den Westen zu ziehen.

Christa, die ein elegantes kastanienbraunes Reitkostüm trug und ausnahmsweise in einem Damensattel saß, zügelte plötzlich ihre Stute. Sofort sah Jeremy, was sie dazu bewogen hatte. Sie waren in die Nähe eines großen Gebäudes gekommen, des Weißen Hauses, das den ehemaligen Konföderierten Staaten von Amerika als Regierungssitz gedient hatte.

Jetzt gingen Männer in blauen Uniformen hier ein und aus, vereinnahmten die Räume, wo früher Präsident Jefferson Davis mit seiner Familie gewohnt hatte. Wehmütig dachte Christa an die schöne Varina, die stets unerschütterlich zu ihrem Mann gehalten hatte – während all seiner Schwierigkeiten und bis zum bitteren Ende.

Nur zu gut wußte Jeremy, was nun in seiner Frau vorging. »Reiten wir weiter, Christa«, bat er leise.

Wortlos spornte sie ihr Pferd an und sprengte voraus, ohne zu wissen, wohin. Jesse und Jeremy folgten ihr hastig. Eine schön gekleidete junge Frau ohne Begleitung, auf einer kostbaren Araberstute, konnte sehr leicht die Aufmerksamkeit irgendwelcher Gauner erregen. Sie bogen um eine Ecke, wo Straßenhändler ihre Waren zu exorbitanten Yankee-Preisen anboten. Der Südstaatenstolz mochte überlebt haben, von der Südstaatenwährung wollte man nichts mehr wissen. Eine Tomate kostete einen Dollar, ein bißchen Milch ein halbes Vermögen, Fleisch war unerschwinglich.

Während sie an den Marktständen vorbeiritten, kreischte eine Frauenstimme: »Yankee-Liebchen! Hure!« Ein Wurfgeschoß flog heran. Als Jeremy erkannte, daß es auf Christa gezielt war, galoppierte er instinktiv an ihr vorbei, streckte eine Hand aus und fing es ein. Zwischen seinen Fingern schien es zu explodieren, verspritzte blutroten Saft.

Jemand hatte eine Tomate nach seiner Frau geschleudert. Er zog seinen Handschuh aus und schüttelte das klebrige Fruchtfleisch ab.

Entsetzt starrte Christa ihn an. »Mein Gott!« flüsterte sie. »So kostbar, so teuer... Und sie wollte mir diese Tomate an den Kopf werfen!«

»Hör doch auf!« wurde die angriffslustige Gemüsehändlerin von einer anderen Frau angeschrien. »Du hättest doch auch gern einen Yankee, du alte Ziege, wenn sich einer mit dir abgeben würde!«

Besorgt schaute sich Jesse um. »Verschwinden wir von hier.«

Aber Jeremy traf bereits Anstalten, vom Pferd zu steigen, fest entschlossen, die Schuldige zur Rechenschaft zu ziehen.

»Nein!« flehte Christa. »Bitte, reiten wir weiter!« Ohne eine Antwort abzuwarten, lenkte sie ihre Stute durch die Menschenmenge, und Jeremy blieb nichts anderes übrig, als ihr an Jesses Seite zu folgen.

»Am besten bringst du sie jetzt gleich ins Hotel«, schlug er seinem Schwager vor. »Die Leute, die sich bei den Regierungsgebäuden herumtreiben, werden ihr nicht gefallen.«

Jesse nickte und holte seine Schwester ein. Bedrückt zügelte Jeremy seinen Hengst und schaute den beiden nach. Nun wünschte er inständig, er hätte sich auf Cameron Hall von seiner Frau verabschiedet. Aber vielleicht war es besser, wenn sie die bittere Welt, in der sie alle lebten, schon jetzt kennenlernte.

Wenig später meldete er sich bei einem General Babcock und erfuhr zu seiner Freude, daß den Truppen, die ihn begleiten sollten, auch einige Freunde aus seinem alten Regiment angehörten. Als er das Büro des Generals verließ, klopfte ihm jemand auf die Schulter, und er drehte sich um.

Ein sehr alter Freund stand vor ihm, ein hochgewachsener, schlanker Schwarzer namens Nathaniel Hayes – niemals ein Sklave, sondern schon seit seiner Geburt in New York City ein freier Mann. Vor dem Krieg hatte er an Jeremys Seite im Westen gegen die Indianer gekämpft. Im Krieg gegen die Rebellen erlaubten ihm seine weißen Yankee-Vorgesetzten nicht mehr, Schußwaffen zu tragen, denn ein schwarzer Kriegsgefangener hätte bei den Konföderierten wahrlich nichts zu lachen gehabt. Und so hatte er Jeremy als unbewaffneter Bote gedient und ihn während all der langen Kriegsjahre getreulich umsorgt.

»Nathaniel! Hast du die weite Reise auf dich genommen, nur um mich in den Westen zu begleiten?«

Der Neger grinste breit. »War mir ein Vergnügen, Colonel. Und es sind noch viele andere aus dem alten Regiment da, mit denen wir damals in Mississippi waren, bevor Sie in den Osten geschickt wurden.«

»Kampiert ihr draußen am Stadtrand?«

»O ja, Colonel. Kommen Sie heute abend zu uns?«

Jeremy schüttelte den Kopf. »Meine Frau ist hier.«

»Wird sie mit uns reisen, Sir?«

»Nein, sie muß erst einen ganzen Haushalt zusammenpacken, ehe wir in die Wildnis aufbrechen. In Little Rock werde ich mich mit ihr treffen. Sicher wird sie dir gefallen, Nathaniel«, hörte sich Jeremy hinzufügen.

»O ja, gewiß, Sir. Wie ich höre, ist sie eine Südstaaten-Lady.«

»Das stimmt.« Eine Südstaaten-Lady – und im Augenblick sehr verbittert, weil sie unbeliebt genug war, um mit sündteueren Tomaten beworfen zu werden…

»Möchten Sie Ihre Frau heute abend mitbringen, Sir? Wir geben eine Tanzparty. Ein paar junge Soldaten, eben erst rekrutiert, haben die Aufmerksamkeit einiger junger Damen in Richmond erregt. Sie erlauben es doch, Sir?«

»Natürlich«, antwortete Jeremy. »Und ich komme sehr gern,

um mein Regiment zu inspizieren und den Männern meine Frau vorzustellen.«

Wie sich herausstellte, war Christa nicht besonders daran interessiert, seine Kompanie kennenzulernen. Im Hotelzimmer traf er sie allein an.

Er schnallte seinen Waffengurt ab und beobachtete, wie sie schweigend aus dem Fenster starrte. »Wo ist Jesse?«

»Er badet«, erwiderte sie geistesabwesend. Sie sah so unglücklich aus, daß es ihn wieder einmal drängte, sie zu trösten.

Aber sie hätte seinen Trost keineswegs zu schätzen gewußt. Seinetwegen war sie mit einer Tomate attackiert und Yankee-Liebchen genannt worden. »Heute abend findet im Camp meiner Männer eine Tanzverstaltung statt«, teilte er ihr mit. »Wir gehen hin.«

»Ich bin wirklich nicht in der Stimmung...«

»Du wirst mich begleiten, weil du meine Frau bist«, unterbrach er sie.

»Aber ich fühle mich nicht gut.«

»Du lügst.«

»Ich erwarte ein Kind!« fauchte sie. »Das steht mittlerweile wohl eindeutig fest.«

»Trotzdem fühlst du dich bestens.«

Wütend sprang sie auf und ballte die Hände. »Wenn du ein Gentleman wärst...«

»Du meinst wohl, wenn ich ein Südstaaten-Gentleman wäre, würde ich dir erlauben, mich anzulügen, wann immer es dir beliebt. Nun, darauf darfst du nicht hoffen. Meine Leute haben bereits erfahren, daß ich eine vornehme Südstaaten-Lady geheiratet habe, und nun können sie es kaum erwarten, dich zu begutachten. Also mach dich so schön wie möglich.« Ohne eine Antwort abzuwarten, stürmte er aus dem Zimmer und warf krachend die Tür hinter sich zu. Wieso war schon wieder ein Streit zwischen ihnen ausgebrochen, wo er doch nichts weiter beabsichtigt hatte, als tröstend einen Arm um Christa zu legen?

Ganz einfach. Sie hatte darauf bestanden, ihn zu heiraten. Nun bestand er darauf, eine richtige Ehe mit ihr zu führen. Er schluckte, biß die Zähne zusammen und ging in den Schankraum hinunter.

Schon vor dem Krieg hatte Jeremy dieses Etablissement gekannt. Es gehörte immer noch demselben Mann, der es verstand, sich den jeweils veränderten Zeiten anzupassen. Jeremy war der einzige Gast im Schankraum. Der Wirt servierte ihm einen Whiskey, dann ließ er ihn allein.

Langsam nippte Jeremy an seinem Glas. Was würde er tun, wenn Christa sich weigern sollte, ihm zu gehorchen? Konnte er sie gewaltsam ins Camp schleppen? Und Jesse? Wie würde er sich unter solchen Umständen verhalten?

Wie sich Jeremy eingestehen mußte, hätte er Callie ohne Zögern gegen Daniel verteidigt, wäre er nicht an der Front gewesen, als die beiden sich kennengelernt hatten. Er blieb ziemlich lange bei seinem Whiskey sitzen, denn er wollte Christa eine Gelegenheit geben, ihren Entschluß gründlich zu überdenken.

Als er dann ins Hotelzimmer zurückkehrte, trug sie zu seiner Überraschung ein wunderschönes smaragdgrünes Kleid aus Taft und Samt, das die wohlgeformten Schultern und den Busenansatz zeigte. Das schwarze Haar war im Nacken zu einem lockigen Knoten zusammengesteckt. Sie saß wieder am Fenster und blickte in die Abenddämmerung.

Dann hörte sie, wie er die Tür hinter sich schloß, und wandte den Kopf zu ihm. »Nun, sehe ich gut genug aus?«

Jeremy wurde rot wie ein Schuljunge und räusperte sich. »Du bist bildschön.«

»Schön genug – für eine Yankee-Hure«, flüsterte sie und senkte den Blick.

»Für die Ehefrau eines Yankees!« erinnerte er sie in scharfem Ton.

Es klopfte an der Tür, und Jesse trat ein. »Gehen wir zum Dinner aus? Wenn ihr lieber hier essen wollt...«

»Nein, danke, Jess«, fiel Jeremy ihm ins Wort. »Wir besuchen eine Tanzparty im Camp meines Regiments, und ich glaube, es wird dir Spaß machen. Vielleicht triffst du ein paar alte Freunde.«

Jesse erklärte sich einverstanden. Falls er die Blässe seiner Schwester überhaupt bemerkte, würde er sie wahrscheinlich der kurz bevorstehenden Trennung von ihrem Mann zuschreiben.

Hoffentlich bleibt es dabei, dachte Jeremy. Er konnte nicht wissen, wie Christa sich im Camp verhalten würde.

Zu seiner Verwunderung brachte sie ihn kein einziges Mal in Verlegenheit. Zuerst machte er sie mit Nathaniel bekannt, und die beiden schienen sofort Gefallen aneinander zu finden. Jeremy beobachtete, wie sie erstaunt die Brauen hob. Offenbar war ihr nie zuvor ein Schwarzer begegnet, der ohne den gedehnten Südstaatenakzent sprach.

Später unterhielten sie sich mit Jesse und Major Weland, der Christa versicherte, er würde ihr bei der Niederkunft zur Seite stehen. Was immer auch geschehen mochte, mit seiner Hilfe würde sie das Baby ungefährdet zur Welt bringen.

»Verdammt will ich sein!« rief Jesse und starrte zum anderen Ende des großen Segeltuchzelts. »Entschuldigt mich, da ist Jules Larson. Er muß eben erst zwanzig geworden sein, und ich dachte, er hätte am Ende des Krieges für die Konföderierten Staaten gekämpft. Seine Familie stammt von der Halbinsel.«

Major Weland nickte. »Der Junge war tatsächlich ein Konföderierter. Aber nun ist er zur U. S. Kavallerie zurückgekehrt. Viele junge Leute aus den Südstaaten werden seinem Beispiel folgen. Das werden Sie schon noch sehen. Ein Kavallerist ist und bleibt ein Kavallerist. Und jetzt, nach dem Krieg, gilt es neue Welten zu erobern. Im Westen liegt die Zukunft.«

Wie Jeremy erfuhr, gehörten seinem Regiment mehrere ehemalige Rebellen an. Und als sich der Tanzabend dem Ende zuneigte, spielte die Kavallerie-Band zu Ehren dieser neuen Kameraden einen »Dixie«.

Jeremy beobachtete seine Frau. Hoch aufgerichtet stand sie da und lauschte. Nach einer Weile senkte sie den Kopf. Um Tränen zu verbergen? Offenbar nicht, denn als sie wieder aufsah, waren ihre Augen trocken. Hatte sie sich vorgenommen, nicht mehr um ihre Heimat zu weinen und den Blick nach vorn zu richten, in den Westen?

Aber auf der Rückfahrt zum Hotel war sie so still, daß ihm neue Zweifel kamen. Er hatte beschlossen, sie in dieser Nacht nicht zu bedrängen und in Ruhe zu lassen. Doch das gelang ihm nicht.

Sie hatte Schwierigkeiten mit den Häkchen ihres Kleids, und er mußte ihr helfen. Als sie dann vor ihm stand, im Korsett und Unterröcken, konnte er nicht anders – er mußte seine Lippen auf ihre nackte Schulter pressen, ihren süßen Duft einatmen.

Er hob sie hoch und trug sie zum Bett, löschte das Licht, dann zog er sich hastig aus und liebte sie.

Nichts hatte sich geändert. Christa wehrte sich nicht, aber sie blieb passiv, vom ersten bis zum letzten Augenblick. Frustriert lag er neben ihr im Dunkel und fragte sich, ob er einen schrecklichen Fehler begehen würde. Hatte er das Recht, mit einer Frau, die ihn nicht liebte, in die gefährliche Wildnis des Westens aufzubrechen? Er stützte sich auf einen Ellbogen und betrachtete ihr Gesicht.

Als sie seinen Blick spürte, errötete sie und wollte die Decke über ihren nackten Körper ziehen, aber er hielt ihre Hand fest.

»Nein, bitte, wir werden sehr lange getrennt sein.« Sie gab keine Antwort, und nach einer kurzen Pause fügte er seufzend hinzu: »Du brauchst nicht mit mir zu kommen, Christa. Bleib hier in Virginia.«

»Das will ich nicht«, wisperte sie.

Verwirrt runzelte er die Stirn. »Aber…«

»Nie wieder will ich diese verstümmelten, hoffnungslosen Männer sehen, die üblen Geschäftemacher, die ihr Bestes tun, um die freigelassenen Sklaven auszubeuten, die Weißen, denen nichts geblieben ist…« Ihre Stimme drohte zu brechen. »Ich kann nicht hierbleiben!«

»Also möchtest du alldem entrinnen – selbst wenn deine Flucht ins Indianergebiet führt, mit mir, einem Yankee? Fürchtest du dich nicht?«

Falls sie Angst hatte, gab sie es nicht zu. »Ich bin müde.«

Jeremy zögerte kurz, dann nahm er sie in den Arm und zog sie an sich. Sofort versteifte sie sich, und er strich besänftigend über ihr Haar. »Schlaf jetzt.«

Es dauerte eine Weile, bis sie sich entspannte, und er hielt sie fest, von den widersprüchlichsten Gefühlen erfüllt. Seine Feindin, seine Liebste… In dieser Nacht fand er keinen Schlaf.

Im Morgengrauen frühstückten sie und mußten sich beeilen, für Gespräche fehlte die Zeit, obwohl er plötzlich tausend Dinge zu sagen wußte. Zu dritt ritten sie ins Camp. Flüchtig küßte er seine Frau, schüttelte Jesses Hand und bereitete seinen Aufbruch vor. Das Signalhorn erklang, und er lenkte sein Pferd an die Spitze des Regiments. Ein letztes Mal schaute er zu seiner Frau hinüber.

Sie erwiderte seinen Blick, zauderte sekundenlang, schön und elegant in einem weißen Kleid mit Fliedermuster. Dann eilte sie zu ihm. Die Kavallerie begann, sich in Bewegung zu setzen, aber Jeremy zügelte seinen Hengst sofort, beugte sich aus dem Sattel hinab und hob Christa zu sich empor.

Instinktiv schlang sie die Arme um seinen Hals, und zum erstenmal erwiderte sie seinen Kuß. Er schmeckte ihre süßen weichen Lippen, ihre warme Zunge, spürte ihre Fingerspitzen, die über seinen Nacken strichen. Bis in alle Ewigkeit hätte er sie in den Armen halten können.

Sie küßte ihn – endlich. Weil sie ihn vermissen würde? Oder nur, weil die Trennung unmittelbar bevorstand, weil ihr ein weiterer Monat in Freiheit vergönnt war?

Er wußte es nicht, und in diesem Moment spielte es auch keine Rolle. Hinter ihm applaudierten die Soldaten, offenkundig entzückt über das Spektakel, das ihnen vom Kommandanten und seiner Frau geboten wurde.

Widerstrebend ließ er Christa zu Boden gleiten und schaute forschend in ihre Augen. Sie waren unergründlich. »Gib gut auf dich acht, meine Liebe«, sagte er leise und tippte an die Krempe seines Huts.

Sie trat zurück, hob eine Hand zum Gruß, und er winkte ihr zu, während er davonritt, gefolgt von seiner Kompanie. Wenige Minuten später war Christa nur mehr ein weißer Fleck im Hintergrund, an Jesses Seite. Ja, das muß es sein, dachte Jeremy. Alles nur Theater für ihren Bruder... Aber sie hat mich geküßt, verdammt noch mal!

Und diese Erinnerung würde ihn verfolgen, bis er sie wiedersah.

9

Herbst 1865

Seit zehn Tagen bin ich unterwegs, und es kommt wir vor wie eine halbe Ewigkeit. Jetzt befinde ich mich an Bord des Dampfers. Wie Celia Preston vorgeschlagen hat, führe ich ein Tagebuch. Das tun alle braven Kavalleristenfrauen, um künftigen Siedlern und Siedlerinnen im Wilden Westen nützliche Ratschläge zu erteilen.

Celia behauptet, Tagebücher seien derzeit sehr beliebt. Und da ich mir auf diese Weise die Ereignisse besser merken kann, die ich in den Briefen an meine Familie schildern möchte, habe ich mich zu täglichen Aufzeichnungen entschlossen. Am besten fange ich mit dem Abschied von Cameron Hall an.

Unterstützt von meinen Schwägerinnen und Janey, hatte ich meine Sachen endlich zusammengepackt. Natürlich konnte ich nicht alles mitnehmen, was sich während vieler Jahre in meiner »Aussteuertruhe« angesammelt hatte.

Aber Jesse empfahl mir, gutes Geschirr, Tafelsilber und Damasttischtücher mitzunehmen. Auf der Reise würde man von Jeremy erwarten, regelmäßig Einladungen zu geben. Und Daniel versicherte, mein Mann würde keineswegs über die zahlreichen Krankenwagen erschrecken, die das ganze Zeug transportieren würden.

Jawohl, Krankenwagen! In diesem Stil pflegen Soldatenfrauen mit all ihren Habseligkeiten in den Westen zu reisen. Zumindest wurde mir das von meinen Brüdern eingeredet.

Wie ich zugeben muß, wächst meine Neugier auf dieses unbekannte Land – obwohl ich auch Angst habe, was ich allerdings nur meinem Tagebuch anvertraue. Der Gedanke an gewisse Indianerstämme läßt mich schaudern. Doch die Würfel sind gefallen, es gibt kein Zurück.

Als ich in der Halle meines geliebten Heims stand, inmitten all meiner Truhen, wehten herbstliche Brisen durch die Türen herein, die weit offen standen – wegen all des Kommens und Gehens, von meiner baldigen Abreise verursacht.

Tief atmete ich die frische Virginia-Luft ein und schaute zur Galerie hinauf. Dort hingen die Porträts von Jassy und Jamie, die Cameron

Hall erbaut hatten, von Ma und Pa, die Photographie von Jesse, Daniel und mir, kurz vor dem Krieg aufgenommen. Nicht einmal Jesses Entschluß, sich auf die Seite der Yankees zu stellen, hatte uns drei getrennt. Aber jetzt, nach dem Ende der Kämpfe, sollten wir auseinandergerissen werden…

Hastig wandte ich meinen Blick von der Galerie ab. Ich liebe Cameron Hall von ganzem Herzen, aber jetzt gehört es Jesse und Kiernan, und ich muß es ihnen überlassen.

Noch viel schwerer fiel es mir, der Familie Lebewohl zu sagen. Der Reihe nach küßte ich die Kinder. Mein Neffe John Daniel ist alt genug, um zu verstehen, daß wir uns trennen mußten. Dicke Tränen glänzten in seinen Augen. Callie weinte, Kiernan weinte, und ich drückte meine Schwägerinnen ganz fest an mich. Niemand – weder Daniel noch Jesse oder Jeremy – werden jemals begreifen, wie nahe wir drei uns gekommen sind. Die Männer sind in den Krieg gezogen. Wir haben gemeinsam überlebt.

Der Abschied von Daniel brach mir fast das Herz. Jesse würde mich auf der ersten Reisestrecke begleiten. An diese Trennung wollte ich vorerst nicht denken…

Ich hatte mir geschworen, nicht zu weinen, aber als mich Daniel umarmte, brannten Tränen in meinen Augen. Wann würde ich ihn wiedersehen – wenn überhaupt jemals (das Leben ist ein so kostbares Geschenk)… »Kleine Schwester«, flüsterte er, »du hast jahrelang für uns das Feuer am heimischen Herd brennen lassen. Und bei Gott, wir werden dafür sorgen, daß die Flammen auch für dich nicht ausgehen.«

Er preßte mich ganz fest an seine Brust, bis ich kaum noch atmen konnte, und ich hätte mich für alle Zeiten an ihn geklammert. Aber Jesse zog mich sanft von Daniel weg, und wir fuhren davon. Tapfer winkte ich und zwang mich sogar zu einem Lächeln.

Nachdem ich diesen Augenblick überstanden habe, darf ich hoffen, auch die Zukunft zu meistern. Wenn ich nur Jeremy verkraften kann…

Christa runzelte die Stirn, dann strich sie die letzten Worte durch. Falls sie von Indianern getötet wurde, sollte er nicht in ihrem Tagebuch lesen, sie habe sich vor ihm gefürchtet. Und sie hatte doch wirklich keine Angst vor ihm.

Manchmal verstand sie selber nicht, was sie empfand. Zum Beispiel, wenn sie nachts aufwachte, eine Hand ausstreckte und sich einsam fühlte, weil sie allein im Bett lag... Dann sagte sie sich energisch, sie würde bald wieder mit ihm schlafen, im Regen und Schnee, attackiert von allen Elementen und Gefahren. Und Jeremy würde nach ihr greifen, wann immer es ihm beliebte.

Seltsam, welche Gefühle dieser Gedanke weckte... Es gab Augenblicke, wo sie ihn vermißte, und dafür gab es keine Erklärung. Aber ob es ihr paßte oder nicht, allmählich mußte sie sich eingestehen, daß sie seine tiefe Stimme mochte, die lässige Art, wie er seine Uniform trug, selbst wenn es eine blaue war, seine starken Arme, den Silberglanz in seinen Augen, sogar seine eiserne Willenskraft. Er machte sie wütend, und er machte sie schwach, rührte irgendwelche verborgenen Saiten in ihrem Inneren an.

Was würde jetzt in ihm vorgehen? Wochenlang hatte er Zeit gefunden, über alles nachzudenken. Bereute er, daß er sie geheiratet und dann auch noch beschlossen hatte, sie in den Westen nachkommen zu lassen?

Doch darüber wollte sie sich vorerst nicht den Kopf zerbrechen. Sie beugte sich wieder über ihr Tagebuch.

Der neuerliche Aufenthalt in Richmond war fast unerträglich, der Anblick all dieser verwundeten und verkrüppelten und verirrten Seelen auf den Straßen... Diesmal flogen weder Tomaten noch andere Wurfgeschosse in meine Richtung, obwohl Jesse mich in Uniform begleitete, weil er verschiedene Depeschen für die Forts im Westen bei sich trägt. Die wird er Jeremy übergeben, ebenso wie mich.

Jesse hat bereits um seine Entlassung aus der Armee angesucht, um auf Cameron Hall ein friedliches Leben als Farmer und Landarzt zu führen, mit Kiernan und den Kindern. Aber es wird noch eine Weile dauern, bis er dem Militär endgültig den Rücken kehren kann.

In Richmond stehen noch viele ausgebrannte oder von Kanonenkugeln zerschossene Häuser, aber inzwischen hat der Wiederaufbau begonnen. Überall riecht man frisches Holz, der Lärm von Hammerschlägen erfüllt die ganze Stadt. Auf den Feldern gedeiht wieder die Ernte, weil sie nicht mehr von Soldaten zertrampelt wird.

Allmählich fängt die Genesung des Südens an, obwohl man immer noch Präsident Lincoln nachtrauert, der die Rekonstruktion viel großzügiger gestaltet hätte als Präsident Johnson. Nun, vielleicht wird es eines Tages eine echte Union geben. Und gerade der Westen könnte die tiefe Kluft überbrücken. Immerhin reise ich mit den unterschiedlichsten Leuten ins neuere Territorium, und trotzdem gehören wir irgendwie zusammen.

In Washington, wo wir in den Zug nach Illinois umstiegen, lernte ich Celia Preston kennen – eine bildhübsche, sehr verängstigte, blutjunge Frau aus dem Norden, die zu ihrem James in den Westen fährt. Offenbar hat er schon unter meinem Mann gedient. Für Celia geht jedenfalls die Sonne mit Jeremy auf und unter. Ich habe ihr nicht widersprochen, denn ich bin entschlossen, eine makellose Kavalleristenfrau abzugeben.

Sicher erwartet Jeremy, ich würde in Samt und Seide und Spitzenrüschen in der Wildnis eintreffen – die typische Südstaatenschönheit. Aber ich will ihm klarmachen, daß nur wenige von uns tatsächlich so kokett und verwöhnt waren, wie es die Männer zu glauben scheinen. Einen Plantagenhaushalt zu führen – das bedeutete harte Arbeit. Kerzen und Seife mußten hergestellt, Fleischstücke geräuchert, Bett- und Tischwäsche gewaschen werden, und so weiter. Selbst wenn einer Hausherrin genug Dienstboten und Sklaven zur Verfügung standen, mußte sie sich persönlich um hundert Einzelheiten kümmern. Und wann immer ihr Gemahl heimkam und sich von seiner Liebsten einen Cognac kredenzen ließ, durfte er nicht merken, wie sie sich abgerackert hatte.

Doch diese Zeiten sind vorbei. Ich werde es viel besser haben. Jesse hat erklärt, auf dem Weg nach Westen könne ich die Dienste eines Kompaniekochs beanspruchen. Auch eine ganze Schar Wäscherinnen würde uns begleiten. Diese Aussicht ist zwar erfreulich, kann aber nicht verhindern, daß ich mit wachsendem Unbehagen an die Indianer denke, diese mörderischen, diebischen Wilden…

Wieder hielt Christa inne und kaute am Ende ihrer Feder. Sie durfte nicht so schlimme Dinge über die Indianer schreiben. Denn immerhin wurde der Reisetrupp von einem sehr netten Cherokee namens Robert Black Paw begleitet, der wie James schon einmal unter Jeremy gedient hatte. Ein hochgewachsener Mann, der sich lautlos bewegen konnte, mit ernsten schwarzen Augen.

Er trug Navy-Hosen, ein Wildlederhemd und lederne Schnürstiefel, die bis zu den Knien reichten, und er sprach ausgezeichnet Englisch, mit sanfter Stimme. Wenn sie etwas brauchte, erschien er wie durch Zauberei, und auf ebenso wundersame Weise verschwand er, wann immer sie allein sein wollte. Mit ihrem Bruder verstand er sich auf Anhieb großartig.

Jesse erklärte, die Cherokee würden zu den fünf zivilisierten Stämmen zählen. Einige hatten im Sezessionskrieg für den Süden gekämpft, andere für den Norden, und dabei mehr Menschlichkeit bewiesen als gewisse weiße Männer.

Vor der Zwischenstation in Washington hatte ich mich ein wenig gefürchtet, aber hier sah es längst nicht so schlimm aus wie in Richmond. Nichts war von Kanonenkugeln zertrümmert, nichts niedergebrannt.

Bis zur Abfahrt des Zuges blieb uns noch etwas Zeit. Da man meine Stute Tilly und Jesses Hengst bald in einen Waggon verfrachten würde, wollten wir die Tiere noch etwas bewegen. Und so ritten wir zum Arlington House, General Lees früherem Heim.

In Westpoint waren meine Brüder General Robert E. Lees Schüler gewesen, und sie verehren ihn bis zum heutigen Tag. Er war ein brillanter Stratege, und vielleicht hätte er den Krieg nicht verloren, wäre Jeb Stuarts Kavallerie rechtzeitig am richtigen Ort gewesen.

»Er kann nicht nach Hause zurückkehren«, bemerkte Jesse.

Sobald Lee sich auf die Seite der Konföderierten gestellt hatte, war Arlington House von der Union beschlagnahmt worden. Jetzt befindet es sich immer noch im Besitz der Regierung, umgeben von den Gräbern unzähliger Unionssoldaten. Irgend jemand hat es für eine passende Vergeltungsmaßnahme gehalten, auf dem einstigen Anwe-

sen des großen Südstaatengenerals möglichst viele Yankees zu bestatten.

Jesse erzählte mir, vielleicht würde man das Grundstück zu einem Nationalfriedhof ernennen, so wie das Schlachtfeld von Gettysburg. Aber vielleicht würde Lees Familie versuchen, ihr einstiges Eigentum zurückzubekommen, oder eine Entschädigung verlangen. Auf beiden Seiten herrscht nach wie vor große Bitterkeit, obwohl Lee selbst gesagt hat, der Krieg sei vorbei, nun müsse man an die Genesung denken.

Auf dem Bahnhof beobachteten wir, wie die Pferde in ihren Waggon gebracht wurden, dann suchten wir unsere Abteile auf. Ich habe einen schönen Schlafraum für mich allein, mit Samtpolsterung und Mahagoni-Möbeln. Rechts von mir ist Jesse untergebracht, auf der anderen Seite Celia. Ein hübscher Speisewagen steht uns zur Verfügung, auch ein Raucherabteil für die Männer, auf das mein Bruder meistens verzichtet, weil er vor unserer Trennung möglichst oft mit mir zusammensein will.

Zu unserer Reisegesellschaft zählt eine weitere Offiziersgattin, die mir bei weitem nicht so sympathisch ist wie Celia – Lieutenant Brooks' Frau. Sie machte ein großes Aufhebens um den Sonntag und forderte eine Unterbrechung der Fahrt, damit er würdig und fromm begangen werden könne. Außerdem regte sie sich maßlos über ein paar Soldaten auf, die es gewagt hatten, in ihrer Gegenwart zu fluchen. Da ich mich weigerte, ihren Standpunkt zu vertreten, kündigte sie an, sie würde mit meinem Mann reden. Wie sei es denn um meine Gottesfurcht und Moral bestellt?

Ich erwiderte, mein Gott habe immer noch genug damit zu tun, all die armen Seelen auf den Schlachtfeldern einzusammeln. Sie schnappte nach Luft und kehrte mir empört den Rücken. Seither habe ich sie nicht mehr gesehen. Soll sie sich nur bei Jeremy beklagen! Das stört mich nicht. Jesse stand hinter mir, amüsierte sich und versicherte, auch Jeremy würde die ganze Sache komisch finden. Natürlich weiß er nicht, was mein Mann wirklich für mich empfindet…

Später stellte ich mich auf die hintere Plattform des letzten Waggons und betrachtete die schöne Landschaft, die Berge, die in allen

Herbstfarben leuchteten. Ich fragte mich, was aus unserer religiösen Überzeugung geworden war. In unserer Jugend hatten wir niemals den sonntäglichen Gottesdienst versäumt. Aber während des Kriegs beteten Rebs und Yanks zum selben Gott…

Nun, ich denke trotzdem nicht, daß ich meinen Glauben völlig verloren habe. Vielleicht werde ich ihn in der weiten Wildnis des Westens wiederfinden.

Als wir durch Cincinnati, Ohio, fuhren, konnte ich flüchtige Blicke auf das Leben und Treiben in dieser vom Krieg völlig unberührten Stadt werfen. Am nächsten Tag kamen wir nach Odin, Illinois, wo Jesse mir verbot, den Waggon zu verlassen. »Diese Stadt wird als Hölle von Illinois bezeichnet«, teilte er mir mit und spielte sehr energisch den strengen großen Bruder.

Ich ärgerte mich ein bißchen und versuchte, von den Zugfenstern aus möglichst viele Eindrücke zu sammeln. Wie ich dem Klatsch im Speisewagen entnahm, muß Odin ein wahres Sündenbabel sein. Und auf den Straßen entdeckte ich einige Frauen, die offensichtlich jenem gewissen Gewerbe nachgingen, grell geschminkt und aufreizend gekleidet.

Ein Mädchen trug schwarze Strümpfe, die sich unter dem Saum eines knallroten Rocks zeigten. Zu meiner Verwunderung wirkte sie sehr fröhlich, und sie schien ihren Beruf eher zum Spaß auszuüben als aufgrund einer bitteren Notlage. Ich sah auch torkelnde Trunkenbolde, Spieler, in elegantes Schwarz gekleidet, und ich beobachtete sogar eine Schießerei. Zwei Männer in wehenden langen Mänteln forderten einander zum Duell, waren aber glücklicherweise sternhagelvoll, so daß jeder sein Ziel mehrmals verfehlte.

Jesse zog mich vom Fenster weg und meinte, ich solle aufpassen. Diese miserablen Schützen könnten versehentlich meine Nase treffen, wenn ich sie zu weit hinausstreckte. Ich kniff ihn in den Arm, und wir brachen in Gelächter aus. Dann mußte ich beinahe an seiner Brust weinen. Aber nur beinahe. Ich werde keine Tränen vergießen.

In Cairo gingen wir auf einen Dampfer, um den Mississippi hinabzufahren. Die Freude über meine schöne Kabine wurde etwas gedämpft, als der Kapitän beteuerte, für die Frau von »Colonel Jem« komme nur das Allerbeste in Frage. Ich versuche, nicht zu oft an die Zukunft zu denken und diese interessante Schiffsreise zu genießen. Jesse hat alte Freunde an Bord getroffen, sowohl Yankees als auch Rebellen. Offenbar gibt es kein böses Blut, denn alle pokern einträchtig miteinander. Manchmal spiele ich mit. Mein Bruder hat nichts dagegen, da es unter seiner Aufsicht geschieht und wir uns mit geringen Einsätzen begnügen. Aber Mrs. Brooks ist natürlich entsetzt. Sicher wird sie Mittel und Wege finden, um Jeremy über das ungeheuerliche Benehmen seiner Frau zu informieren. Soll sie doch! Ich amüsiere mich jedenfalls köstlich.

Im Zug ist mir morgens oft übel geworden, und Jesse hat befürchtet, mein Zustand würde sich auf dem Dampfer verschlimmern. Aber seltsamerweise fühle ich mich jetzt großartig…

In Memphis verließen wir das Schiff und fuhren auf einem anderen den White River hinunter, durch eine fantastische, mysteriöse Landschaft, dichte Wälder und fremdartige Sümpfe. Die Dunkelheit brach abrupt herein, die Sonnenauf- und untergänge boten uns ein prächtiges Farbenspektakel. Nachts summten die Insekten ein unaufhörliches Lied.

Vier Tage nach der Station in Cairo erreichten wir DeVall's Bluff, eine florierende Hafenstadt. Auch hier schien der Krieg nichts verändert zu haben. Schiffe kamen an und fuhren ab, Frachtgut türmte sich am Kai, wo sich unzählige Leute tummelten. Fasziniert beobachtete ich das bunte, geschäftige Treiben.

Aber ich verspüre wachsendes Unbehagen. In dieser Stadt werden wir den Mittagszug nehmen und gegen fünf Uhr in Little Rock eintreffen. Mein Herz schlägt dumpf und viel zu schnell, und manchmal bekomme ich kaum Luft.

Schwangere Frauen pflegen unter solchen Problemen zu leiden. Aber was mich betrifft, liegt die Unpäßlichkeit wohl kaum an meinem Zustand – eher am unmittelbar bevorstehenden Wiedersehen mit meinem Mann, an dem neuen, unbekannten Leben, das mich erwartet, während ich mich immer weiter von meiner vertrauten Vergangenheit entferne.

Wir nähern uns Little Rock, und meinen zitternden Fingern fällt es schwer, die Feder festzuhalten. Ich bin zu nervös, um weiterzu-

schreiben. Bald werde ich mit meinem Mann zusammentreffen. Am besten beende ich meine Aufzeichnungen an dieser Stelle...

Fünf Uhr fünfundvierzig. Mir bleibt noch eine kleine Galgenfrist, also konnte ich mein Tagebuch wieder zur Hand nehmen.

Soeben erhielten wir die Nachricht, Jeremy sei mit einem kleinen Suchtrupp ins Indianergebiet aufgebrochen. Er läßt Jesse bitten, mich ins Regimentscamp außerhalb von Fort Smith zu bringen. Morgen werden wir per Schiff weiterreisen.

In Little Rock führte Jesse mich in ein sehr hübsches Restaurant, wo wir Steaks aßen. Scherzhaft meinte er, ich müsse mein Leben in der Wildnis möglichst wohlgenährt antreten.

An diesem Abend lernte ich die sympathische Frau eines Colonels kennen, die gerade erst aus dem Indianerterritorium zurückgekehrt war. Sie erklärte mir, ich würde Krinolinen und Unterröcke für besondere Gelegenheiten brauchen, solle mich aber ansonsten wie eine respektable Kavalleristengattin kleiden. Schlichte Baumwolle, in der kalten Jahreszeit warme Unterwäsche, keine Spitzen und Rüschen. Ein Hut sei absolut notwendig, wenn man ein bißchen Haut auf der Nase übrigbehalten wolle. Man müsse sich gräßlichem Staub, bitterer Kälte und heftigen Regengüssen anpassen. Aber sie versicherte, sie habe jede einzelne Minute ihrer Reise genossen. Hoffentlich wird es mir genauso ergehen.

Ich bin dieser netten Frau jedenfalls sehr dankbar, denn mit ihrer Hilfe werde ich mich so verhalten, daß Jeremy nichts an mir bemängeln kann. Er soll eine perfekte Kavalleristenfrau bekommen. Mag ich ihn auch in anderer Hinsicht enttäuschen – an meiner Aufmachung wird er nichts auszusetzen haben.

Am frühen Morgen haben wir Little Rock verlassen. Der Dampfer bewegt sich unglaublich langsam voran, aber immer noch zu schnell für mich. In der letzten Nacht habe ich kaum Schlaf gefunden, von dem Gedanken beherrscht, ich würde vermutlich für lange Zeit zum letztenmal allein in einem Bett liegen. Das beunruhigt mich, weckt aber auch andere eigenartige Gefühle, die ich bekämpfen muß.

Tagelang habe ich nicht mehr an Liam gedacht. So groß meine Liebe zu ihm auch gewesen ist – Jeremy scheint den Schmerz des Verlustes zu verdrängen. Und wenn ich mir das auch nur zögernd eingestehe – ich freue mich darauf, seine Arme um mich zu spüren, denn er gibt mir das Gefühl, ich würde zu ihm gehören.

Was ist nur mit mir los? Einerseits fasziniert er mich, andererseits bringt er mich immer wieder in Wut...

Wir sind im Camp eingetroffen, und ich sitze in Jeremys Zelt – in meinem einfachsten Baumwollkleid, ohne Krinoline. Bis jetzt habe ich ihn nicht gesehen. Bei unserer Ankunft wurden wir von seinem Adjutanten – dem schwarzen Nathaniel, den wir in Richmond kennengelernt hatten – sehr freundlich empfangen.

Meine Truhen sind bereits in das geräumige Zelt gebracht worden. Es ist mit einem breiten Klappbett, einem großen Schreibtisch für Jeremy und einem kleineren für mich ausgestattet. Nathaniel hat mir eine Flasche Sherry gebracht und erklärt, eine Sitzbadewanne sei eigens für mich bestellt worden. Er würde sehr gern ein Bad für mich vorbereiten, falls mein Mann zur Essenszeit nicht zurückkomme. Der Colonel sei schon mehrere Tage unterwegs und werde bald erwartet.

Im Camp geht es recht lebhaft zu. Jeremy kommandiert ein Regiment, das aus acht Kompanien besteht. Jede Kompanie, achtzehn bis vierundzwanzig Mann stark, wird von einem Captain befehligt, dem Sergeants und Corporals untergeordnet sind. Normalerweise sind vier Lieutenants die direkten Untergebenen meines Mannes, aber es kommen und gehen auch andere Offiziere. Einige gehören keiner bestimmten Kompanie an. Major Dr. Weland hat bereits nach mir gesehen und sich nach meinem Befinden erkundigt.

Celia ist ebenfalls ins Zelt ihres Mannes gezogen, und Mrs. Brooks vermutlich auch – eifrig bestrebt, Jeremy so bald wie möglich über meine Missetaten zu informieren. Das kümmert mich nicht. Ich blicke dem Wiedersehen gefaßt entgegen, vom Sherry gestärkt, das Haar ordentlich hochgesteckt, in meinem schlichten Baumwollkleid. Hoffentlich gebe ich meinem Mann keinen Grund zur Klage...

Wie es das Schicksal wollte, war Christas Haar nicht hochgesteckt, und sie hatte überhaupt nichts an, als Jeremy das Zelt betrat. Aber er sah nicht den geringsten Grund, sich zu beklagen.

Während Christa im Camp eintraf, machte Jeremy eine grausige Entdeckung. Auf dem Weg zum Fort Union hatte sich eine Kompanie verirrt und nicht mehr zu ihrem Regiment zurückgefunden. Er kannte das Land, und er wußte, wo er suchen mußte. Die Jagdgründe der Great Plains, ihre zahlreichen Gewässer und die üppige Vegetation zogen viele Indianerstämme an. Manche lebten friedlich in ihren Reservaten, andere zeigten immer noch eine kriegerische Gesinnung.

An der Spitze seines Trupps erreichte er die Stelle, wo die Kompanie einen Schützengraben mit einem Wall aus kleinen Steinen angelegt hatte. Und als er zwischen den Leichen umherging, konnte er sich die Schlacht, die hier stattgefunden hatte, lebhaft vorstellen.

Die Kavalleristen waren von den Indianern umzingelt worden. Zunächst hatten die Weißen ihre Pferde als Schilder benutzt und einen Kreis gebildet, die Rücken zum Mittelpunkt gewandt, und die Rothäute beschossen, die um sie herumgeritten waren – unter solchen Umständen die einzig mögliche Strategie.

Vermutlich wurde das Scharmützel bei Einbruch der Dunkelheit beendet. Doch in der Nacht kehrten die Indianer zurück. Sie erkannten, wie gut ihre Gegner verschanzt waren, und fürchteten, bei einem weiteren Nahkampf zu viele Krieger einzubüßen. Und so wandten sie eine andere Taktik an. Sie beschossen die weißen Soldaten aus größerer Distanz mit Pfeilen, ohne selber Zielscheiben abzugeben.

Etwa fünfundzwanzig solcher Geschosse mußten gleichzeitig herangeflogen sein. Einmal, zweimal, dreimal – bis alle Kavalleristen den Tod gefunden hatten.

»Mein Gott, Colonel! Welch ein furchtbarer Anblick!« rief Captain Thayer Artimas von der Kompanie G. »Die armen Burschen hatten keine Chance.«

Jeremy zog einen Pfeil aus dem Herzen eines blutjungen Soldaten, der mit gebrochenen blauen Augen in den Himmel starrte, kniete nieder und schloß ihm die Lider. Dann betrachtete er den Pfeil. »Komantschen«, sagte er leise. »Sie sind ungewöhnlich weit nach Osten vorgedrungen.«

»In letzter Zeit liefern sie uns verbissene Kämpfe«, erwiderte Captain Artimas.

»Wahrscheinlich wurden sie auch öfter von uns attackiert«, meinte Jeremy trocken.

Artimas zuckte die Achseln und schaute sich unbehaglich um. »Glauben Sie, wir sollen weiter vorrücken, Sir?«

»Ja, natürlich.« Die Nacht senkte sich herab, und bei Dunkelheit griffen die Komantschen nur selten an, aber er wollte dieses Gebiet so schnell wie möglich verlassen. Er hatte nur fünfundzwanzig Mann bei sich. Ein weiteres Massaker mußte vermieden werden. »Wir werden die Toten beerdigen!« rief er seinen Leuten zu.

Noch während er sprach, fühlte er ein sonderbares Prickeln im Nacken. Der Wind schien aufzufrischen, der Boden zitterte. »Absteigen und einen Kreis bilden!« befahl er hastig. Großer Gott, würde ihnen das gleiche Schicksal wie jener anderen Truppe drohen? Im nächsten Augenblick hörte er den ersten Kriegsschrei der Indianer. Sie überquerten einen niedrigen Hügel, nicht weit entfernt. Mit zusammengekniffenen Augen spähte er durch den aufsteigenden Staub und versuchte, sie zu zählen. Eine kleine Schar – etwa zwanzig Krieger.

Er hob sein Gewehr. »Wir warten noch eine Weile, dann schießen wir alle gleichzeitig!« ordnete er an. »Schon beim erstenmal müssen wir sie treffen. Wir dürfen ihnen nicht die Chance geben, zurückzukehren, verstanden? Wenn wir diesen Fehler machen, tappen wir in dieselbe Falle wie diese armen Kerle, die hier liegen.«

Neues Kriegsgeschrei erfüllte die Luft, und die Rothäute galoppierten heran. Sie trugen Wildlederhosen, und nur wenige hatten Hemden an, obwohl die Nächte immer kühler wurden. Die bemalten Gesichter und die Federn im Haar wiesen eindeutig auf eine Kriegertruppe hin.

Sorgfältig zielte Jeremy auf den Mann, der die Schar anzuführen schien, drückte ab, und der Indianer flog vom Pferd. Sofort feuerte er noch einmal und tötete einen zweiten Krieger. Die Erfahrung hatte ihn gelehrt, wie wichtig es war, in solchen Augenblicken, wo eine Komantschenschar heranstürmte, ruhige Nerven zu behalten und sich ausschließlich auf die Zielgenauigkeit zu konzentrieren.

An seiner Seite schoß Captain Artimas ebenso erfolgreich, und der Soldat Darcy, ein ausgezeichneter Scharfschütze, riß seinen Karabiner aus der Satteltasche. Wenige Sekunden später hatte auch er den ersten Indianer getötet.

Jeremy bemerkte, wie Willy Smith, eben erst rekrutiert, reglos dastand und mit großen, angstvollen Augen dem heranrasenden Versprechen des Todes entgegenstarrte – für die Komantschen eine Zielscheibe, die sie kaum verfehlen konnten.

»Runter mit Ihnen!« schrie Jeremy, sprang zu dem Jungen herüber und riß ihn mit sich zu Boden. Während die Indianerpferde auf ihn zusprengten schoß er die sechs Kammern seines Revolvers leer. Dann ließ er Willy los, um hastig nachzuladen. Mittlerweile ritten die Komantschen im Kreis um die weißen Soldaten herum.

»Jetzt bin ich wieder in Ordnung, Colonel«, würgte Willy hervor. »Ich kann fast so gut schießen wie Darcy, und von jetzt an werde ich meine fünf Sinne beisammenhalten.«

»Davon bin ich überzeugt«, antwortete Jeremy.

Staub wirbelte auf, drang ihnen beißend in die Nasen und Kehlen. Willy Smith zielte und feuerte. Ein kreischender Krieger flog in hohem Bogen vom Rücken seines bemalten Ponys und landete direkt vor den Füßen des jungen Soldaten, der ihm nur einen kurzen Blick zuwarf und sofort wieder feuerte.

Jeremys Truppe konnte einen Erfolg verbuchen. Beim ersten Angriff hatten sie mindestens zehn Indianer getötet. »Tote oder Verletzte?« schrie er, und Artimas antwortete: »Kein Toter, zwei Verwundete.«

»Das nächste Mal müssen wir sie alle erwischen«, fuhr der Kommandant fort. »Sonst geben wir prächtige Zielscheiben ab.«

Wie erwartet wurden sie von den restlichen Kriegern erneut umkreist, unter gellendem Geschrei. Als Jeremy zu feuern begann, hatte Darcys Kugel bereits den ersten vom Pferd geschleudert. Zielen, abdrücken, zielen, abdrücken, zielen, abdrücken, immer schneller und schneller...

Nach der zweiten Attacke blieben nur mehr fünf Komantschen übrig, die rasch davonritten.

»Aufsteigen!« befahl Jeremy. »Wir müssen sie aufhalten, bevor sie Verstärkung holen!« Er sprang auf sein Pferd, spornte es an und folgte den fliehenden Indianern. Seine Männer blieben ihm dicht auf den Fersen. Darcy hob seinen Karabiner, und ein Komantsche stürzte zu Boden. Zwei weitere wurden von Jeremys Kugeln getroffen, den vierten tötete Artimas, und Willy Smith brachte den letzten zu Fall.

»Lassen wir sie einfach da liegen!« stieß Artimas bitter hervor, nachdem er neben der ersten Leiche abgestiegen war. Der halbnackte Krieger, die Brust und das Gesicht bemalt, hielt immer noch seine Lanze in der Hand, die er mit mehreren Skalps geschmückt hatte, von Weißen, aber auch von Indianern aus anderen Stämmen.

»Nein«, widersprach Jeremy, »wir begraben sie alle. Damit zögern wir den Zeitpunkt hinaus, wo sie von ihren Gefährten entdeckt werden, und gewinnen etwas Zeit.«

Darcy hatte bereits begonnen, mit dem Schaft seines Gewehrs ein Grab auszuheben. Nun schaute er Jeremy an. »Was wird geschehen, wenn unser ganzes Regiment in diese Richtung reitet, Colonel?«

»Ein Regiment werden sie nicht angreifen, Darcy.«

»Warum nicht?«

»Weil sie zuwenig Leute haben.«

»Aber da draußen treiben sich doch viele hundert von diesen dummen Wilden herum...«

»Die erste Lektion, Soldat! Sie sind nicht dumm. Ist Ihnen nicht aufgefallen, wie raffiniert sie die Attacke auf die Leute vom Fort Smith geplant haben? Und zweitens – beschwören Sie bloß keinen großen Krieg herauf, indem sie glauben, die Indianer wären lauter Wilde. Mit einigen zivilisierten Stämmen sind wir sogar befreundet.«

Sergeant Rodriguez, ein Mexikaner, der schon seit vielen Jahren im Westen diente, spuckte einen Tabakpfriem aus. »*Madre mio, nino!* Manche sind sogar kultivierter und schlauer als viele Gringos, die sich hier herumtreiben, was, Colonel?«

»Genau«, bestätigte Jeremy. Seine Lippen verzogen sich zu einem Lächeln, das aber sofort wieder erlosch. Es wurde immer dunkler, sie waren meilenweit vom Camp entfernt, und sie mußten immer noch einige Indianer begraben. »Gehen wir an die Arbeit!«

Als der Sand über dem letzten Indianergrab glattgestrichen war, begannen sie, das ausgehobene Erdreich des Schützengrabens auf ihre eigenen Toten zu häufen. Dabei hörten sie ein Stöhnen und entdeckten, daß ein Kamerad noch lebte. Das veranlaßte sie, auch die anderen genauer zu untersuchen. Doch sie waren alle gestorben. Im Rücken des Überlebenden steckte ein Pfeil, den sie herausziehen konnten, ohne ihn noch schlimmer zu verletzen. Sie gaben ihm Wasser zu trinken, desinfizierten die Wunde mit Whiskey und bandagierten sie. Jeremy bezweifelte nicht, daß sie den jungen Mann gerettet hatten.

Danach ritten sie weiter, bis der Mond hoch am Himmel stand. In über sieben Stunden legten sie fast fünfzig Meilen zurück. Wie Jeremy wußte, drohte ihnen kein Indianerangriff, wenn sie in der Ebene kampierten. Er lag unter dem Sternenhimmel, völlig erschöpft, und trotzdem sehnte er ungeduldig den nächsten Morgen herbei.

Inzwischen mußte Christa im Camp angekommen sein. Wie würde sich die unmittelbare Zukunft gestalten? Nun, seine Frau würde im Wilden Westen ein paar Lektionen lernen. Das Gewicht ihrer Unterröcke würde sie wahrscheinlich schon am ersten Tag zu Fall bringen. Sei nicht so bösartig, ermahnte er sich und holte tief Atem.

O Gott, er konnte es kaum noch erwarten. In all den langen Nächten ohne Christa war er von Erinnerungen heimgesucht worden. Einerseits hatte er ihrer Ankunft entgegengefiebert und sich andererseits Vorwürfe gemacht, weil er sie hierherholte. Eine Frau wie Christa paßte nicht in diese Wildnis, wo sie auf den

Großteil ihres gewohnten Komforts verzichten mußte, wo zahllose Gefahren lauerten.

Und doch – er begehrte sie so sehr. Seufzend zog er seine Hutkrempe tiefer über die Augen hinab. Morgen würde er das Bild der toten Männer im Schützengraben vergessen. In den Armen seiner Frau.

Er wußte nicht, in welcher Verfassung er sie antreffen würde. Vielleicht klammerte sie sich an Jesse, oder sie saß im Zelt ihres Mannes, die Fußspitzen unter dem Saum eines eleganten Kleids verborgen.

Aber dann sah er sie in einer höchst erfreulichen Situation. Nicht einmal im Traum hatte er an so etwas gedacht. Sie saß in seinem Zelt, in der Badewanne, von Seifenschaum umhüllt. Offenbar hörte sie nicht, wie er eintrat, und so blieb er stehen, gab der übermächtigen Versuchung nach, sie eine Zeitlang unbemerkt zu beobachten.

Wo hatte Nathaniel bloß diesen luxuriösen Badezusatz her? Christa verteilte den weißen glänzenden Schaum auf ihren nackten Armen und Schultern, rekelte sich wohlig wie eine zufriedene Katze und genoß das warme Wasser. Ihre Haar war locker mit einem Band umwunden. Feuchte, lockige Strähnchen hatten sich gelöst und umrahmten ihr ebenmäßiges Gesicht. Die halbgesenkten langen Wimpern warfen schwarze Schatten auf die hellen Wangen.

Plötzlich spürte sie Jeremys Anwesenheit. Sie riß die tiefblauen Augen auf und starrte ihn an, sichtlich verwirrt. Offenbar hatte sie nicht erwartet, bei ihrem Bad gestört zu werden. Lächelnd verschränkte er die Arme vor der Brust. »Hallo, Darling!«

»Du bist hier!« stammelte sie bestürzt. Dunkle Röte überzog ihre Wangen.

»Das ist mein Zelt«, betonte er. »Und du bist hierhergekommen, um es gemeinsam mit mir zu bewohnen – erinnerst du dich?«

»Ja, natürlich. Aber – ich wollte dich angezogen empfangen, in schlichter Kleidung, so wie es in dieser Umgebung angemessen ist...«

»Glaub mir, Christa«, fiel er ihr heiser ins Wort, »es gibt kein Kleid, in dem du mir besser gefallen würdest als jetzt, und eine perfektere Ehefrau könnte ich mir gar nicht wünschen.« Mit zielstrebigen Schritten ging er zur Badewanne.

10

So sieht also der würdevolle Empfang aus, den ich ihm bereiten wollte, dachte Christa und umklammerte den Rand der Badewanne, als Jeremy auf sie zukam.

Sie hatte es selbst nicht gewußt, wie sehnsüchtig sie auf dieses Wiedersehen gewartet hatte. Aufmerksam betrachtete sie ihn, nahm jede kleine Einzelheit wahr – die Bartstoppeln auf den Wangen, das etwas zu lange, zerzauste Haar, das ihm in die Stirn hing, die Augen, die jetzt sehr dunkel wirkten, wie Sturmwolken. Das Gesicht war schmaler geworden, was die kantigen Züge noch betonte. Eine dünne Staubschicht bedeckte die ansonsten makellose Uniform.

Wie sehr sie ihn vermißt hatte... Diese Erkenntnis jagte ihr Angst ein. Und was wollte er jetzt? Beabsichtigte er etwa, mitsamt seiner Uniform zu ihr in die kleine Wanne zu springen?

Verzweifelt überlegte sie, was sie sagen sollte, doch ihr fiel nichts ein.

Leise schrie sie auf, als ihr klar wurde, was er vorhatte. Statt zu ihr in die Badewanne zu steigen, hob er sie heraus. Sekundenlang wurde sie von einer absurden Schwäche befallen und klammerte sich an ihn.

Wie unglaublich stark er war... Mit langen Schritten trug er sie zum Bett, legte sie hin und richtete sich auf, um sie zu betrachten. Dann streckte er sich neben ihr aus, nahm sie in die Arme, und seine Lippen glitten über ihren nackten Hals, seine Zunge leckte die Wassertropfen ab.

Sie empfand das fast überwältigende Bedürfnis, sich einfach

hinzugeben, doch die Worte kamen wie von selbst über ihre Lippen. »Wie war deine Reise, Christa?« hörte sie sich fragen und versuchte, seine Küsse auf ihren Schultern zu ignorieren. »Sehr angenehm, vielen Dank. Und das Baby? Ich glaube, dem geht es auch gut. War dir sehr übel? Nein, nur ein bißchen. Erstaunlicherweise wurde mir an Bord des Dampfers überhaupt nicht mehr schlecht. Und wie gefällt dir das Camp? Nun, für Yankees sind die Männer recht nett…«

Endlich hatte sie seine Aufmerksamkeit erregt. Auf einen Ellbogen gestützt, starrte er sie an. Seine Augen funkelten belustigt, drückten seine Absicht aber nach wie vor deutlich aus. »Das alles wollte ich dich fragen«, versicherte er.

»Aber du hast es nicht getan«, flüsterte Christa. »Wochenlang haben wir uns nicht gesehen, und du packst mich einfach…«

»Wochenlang! Genau darauf kommt es an. Glaub mir, meine Liebe, was ich vorhabe, würde jede Ehefrau nach einer langen Trennung von ihrem liebevollen Mann erwarten.«

Von ihrem liebevollen Mann? Er liebte sie nicht. Aber wenn sie die Augen schloß, konnte sie sich das vielleicht einbilden. Seine warmen Lippen streiften ihr Ohrläppchen.

»Du duftest so süß, du schmeckst so wundervoll – alles von dir, Christa!« Seine Zunge wanderte zu ihren Brüsten hinab, und in ihrem Bauch entstand ein seltsames, wellenförmiges heißes Gefühl. Sie wollte protestieren, brachte aber kein Wort hervor. Erst als ihre Hände seine Schultern berührten, als sie den Staub spürte, fand sie ihre Sprache wieder. »Du bist ja ganz schmutzig!«

»Tut mir leid«, entschuldigte er sich. Rasch zog er seinen Waffenrock und das Hemd aus, und Christa schloß die Augen, erschrocken und fasziniert zugleich angesichts der Vorstellung, wie verlockend es wäre, seine breite, muskulöse Brust zu liebkosen.

Als sie die Lider wieder hob, war er nackt. Sein Anblick verstärkte das eigenartige drängende Gefühl, das nun ihren ganzen Körper zu ergreifen schien. Aber als er dann bei ihr lag, bemerkte sie eine rote Linie an seinem Hals und rief erschrocken: »Du bist verletzt!«

»Nein.«

»Diese Wunde muß ich verarzten!«

»Das ist nur ein kleiner Kratzer, und im Augenblick würde ich mich lieber mit anderen Dingen befassen.« Was er damit meinte, zeigte er ihr klar und deutlich. Doch das störte sie nicht. Selbst in seiner wildesten Leidenschaft blieb er ein rücksichtsvoller Liebhaber.

Und auf einmal erschien es ihr gut und richtig, eins mit ihm zu werden, zu spüren, wie er in sie eindrang und sich in ihr bewegte. Trotzdem drehte sie den Kopf zur Seite, biß sich auf die Unterlippe, verwirrt von diesem neuen Gefühl. Ob sie es wollte oder nicht – sie war glücklich, weil er sie begehrte. Unter ihren Fingern vibrierten die harten Muskeln seiner Schultern und verrieten ihr, wie sein Verlangen allmählich wuchs.

Liams keusche Küsse hatten nicht einmal ahnen lassen, wie intensiv die körperliche Liebe sein konnte...

Plötzlich stockte ihr Atem, als Jeremy seinen Rhythmus beschleunigte, und sie spürte in ihrem Inneren ein sonderbares, wundervolles Versprechen – etwas, das einem unbekannten Ziel entgegenstrebte, ohne es ganz zu erreichen. Sein Höhepunkt jagte ihm heftige Erschütterungen durch den Körper, und eine innere Stimme sagte ihr, es sei falsch, alle Gefühle zu verweigern, und wenn sie damit aufhörte, würde sich alles zum Guten wenden.

Aber sie waren so lange getrennt gewesen, und sie wußte ohnehin viel zuwenig über ihren Mann. Was mochte er jetzt, in diesem Augenblick, denken und empfinden?

Er lag neben ihr und schwieg sehr lange. Schließlich drehte sie sich verwirrt auf die andere Seite. Seine Fingerspitzen glitten über ihren Rücken. »Liam McCloskey ist tot.« Seine Stimme klang sanft, und trotzdem spürte sie seinen verhaltenen Ärger.

»Das weiß ich sehr gut«, flüsterte sie. Draußen war es dunkel geworden. Gleißende Sterne würden am Himmel stehen und sich um den silbernen Mond scharen. In der letzten Nacht hatte Christa allein geschlafen, aber die Einsamkeit der Wildnis war ihr nicht so überwältigend erschienen wie jetzt, denn sie hatte auf Jeremy gewartet. Aber nun fühlte sie, wie er sich von ihr zurückzog.

Eher enttäuscht als sarkastisch fügte er hinzu: »Liam ist tot, der Krieg ist vorbei, und du kämpfst immer noch gegen mich. Wenn du auch wie eine sanfte, zarte Magnolienblüte aussiehst – wir beide wissen, daß du keine zimperliche Südstaatenschönheit bist. Jammerschade, mein Liebe, daß du nicht an der Front warst! Mochten auch noch so viele Rebellen gefallen sein, du hättest Lee niemals erlaubt zu kapitulieren!«

Zu Christas eigener Überraschung stiegen heiße Tränen in ihre Augen. »So lange waren wir getrennt!« warf sie ihm vor.

»Und du bist so grausam!«

»Und du immer noch kalt wie Eis«, entgegnete er müde. »Vielleicht glaubst du mir nicht, aber ich beabsichtige keineswegs, dich so furchtbar unglücklich zu machen.«

Sie runzelte die Stirn, froh über die Dunkelheit. »Ich – ich bin nicht furchtbar unglücklich«, widersprach sie leise.

Im dunklen Zelt sah sie die Umrisse seines Kopfs und seiner Schultern, als sie sich aufrichtete. »Nein? Du haßt mich nicht – oder...« Er zögerte kurz, »das alles, was ich mit dir tue?«

Obwohl er sie nicht sehen konnte, stieg ihr das Blut in die Wangen. »Nein... Ich hasse es nicht – ich meine, körperlich finde ich dich nicht abstoßend...«

Da lachte er. Aber sie wußte nicht, ob er Belustigung oder Ironie empfand. Ein flüchtiger Kuß berührte ihre Lippen. »Willkommen im Camp, meine schöne, süße Kavalleristenfrau!« Dann stand er auf. »Jetzt mußt du dich rasch anziehen, Christa. Ich möchte baden, aber nicht in weißem Schaum, der nach Rosen duftet. Vermutlich würden mich die Männer nicht mehr ernst nehmen, wenn ich so betörend rieche.«

Er zündete die Lampe auf seinem Schreibtisch an. Gedämpftes Licht erfüllte das Zelt, und Christa wandte den Blick von seinem nackten Körper ab. Doch da schlüpfte er bereits in seine Hose und eilte zum Ausgang. Er schob die Zeltplane beiseite und rief nach Nathaniel. Hastig glitt Christa tiefer unter die Decke und öffnete den Mund, um zu erklären, sie brauche etwas mehr Zeit. Aber die Worte blieben ihr im Hals stecken. Da war etwas im Bett – etwas Warmes, Pelziges, das sich bewegte. Kreischend sprang sie auf, und Jeremy starrte sie verblüfft an.

»Da ist etwas Haariges! Es bewegt sich!«

»Gott sei Dank, daß ich's nicht bin«, murmelte Jeremy und riß die Decke weg.

Christa schnappte nach Luft, als zwei kleine Tiere aus dem Bett hüpften und in verschiedene Richtungen davonrasten. Sie schlüpften unter den Zeltplanen hindurch, in die Nacht hinaus, und sie starrte ihnen entsetzt nach. Ihr Mann krümmte sich vor Lachen.

Verwirrt runzelte sie die Stirn. »Was...«

»Das waren doch nur zwei kleine Stinktiere, Christa«, versuchte er sie zu beruhigen.

Stinktiere... Die hätten ihr wohl kaum etwas zuleide getan.

»Viele Indianer halten sie als Haustiere«, fügte er hinzu, »und verspeisen sie, wenn sie keinen Spaß mehr an ihnen haben. Angeblich schmeckt Stinktierfleisch sehr gut.« Er lachte immer noch und beobachtete sie belustigt.

Ach ja – das Mädchen von der vornehmen Plantage, das alberne, verwöhnte kleine Ding... »Ich bin nur momentan erschrokken«, erklärte sie kühl. »Das wird nicht wieder vorkommen.« Offenbar merkte er, daß er sie gekränkt hatte, denn er nahm sie in die Arme. Da erinnerte sie sich, daß sie splitternackt aus dem Bett gestiegen war, und stieß ihn weg. »Dein Adjutant wird jeden Augenblick hereinkommen.«

Von seiner Berührung befreit, aber nicht von seinem Blick, schlüpfte sie hastig in das überaus schlichte, praktische Kleid, das sie für die ersten Tage der langen Reise nach Westen ausgesucht hatte.

»Wie fühlst du dich übrigens?« erkundigte er sich.

»Gut«, antwortete sie kurz angebunden.

»Keine Übelkeit mehr?«

»Nein.«

»Man sieht immer noch nichts«, meinte er. »Nur deine Brüste sind größer geworden.«

Empört wandte sie sich zu ihm. »Du bist einfach unmöglich!« klagte sie ihn an.

Jungenhaft grinste er und wirkte sehr anziehend, nur mit seiner Hose bekleidet.

»Colonel!« rief Nathaniel vor dem Zelt. Jeremy ging zu ihm und bat um neues Badewasser. Dann fragte der Neger: »Eine schlimme Expedition, was, Sir?«

»Ja«, bestätigte Jeremy, und Nathaniel entfernte sich.

»Was war schlimm?« wollte Christa wissen.

»Nichts. Ich möchte nicht darüber reden.«

Zwischen zusammengebissenen Zähnen stieß sie hervor: »Jetzt, wo ich hier bin, ist es mein gutes Recht, so etwas zu erfahren.«

»Also gut, vielleicht ist das wirklich besser. Du darfst das Lager niemals allein verlassen und dich in die Wildnis hinauswagen, hörst du? Eine Kompanie von einem anderen Regiment hat sich da draußen verirrt und ist von Komantschen getötet worden, bis auf den letzten Mann. Fürchtest du dich?«

»Nein«, log sie mit schwacher Stimme.

»Das solltest du aber. Ich warne dich noch einmal, mit allem Nachdruck – geh niemals allein da hinaus!«

»Und – deine Männer?«

»Meine Yankees? Ein paar wurden verwundet, aber zum Glück mußten wir keinen begraben. Das meintest du doch?«

»Ja«, antwortete sie leise. »Es – es tut mir leid um die Toten.«

»Tatsächlich?«

Ihre Augen verengten sich. »Glaubst du mir nicht?«

»Doch«, entgegnete er müde. Vielleicht behandelte er sie deshalb nur so unfreundlich, weil ihn das quälende Bild von den Leichen im Schützengraben immer noch verfolgte.

Vor dem Zelt kündigte Nathaniel diskret seine Ankunft an, dann trat er mit zwei anderen Männern ein, um die Wanne zu leeren und mit frischem Wasser zu füllen, das er über einem Feuer erhitzt hatte. Die Soldaten salutierten vor dem Kommandanten und seiner Frau, und als sie hinausgegangen waren, stieg Jeremy in die Badewanne. Plötzlich stöhnte er und griff nach seinem Hals. »Würdest du jetzt meinen kleinen Kratzer versorgen?«

Christa betupfte den geröteten Streifen mit einem Waschlappen. »Hat dich ein Pfeil gestreift?«

»Ich glaube, es war eine Kugel. Nur um Haaresbreite wurde ich verfehlt. Beinahe wärst du Witwe geworden. Ein Jammer, daß es nicht geklappt hat...«

»Du bist ein Narr«, erwiderte sie in eisigem Ton.

»Auf einmal tut's ziemlich weh. Sei vorsichtig!«

»Natürlich«, versprach sie lächelnd. »Ich werde Jesse holen. Er wird die Wunde zunähen.«

»Nicht nötig. Schrubb mir den Rücken und erzähl mir dabei von eurer Reise.«

»Du könntest wenigstens bitte sagen.«

»Also gut. Bitte, sei so freundlich, schrubb mir den Rücken und erzähl mir von eurer Reise. Und wenn du's nicht tust...«

»Was passiert dann?«

»Dann steige ich aus der Wanne, verfrachte dich darin und schrubbe *deinen* Rücken .«

Sie biß sich auf die Lippen und erfüllte seinen Wunsch. Dabei stellte sie fest, daß sie es gar nicht so ungern tat. Diese intime häusliche Szene gefiel ihr sogar. Sie berichtete von Washington und der Bahnreise, dann fragte sie: »Zu deinem Kommando gehört doch ein Major Brooks?«

»Ja.«

»Seine Frau fuhr mit uns.«

»Erzähl mir von ihr.«

»Oh, ich glaube, viel lieber würde sie dir von *mir* erzählen.«

»Wieso?« Jeremy drehte sich um und schaute sie an. »Was könnte sie mir denn sagen?«

»Nun, sie spielte sich schrecklich auf, weil wir während der Bahnreise den Sonntag mißachteten. Und auf dem Schiff war sie schockiert, weil ich pokerte...«

»Mit Jesse?« unterbrach er sie in scharfem Ton.

Christa seufzte. »Selbstverständlich mit Jesse! Reg dich ab,

Jeremy! Nicht einmal die Jungfrau Maria wäre eine strengere Anstandsdame gewesen als mein Bruder.«

Da mußte er grinsen. »Hast du gewonnen?«

»Zufällig ja. Ich bin eine der...«

»Eine Cameron«, unterbrach er sie, »ich weiß. Und Camerons *verlieren nicht* gern.«

»Jedenfalls habe ich nichts Unrechtes getan.«

»Dann brauchst du dir auch keine Sorgen zu machen.« Er lehnte sich in der Wanne zurück, und jetzt sah er sehr müde aus. »Bring Jesse zu mir. Übrigens, ich habe eine Frau namens Berta Jacobs eingestellt. Sie wird sich um unsere Wäsche kümmern und dir auch sonst zur Seite stehen. Heute abend wird sie uns hier im Zelt ein Dinner servieren, unterstützt von Nathaniel.« Nach kurzem Zögern fuhr er fort: »Vorhin habe ich Jesse kurz getroffen. Wenn wir das Camp morgen früh verlassen, tritt er den Rückweg an.«

Christa spürte, wie alles Blut aus ihren Wangen wich. Schon am nächsten Morgen würde sie sich von Jesse trennen müssen. Wortlos eilte sie aus dem Zelt, um jede einzelne Minute auszukosten, die sie noch miteinander verbringen konnten.

Natürlich drängte es ihn, nach Hause zurückzukehren, zu seiner Frau und den Kindern. Christa hatte ihn gleichsam nur für ein paar Wochen ausgeliehen. Wie sollte sie es ertragen, ihn davonreiten zu sehen?

Für Jeremy verlief das Dinner zu dritt sehr erfreulich. Längst hatte er sich mit Jesse angefreundet, und Christa benahm sich immer makellos, wenn sie mit einem ihrer geliebten Brüder zusammen war.

Nach der Mahlzeit gesellte sich Major Weland hinzu, und Christa kauerte vor dem Feuer, um Kaffee zu kochen. Ihr Mann beobachtete sie lächelnd. Sie trug ein schlichtes, praktisches Baumwollkleid, ohne Rüschen und Spitzen. Die Flammen röteten ihre Wangen, und sein Herz krampfte sich eigenartig zusammen. Ganz sicher würde sie durchhalten, mochte er sie auch noch so oft verspotten. Und sogar in dieser Wildnis, so einfach gekleidet, wie es die Umstände erforderten, sah sie wunderschön aus. Wenn sie ihn doch bloß nicht so abweisend behandeln würde...

Wie er feststellte, wurde sie auch von ihrem Bruder beobachtet, den wiederum Weland musterte. Schließlich räusperte sich der Major. »Ich versichere dir, daß ich Christa bestens betreuen werde, wenn ihre Zeit gekommen ist, Jess.«

Rasch drehte sie sich um. »Ich habe wirklich keine Angst«, erklärte sie, und Jeremy fragte sich, ob sie log. Welche Frau wollte ihr Baby schon im Wilden Westen bekommen? Aber sie stand auf, ging zu Jesse und legte ihre Hände auf seine Schultern. »Bei der Geburt eines meiner kleinen Neffen und meiner Nichte habe ich mitgeholfen, Dr. Weland. Jesse und Daniel waren noch...« Sie verstummte.

»Im Krieg«, ergänzte Jesse und streichelte ihre Hand. Sie neigte sich hinab, schenkte ihm ein zärtliches Lächeln, und Jeremy dachte: Würde sie einen Liebhaber so anschauen, wäre er ihr ein Leben lang verfallen. Wird sie mir jemals einen solchen Blick gönnen?

»Die Wehen werden ihr sicher nichts ausmachen«, hörte er sich sagen. »Um so mehr das Bedürfnis, hin und wieder zu schreien...«

Der Blick, den sie ihm daraufhin zuwarf, glich einem Dolchstoß. »Mein Mann ist ja so besorgt um mich«, murmelte sie.

»Allerdings.« Er stand auf. »Und deshalb bestehe ich jetzt darauf, daß du ins Bett gehst. Morgen werden wir wieder zeitig aufbrechen.«

»Aber...«

Jesse unterbrach sie. »Wir werden beim Frühstück noch genug Zeit haben, um uns zu verabschieden. Du brauchst deinen Schlaf.«

»Jesse, Dr. Weland – wie wär's mit Cognac und Zigarren unter freiem Sternenhimmel?« schlug Jeremy vor, zog seine widerstrebende Frau an sich und küßte ihre Stirn. »Dann kannst du dich ungestört zur Ruhe begeben, meine Liebe.«

Blaue Funken schienen aus ihren Augen zu sprühen, aber sie schwieg.

Jesse gab ihr einen Gutenachtkuß, und der Major dankte ihr für den köstlichen Kaffee. Dann verließen die drei Männer das Zelt, um über die Probleme der westlichen Territorien zu diskutieren. Jeremy fand Jesses Ansichten sehr vernünftig. Er mochte seinen Schwager immer mehr und bedauerte dessen Abreise.

Als er ins Zelt zurückkehrte, lag Christa zusammengerollt im Bett. Er wußte nicht, ob sie sich schlafend stellte, doch er unterdrückte das Verlangen, das ihr Anblick wie immer in ihm weckte. Es war ein langer Tag für sie gewesen. Und der morgige würde sich noch länger hinziehen. Deshalb wollte er sie nicht stören, und so hauchte er nur einen Kuß auf ihre Wange.

Der neue Tag begann mit einem Regenschauer. Im Morgengrauen ertönte das Signalhorn, und die Männer brachen hastig die Zelte ab und packten die Ausrüstung ein. Der Hausstand der McCauleys wurde im Krankenwagen verfrachtet, den Jeremy für Christa beschafft hatte. An einer Seite stand eine lange Bank, wo sie sitzen konnte, wenn das Reiten sie zu sehr ermüdet hatte. Notfalls würde man auch Verwundete darauf legen.

Das Regiment führte noch weitere Krankenwagen mit sich. In einem lagen die Soldaten, die beim Kampf mit den Indianern verletzt worden waren. Noch wußte Jeremy nicht, ob er Christa verwundete Yankees anvertrauen konnte.

An diesem Morgen war er sehr beschäftigt, hätte aber auch sonst Mittel und Wege gefunden, um sich von ihr fernzuhalten. Sie frühstückte allein mit Jesse. Bis zur Trennung blieben ihnen noch ein paar gemeinsame Stunden.

Während das Regiment nach Westen zog, würde Jesse den langen Rückweg nach Osten antreten. Später fand Jeremy die beiden unter einer großen Eiche. Er stand im Nieselregen und beobachtete, wie sie Abschied nahmen. Christa klammerte sich an ihren Bruder, und er hatte liebevoll die Arme um sie geschlungen. Worte schienen überflüssig zu sein. Vielleicht war alles schon gesagt.

Die Augen geschlossen, legte sie das Gesicht an Jesses Brust. Schließlich schob er sie behutsam von sich. Sie weinte nicht. Aber es war ihr deutlich anzumerken, wieviel innere Kraft sie aufbringen mußte, um ihre Tränen zu unterdrücken. Diese Beobachtung griff Jeremy schmerzlicher ans Herz, als hätte sie laut geschluchzt.

Über Christas Kopf hinweg begegnete Jesse den Augen seines Schwagers. »Jetzt müssen wir aufbrechen, meine Liebe«, sagte er leise, und sie nickte.

Doch sie ließ ihn nicht los, und schließlich ging Jeremy zu ihr. Er umfaßte ihren Ellbogen, zog sie mit sanfter Gewalt von ihrem Bruder weg und spürte, wie sich ihr ganzer Körper versteifte.

Jesse schüttelte ihm die Hand. »Paß gut auf meine Schwester auf.«

»Selbstverständlich beabsichtige ich, alles für meine Frau zu tun, was in meinen Kräften steht«, beteuerte Jeremy grinsend. »Bitte, richte schöne Grüße an Callie, Kiernan und Daniel aus.«

»Das verspreche ich. Und du wirst in Virginia stets ein Zuhause finden, Jeremy.«

»Das weiß ich, und ich bin dankbar dafür. Bald werden wir zurückkommen, zumindest für einen Besuch.«

»Das würde uns sehr freuen.« Jesse schaute wieder seine Schwester an. »Gib gut auf dich acht, Christa.«

»Und du auf dich...«

Ein letztes Mal streichelte er ihre Wange, dann wandte er sich ab und ging davon – ein hochgewachsener, attraktiver Mann in kerzengerader Haltung, an den Schläfen allerdings schon leicht ergraut.

Christa starrte ihm nach. »Jesse!« schrie sie dann, riß sich von Jeremy los und rannte ihrem Bruder nach, der sich rasch umdrehte. Mit weitgeöffneten Armen fing er sie auf, und sie küßten sich noch einmal. Dann stellte er sie energisch auf die Füße. Eindringlich sprach er auf sie ein, und sie nickte. Als er sich diesmal entfernte, folgte sie ihm nicht.

Nie zuvor hatte sie so verzweifelt und verlassen ausgesehen. Hoch aufgerichtet stand sie da, die Schultern gestrafft, das Kinn erhoben, die Augen tränennaß. Ihre Hände ballten sich.

Wie gern wäre Jeremy zu ihr gegangen, um sie zu umarmen und zu trösten. Aber in diesem Moment wollte sie ganz sicher nichts von ihm wissen – von dem verdammten Yankee, der sie in diese abgeschiedene Wildnis gebracht hatte. »Wir müssen jetzt gehen, Christa«, erklärte er in entschlossenem Ton. »Möchtest du auf Tilly reiten oder die Reise lieber im Krankenwagen antreten?«

Sie gab keine Antwort, schaute immer noch ihrem Bruder nach.

»Christa!«

Verwirrt drehte sie sich um. »Ja?«

Jeremy wiederholte seine Worte. Ein schroffer Unterton schwang darin mit, obwohl er sich vorgenommen hatte, möglichst sanft mit ihr zu reden.

»Ich werde reiten.« Sie wollte an ihm vorbeigehen, aber er packte ihren Arm.

»Du darfst dich niemals an die Spitze des Trecks wagen, verstanden?«

»Ich…«

»Du wirst tun, was ich sage!«

Erbost schüttelte sie seine Hand ab. »Ich werde tun, was du sagst, und jetzt laß mich in Ruhe!« zischte sie.

Da hielt er sie nicht länger zurück. Sie legte keinen Wert auf seinen Trost.

Seufzend ging er an der langen Kolonne von Soldaten, Pferden und Wagen vorbei, bis er seinen Hengst erreichte. Er stieg auf und bedeutete dem Hornisten, das Signal zum Abmarsch zu geben. Die Männer schwangen sich in die Sättel, und als Jeremy die Hand hob, setzte sich der lange Treck in Bewegung.

Er sprengte zu seiner Frau zurück, die auf ihrer Stute saß. Reglos starrte sie Jesse nach, als er in die andere Richtung galoppierte.

»Christa!« rief Jeremy.

Sofort schwenkte sie ihr Pferd herum und kam ihm entgegen. Seite an Seite ritten sie neben der Kolonne her. Sie schaute ihn nicht an. Aber sie schaute auch nicht zurück.

11

In den nächsten drei Tagen fand Christa kaum Zeit, über Jesses Abreise nachzugrübeln. Der Regen, der an diesem Morgen begonnen hatte, suchte das Regiment auch weiterhin heim, und sie wurde ziemlich unsanft mit dem beschwerlichen Leben einer Kavalleristenfrau bekannt gemacht.

Am ersten Tag ritt sie auf Tilly, bis sie müde wurde. Das Nachtlager sollte erst in einem höher gelegenen Gebiet aufgeschlagen werden. Schließlich kletterte sie in ihren Krankenwagen und beobachtete, wie die Töpfe und Pfannen in den Regalen über ihrem Kopf schwankten, wie die Lampe tanzte und Jeremys Galasäbel an der Plane scharrte. Im Hintergrund des Vehikels jaulten neugeborene Hündchen neben ihrer Mutter Pepper, und Christa vertrieb sich die Zeit, indem sie die winzigen Tiere zu beruhigen versuchte.

Bald langweilte sie sich, und im heftig schaukelnden Wagen war es noch unbequemer als im Sattel. Also stieg sie wieder auf ihre Stute und begegnete ihrem Mann, den sie in seiner Regenausrüstung kaum erkannte. Gerade erklärte er James Preston, es sei doch erstaunlich, daß er mit einer Kompanie fünfzig Meilen pro Tag zurücklegen könne, mit dem ganzen Regiment aber nur zehn. Trotzdem wirkte er weder ungeduldig noch enttäuscht. Offenbar war er an diesen Lebensstil gewöhnt. Sie nicht – doch das würde sich demnächst ändern.

Es war schon fast dunkel, als sie auf einer Hochebene Rast machten. Jeremy ordnete an, es dürften keine Zelte aufgestellt werden, da man schon im Morgengrauen wieder aufbrechen würde. Nach dem Essen schliefen die Männer auf den Sätteln. und Christa streckte sich in ihrem Krankenwagen aus. Rastlos warf sie sich umher, während sie den heulenden jungen Hunden zuhörte. Sie fragte sich, ob Jeremy das Regiment zu so hektischer Eile antrieb, um ihr auszuweichen. Offenbar wollte er seit dem Abschied von Jesse nichts mit ihr zu tun haben und bereute schon längst, daß er sie hierhergeholt hatte.

Sie fand kaum Schlaf, und am nächsten Morgen fühlte sie sich wie gerädert. Jeremy war nirgends zu sehen, aber Nathaniel zeigte ihr den Weg zu einem Bach, wo sie sich waschen konnte. Danach servierte er ihr Kaffee, Brot und Haferbrei. Im ersten Tageslicht wurde die Reise fortgesetzt. Christa ritt neben Lieutenant James Preston, Celias jungem Ehemann, der ihr ziemlich blutrünstige Geschichten über die in unmittelbarer Umgebung ansässigen Indianer erzählte. Nach einer Weile warf er ihr einen unsicheren Blick zu und entschuldigte sich wortreich.

»Schon gut«, beschwichtigte sie ihn. »Da ich hier leben werde, muß ich über solche Dinge Bescheid wissen.«

»Meiner Frau sage ich lieber nichts davon. Sie fürchtet sich vor ihrem eigenen Schatten. Ein Glück, daß Sie sich mit ihr angefreundet haben... Gerade sitzt sie in ihrem Wagen und leidet Höllenqualen.«

»Ich werde mal nach ihr sehen.« Im unablässigen Nieselregen ritt sie ein Stück zurück, am hinteren Teil der langen Kolonne vorbei, bis sie Celias Krankenwagen erreichte, an dem sie Tilly festband. Dann setzte sie sich zu der jungen Frau, die sie herzlich willkommen hieß.

Celia schwatzte munter über die Nordstaatenoffiziere, die dem Regiment angehörten und die Christa nicht einmal dem Namen nach kannte. Dann brachte sie ihre neue Freundin mit Anekdoten über George Armstrong Custer zum Lachen, den wackeren jungen Kavalleristen, der Stuart bei Gettysburg das Fürchten gelehrt hatte. »Seine Hunde mag er viel lieber als seine arme Frau Libby. Ständig wird das Ehebett von diesen Biestern okkupiert, und sie paßt kaum noch rein.«

Christa kicherte, dann biß sie die Zähne zusammen, als der Wagen durch eine tiefe Furche rumpelte und umzukippen drohte. Endlich hörte es zu regnen auf. Sie stieg aus Celias Wagen und ritt eine Zeitlang an Nathaniels Seite dahin. Am Ende des zweiten Tages hatten sie zweiundzwanzig Meilen bewältigt. Diesmal wurden die Zelte aufgeschlagen, aber Jeremy kam nicht zu seiner Frau. Um Mitternacht lag sie immer noch wach, von wachsender Verzweiflung erfaßt. Noch nie in ihrem Leben hatte sie sich so überflüssig, so unerwünscht gewühlt. Schließlich fielen ihr vor Erschöpfung die Augen zu.

Im Morgengrauen verließen sie das Lager und legten fast fünfzehn Meilen zurück. Es regnete nicht mehr. Abends kampierten sie wieder neben einem Bach, an dessen Ufern schöne wilde Blumen blühten. Christa wanderte auf eine Wiese neben den Zelten und pflückte gerade eine Pflanze mit winzigen Knollen, als sie spürte, daß jemand hinter ihr stand. Sie drehte sich um und schrie beinahe auf. Ein Indianerpaar starrte sie an. Der Mann trug eine Hose, die offenbar aus alten Army-Beständen stammte, die Frau ein weitgeschnittenes Wildlederkleid mit kunstvoller Stickerei. Der Indianer sagte etwas, und Christa schüttelte verständnislos den Kopf. Unbehaglich schaute sie zum Camp. Jeremy hatte ihr eingeschärft, sie solle sich niemals allein vom Regiment entfernen. Trotzdem war sie so unvernünftig gewesen, seine Warnung zu mißachten. Und nun sah sie sich diesem Indianerpaar gegenüber. Der Mann hielt ihr etwas hin. »Ein Dollar.«

»Er will dir seine Beeren verkaufen.« Erleichtert atmete sie auf, als Jeremys Stimme hinter ihr erklang, und wandte sich zu ihm. »Ein Dollar?« fragte er den Indianer.

Der Mann nickte, und Jeremy gab ihm eine Münze. Rasch stellte die Indianerin einen Korb auf den Boden. Das Paar verschwand zwischen den Büschen am Wiesenrand.

»Haben sie dir Angst eingejagt, Christa?« fragte Jeremy.

»Nein, ich...«

»Das wäre aber besser gewesen«, unterbrach er sie in schroffem Ton und schaute in den Korb. »Brombeeren. Habe ich dir nicht in aller Deutlichkeit gesagt, daß du das Lager nicht allein verlassen sollst?«

Mühsam schluckte sie. »Waren das – Komantschen?«

»Nein, Choctaws. Ein sehr zivilisierter Stamm.«

»Dann hatte ich doch gar nichts zu befürchten.«

»Aber du wußtest es nicht. Du könntest einen Komantschen nicht von einem Seminolen unterscheiden.«

»Das werde ich schon noch lernen. Immerhin ist es mir auch gelungen, ganz allein ein Dach zu reparieren und Baumwolle zu pflanzen.« Den Kopf hoch erhoben, ging sie zu den Zelten zurück. Jeremy folgte ihr nicht.

An diesem Abend lernte sie Bertha Jacobs kennen, eine nette, rundliche Irin, deren Mann vor ein paar Jahren in der Heimat infolge einer Hungersnot gestorben war. Mit ihren Angehörigen in die Neue Welt ausgewandert, hatte sie während des Krieges auch noch ihre beiden Söhne verloren. Nun reiste sie nach Santa Fé, wo ihr Enkel gerade eine Familie gründete. Trotz der schweren Schicksalsschläge war sie optimistisch geblieben und glaubte fest an den Willen Gottes. Christa bezweifelte nicht, daß sie in dieser Frau eine gute Freundin finden würde.

Später brachte ihr Nathaniel eine soeben erlegte große Wachtel. »Die hat der Colonel geschossen, Mrs. McCauley. Er sagt, er ist todmüde und hungrig wie ein Wolf. In etwa einer Stunde hat er dienstfrei, und wenn's Ihnen recht ist, würde er dann gern mit Ihnen essen.«

Ob's mir recht ist oder nicht, kümmert ihn kein bißchen, dachte sie. Offensichtlich soll ich einer Prüfung unterzogen werden. Glaubt er etwa, ich hätte noch nie im Leben Geflügel gerupft und ausgenommen? Freundlich lächelte sie.

»Vielen Dank, Nathaniel.«

»Wenn ich Ihnen irgendwie helfen kann...«

»Machen Sie bitte Feuer, alles andere schaffe ich schon allein.«

Und sie hatte tatsächlich keine Schwierigkeiten. Mehrere Kühe begleiteten den Treck, und so gab es frische Sahne für die Brombeeren. Sie bereitete die Wachtel vor, würzte sie mit Salz und Pfeffer. Unterwegs hatten die Regimentsköche den Cherokee einen großen Kartoffelvorrat abgekauft. Nun kochte und schälte Christa ein paar Knollen, die sie zusammen mit der Wachtel in Butter briet.

Jeremy verspätete sich. Schließlich verspeiste sie ihre Portion und richtete das Dinner für ihn auf seinem Schreibtisch an, mit einer Silberterrine abgedeckt. Sie stellte sogar ein Glas Wein neben eine elegant gefaltete Serviette.

Als Jeremy endlich erschien, ignorierte sie ihn. Sie saß an ihrem Tischchen, über ihr Tagebuch gebeugt, beschrieb die Prärie ringsum und schilderte die Begegnung mit den Choctaw. Eine Zeitlang beobachtete er sie schweigend, dann fragte er: »Ißt du nichts?«

»Danke, ich bin schon satt.«

»Wer hat denn gekocht?«

Sie schaute auf und zog die Brauen hoch. »Ich. Aber wenn es dir nicht schmeckt, wäre ich keineswegs gekränkt, wenn du deine Mahlzeiten künftig woanders einnimmst.«

»Im Augenblick könnte ich sogar Pferdefleisch essen.« Er warf seinen Hut aufs Bett, und sie tat weiterhin so, als würde sie sich in ihr Tagebuch vertiefen. Aber sie warf ihm hin und wieder einen verstohlenen Blick zu. Heißhungrig schlang er sein Dinner in sich hinein, wobei er auf einem Blatt Papier Skizzen machte. Schließlich schob er die leeren Teller beiseite, ohne seiner Frau auch nur die geringste Beachtung zu schenken.

Sie stand auf, räumte sein Geschirr weg und spülte es in einem Eimer mit frischem Wasser, den Nathaniel ihr gebracht hatte. »Möchtest du sonst noch was?« erkundigte sie sich schließlich verärgert. Er hätte doch wenigstens ein paar Worte mit ihr wechseln können.

Es dauerte eine Weile, bis er den Kopf hob und die Stirn runzelte. »Was ist denn los?«

»Nichts.«

Ein schwaches Lächeln umspielte seine Lippen. »Verzeih... Ich wußte nicht, daß du dich in deiner Einsamkeit sogar nach meiner Yankee-Gesellschaft sehnst.«

»Das ist keineswegs der Fall«, widersprach sie kühl.

»Dann geh ins Bett. Morgen liegt ein weiterer harter Tag vor uns.«

»Und du treibst das Regiment nur deshalb zu solcher Eile an, um mir alles noch schwerer zu machen, nicht wahr?«

Erstaunt sah er sie an. »Da irrst du dich. Ich will nur das Fort Jacobson erreichen, bevor das Wetter noch schlechter wird. Und bevor irgendein Narr da draußen eine Gelegenheit erhält, ernsthafte Probleme mit den Indianern heraufzubeschwören.« Er neigte sich über sein Papier und begann wieder zu kritzeln.

Christa biß die Zähne zusammen und ging an ihm vorbei. Während sie ihm den Rücken kehrte, kleidete sie sich aus und schlüpfte in ein warmes Flanellnachthemd, dann kroch sie ins Bett. Sie war völlig erschöpft, was sie sich allerdings nur widerwillig eingestand. Außerdem fühlte sie sich verwirrt und gekränkt. Kein Wort hatte er über ihre Kochkünste verloren. Und er war auch kein einziges Mal in ihre Nähe gekommen. Nicht, daß sie das gewollt hätte...

Doch, sie wollte es, sie sehnte sich nach dem tröstlichen Gefühl, in seinen Armen zu liegen. Eine Zeitlang blieb sie noch wach, aber letzten Endes fielen ihr die Augen zu, und sie schlief ein.

Sie träumte, sie würde ganz sanft geküßt und liebkost. Zärtliche Hände beschrieben langsam erotische Kreise auf ihrem Rücken, ihren Hüften, auf ihrem Bauch und den Brüsten. Ein warmer Atemhauch streife ihr Ohrläppchen und den Hals. Sie hörte ein leises Flüstern.

Verwirrt erwachte sie. Es war kein Traum, denn Jeremy war von hinten in sie eingedrungen, und jetzt ging er nicht mehr so sanft mit ihr um. In wilder Glut liebte er sie, und sie schlang ihre Finger in seine, um sich festzuhalten, bis die stürmische Leidenschaft verebbt war. Danach hielt er sie immer noch im Arm, und sie spürte, daß er nicht schlief. Offenbar hatte sie ihn wieder einmal enttäuscht. Warum weigerte sie sich so entschlossen, ihm ihre Gefühle zu schenken? Weil sie sonst nichts mehr besaß, was ihr allein gehörte?

Am nächsten Morgen war er etwas besser gelaunt. Eine Zeitlang ritt er neben Christa, zeigte ihr leerstehende Indianerhütten und wies sie erneut auf die großen Unterschiede zwischen den einzelnen Stämmen hin. In dieser Gegend bauten sie Kartoffeln, Bohnen, Mais und anderes Gemüse an. »Bald kommen wir in die Ebenen. Dann wirst du die Zelte der Nomaden sehen.«

»Nomaden?«

»Die Indianer, die den Büffeln folgen. Im Winter ziehen die Herden in den Norden. Auf unserer Route können wir sie beobachten.« Zögernd fügte Jeremy hinzu: »Die Komantschen meiden die weiter nördlich gelegenen Gebiete. Ihr texanisches Territorium erstreckt sich im Süden bis Mexiko, im Westen bis Arizona und New Mexico.«

»Das klingt so, als wären diese Komantschen die einzigen Indianer, die dir Sorgen bereiten.«

Lächelnd schaute er nach oben und schien die Farbe des Himmels zu prüfen. »O nein, es gibt viele gefährliche Indianer, zum Beispiel die Apachen und Sioux. Aber im Fort Jacobson müssen wir uns vor allem mit den Komantschen auseinandersetzen, und das sind die wildesten, grausamsten Krieger, die jemals durch die Plains geritten sind.« Er zügelte sein Pferd und streckte einen Zeigefinger aus. »Da drüben leben einige Choctaw. Sie bringen gerade ihre Ernte ein. Siehst du sie?«

Christa nickte und betrachtete die Reihe kleiner Hütten, die Indianer, die auf ihren Feldern arbeiteten.

»Ich reite jetzt voraus«, kündigte Jeremy an. »Heute müssen wir eine weite Strecke zurücklegen.«

Abends fiel sie todmüde ins Bett. Irgendwann wurde sie von Jeremy geweckt, doch das störte sie nicht, denn es bedeutete, daß sie in seinen Armen schlafen würde.

Am nächsten Tag schien die Sonne von einem wolkenlosen Himmel herab, aber es war merklich kälter geworden. Anfangs ritt Christa neben ihrem Mann, dann neben James, und sie verbrachte auch einige Zeit in Celias Krankenwagen. Allmählich lernte sie die anderen Frauen kennen. In diesen ersten Tagen merkte sie, wie eifrig über sie getuschelt wurde, welch verschiedene Haltungen man ihr gegenüber einnahm. Einige Yankee-Damen waren fasziniert, weil Colonel McCauley sich ein Mädchen von einer Südstaatenplantage geholt hatte. Andere waren froh, daß der Krieg überstanden war, und sehnten sich nur noch nach Frieden. Aber manche zeigten sich verbittert, und wie Celia zugab, haßten sie die einstige Konföderierte.

»So wie du die Yankees haßt.«

»Oh, ich hasse sie nicht – zumindest nicht alle«, verbesserte sich Christa und seufzte. »Einer meiner Brüder stand während des ganzen Krieges auf seiten der Union.«

»Und da wäre ja auch noch der Colonel.« Celias Stimme nahm einen fast ehrfürchtigen Klang an. »Die meisten Frauen reden nur deshalb schlecht über dich, weil sie eifersüchtig sind. So ein hübscher Mann mit seinem dichten kastanienbraunen Haar und den leuchtenden Silberaugen... Natürlich beneiden sie dich auch um deine Schönheit. Aber ich bewundere dich – deine Tapferkeit, dein Temperament...«

Christa errötete. Was würde Celia wohl sagen, wenn sie wüßte, unter welchen Umständen Jeremy und ich geheiratet haben, überlegte sie bedrückt. Sie geriet in Versuchung, die Wahrheit zu gestehen, besann sich aber anders. Die Regimentsfrauen sollten nicht erfahren, daß der Colonel und seine Gemahlin keineswegs ein ideales Paar darstellten.

An diesem Abend kampierten sie am Sans Bois, und sie wanderte zum Bach hinab, blickte zum anderen Ufer, in ein schönes, saftig grünes, dicht bewaldetes Land, das sie an Cameron Hall erinnerte. Von plötzlichem Heimweh erfaßt, kämpfte sie mit den Tränen.

Da trat Jeremy hinter sie und legte die Hände auf ihre Schultern. »Wir sind etwa vierzig Meilen vom Fort Arbuckle entfernt. Bald kommen wir ins Büffelgebiet.« Sie nickte nur, und er flüsterte ihr ins Ohr: »Woran denkst du?«

»Hier sieht es so aus wie zu Hause.«

Er schwieg eine Weile und ließ sie los. Zu spät erkannte sie, daß ihre Worte wie ein Vorwurf geklungen haben mußten. »Bald wird sich die Landschaft ändern«, erklärte er. »An manchen Stellen ist die Prärie völlig ausgedörrt, nur mit kümmerlichem, kurzem Gras bewachsen. Und wenn dann eine Büffelherde über einen Grat stürmt, wirst du endgültig merken, wo du bist – im Westen, weit weg von daheim.«

Abrupt wandte er sich ab und ließ sie stehen. Sie starrte ihm nach und fühlte einen eigenartigen schmerzlichen Stich im Herzen. Unwillkürlich gab sie Celia recht. Ja, er war wirklich ein attraktiver Mann mit dem kastanienbraunen Haar, den breiten Schultern und schmalen Hüften und... Hastig verscheuchte sie diese gefährlichen Gedanken, aber gleichzeitig drängte es sie, ihm zu versichern, es mache ihr gar nicht so viel aus, daß er sie von Virginia weggeholt hatte. Natürlich litt sie oft unter Heimweh, und sie vermißte ihre Familie. Aber der Westen war wunderschön. Hier wuchsen so viele prachtvolle Wildblumen, die Choctaw und Cherokee faszinierten sie, und sie konnte es kaum erwarten, die Büffel in der Prärie grasen zu sehen. Jeden Tag erlebte sie etwas Neues, Aufregendes, wenn es auch manchmal beängstigend war.

Sie kehrte ins Zelt zurück, wo Nathaniel am Schreibtisch ihres Mannes saß und Papiere sortierte. »Der Colonel ist ins Hauptquartier gegangen, Mrs. McCauley.«

»Oh...« Christa zögerte. »Dann möchte ich nicht stören...«

»Sicher sind Sie willkommen, Ma'am. Soeben hat der Colonel einige Army-Depeschen von einem Kurier erhalten, von einem gewissen Captain Clark. Seit dem zweiten Kriegsjahr sehen sie sich zum erstenmal wieder. Sicher freuen sich die beiden, wenn Sie ihnen Gesellschaft leisten.«

Sie bedankte sich bei Nathaniel, dann wanderte sie zwischen den Zelten hindurch zum Hauptquartier, immer noch zaudernd. Würde sich Jeremy nicht lieber allein mit seinem alten Freund unterhalten?

Unterwegs hörte sie junge Soldaten über Antietam diskutieren. Offenbar konnten sie sich nicht darüber einigen, ob die Union jene Schlacht gewonnen oder verloren hatte. Etwas weiter entfernt erklang schrilles Frauengelächter. Die Wäscherinnen schienen nicht nur ihre Pflichten zu erfüllen, sondern auch andere Bedürfnisse zu stillen. Christa überlegte, ob Mrs. Brooks wissen mochte, was die Männer in ihrer Freizeit trieben. Wenn ja, würde sie Jeremy sicher auffordern, er möge das ganze Regiment niederknien und Buße für diese abscheulichen Sünden tun lassen. Wenig später sah sie die Kommandozelte, das Lazarett neben dem Hauptquartier.

Wegen des schönen Wetters war der Eingang des großen Zeltes, wo alle dienstlichen Besprechungen abgehalten wurden, weit geöffnet, und die abendliche Brise wehte hinein. Dr. Weland saß bei dem Kurier und Jeremy, der Christa nicht bemerkte, war in ein angeregtes Gespräch vertieft. Aber der Major entdeckte sie, informierte die beiden anderen, und alle drei standen sofort auf.

»Christa, wie nett, daß du uns besuchst!« rief Jeremy.

Obwohl sie an der Aufrichtigkeit seiner Worte zweifelte, lächelte sie und wandte sich neugierig zu dem großen blonden Fremden, der einen Schnurr- und einen dichten Vollbart trug. Jeremy machte sie mit ihm bekannt, und als der Mann sie begrüßte, glaubte sie einen leichten Südstaatenakzent in seiner Stimme zu erkennen. »Es ist mir ein Vergnügen, Captain Clark.«

»Oh, die Freude ist ganz auf meiner Seite, Mrs. McCauley«, beteuerte er.

Major Weland ergriff eine lederne Feldflasche und bot ihr ein Glas Sherry an, das sie dankend entgegennahm. Dann setzte sie sich auf den Klappstuhl, den Captain Clark ihr zurechtrückte. »Wie gefällt Ihnen die Reise?« erkundigte er sich.

»Oh, ich finde sie hochinteressant, Sir.«

»Mrs. McCauley hält sich wackerer als so mancher Soldat«, bemerkte Weland. »Obwohl sie – eh guter Hoffnung ist, erträgt sie alle Unannehmlichkeiten, ohne mit der Wimper zu zucken.«

»Noch ein Baby!« rief der Captain. »Wie wundervoll!«

Christa runzelte die Stirn. »Noch ein...«

Aber Clark ließ sie nicht ausreden. Nachdem er sich wieder gesetzt hatte, musterte er sie aufmerksam. »Ich stamme aus einer Gegend, die jetzt zu West Virginia gehört. Und ich könnte schwören, daß Sie mit Virginia-Akzent sprechen, Mrs. McCauley. Aber wie ich mich deutlich entsinne, erzählte mir Ihr Mann vor einigen Jahren, er würde ein Mädchen aus Mississippi heiraten.«

Sie warf Jeremy einen raschen Blick zu. Noch nie hatte sie ihn so blaß und angespannt gesehen. Sein Kinn verkrampfte sich, als hätte er starke Schmerzen.

»Aber ich komme aus Virginia, Captain Clark, direkt aus dem Herzen des alten Dominion«, erwiderte sie. »Darling, hast du in Mississippi noch eine andere Ehefrau?« fragte sie leichthin.

Offenbar merkte Clark nun, wenn auch viel zu spät, daß er in ein Fettnäpfchen getreten war. »Oh, es tut mir so leid – ich bitte um Verzeihung...«

»Schon gut, Emory«, fiel Jeremy ihm ungeduldig ins Wort, dann unterdrückte er seinen Ärger und bemühte sich, seinem Gast über die Verlegenheit hinwegzuhelfen. »Ich hatte einmal vor, ein Mädchen aus Mississippi zu heiraten, doch der Fall von Vicksburg kam dazwischen... Da du ein Virginier bist, habt ihr sicher gemeinsame Bekannte, meine Frau und du.«

Damit gab er ihnen ein willkommenes Stichwort. Eifrig beugten sie sich zueinander und unterhielten sich über alte Zeiten. Ja, Captain Clark kannte die Millers, die Cameron Hall oft besucht hatten. Anthony Miller, Kiernans erster Mann, war bei Manassas gefallen.

Emory erwähnte den beklagenswerten Zustand, in dem sich Harpers Ferry, die Heimatstadt der Millers, seit dem Kriegsende befand. Und Christa betonte, Präsident Johnson habe wenigstens keinen Yankee als Gouverneur in West Virginia, dem erst 1862 gegründeten Staat, eingesetzt. Grinsend erwiderte er, jeder Gouverneur müsse wohl oder übel ein Yankee sein, und brachte sie zum Lachen.

Dann sprachen sie ernsthaft über die Rekonstruktion. »Lincoln wäre natürlich großzügiger gewesen«, meinte Emory. »Damals ärgerten sich viele Kongreßmitglieder über seine Bereitschaft, dem Süden Zugeständnisse zu machen. Sie müssen bedenken, liebe Christa – auch im Norden haben viele Mütter ihre Söhne und Ehefrauen ihre Männer verloren. Ein Großteil der Bevölkerung ist verbittert und möchte den Süden bluten sehen. Was wäre denn, wenn die Konföderierten den Krieg gewonnen hätten?«

Sie seufzte. »Verstehen Sie denn nicht? Es ging uns nur um die Freiheit, genauso wie den Revolutionären, die damals um die Unabhängigkeit von England kämpften. Hätten wir gewonnen, würden wir die Union gewiß nicht mit Repressalien quälen, sondern einfach getrennte Wege gehen, in den Konföderierten Staaten von Amerika.«

»Es sollte eben nicht sein – keine Ahnung, warum. Jedenfalls ist die Union etwas ganz Besonderes, etwas Großartiges.«

»Sie reden wie mein Bruder Jesse.«

Weland hörte schweigend zu, und Jeremy lächelte gezwungen. »Er kämpfte für die Union«, erklärte er, dann hatte er genug von dieser Unterhaltung und stand auf. »Auch morgen müssen wir viele Meilen zurücklegen, und Emory hat einen langen Ritt nach Fort Smith vor sich. Also sollten wir uns jetzt alle zur Ruhe begeben.«

Zögernd erhob sich Christa, verwundert über den scharfen

Klang seiner Stimme. *Er* war es doch, der eine ganze Menge zu erklären hatte. Hastig sprang Emory auf, küßte ihr die Hand und versicherte, es sei ein höchst vergnüglicher Abend gewesen. Dann salutierte er vor Jeremy und bemerkte, es freue ihn sehr, ihm auch hier im Westen als Kurier zu dienen. Weland stand zuletzt auf, rieb sich nachdenklich das Kinn und verließ hinter den anderen das Hauptquartier. Draußen tippte er mit einem seltsamen Lächeln an seinen Hut, ehe er im Lazarett verschwand.

Während Captain Clark sein Nachtquartier aufsuchte, nahm Jeremy den Arm seiner Frau, und sie kehrten zu ihrem Zelt zurück. Dort angekommen, meinte er: »Erstaunlich, wie nett du zu den Yankees sein kannst, wenn's dir in den Kram paßt...«

Im Licht der Lampe, die der fürsorgliche Nathaniel angezündet hatte, wandte sie sich entrüstet zu Jeremy. »Ich? *Du* bist es doch, der Rebellen – und vor allem Rebellinnen verabscheut. Trotzdem wolltest du in Mississippi eine heiraten. Warum hast du dich anders besonnen? Hat sie ein Kind von dir? Ist es ein Mädchen oder ein Junge? Schickst du der armen Frau wenigstens Geld und...«

Erschrocken verstummte sie, denn ein fast mörderischer Ausdruck trat in seine Augen. Er biß die Zähne zusammen und holte tief Luft. »Frag nie wieder nach meiner Vergangenheit!« stieß er hervor und schnallte seinen Waffengurt ab.

Christa zitterte am ganzen Körper. Was warf er ihr denn vor? Sie wollte doch nur die Wahrheit herausfinden – wenn sie's vielleicht auch falsch angefangen hatte. »Dann solltest du auch aufhören, über *mich* Kommentare abzugeben«, flüsterte sie.

»Deine Vergangenheit erwähne ich so gut wie nie. Es ist die Gegenwart, die meiner Aufmerksamkeit unmöglich entgehen kann. Heute abend hast du im Hauptquartier gesessen wie die kokette Ballkönigin von Cameron Hall und auf Teufel komm raus mit Emory geflirtet.«

»Wie kannst du es wagen! Nachdem du den ganzen Süden befruchtet hast...« Sie schrie auf, als er sie schmerzhaft bei den Schultern packte.

»Ich habe keine Kinder. Die Lady lebt nicht mehr – das Baby ist im Mutterleib gestorben. Und von jetzt an will ich nichts mehr davon hören, verstanden?«

»Ja!« fauchte sie, riß sich los, und weil sie sich wütend, verletzt und verängstigt fühlte, sprudelten kränkende Worte aus ihr hervor, die sie im Grunde nicht ernst meinte. »Ich wollte nur nett zu deinem Freund sein. Welch ein vollendeter Gentleman! Obwohl er ein Yankee ist, erinnert er mich an...«

»Jesse?«

»Nein...«

»An wen, verdammt?«

»An Liam.«

»Ach ja, der wundervolle Liam, der große Held!« Jeremy setzte sich aufs Bett und zog seine Stiefel aus. »Eins kann ich dir jedenfalls versprechen. Ich werde mein Bestes tun, um dich niemals an Liam zu erinnern.« Normalerweise ging er sehr sorgfältig mit seiner Kleidung um, aber an diesem Abend riß er fast alle Knöpfe des Kavalleriehemds ab, als er es von seinem Körper zerrte.

Bestürzt über diesen Temperamentsausbruch, wich Christa zurück. Sie erinnerte sich an den Tonfall seiner Stimme, als er ihr erklärt hatte, das Mädchen aus Mississippi sei tot. Er liebt sie immer noch, dachte sie.

»Was zum Teufel treibst du?« herrschte er sie an und schlüpfte aus seinen Hosen. Dann stand er nackt im Lampenschein da und stemmte die Hände in die Hüften.

Krampfhaft schluckte sie. »Ich – halte nur ein bißchen Abstand.«

»Ins Bett mit dir!«

»Solange du in dieser Stimmung bist, werde ich das Bett nicht mit dir teilen.«

Mit zwei langen Schritten war er bei ihr ehe sie fliehen konnte, drehte sie herum und öffnete ihre Kleiderknöpfe am Rücken. »Du gehst mit mir ins Bett, ganz egal, welche Laune ich habe.« Als sie seine Hände abzuschütteln versuchte, warnte er: »Ich reiße dieses Ding in Fetzen!«

Da rührte sie sich nicht mehr. Er zog ihr das Kleid über den Kopf, aber ihre Unterwäsche faßte er nicht an. Statt dessen hob er sie hoch und verfrachtete sie ins Bett, dann legte er sich zu ihr, nachdem er die Lampe auf seinem Schreibtisch gelöscht hatte. Vergeblich wartete sie auf die Berührung seiner Hände, die Hitze seiner Leidenschaft.

Eine Stunde später, während er längst neben ihr schlief, war sie immer noch wach und fragte sich, ob er von seiner toten Geliebten träumte. Vergleicht er sie mit mir, überlegte sie. Wenn ja, schneide ich vermutlich sehr schlecht dabei ab…

Als sie am nächsten Morgen erwachte, lag er nicht mehr neben ihr. Nathaniel rief ihr von draußen zu, sie würden das Camp bald verlassen und das Zelt müsse abgebrochen werden. Sie wollte aufstehen, doch dann starrte sie entsetzt auf die Bettdecke hinab. Eine Spinne. Ein riesiges behaartes Biest, das langsam auf sie zukroch. »Nathaniel?« Der Hilfeschrei war nur ein schwaches Flüstern.

»Mrs. McCauley? Was ist denn los?« Sie spürte seine Verwirrung. Natürlich konnte er nicht einfach in ihr Zelt kommen. Dann hörte sie, wie er ihren Mann rief, der wenige Sekunden später hereinstürmte.

»Bleib liegen, Christa!« Er zog einen Handschuh aus, fegte die Spinne von der Decke auf den Boden und zertrat sie mit einem Stiefel. Als sie ein merkwürdiges knackendes Geräusch hörte, wurde ihr zum erstenmal seit langer Zeit wieder übel.

Sie fuhr sich mit der Zunge über die zitternden Lippen. »Ist – ist der Biß einer solchen Spinne tödlich?«

Jeremy schüttelte den Kopf. »Das war eine Tarantula. Von ihrem Biß kann man krank werden, aber man stirbt nur selten daran. Alles in Ordnung?«

Nein! Gar nichts war in Ordnung! Sie haßte Spinnen, besonders so häßliche, große, braune. Sie haßte Stinktiere in ihrem Bett, und vor allem haßte sie das Gefühl der Einsamkeit, das sie während der letzten Nacht empfunden hatte.

»Ja, ich bin in Ordnung.« Für einen kurzen Augenblick glaubte sie, er würde sie in die Arme nehmen, aber das tat er nicht. »Komm, wir wollen aufbrechen«, sagte er leise und eilte aus dem Zelt.

Hastig kleidete sie sich an. Nathaniel servierte ihr Kaffee und versuchte ihr einzureden, wahrscheinlich sei das Insekt vor ihr viel mehr erschrocken als sie vor ihm. »Diese Spinnen sind sehr interessante Tiere, Mrs. McCauley. Sie bauen kleine Falltüren in ihre Nester, die sich öffnen, wenn sie weggehen, und wieder schließen, sobald sie nach Hause kommen. Und sie weben viel feinere Fäden als Seidenraupen.«

»Wie wundervoll...«

»Heute abend werde ich mich ganz genau in Ihrem Zelt umsehen, das verspreche ich, Mrs. McCauley.«

Lächelnd drückte sie seinen Arm. »Sie sind ein Himmelsgeschenk, Nathaniel. Vielen Dank.« Mit seiner guten Laune und seiner Fürsorge war es ihm gelungen, sie aufzuheitern.

»Heute werden Sie die Prärie so richtig kennenlernen, Mrs. McCauley. Ein schönes Land mit Hochebenen und tiefen Schluchten. Vielleicht sehen wir sogar ein oder zwei Büffel – falls sie noch nicht zu weit nach Norden gezogen sind.«

Robert Black Paw ritt vorbei. »Wollen Sie im Krankenwagen fahren, Mrs. McCauley?«

»Heute morgen würde ich lieber Tilly bewegen«, erwiderte sie, eine Hand über den Augen, um sie gegen die aufsteigende Sonne abzuschirmen.

Er nickte. »Ich werde Ihnen die Stute sofort bringen«, versicherte er und hielt Wort. Kaum hatte Christa ihre Sachen zusammengepackt, kehrte er auch schon mit der gesattelten Tilly zurück.

Ihren Mann sah Christa erst nach einem zweistündigen Ritt. Er kam von der Spitze des Trecks zu ihr nach hinten und fragte:

»Du hast deinen Schock also überlebt?«

»Sieht so aus.«

»Wenn wir heute keinem Büffel begegnen, gehen wir am Abend auf die Jagd, aber wir bleiben in der Nähe des Camps.« Höflich nickte sie, und er fügte hinzu: »Falls du dich vor weiteren Spinnen fürchtest...«

»Ich fürchte mich nicht«, unterbrach sie ihn irritiert, »und du brauchst dich nicht um mich zu bemühen, nur wegen einer Spinne!« Sofort bereute sie ihre Worte und biß sich auf die Unterlippe, aber es war zu spät.

»Dann wirst du mich sicher entschuldigen.« Jeremy tippte an die Kante seines Huts und galoppierte davon.

Wenig später ritt Nathaniel zu ihr. »Da vorn wurde ein Büffel gesichtet.«

»Wirklich?« Sie begleitete ihn zur Spitze des Trecks und plötzlich spürte sie eine seltsame Bewegung im Boden, die sich wiederholte.

Erschrocken riß Nathaniel die Augen auf. »Gott steh uns bei!« flüsterte er. Und dann rief jemand: »Das ist nicht nur ein Büffel, das sind hunderte! Um Himmels willen, eine riesige Herde!«

12

Die Erde bebte. Christa wußte, wie sich der Boden anfühlte, wenn er von Kanonenfeuer oder den Marschtritten unzähliger Soldaten erschüttert wurde. Aber so etwas wie jetzt hatte sie nie zuvor gespürt. Die ganze Welt schien ins Wanken zu geraten. Zunächst war das Geräusch kaum zu hören gewesen, jetzt schwoll es mit jeder Sekunde an, eine Kakophonie aus rhythmischen Trommeln, erzeugt von einer Gewalt, für die es keine Grenzen gab.

Völlig im Bann dieses Schauspiels, hielt sie verwirrt den Atem an, als Tilly sich plötzlich hoch aufbäumte und angstvoll wieherte. Sobald Christa das Pferd unter Kontrolle gebracht hatte, begegnete sie dem Blick ihres Mannes. »Ich habe dir gesagt, du sollst nicht nach vorn reiten!« herrschte er sie an.

»Ich...«, begann sie zu protestieren, aber da sah sie hinter seinem Rücken die Büffelherde heranstürmen.

Die Tiere waren schrecklich, und sie waren großartig. Wie eine riesige Woge aus Braun und Schwarz näherten sie sich, von Staubwolken umwabert. Welch seltsame Geschöpfe – mit großen Köpfen und Schultern, aber spindeldürren Beinen... Erstaunlich, daß sie ihr gewaltiges Körpergewicht überhaupt tragen konnten...

Die Büffel, die unaufhaltsam heranrasten, veränderten die ganze Landschaft. Zuvor war es eine schlichte Ebene gewesen, dürr und staubig, mit vereinzelten Grasbüscheln und verkümmertem Gestrüpp. Nur sanft gewellt, unter einem blauen Himmel im hellen Sonnenschein, hatte die Prärie so beschaulich gewirkt – bis zur Ankunft der Büffel.

Wie ein gnadenloser Gewittersturm rauschten sie heran, und Christa dachte in wachsender Panik: Nichts und niemand kann sie aufhalten oder ihren Kurs ändern. Alles, was sich ihnen in den Weg stellte, würden sie zertrampeln – Menschen, Pferde und Wagen. Sie fuhr sich mit der Zunge über die Lippen und starrte Jeremy an. Er saß auf Gemini, dem gut ausgebildeten Kavalleriepferd, das ihn durch die Kriegsjahre begleitet hatte. »Reit nach hinten!« befahl er ihr. »Ich sagte doch, du darfst nicht nach vorn kommen!« Dann wandte er sich ab und hob eine gelbbehandschuhte Hand, um die Aufmerksamkeit der Kompanie auf sich zu lenken. »In wenigen Minuten werden die Büffel diesen Grat da vorne überqueren! Major Brooks, Sie halten mit der Spitze hier die Stellung, ich führe die Nachhut näher heran.« Er packte Tillys Zügel, zog die Stute mit sich, während er an der Kolonne vorbeiritt und seine Anweisungen gab. Christa fühlte sich wie ein bestraftes Kind, als sie zum Ende des Trecks geführt wurde.

Jeremy formierte die Kolonne zu einer dichtgedrängten, schmalen Reihe aus Menschen, Pferden und Wagen an der Flanke eines niedrigen Hügels. Er sprang aus dem Sattel, hob Christa aus ihrem Sattel und schob sie in die Richtung Robert Black Paws, der gerade mit Nathaniels Hilfe ein Maultierpaar beruhigte.

»Bringen Sie sie hinter den Hügel!« befahl Jeremy, dann stieg er wieder auf Gemini.

Der Indianer hatte Christas Arm ergriffen, und sie versuchte, sich loszureißen, von neuer Angst erfaßt. »Jeremy...« Aber ihr Mann galoppierte bereits an der Kolonne vorbei bis zur Spitze.

»Was hat er denn vor?« fragte sie unglücklich.

»Er wird die Leitbüffel von uns weglenken«, erklärte Robert.

»Er will ihnen entgegenreiten? Das ist doch Wahnsinn! Sie werden ihn umbringen!« Wieder versuchte sie, Roberts Hand abzuschütteln, aber er hielt sie eisern fest. »Kommen Sie, Mrs. McCauley. Wir gehen hinter den Hügel.«

Ihr blieb nichts anderes übrig, als ihm zu folgen. Hinter dem Hügel zog er sie zu Boden, und nun war sie vor dem aufgewirbelten Staub geschützt. Aber der Lärm der donnernden Büffelhufe tönte immer lauter. Die Pferde wieherten in wilder Panik, schreiend versuchten die Männer, sie am Durchgehen zu hindern. Und Jeremy galoppierte der Büffelherde geradewegs entgegen. Christa konnte am Hügel vorbeispähen und ihn beobachten. »Mein Gott, lassen Sie mich gehen! Was tut er denn? Er muß sofort umkehren!« Vergeblich versuchte sie, sich von Roberts Griff zu befreien. Ein getreuer Untertan meines Mannes, dachte sie bitter.

Wenn er ihre Wünsche auch mißachtete, so sprach er doch in freundlichem, sanftem Ton: »Er weiß, was er tut. Und er kennt diese Gegend und ihre Gefahren sehr gut.«

»Aber die Büffel werden ihn zertreten!«

»Schauen Sie doch!« Robert zeigte mit einem Finger an ihrer Nase vorbei. Die Büffel stürmten heran, in geschlossener Formation. Nur wenige Tiere waren seitlich ausgeschert. Jetzt entdeckte sie Jeremy wieder. Wenigstens war er nicht allein. Zwei seiner Offiziere begleiteten ihn. Alle drei schwenkten bunte Decken und schrien aus Leibeskräften, um den Lärm der Herde zu übertönen. Christas Herz schlug bis zum Hals. Eines der riesigen Tiere sprengte direkt auf Jeremy zu und zu ihrem Entsetzen ritt er ihm entgegen. Gellend schrie sie auf. Im letzten Moment drehte der Büffel ab und die anderen folgten ihm. Lange Zeit war ihr nicht mehr übel gewesen, aber nun fürchtete sie, sich übergeben zu müssen. Plötzlich hörte sie einen Schuß und sprang erschrocken auf. »Was ist denn jetzt passiert?«

Lächelnd stemmte Robert Black Paw die Hände in die Hüften. »Heute abend wird es frisches Fleisch geben, Mrs. McCauley. Ihr Mann hat einen Büffel erlegt.« Er stieg auf den Gipfel des kleinen Hügels, dann reichte er ihr eine Hand und half ihr hinauf. Von den Büffeln war nur noch eine graue Staubwolke zu sehen, aber die Erde zitterte immer noch. Ein Wagen war umgestürzt, und ein paar Soldaten bemühten sich gerade, ihn aufzustellen. Einige Pferde waren davongerannt. Jeremy befahl einigen Männern, sie einzufangen. Die Kolonne begann sich neu zu formieren. Sergeant Jaffe, Jeremys Lieblingskoch, beaufsichtigte die Männer, die den weißen Büffel schlachteten.

Robert, der sich nun nicht mehr um die Frau des Kommandanten kümmern mußte, führte ein Maultiergespann mit einem Wagen zur Kompanie zurück. Während Jeremy hin und her ritt und Befehle erteilte, hielt Christa nach ihrem Pferd Ausschau und entdeckte es ganz in der Nähe, wo es an einigen von der Herde eingetretenen Grashalmen knabberte. Sie stieg auf und ritt zu dem toten Büffel hinüber.

Aus der Nähe betrachtet, wirkte der massige, mit zottigem Fell bedeckte Kopf des Tieres im Vergleich zum Körper unverhältnismäßig groß, noch grotesker. Ein häßliches Geschöpf, dachte Christa, und gleichzeitig schön, allein durch seine ungeheure Größe und Kraft. Beim Anblick der gebrochenen Augen empfand sie großes Mitgefühl.

»Der Büffel braucht Ihnen nicht leid zu tun, Mrs. McCauley«, sagte Sergeant Jaffe, der ihre Gedanken offenbar erraten hatte. »Hier draußen können die Lebensmittel ziemlich knapp werden, und es gibt nichts Schlimmeres als eine Hungersnot im Winter. Der liebe Gott läßt diese Tiere in der Prärie leben, um uns zu füttern. Also rümpfen Sie bloß nicht Ihre hübsche Nase über Büffelfleisch.«

Christa schüttelte den Kopf. Sie hätte erwidern können, sie habe im Süden unzählige Menschen hungern sehen, aber das behielt sie lieber für sich. »Sicher wird das Fleisch wunderbar schmekken«, antwortete sie. »Es ist nur – irgendwie traurig.«

»Es ist immer traurig, ein so großes, starkes Lebewesen tot am Boden zu sehen. Woran das liegt, weiß ich selber nicht so genau, aber ich verstehe Ihre Gefühle.« Er grinste. »Andererseits bin ich froh, daß es ihn erwischt hat und nicht mich.«

Plötzlich erschauerte Christa und lenkte Tilly näher zu ihm. »Sergeant Jaffe, gibt es häufig solche wilden Herden? Wenn wir noch weiter ins Büffelgebiet...«

»Keine Bange, Mrs. McCauley. Wir halten Augen und Ohren offen. Manchmal ist das ganz komisch. Man reitet über einen Grat und sieht ein paar Büffel ganz friedlich grasen. Dann rennen ein oder zwei los und plötzlich tauchen wie aus heiterem Himmel ein paar hunderttausend auf und stürmen hinterher.«

»Nach dieser Eröffnung wird meine Frau sicher ruhiger schlafen können.«

Christa drehte sich zu Jeremy um, der sein Pferd schräg hinter ihr zügelte. Sein Hut war tief in die Stirn gezogen. Sie sah seine Augen nicht, spürte aber, daß er ihr immer noch grollte. Seit letzter Nacht kam es ihr so vor, als wären neue Barrieren zwischen ihnen entstanden, höher denn je, unüberwindlich wie nie zuvor. Und vorhin hatte sie auch noch seinen Befehl mißachtet und war mit Nathaniel zur Spitze der Kolonne geritten.

Zerknirscht entschuldigte sich Sergeant Jaffe. »Das habe ich nicht so gemeint, Mrs. McCauley. Ich wollte Ihnen nur versichern, daß wir stets auf alle Gefahren achten.«

Inzwischen hatte Jeremy seinen Hengst näher an den Büffel gelenkt. »Was wollen wir aus ihm machen, Sergeant?«

»Büffeleintopf und Büffelsteaks. Getrocknetes und geräuchertes Büffelfleisch! Das wird für lange Zeit reichen, ein guter Schuß, Colonel.«

»Danke. Sorgen Sie dafür, daß meine Frau ein paar besonders zarte, saftige Fleischstücke bekommt. Bald wird ein General mit einer Offizierseskorte bei uns eintreffen, und ich möchte in meinem Zelt eine kleine Party geben. Und falls es Ihnen nichts ausmacht, Sergeant – geben sie meiner Frau ein paar Anweisungen. In dem Lager, das wir heute abend aufschlagen, werden wir ein paar Tage bleiben.«

Das Blut stieg in Christas Wangen. Er stellte sie hin wie eine verwöhnte Südstaatenschönheit, eine schwache kleine Frau, zu nichts zu gebrauchen. Wie konnte er nur! Er wußte ganz genau, wie oft sie Partys gegeben und sich um Mahlzeiten gekümmert hatte. Und während des Kriegs war sie oft gezwungen gewesen, selbst zu kochen. Hatte sie ihm nicht eine großartige Wachtel serviert? Und welcher General sollte hier eintreffen? Davon hatte sie erst jetzt zum erstenmal gehört. Captain Clark mußte die Nachricht überbracht haben. Erwartete Jeremy etwa von ihr, daß sie einen Yankee-General bewirtete?

Offenbar beabsichtigte er nicht, nähere Erklärungen abzugeben. »Du reitest jetzt mit Robert zum Ende der Kolonne. Wenn du dich weigerst, nehme ich dir Tilly weg und verfrachte dich in einen Krankenwagen. Hast du mich verstanden?«

Zackig salutierte sie. »Ja, Sir!«

Gemini tänzelte ein paar Schritte davon, und Jeremy rückte seinen Kavalleriehut zurecht. »Du könntest so freundlich sein und nach den Frauen sehen. Angeblich zittert Celia wie Espenlaub, und ihr Mann muß auf seinen Posten zurückkehren.«

»Jawohl, Colonel!« Wirkungslos prallte ihr Sarkasmus an Jeremy ab, der davonritt, in der festen Überzeugung, sie würde sich seinen Anordnungen nie mehr widersetzen.

Mitfühlend schaute Sergeant Jaffe sie an. »Aus dieser Büffelhaut mache ich Ihnen einen Umhang, so was Warmes, Wundervolles haben Sie noch nie besessen, Mrs. McCauley. Sie werden's schon sehen.«

»Das ist sehr freundlich von Ihnen, Sergeant.« Lächelnd winkte sie ihm zu und folgte dem Indianer nach hinten. Bei Celias Krankenwagen stieg sie ab. Die junge Frau zitterte tatsächlich am ganzen Körper und umklammerte ihren hilflosen Mann, dem es offenbar widerstrebte, sie zu verlassen. Christa lächelte Lieutenant Preston aufmunternd zu, und bei ihrem Anblick erhellte sich sein Gesicht. »Schau, wer da ist, Celia! Mrs. McCauley!«

Endlich ließ Celia ihn los. Er sprang vom Wagen und nickte Christa dankbar zu. Sie trat näher zu der jungen Frau. »Beruhigen Sie sich doch, jetzt ist alles vorbei.«

»Es war so grauenvoll!« stöhnte Celia. »Der Wagen fiel beinahe um. Und als ich Ihren Mann sah... Oh, wie konnten Sie das nur ertragen!«

»Jetzt kann dir nichts mehr passieren, Celia«, beteuerte Lieutenant Preston.

Zu ihrer eigenen Verwirrung empfand Christa Neidgefühle. Wie liebevoll und fürsorglich Preston mit seiner Frau umging!

Celia darf natürlich eine schwache, süße kleine Frau sein, dachte sie bitter. Sie ist ja eine Yankee-Lady. »Beruhige dich endlich!« mahnte sie ungeduldig, während der Lieutenant zu seinem Pferd eilte. »Es ist ja vorbei!«

»O Christa!« jammerte Celia. »Ich bin zu nichts nutze. Sicher wird er mich hassen!«

Seufzend versicherte Christa, das sei purer Unsinn. Dann erzählte sie von der wundervollen Mahlzeit, die sie an diesem Abend alle genießen würden. »Jeremy hat gesagt, daß wir ein paar Tage in einem Camp bleiben werden. Das macht sicher Spaß.« Allmählich ließ Celia sich besänftigen, und Christa ritt an der Kolonne entlang, um nach den anderen Damen zu sehen. Inzwischen ging es allen wieder gut, obwohl die meisten einen heftigen Schock erlitten hatten. Mrs. Brooks teilte ihr mit, der Herr wende sich auf geheimnisvolle Weise gegen jene, die ihn nicht richtig achten würden. Honigsüß lächelte Christa und erklärte, der Herr habe beschlossen, die gesamte Reisetruppe vor der Büffelherde zu schützen und sie auch noch mit Büffelfleisch zu versorgen. Also sei es durchaus möglich, daß sie Ihn doch alle richtig zu würdigen wüßten.

An diesem Tag schafften sie acht Meilen. Christa ritt mit Robert am Ende des Zugs, so wie es ihr befohlen worden war. Weil sie Jeremy immer noch grollte und sich auch – wie sie zugeben mußte – gekränkt fühlte, wollte sie dieses Land hassen. Doch das fiel ihr schwer. Nachdem sich die Staubwolken, von den Büffeln hochgewirbelt, aufgelöst hatten, wölbte sich wieder ein unglaublich blauer Himmel mit weißen Federwölkchen über der Prärie. Die Gegend wirkte unfruchtbar, und doch wuchsen hier und da kleine Blumen. Das Wetter war angenehm kühl.

Als sie den Lagerplatz erreichten, den Jeremy ausgesucht hatte, kam ein junger Soldat zu Christa, um ihr Tilly abzunehmen. Er versprach, die Stute sorgfältig zu striegeln. Männer begannen die Zelte aufzuschlagen, und Christa wanderte zu Sergeant Jaffe, der für die hundertdreiundzwanzig Leute in seinem Kommando das Abendessen vorbereitete. Er sprach über die Bedeutung guter Gewürze und ließ sie einen Löffel Büffelbrühe kosten, die etwas süßlich, aber sehr gut schmeckte – ein wenig nach Rindfleisch, viel stärker nach Wild. »In ein paar Minuten ist der Eintopf fertig, Mrs. McCauley. Bald wird jemand eine große Schüssel für Sie und den Colonel in Ihr Zelt bringen.«

»Das ist sehr freundlich von Ihnen.«

Nathaniel räusperte sich hinter ihr. »Mrs. McCauley, Ihr Zelt ist fertig eingerichtet. Da wir hier einige Tage verbringen werden, habe ich mein Bestes getan. Hoffentlich sind Sie zufrieden. Und ich habe mir die Freiheit genommen, die Sitzbadewanne für Sie hineinzustellen. Ein paar Jungs kochen gerade Wasser und füllen sie. Wir dachten, eine Lady wie Sie möchte sich sicher gern den Büffelstaub runterwaschen.«

»Oh, wie nett von Ihnen!« Dankbar drückte sie ihm die Hand. »Sie alle bemühen sich so um mich. Ich müßte endlich lernen, das Zelt selber einzurichten.«

»Wir sind sehr stolz auf unsere Kavallerie-Frauen, Ma'am, die den Büffeln, dem Reiseschmutz und den Indianern so tapfer standhalten«, versicherte Sergeant Jaffe. »Und so macht es uns gar nichts aus, ein bißchen was für die Ladys zu tun.«

»Nun, ich fürchte, ich bin keine vorbildliche Kavallerie-Frau«, gestand Christa. »Aber ich danke Ihnen beiden sehr herzlich. So, und jetzt will ich baden, Nathaniel.«

»Kommen Sie, Mrs. McCauley«, forderte der Schwarze sie grinsend auf. »Ich führe Sie zu Ihrem Zelt.«

Während sie mit ihm davonging, rief Jaffe ihr nach: »Sie irren sich, Mrs. McCauley! Zweifellos sind Sie eine wunderbare Kavallerie-Frau!«

Sie drehte sich um und schenkte ihm ein Lächeln. »Vielen Dank.«

Das Zelt stand etwas abseits von den kleineren und in der Nähe der größeren, die von Jeremys Offizieren bewohnt wurden. Auch eines der großen Zelte, die als Vorratslager benutzt wurden, hatte man in diesem Teil des Camps aufgestellt.

Als Nathaniel die Zeltklappe öffnete, schrie Christa entzückt auf. Wie schön er alles hergerichtet hatte. Jeremys Schreibtisch und ihr kleinerer standen einander gegenüber. Das frischgemachte Bett, neben dem die Reisetruhen standen, sah sehr einladend aus. Cognac und Whiskey waren bereitgestellt, sogar die Kisten, die Christas Porzellan und Tafelsilber enthielten, falls sie dies alles für die erwarteten Gäste brauchen sollte. Am meisten freute sie sich über die dampfende Wanne in der Zeltmitte. »O Nathaniel, wenn ich Sie nicht hätte!« jubelte sie und klatschte in die Hände.

»Jemand wird in der Nähe bleiben, Mrs. McCauley. Also müssen Sie nicht befürchten, daß sie gestört werden könnten.« Sie dankte ihm noch einmal, dann verließ er das Zelt.

Hastig schlüpfte sie aus der Bluse und dem Hemd, dann aus den Stiefeln, dem Reitrock und der Unterhose. Sie fröstelte ein wenig, bis sie sich in die Wanne setzte. Angenehme Wärme entspannte ihre müden Muskeln, und sie fühlte sich wundervoll.

Bis zum Scheitel versank sie im Wasser, dann tauchte sie mit geschlossenen Augen auf und tastete nach der Truhe neben der Wanne, wo ihre Seife, der Waschlappen und das Fläschchen mit dem Lavendelshampoo bereitlagen. Und da berührte sie etwas, das sie nicht erwartet hatte – eine andere Hand. Erschrocken riß sie die Augen auf und starrte Jeremy an. Er stand dicht neben ihr und musterte sie ironisch. »Du verstehst es wirklich, deinen gewohnten Luxus zu genießen, meine Liebe, sogar in der Wildnis.«

Christa ignorierte seinen Tonfall und bat in eisigem Ton: »Wärst du vielleicht so freundlich, mir mein Shampoo zu reichen? Und dann, wenn es dich nicht stört…«

Das Fläschchen in der Hand, kniete er neben ihr nieder, schüttete zu ihrer Bestürzung etwas Shampoo auf ihren Kopf, und dann begann er es in ihrem Haar zu verteilen. Unwillkürlich schloß sie die Augen. Die sanften, fast hypnotisierenden Bewegungen seiner Fingerspitzen erzeugten ein unerwünschtes Wohlgefühl. Doch sie kämpfte vergeblich dagegen an, umklammerte krampfhaft den Wannenrand, doch allmählich lockerte sich ihr Griff wie von selbst.

Sobald sie anfing, ein wenig Freude an der Situation zu empfinden, kündigte Jeremy an: »Wenn du mir noch einmal einen solchen Streich spielst, nehme ich dir die Stute weg, und du wirst die restliche Reise in deinem Krankenwagen verbringen. Verstanden?«

Empört öffnete sie die Augen. »Ich gehöre nicht zu deinen Soldaten, Jeremy McCauley, und lasse mich nicht von dir herumkommandieren. Außerdem bin ich nur unter Zwang hier. Und du benimmst dich nicht deshalb so ekelhaft, weil ich zu nahe an die Spitze der Kolonne herangeritten bin, sondern weil du wegen des gestrigen Abends immer noch wütend auf mich bist…«

»Allerdings Christa, ich bin immer noch wütend«, unterbrach er sie. »Aber du bist wirklich eine kleine Närrin, wenn du dir einbildest, das hätte irgend etwas mit meinem Entschluß zu tun, für deine Sicherheit zu sorgen. Du wirst tun, was ich sage!« fuhr er mit scharfer Stimme fort. »Ich habe keine Lust, deinem Bruder zu schreiben, du seist in deinem sträflichen Leichtsinn von einem Büffel zertrampelt oder vom Pfeil eines Komantschen-Spähers durchbohrt worden.«

Christa würdigte ihn keiner Antwort und tauchte wieder im Wasser unter, um den Schaum aus ihren Haaren zu spülen. Das dauerte eine Weile. Als sie sich wieder aufrichtete, sah sie, daß Jeremy inzwischen seine Stiefel und den Waffenrock ausgezogen hatte. Nun öffnete er die Manschettenknöpfe seines Hemds. Verwirrt hob sie die Brauen. »Du kommst doch nicht in die Wanne!«

»Doch.«

»Aber…«

»Früher kümmerte sich Nathaniel um meine Bedürfnisse. Aber jetzt läuft er sich ebenso wie die anderen die Hacken ab, um meine zarte, zerbrechliche kleine Frau zu bedienen. Ich will mich waschen, solange das Wasser noch warm ist.«

Wieder umfaßte Christa den Wannenrand. »Das wirst du nicht tun!« stieß sie hervor. »Du glaubst wohl, du könntest mir unentwegt deine Befehle erteilen und mich anschreien und – und dann mit mir tun, was immer du willst! Aber so geht das nicht. Ich…«

Abrupt verstummte sie, denn nun kam er splitterfasernackt auf die Wanne zu. Obwohl sie seinen Körper schon oft genug gesehen hatte, faszinierte sie dieser Anblick immer wieder. Die breite

Brust, die kraftvollen Schultern, die sehnigen Schenkel… »Jeremy, warte, ich steige hinaus…«

»Den Teufel wirst du!« Er setzte sich hinter ihr ins Wasser, das teilweise über den Rand schwappte, sie spürte seine harte Brust am Rücken, die muskulösen Beine an ihren Hüften.

»Ich erlaube dir nicht…«, begann sie.

»Keine Bange, Christa. Im Augenblick will ich nur ein Bad nehmen. Außerdem halte ich keine Frau im Arm, sondern einen Eisblock, und ich glaube, für eine solche Begegnung bin ich heute abend zu müde.« Sie versteifte sich, und er griff nach der Seife und dem Waschlappen. »Wir sollten unser Gespräch dort fortsetzen, wo wir es vorhin unterbrochen haben. Nie wieder wirst du meine Anordnungen mißachten.«

»Kehr doch mal vor deiner eigenen Tür!« fauchte sie. »Du nennst mich eine Närrin – aber du bist geradewegs auf die Büffel zugeritten. Das war…«

»Was?«

»Du bist verrückt!« klagte sie ihn an. »Wie leicht hättest du getötet werden können!«

Sie spürte seinen warmen Atem an ihrem Ohr. »Wie du weißt, bin ich der Kommandant dieses Trecks. Also war es meine Pflicht, die Büffelherde von der Kolonne abzulenken. Außerdem wußte ich genau, was ich tat. Ich war schon öfter hier draußen. Aber ich finde es sehr nett, daß du so besorgt um mich warst.«

»Natürlich war ich besorgt!«

»Warum? Wäre ich zertrampelt worden, hättest du deine Freiheit wiedergewonnen und auf dein geliebtes Cameron Hall zurückkehren können.«

»Wie kannst du das sagen!« So gut es ging, drehte sie sich in der Wanne, von seiner Brust und seinen Schenkeln behindert, zu ihm um. Nachdenklich musterte er sie, eine kastanienbraune Braue leicht hochgezogen, ein eigenartiges Lächeln um die Lippen. Welch ein attraktiver Mann er war, hatte sie von Anfang an erkannt. Inzwischen wußte sie auch, daß er sehr viel Mut besaß und ein ausgesprochenes Ehrgefühl. Und in diesem Moment gelangte sie zu einer weiteren bestürzenden Erkenntnis – sie bewunderte ihn. Er war tollkühn, entschlossen und manchmal rücksichtslos, aber sich stets bewußt, welche Verantwortung er für andere trug. Gegen ihren Willen spürte Christa, wie ihre Zuneigung zu ihm wuchs, wie sie das Zusammenleben mit ihm zu genießen begann. Die Männer respektierten ihn, die Frauen seufzten, wann immer er an ihnen vorbeikam, und beneideten das Südstaatenmädchen, das er geheiratet hatte. Wenn er bloß nicht so ein eingefleischter rüpelhafter Yankee wäre!

»Wolltest du etwa andeuten, es hätte dich betrübt, wenn mir etwas zugestoßen wäre?« fragte er leise.

»Oh, hör auf!« Sie wandte sich wieder ab und versuchte, aus seiner gefährlichen Nähe zu fliehen, aber als sie aufstehen wollte, schlang er seine Arme fest um ihre Taille und drückte sie an sich. Unter ihren Brüsten spürte sie seine Finger und nahm verwirrt die Gefühle wahr, die ihren ganzen Körper durchströmten.

»Tut mir leid, Christa, ich hätte das vorhin nicht sagen dürfen.«

Sie antwortete nicht sofort, versuchte, die Hitze zu ignorieren, die seine intime Umarmung in ihr hervorrief. »Das war wirklich niederträchtig von dir«, flüsterte sie. »Vielleicht wirst du eines Tages feststellen, daß ich durchaus imstande bin, dies oder jenes zu begreifen, wenn du's mir erklärst, anstatt einfach nur Befehle zu brüllen. Wenn du wenigstens manchmal ein bißchen höflicher sein könntest.«

»Höflich«, unterbrach er sie belustigt. »Nun, an diese Möglichkeit habe ich hin und wieder gedacht.«

»Und?«

Seine Wange streifte ganz weich ihre Schläfe. »Erinnerst du dich an den Tag, als wir uns das erste Mal sahen?«

»Vage. Du suchtest Callie und wolltest meinen Bruder aufhängen.«

»Keineswegs, aber ich mußte herausfinden, was mit meiner einzigen Schwester geschehen war. Und du hattest die Absicht, mich zu erschießen.«

»Das hätte Daniel nicht zugelassen.«

»Und danach hast du die Dinnertafel verlassen, nur wegen meiner Anwesenheit.«

»Damals war Krieg«, erwiderte Christa. »Und wir hätten alle wegen Hochverrats erschossen werden können, weil wir einen Feind bewirteten. Aber worauf willst du hinaus?« Eigentlich interessierte sie sich gar nicht so sehr für Jeremys Antwort. Zum ersten Mal fand sie es angenehm, ihm so nahe zu sein, fühlte sich in seinen Armen sicher und geborgen. Sie schloß die Augen. Vielleicht war es an der Zeit, einen Waffenstillstand zu schließen.

»Worauf ich hinaus will?« Seine Lippen berührten ihr Ohrläppchen und jagten einen wohligen Schauer über ihren Rücken. »Von Anfang an war da was zwischen uns.«

Sie drehte den Kopf zu ihm, sah Belustigung in seinen silbergrauen Augen. Und Zärtlichkeit. »Ich wollte dich erschießen, und trotzdem behauptest du, daß da etwas zwischen uns war?«

Grinsend nickte er. »Zorn, Feindseligkeit – aber da sprühten auch gewisse Funken, und ich fragte mich, wie es wohl gewesen wäre, wenn ich dich vor dem Krieg kennengelernt hätte.«

Nach einer kurzen Pause entgegnete sie: »Wenn du mir nicht als Feind begegnet wärst, hätte ich dich vielleicht ganz erträglich gefunden.«

Jeremy lachte. »Das kann ich mir sehr gut vorstellen. Vielleicht hätte ich mich in West Point mit Jesse angefreundet und wäre zu einer eurer großen Partys eingeladen worden. Cameron Hall hätte von deinen schmachtenden Verehrern gewimmelt, die dir zu Füßen gesunken wären, um einen Tanz zu erflehen, ein Lächeln zu erhaschen, dir ein Glas Punsch bringen zu dürfen…«

»Jeremy!«

»Und mitten drunter ich, ein armer Farmerjunge aus Maryland.«

»Wir haben die Menschen nie nach ihrem Vermögen beurteilt.«

Lachend strich er über ihre Wange. »Nein, gewiß nicht. Aber du verstehst nicht, worauf es ankommt. All diese netten jungen Männer konntest du um den Finger wickeln. Du wärst hell empört gewesen, hätte einer auch nur versucht, dir zu sagen, was du tun sollst. Sie benahmen sich höflich und unterwürfig, und niemals gelang es einem dieser Burschen, sich gegen dich zu behaupten.«

Christa reckte die Nase in die Luft. »Wann immer jemand höflich zu mir war, habe ich ihn genauso behandelt...«

»... und getan, was dir beliebte. Ich kann es mir nicht immer leisten, höflich zu sein, Christa. Und der Himmel helfe mir – ich kann es mir schon gar nicht leisten, mich wie diese armen Kerle von deiner Schönheit und deinem Lächeln bezaubern zu lassen.«

»Nun, wir haben uns nicht vor dem Krieg kennengelernt...«, begann sie. Jeremys leises, etwas heiseres Gelächter unterbrach sie wieder.

»Du hättest mich kaum beachtet.«

»Wenn du nett gewesen wärst...«

»Was hättest du dann getan?« flüsterte er. Seine Lippen berührten ihre feuchte Schulter, sein Kuß wanderte zu ihrem Hals, und seine Hände umfaßten ihre Brüste.

Christas Atem stockte. »Es ist noch hell draußen, und Sergeant Jaffe will uns seinen Büffeleintopf schicken...«

»Das kann warten. Glaub mir, niemand wird mich jetzt stören. Robert Black Paw weiß sehr wohl, daß ich meiner Frau bei ihrem Bad Gesellschaft leiste. Falls die Komantschen beabsichtigen, unser Camp zu überfallen, wird er sie in die Flucht schlagen.«

Vielleicht war das eine Übertreibung. Christa wußte es nicht recht, und es interessierte sie auch nicht. An diesem frühen Abend war sie es müde, gegen ihren Mann zu kämpfen. Seine Liebkosungen entfachten ein süßes Feuer in ihr, das bis zu den Tiefen ihrer Seele drang. Als sie spürte, wie seine Erregung wuchs, erkannte sie ihr eigenes Verlangen. Schon einmal hatte sie dieses lockende Versprechen gefühlt und Jeremy trotzdem ihre völlige Hingabe verweigert. Vielleicht würde es diesmal anders sein.

Sie schloß die Augen, während seine Hand zwischen ihre Schenkel glitt, sich jener intimen Stelle näherte und sie berührte. Unwillkürlich seufzte sie, dann hörte sie Jeremy stöhnen. »Es ist wundervoll, zusammen mit dir im warmen Bad. Aber ich fürchte, in dieser engen Wanne würde ich mir alle Knochen brechen.« Er stieg aus dem Wasser, hob Christa heraus, und sie schlang die Arme um seinen Hals. »Mach das noch mal«, flüsterte er und stellte sie auf die Füße.

»Was?«

»Du sollst noch mal seufzen. Ganz leise. So als würdest du mich begehren.« Er sah, wie sie rot wurde, und diesmal klang sein Lachen anders – zärtlich, fast liebevoll.

Christa senkte die Wimpern, sah Wassertropfen an seiner Brust herabrinnen, und es drängte sie, mit ihrer Zungenspitze seine nasse Haut zu kosten. Plötzlich wurde sie von Panik erfaßt. Nein, sie durfte nicht nachgeben, so betörend die Emotionen auch sein mochten, die sie durchströmten. Sie mußte Abstand wahren, denn sonst würde nichts von ihrem Stolz und ihrem Herzen übrigbleiben. Mehr und mehr verblaßte Liams Bild in ihrer Erinnerung. Und mit jedem Tag erkannte sie deutlicher, was Jeremy für sie empfinden mußte. Er hatte ein Mädchen geliebt und sich auf sein Kind gefreut. Und wenn er jetzt neben seiner Frau lag und keinen Schlaf fand, würde er sich sicher fragen, warum ihm der Allmächtige jene beiden genommen und ihm Christa mit ihrem ungeborenen Baby aufgebürdet hatte. »Es gibt so viel zu besprechen«, wisperte sie.

Grinsend schüttelte er den Kopf. »Jetzt will ich nicht reden«, erwiderte er, führte sie zum Bett und schlug die Decke zurück, die Nathaniel so sorgsam ausgebreitet hatte. »O Jeremy – Nathaniel hat sich solche Mühe gemacht...«

»Sicher wird er mir verzeihen.« Er umarmte sie, warf sich mit ihr aufs Bett, küßte eine ihrer Brüste, und seine Zunge umkreiste die zarte Spitze.

»Bald wird Jaffe kommen, Jeremy, wegen des Generals...«

»Mhm...«

Vielleicht ahnte er, wie nahe sie daran war, ihm alles zu schenken, und daß zum erstenmal Verlangen in ihr aufgestiegen war. Deshalb würde er sich nicht von seinem Vorhaben abbringen lassen. Sein Mund liebkoste die Vertiefung zwischen ihren Brüsten, und sie schlang atemlos ihre Finger in sein Haar.

Nach einer Weile richtete er sich auf und schaute ihr lächelnd in die Augen. »Kaum zu glauben! Meine kleine Eisprinzessin taut allmählich auf. Du zitterst ja!«

Christa wollte den Kopf schütteln, aber er hielt ihn mit beiden

Händen fest, verschloß ihr die Lippen mit einem sanften und doch leidenschaftlichen Kuß. In vollen Zügen genoß sie das Spiel seiner Zunge, die immer wieder ihren Mund erforschte. Ohne es zu merken, umfaßte sie seine Schultern, streichelte seine Arme. Ihr Herz schlug wie rasend, und ihre Brustwarzen hatten sich längst erhärtet. Nun wurden sie vom Kraushaar auf Jeremys breiter Brust angenehm gekitzelt.

Auf seine Ellbogen gestützt, schob er mit einem Knie ihre Beine auseinander. Sie bebte in ungeduldiger Erwartung, denn das Feuer in seinen Silberaugen schien so intensiv zu lodern wie nie zuvor. Während er in sie eindrang, behutsam und doch drängend, und schwindelerregende Gefühle weckte, flüsterte er: »O Gott! Zum Teufel mit Sherman! Würde er schon in den nächsten zehn Minuten eintreffen – jetzt wäre ich unfähig, dich zu verlassen, Liebste.« Stöhnend preßte er das Gesicht an ihren Hals.

Sherman! Wie Kanonendonner schien der Name in Christas Kopf zu dröhnen. Sofort erlosch die verzweifelte Sehnsucht, die sie eben noch beherrscht hatte. Mit aller Kraft versuchte sie, sich Jeremy zu entziehen, aber es war zu spät. Die Zähne zusammengebissen, drehte sie den Kopf zur Seite. Tränen brannten in ihren Augen. Bald spürte sie, wie sich sein Körper anspannte, dann den warmen Strom in ihrem Innern. Sie biß sich auf die Lippen, und beinahe wären ihre Finger über sein Haar geglitten.

Aber er hatte den Namen des schlimmsten Feindes ausgesprochen. »Sherman?« wiederholte sie kühl.

Stöhnend warf er sich zur Seite. Verdammt, welch ein Idiot war er gewesen – so hingerissen und betört, daß er nicht bedacht hatte, was dieser Name für Christa bedeuten mußte... Und er hatte ihn ausgerechnet in jenem Moment ausgesprochen, wo sie endlich bereit gewesen war, ihm alles zu geben. Irritiert stand er auf, ging zur Wanne und wusch sein erhitztes Gesicht. Dann betupfte er es mit einem Handtuch und begann sich hastig anzuziehen. Während sie ihn beobachtete, wuchs ihr Groll. »Sherman?« fauchte sie.

Jeremy schloß seufzend die Schnalle seines Waffengurts. Also drohte ihm ein neuer Kampf – ein ernsthafter. Natürlich verstand er Christas Zorn. Sherman war zwar nicht in Virginia gewesen, hatte aber in anderen Teilen der Konföderierten Staaten schwere Schäden angerichtet.

Aber so sehr es Jeremy auch widerstrebte, die Gefühle seiner Frau zu verletzen – sie mußte sich mit der Situation abfinden. Ihm blieb nichts anderes übrig, als seinen Vorgesetzten einzuladen, der schon bald im Camp eintreffen würde. »Ja – General Sherman«, bestätigte er tonlos.

Da sprang sie aus dem Bett, ohne an ihre Nacktheit zu denken, lief zu ihm und trommelte mit beiden Fäusten gegen seine Brust.

Als er ihre Handgelenke packte, kreischte sie: »Du erwartest von mir, Sherman hier zu empfangen?«

»Um Himmels willen, mittlerweile müßtest du dich doch an die Yankees gewöhnt haben!«

»Nicht an Yankees von Shermans Sorte! Er hat den Süden verwüstet – Frauen und Kinder verhungern und erfrieren lassen...«

»Er mußte gnadenlos kämpfen, um zu gewinnen, und seine ›Politik der verbrannten Erde‹ führte zum Erfolg. Immerhin stellte er dem Konföderiertengeneral Joe Johnston so milde Kapitulationsbedingungen wie nur möglich. Deshalb wurde er von Stanton sogar als Verräter bezeichnet...«

Aber Christa hörte gar nicht zu. »Wie kannst du es wagen, auch nur eine Sekunde lang zu glauben, ich würde den Mann einladen!«

»Weil du die Frau des Lagerkommandanten bist!« donnerte er. »Deshalb!«

»Ich tu's nicht!«

»Doch!«

»Niemals!«

Jeremy packte sie an den Schultern und schüttelte sie heftig. »Du wirst deine Pflicht erfüllen!«

»Nein! Und wenn du mich grün und blau schlägst...«

»Das habe ich nicht vor...«

»Aber du bist verdammt nahe dran!«

Da hielt er inne. Seine Augen verengten sich, schimmerten wie

Silberdolche. Plötzlich hob er Christa hoch, trug sie zum Bett und ließ sie unsanft darauf fallen. »Oh, zum Teufel mit dir – und mit mir, weil ich so ein Narr bin.« Mit langen Schritten verließ er das Zelt.

13

Jeremy kehrte erst sehr spät in sein Zelt zurück. Inzwischen hatte Sergeant Jaffe seinen Büffeleintopf im ganzen Camp verteilt, und deshalb brauchte der Kommandant nicht zu hungern. Er aß mit den Prestons, dann ergriff er die Flucht, weil Celia unentwegt seinen heldenhaften Mut angesichts der Büffelherde pries und Jimmy immer wieder den Kopf schüttelte und nicht fassen konnte, wie großartig Christa alle Schwierigkeiten meisterte.

Eine Zeitlang wanderte er am Fluß entlang. Hier hatte er einen idealen Lagerplatz gefunden. Wenn die Army irgendwo für längere Zeit kampierte, brauchte sie vor allem zweierlei – Wasser und Gras. Beides gab es hier in verschwenderischer Fülle. Kristallklar strömte der Fluß zwischen scheinbar endlosen Wiesen mit hohem, saftigem Gras dahin. Die Luft war trocken und kühl, am fernen Horizont erhoben sich Berge. Im Gegensatz zur blaugrünen Landschaft seiner Heimat Maryland prangte die Prärie in Erdfarben – goldgelb und braun, dunkelorange und leuchtend rot. Dies ist das Komantschengebiet, erinnerte er sich. Buffalo Runs Territorium. Es kann so wild und seltsam schön sein wie seine Bewohner…

Er blieb stehen, lauschte den plätschernden Wellen und blickte zu dem niedrig brennenden Lagerfeuer zurück. Ein Wachtposten salutierte, und Jeremy erwiderte den Gruß. Rings um das Camp waren vierzehn Mann in knappen Abständen postiert und sollten nach vier Stunden abgelöst werden. In Little Rock war er von seinen Vorgesetzten vor Buffalo Run gewarnt worden, der sich angeblich auf dem Kriegspfad befand.

Aber er kannte Buffalo Run. Vor einigen Jahren hatten sie

einander getroffen, als der Indianer noch nicht der große Häuptling gewesen war, sondern nur einer von Gray Eagles vielen Söhnen – ein attraktiver schlanker Mann, schlau wie ein Fuchs und stark wie ein Bär.

Niemals würde Jeremy jene erste Begegnung vergessen. Die Kavallerie und die Indianer hatten sich nördlich von der texanischen Grenze ein Scharmützel geliefert. Die Soldaten schlugen sich recht gut, bis der Kommandant merkte, daß ihnen die Munition ausging. Da versuchten sie zu entkommen, wobei Jeremy mit seinen Leuten die Nachhut bildete. In wildem Galopp konnten sie die Mehrheit ihrer Verfolger abschütteln, doch dann brach sein Pferd plötzlich lautlos unter ihm zusammen, und er fiel auf das trockene Erdreich. Noch ehe er Atem holen konnte, wurde er bereits von einem Indianer angegriffen. Das Messer, das ihm beinahe die Kehle aufgeschlitzt hätte, konnte er dem Indianer entreißen. Doch der Faustkampf schien eine halbe Ewigkeit zu dauern. Beinahe brachten sie einander um, aber als die Sonne sank, standen sie sich immer noch keuchend gegenüber. Jeremy sah, wie der Komantsche die Augen schloß. Er hob einen großen Stein auf, wollte ihn auf seinen Feind schleudern, aber irgend etwas hielt ihn zurück. Er war einfach unfähig, jemanden in dieser Weise zu töten.

Und so ließ er den Stein fallen und wollte sich abwenden. Ein Glück, daß ihn seine Barmherzigkeit zu dieser Entscheidung bewogen hatte... Denn nun öffnete der Indianer die Augen, und sie starrten einander lange an. Dann spürte Jeremy, wie sich sein Nackenhaar sträubte und drehte sich um. Fünf Komantschenkrieger standen hinter ihm, und er zweifelte nicht, daß seine letzte Stunde geschlagen hatte. Aber Buffalo Run rief ihnen etwas zu, und jemand näherte sich mit einem gescheckten Pony, das Jeremy angeboten wurde. Zögernd ergriff er die Zügel und musterte den Anführer mißtrauisch.

»Du kannst gehen, weißer Mann«, sagte der Indianer in fast akzentfreiem Englisch.

Verwirrt runzelte Jeremy die Stirn, staunte nicht nur über die Sprachkenntnisse des Mannes, sondern auch über dessen unverhoffte Milde. »Ich kann davonreiten? Einfach so?«

»Ich bin Buffalo Run. Merk dir meinen Namen.«

»Und wenn ich auf dieses Pferd steige und dir den Rücken zuwende, werde ich dann lange genug leben, um mir deinen Namen merken zu können?«

»Du wärst jetzt tot, hätte ich das gewünscht. Vielleicht wirst du versuchen, uns zu verstehen. Wir werden überfallen und so überfallen wir die anderen. Dieses Land wurde uns zugeteilt und dann wieder entrissen, also versuchen wir, es zurückzugewinnen. Du hast tapfer gekämpft; und du wolltest einen Mann nicht töten, der unfähig war, seinem Tod ins Auge zu blicken. Deshalb wirst du nicht von meiner Hand sterben, weißer Mann. Niemals.« Plötzlich streckte Buffalo Run seinen Arm aus und schob den Wildlederärmel hoch.

Fasziniert beobachtete Jeremy, wie einer der anderen jungen Krieger dem Anführer ein scharf geschliffenes Jagdmesser brachte. Buffalo Run schnitt eine Wunde in seinen Arm, dann reichte er dem jungen Soldaten das Messer.

Von dieser Sitte hatte Jeremy bereits gehört. Die Blutsbrüderschaft bedeutete, daß sie nie wieder gegeneinander kämpfen würden. Er ergriff das Messer und krempelte einen Ärmel seiner Kavallerieuniform hoch. Und dann fügte er sich eine genauso tiefe Schnittwunde wie Buffalo Run zu und vermied es, vor Schmerz zusammenzuzucken. Während sie die beiden Wunden zusammendrückten, forderte der Indianer: »Geh zu deinen Leuten zurück und sag ihnen, sie sollen uns in Ruhe lassen.«

»Sie werden nicht glauben, daß ein Komantsche nach Frieden strebt.«

»Sag es ihnen trotzdem.«

»Das werde ich versuchen.«

»Wir werden uns wiedersehen.«

Daran glaubte Jeremy nicht. In seiner Heimat wurde immer lauter mit den Säbeln gerasselt, der Krieg stand unmittelbar bevor, und er wußte, daß die Regierung bald Truppen nach Osten schikken würde. Er hatte bereits beschlossen, alles zu tun, um weder in Maryland noch in Virginia kämpfen zu müssen. Doch an irgendeine Front würde man ihn demnächst versetzen.

Er stieg auf das ungesattelte Pony und ritt davon, ohne sich umzudrehen, denn er wußte, daß sich kein Pfeil in seinen Rücken bohren, kein Schuß krachen, kein Messer heranfliegen würde.

Doch er sah Buffalo Run wieder. Jeremy gehörte zu der Abordnung, die den Vater des jungen Indianers besuchte. Fasziniert saß er im Komantschendorf. Inzwischen kannte er viele Indianerstämme, vor allem die Cherokee, die zu den »fünf zivilisierten« Stämmen zählten. Sie verfügten über hervorragende Manieren und zeigten einen unersättlichen Wissensdurst.

Hingegen waren die Komantschen ein kriegerischer Stamm. Kriegstrommeln schmückten das Zelt des Häuptlings, bespannt mit Tiersehnen, die menschliche Skalps daran befestigten – auch Indianerskalps, denn die Komantschen kämpften gegen die Apachen und andere Stämme, ebenso wie gegen den weißen Mann. An diesem Abend waren die Kavalleristen geladene Gäste. Keiner verlor ein Wort über die Skalps. Das hätte ihnen auch nicht zugestanden. Manche Weiße sammelten im Westen genauso eifrig Skalps wie die Rothäute. Einem Gerücht zufolge war die Sitte aus dem Osten hierhergedrungen. Die ersten weißen Siedler hatten angeblich die Pamunkey-Indianer skalpiert. Jeremy fiel es schwer, das zu akzeptieren, aber er kannte genug Weiße, denen er durchaus zutraute, daß sie die Skalps ihrer Gegner als Trophäen sammelten.

Einen Tag verbrachte er mit dem Häuptling und dessen Brüdern sowie den anderen Kavalleristen in der Schwitzhütte. Stundenlang saß er an einem Feuer und lauschte dem Gesang des Schamanen. Der Medizinmann warf ein Pulver aus seinem Beutel in die Flammen, worauf sie emporloderten. Dann tranken sie ein sonderbares Gebräu und wie die Indianer angekündigt hatten, sah Jeremy viele seltsame Bilder im Feuer. Für ihn war der Besuch im Indianerdorf ein interessantes Abenteuer. Wie er wußte, vertraten viele Weiße den Standpunkt, nur tote Indianer wären gute Indianer. Aber sogar bei den wilden Komantschen entdeckte er viele gute Eigenschaften. Sie waren sehr loyal, beschützten ihre Angehörigen, und wann immer sie sich bedroht fühlten, traten sie dem Feind furchtlos entgegen.

An diesem Abend wurde ihm eine wertvolle Lektion erteilt. Während der kühle Nachtwind in der Schwitzhütte seine Haut beruhigte, erzählte ihm Buffalo Run, die Komantschen seien wachsam gewesen. Sie hatten die Stämme beobachtet, die von der Westseite des Mississippi herübergekommen waren, und Andrew Jackson, der versucht hatte, Florida von den Seminolen zu befreien. Und sie hatten gesehen, wie die Creek aus Georgia vertrieben worden waren, wie sich der weiße Mann die Lippen leckte und versuchte, die Indianer noch weiter nach Wesen zu scheuchen.

»Keinem kann man trauen«, behauptete Buffalo Run. »Wenn ein weißer Mann ein Indianerdorf sieht und es zerstört, bemüht er sich, auch alle Kinder zu ermorden, denn die würden sonst zu Kriegern heranwachsen. Und er tötet auch die Frauen, damit sie keine künftigen Generationen hervorbringen.«

»Nicht alle Weißen sind so!« protestierte Jeremy und betonte, auch die Indianer seien für ähnliche Grausamkeiten bekannt. Immerhin habe seine Kavallerieabordnung den Auftrag erhalten, hierherzukommen, um eine junge Texanerin zu befreien.

Buffalo Run erwiderte, daß keineswegs alle Komantschen die Kinder der Weißen umbringen würden. Weiße Jungen würden zu tapferen Kriegern heranwachsen, weiße Mädchen unerschrockene Kämpfer gebären. Auch seine Mutter sei eine Weiße gewesen, berichtete er. Ein weißer Mann habe sie retten wollen, aber sie sei nicht bereit gewesen, Buffalo Runs Vater zu verlassen. »Die Wahl lag bei ihr. Sie kannte beide Welten und wußte in welcher sie leben wollte.«

»Ich bewundere deinen Stamm«, versicherte Jeremy.

In dieser Nacht gingen sie als Freunde auseinander. Sie trafen sich noch ein weiteres Mal in der Prärie, kurz bevor Jeremy nach Maryland zurückkehrte. »Sie verspotten unsereins, weil Indianer gegen Indianer kämpfen«, bemerkte Buffalo Run belustigt. »Und nun wirst du nach Hause reiten und gegen deine Brüder kämpfen.« Er zeigte auf Steven Terry, ein Freund Jeremys aus Alabama. »Ihr werdet aufeinander schießen, eure Schwerter ziehen, um euch zu verwunden.«

»Das gefällt uns ganz und gar nicht.« Jeremy fühlte sich gezwungen, eine Erklärung abzugeben. »Wir kämpfen für Ideale, für die Einheit unserer Nation.«

»Zu beiden Seiten der Front werden sich eure verschiedenen Stämme zusammenfinden. Eines Tages, weißer Mann, solltest du gut aufpassen. Auch die Indianer könnten sich gegen euch verbünden.«

Auf der Reise nach Osten dachte er lange über Buffalo Run nach. Vieles, was der Komantsche gesagt hatte, verstand der Jeremy sehr gut. Zum Beispiel neigten die Weißen dazu, die Zahl der Indianer zu überschätzen. Ein Chronist hatte geschrieben, in Buffalo Runs Gebiet würden zwanzigtausend Komantschen leben. In Wirklichkeit waren es vierhundert. Aber Jeremy hatte von seinem Blutsbruder eine faire Warnung zu hören bekommen. Die Indianer könnten sich zusammenschließen. Die Komantschen mit den Kiowa und Apachen und anderen, und dann würden sie tatsächlich eine starke Streitkraft bilden. Vielleicht würde sich das Bündnis noch weiter nach Norden und Westen ausbreiten. Die Navaho und Hopi konnten dazustoßen, die Cheyenne, die Schwarzfußindianer und die Oglala Sioux.

Eines Tages, wenn die Indianer zu sehr gereizt wurden, konnte das geschehen.

Aber dann war Jeremy nach Hause geritten, um einen langen Urlaub bei der Familie zu verbringen. Zusammen mit seinen Brüdern Joshua und Josiah pflügte er die Felder. Abends hörten sie dem Vater zu, der ihnen etwas vorlas. Und bei einem Picknick vor dem Haus balgten sie sich um die besten Bissen, um dann lachend festzustellen, daß ihre Schwester Callie bereits die Nase in den Pudding gesteckt hatte. Belustigt schaute der Vater zu und rauchte seine Pfeife.

In einem schönen weißen Brautkleid hatte Callie ihren Michaelson geheiratet, und da waren sie alle ein letztes Mal beisammen gewesen. Danach blieb die junge Frau allein auf der Farm zurück, während die Männer zu ihren Kompanien ritten, auf ferne Schlachtfelder.

Der Vater war als erster gefallen, dann Michaelson und schließlich Josiah. Die Familie hatte bittere Verluste erlitten. Aber das lag jetzt hinter ihnen, der Krieg war beendet. Callie und Daniel hatten zueinandergefunden, Männer und Frauen bemühten sich, mit den Folgen des Krieges zurechtzukommen.

Aber gewisse Leute taten immer noch ihr Bestes, um den Süden für die jahrelangen verbissenen Kämpfe büßen zu lassen. Und einige Rebellen würden niemals kapitulieren, so wie jene, die jetzt in Südamerika eine neue Konföderation gründen wollten. Auch Christa gehörte zu diesen Unbelehrbaren.

Seufzend blickte Jeremy auf den Fluß. Natürlich erfüllte sie die Pflichten einer Ehefrau, ertrug klaglos die Strapazen der langen Reise, ließ sich weder von Taranteln noch von Büffeln allzusehr einschüchtern. Und sie verkraftete sogar die ständige Anwesenheit von Yankees. Nacht für Nacht schlief sie mit ihm, weil sie mit ihm verheiratet war. Nie protestierte sie gegen seine Berührung. Nur die völlige Hingabe verweigerte sie ihm. Und doch war er heute so nahe an seinem Ziel gewesen, hatte einen sehnsüchtigen Ausdruck in den kristallblauen Augen gesehen, ein sanftes Lächeln auf den schönen Lippen. Dieses süße Versprechen mußte ihn um den Verstand gebracht haben, sonst hätte er niemals den verhaßten Namen ausgesprochen. Sherman.

Die Lagerfeuer waren herabgebrannt, die Luft wurde kühler. Tiefe friedliche Stille lag über dem Camp, nur ein Pferd wieherte leise. Aber er wußte, daß irgendwo da draußen Buffalo Run alle Aktivitäten der Kavallerie beobachtete. Und morgen würde Sherman mit seiner Eskorte eintreffen. Ein langer anstrengender Tag stand bevor.

Jeremy biß die Zähne zusammen. Selbstverständlich würde Christa ihren Zorn hinunterschlucken, Sherman empfangen und mit aller gebotenen Höflichkeit behandeln müssen. Und wenn sie es nicht tat? Vorsichtshalber beschloß er, sich auf das Schlimmste gefaßt zu machen.

Langsam kehrte er zu seinem Zelt zurück. Vor dem Eingang verschmolz Robert Black Paw beinahe mit den Schatten. Schweigend salutierte der Indianer und entfernte sich. Seine Wache war beendet.

Jeremy betrat das Zelt, wo Christa die Kerosinlampe auf seinem

Schreibtisch gelöscht hatte. Nur mühselig fand er sich in der Dunkelheit zurecht. Er kroch ins Bett, und eine atemlose Sekunde fragte er sich, ob seine Frau überhaupt darin lag. Ja, natürlich. Wenn sie es auch nicht wußte, Robert hielt immer Wache, und wenn sie irgendwohin gegangen wäre, hätte es der Kommandant längst erfahren. Als sich seine Augen an die Finsternis gewöhnt hatten, sah er, daß sie ein hochgeschlossenes Flanellnachthemd trug. So weit wie möglich war sie auf ihre Seite hinübergerückt und kehrte ihm den Rücken. Aber sie schlief nicht – das wußte er, denn dafür wirkte ihre Körperhaltung zu versteift und zu verkrampft.

Er neigte sich zu ihr hinüber. Ehe er etwas sagen konnte, flüsterte sie: »Wenn du mich anfaßt, schreie ich so laut, daß alle in diesem Camp aufwachen.«

»Meine Liebe, heute abend bin ich viel zu müde, um dich anzurühren. Und eins solltest du wissen – meinetwegen kannst du dir die Kehle heiser schreien, das ist mir verdammt egal. Ich möchte dich nur warnen, Prinzessin. Sei morgen höflich, oder ich versohle dir den Hintern vor zahlreichen Zuschauern. Und es wird mich nicht im mindesten interessieren, was sich die Leute dabei denken. Hast du mich verstanden?«

»Das würdest du nicht tun...«

»Stell mich doch auf die Probe! O ja, ich würde es tun. Heute nacht brauchst du dich nicht um deine ungestörte Ruhe zu sorgen. Mein Kissen bietet mir viel mehr Trost und Wärme als du. Aber morgen nimm dich in acht!« Er drehte sich auf die andere Seite, und die wenigen Zentimeter, die ihn von seiner Frau trennten, erschienen ihm wieder einmal wie eine breite Kluft.

William D. C. Sherman kam mit mehreren Offizieren und deren Ehefrauen im Camp an. Einige Männer würden zu Jeremys Regiment stoßen. Andere mit dem General weiterziehen.

Schon am frühen Morgen wurde Sherman von einem Signalhornsalut empfangen. Die Soldaten, die nicht Wache standen, begrüßten ihn mit einer Demonstration ihrer Reitkünste. Schon vor Tagesanbruch war Jeremy aufgestanden, ohne Christa zu wecken, und hatte sich im Dunkeln angezogen. An James Prestons Seite war er den Neuankömmlingen entgegengeritten, sobald der Kurier die unmittelbar bevorstehende Ankunft des großen Generals gemeldet hatte.

Ein interessanter Mann, dachte Jeremy, skrupellos, wenn er sich dazu genötigt sieht, aber nicht übermäßig grausam... Wie so vielen Generälen war auch Sherman die Kriegsmüdigkeit anzumerken. Tiefe Furchen durchzogen das keineswegs attraktive Gesicht, das unter einem Voll- und einem Schnurrbart beinahe verschwand. Abgeklärte Weisheit sprach aus den glanzlosen Augen. Er wurde von einem Lieutenant Jennings und dessen Frau Clara begleitet, von Captain und Mrs. Liana Sinclair, Captain und Mrs. Rose Claridge und zwei unverheirateten Offizieren, Captain Martin Staples und Captain Dexter Lawrence.

Die jüngeren Frauen, Liana Sinclair und Rose Claridge, waren nett und charmant, aber ziemlich naiv und offenbar schlecht vorbereitet auf die beschwerliche Reise in den Westen. Liana kicherte für Jeremys Geschmack etwas zu oft, und Rose erschauerte alle paar Minuten. Trotzdem wirkten beide durchaus sympathisch, während sich Clara Jennings als veritable Xanthippe entpuppte. Nachdem er nun zehn Minuten in Gesellschaft der Damen verbracht hatte, war es ihr bereits gelungen, sich über die tiefen Furchen in der Straße zu beklagen, über das schmutzige Trinkwasser aus den Flüssen, die nervenaufreibende Fahrt ins Komantschengebiet. Er warf einen kurzen Blick auf Sherman und sah ihm an, daß der General diese Frau nur zu gern in diesem Camp zurücklassen würde.

Während der Begrüßungsformalitäten zeigte sich Sherman höflich und heiter, den Damen zuliebe. Einmal, während sie am frühen Nachmittag in ihre neuerrichteten Zelte geleitet wurden und der General mit den Offizieren im Kommandozelt Kaffee trank, setzte er eine ernstere Miene auf. »Colonel McCauley, ganz offensichtlich müssen Sie mit Schwierigkeiten rechnen. Die Komantschen...«

»Ich habe gehört, Buffalo Run befinde sich auf dem Kriegspfad.

Davor wurde ich in Little Rock gewarnt. Ist sonst noch etwas geschehen?«

Sherman schwenkte eine Hand durch die Luft. »Sogar sehr viel, Sir. Ein bedauerlicher, aber vielleicht unvermeidlicher Zwischenfall... Captain Miller, Kommandant der Kompanie B von der Dritten, überfiel ein Komantschendorf. Seine Männer gerieten anscheinend in Panik und veranstalteten ein schreckliches Gemetzel. Buffalo Run kündigte angeblich Vergeltungsmaßnahmen an. Nun, Sie kennen meine Ansichten, was das Indianerthema betrifft.«

»Ja, ich glaube schon, General«, erwiderte Jeremy. In allererster Linie war der General ein Soldat. Indianer, die sich anständig benahmen, die Gesetze der Weißen befolgten und gehorsam in ihren Reservaten lebten, störten ihn nicht. Um so härter ging er gegen jene vor, die ihre Unabhängigkeit und Freiheit anstrebten. Sherman wußte, daß Jeremy mit den Indianern und deren Lebensart sympathisierte, und das war ihm ein Dorn im Auge. Er selbst würde vermutlich für die Ausrottung der Stämme plädieren, die sich weiterhin kriegerisch gaben.

Lieutenant Jennings, der etwas ältere Mann, der mit dem Drachen Clara gestraft war, räusperte sich und zeigte mit seiner Pfeife auf Jeremy. »Ich glaube, eine knappe Reitstunde von hier habe ich Spuren von Buffalo Runs Rache gesehen. Wegen der Damen konnten wir nicht allzuweit von unserer Route abweichen, aber ich entdeckte eine Rauchsäule und bin mir sicher, daß da irgendwas nicht stimmt.«

Dem konnte Jeremy nur zustimmen. Er kannte Captain Miller, der die Indianer haßte, seit sie in einem Vorkriegsscharmützel seinen Bruder getötet hatten. Und Buffalo Run folgte ganz gewiß dem Kriegspfad, wenn eines seiner Dörfer überfallen worden war, wenn unschuldige Frauen, Kinder und alte Menschen den Tod gefunden hatten. »Ich wünschte, Sie hätten das früher erwähnt«, bemerkte Jeremy. Jetzt war es zu spät, um Späher auszusenden. Am nächsten Morgen würde Robert Black Paw mit einer kleinen Truppe aufbrechen. Wenn jemand die Asche eines erst kürzlich erloschenen Feuers aufspüren konnte, dann nur dieser Indianer.

»Gentlemen, vielleicht sollten wir uns jetzt für eine Stunde zurückziehen. Sergeant Jaffe hat sich sehr bemüht, um ein ausgezeichnetes Dinner vorzubereiten, und ich glaube, Celia Preston kümmert sich um musikalische Unterhaltung. Immerhin hat sie ihren Willen durchgesetzt und befördert ihr Spinett zum neuen Posten ihres Mannes. Außerdem haben wir einen Geiger, und einige unserer Männer sind talentierte Harmonikaspieler. Nachdem wir uns alle erfrischt haben, könnten wir uns im Offiziersmessezelt treffen.«

Jeremy stand auf, und die anderen folgten ihm nach draußen. Der General musterte ihn forschend. »Ich freue mich auf diesen Abend. Wie ich höre, sind Sie mit einer der schönsten Frauen aus den Südstaaten verheiratet. Ich bedauere, daß ich sie erst jetzt kennenlernen werde.«

Das sollten Sie nicht bedauern, dachte Jeremy und lächelte etwas gezwungen. »Ja, meine Frau ist sehr schön. Sie erwartet ein Kind, und – nun, Sir, Sie kennen die Frauen und ihre Launen in den ersten Phasen einer Schwangerschaft.«

Lachend strich sich Sherman über seinen Bart. »Wie ich weiß, ist sie eine Cameron – und eine eingefleischte Rebellin. Sicher wird das ein sehr abwechslungsreicher Abend.«

»Bitte, Sir…«

»Zuviel dürfen Sie nicht von Ihrer Gemahlin erwarten, Colonel. Es war ein langer, bitterer Krieg. Nur wenige Leute verstehen, daß ich keinen Groll gegen unsere südlichen Brüder hege. Die Politik der verbrannten Erde ist nun mal die schnellste Methode, um einen Krieg zu gewinnen. Und es hat mir wahrlich kein Vergnügen bereitet, den Menschen soviel Leid anzutun.«

»Das weiß ich, Sir.«

»Ich werde versuchen, das Ihrer Frau zu erklären«, versprach Sherman leichthin und zwinkerte Jeremy zu. »Jedenfalls dürfte das ein sehr lebhafter Abend werden.« Mit diesen Worten ging er davon.

Wenn Sie wüßten, *wie* lebhaft, dachte Jeremy und unterdrückte ein Stöhnen. Den ganzen Tag hatte er sich von Christa ferngehalten, aber James Preston gebeten, ab und zu nach ihr zu sehen.

Deshalb wußte er, daß sie den Tag mit Celia verbracht hatte. Nach seiner unmißverständlichen Drohung nahm er an, daß sie zumindest an der Dinnertafel erscheinen würde. Als er in sein Zelt zurückkehrte, um sich zu rasieren und für den Abend umzukleiden, glänzte Christa durch Abwesenheit. Aber sie mußte vor kurzem hier gewesen sein, denn in der Zeltmitte stand die Sitzbadewanne, die lauwarmes Wasser enthielt. Immerhin möchte sie sich Sherman so gepflegt wie möglich präsentieren, überlegte er ironisch.

Nur kurz tauchte er im Badewasser unter, das in der kalten Abendluft sehr schnell abkühlte. Frisch rasiert und in einer makellosen Uniform, machte er sich auf die Suche nach Christa. Sergeant Jaffe trat ihm in den Weg und informierte ihn über das Menü, das er zusammengestellt hatte. Nach der Büffelbrühe wollte er eine gemischte Gemüseplatte servieren, mit Yamswurzeln und Salaten, die er letzte Woche einer friedfertigen Choctaws abgekauft hatte, dazu die besten Büffelsteaks. Ein Kurier hatte Erdbeeren aus St. Louis mitgebracht, also würde es ein wundervolles Dessert mit frischer Sahne geben.

»Großartig, Sergeant«, erwiderte Jeremy.

»Und wir verwenden das wunderschöne Geschirr von Ihrer Frau, Sir«, verkündete Jaffe glückstrahlend. »Ich glaube, wir werden Ihnen alle Ehre machen, Colonel.«

»Davon bin ich überzeugt. Hat meine Frau Ihnen geholfen, das Porzellan und das Tafelsilber auszupacken?«

»O nein, Sir, sie vertraute mir die Kisten an, dann steckte sie den ganzen Tag mit der kleinen Mrs. Preston zusammen. Sicher haben die beiden ein großartiges Unterhaltungsprogramm zusammengestellt.«

»Oh, ganz bestimmt«, stimmte Jeremy zu und ging weiter. Dabei stolperte er beinahe über einige Jagdhunde, die das Regiment begleiteten. Konnte er denn nicht einmal mehr aufpassen, wohin er seinen Fuß setzte? Bei der Erkenntnis, daß Christa seine Nerven zusehends strapazierte, unterdrückte er einen wütenden Fluch.

Er betrat das Offiziersmessezelt, wo Nathaniel in einer Ecke leise auf seiner Geige spielte. Die Offiziere in ihren Galauniformen standen bei den ebenso elegant gekleideten Damen. Christas Schönheit übertrumpfte sie alle. In ein Gespräch mit Jimmy und Celia Preston vertieft, hielt sie einen Champagnerkelch in der Hand, der offensichtlich aus Cameron Hall stammte. Ihr blaues Taftkleid war mit Samtborten und schwarzer Spitze verziert. Der dezente Ausschnitt zeigte den Busenansatz, eng schmiegte sich das Oberteil an den Körper, und der Rock fiel in weiten, anmutigen Falten zu Boden, hinten von einer Turnüre zusammengerafft. Die leuchtende Farbe der Abendrobe ließ ihr Haar mitternachtsschwarz schimmern, die Augen in intensivem Blau. Also hat sie sich so schön wie nur möglich gemacht, dachte Jeremy in wachsendem Unbehagen, und sogar ihr Porzellan und ihr Silber hervorgeholt. Großartig. Und gleichzeitig beängstigend.

Während er das Zelt durchquerte, nickte er seinen Gästen zu. Die Gesellschaft war nicht groß. Morgen würde er alle Offiziere und ihre Frauen zu einem Picknick einladen, damit sie die Neuankömmlinge kennenlernen konnten. Mit ernsten Augen schaute Christa ihm entgegen, und er fragte sich, was in ihrem Kopf vorgehen mochte. Warnend erwiderte er ihren Blick, und sie wandte sich abrupt ab. An ihrer Seite angekommen, nahm er ihren Arm. »Guten Abend, Jimmy und Celia.«

»Colonel!« Wie immer schenkte ihm Celia ein strahlendes Lächeln, auch wenn es an diesem Abend etwas zittrig wirkte.

»Ist er schon da?« fragte er Jimmy.

»Gerade kommt er herein, Sir.«

Munter und sichtlich ausgeruht erschien Sherman, dicht gefolgt von Lieutenant Jennings und Clara. Seine Augen richteten sich sofort auf Christa. Natürlich. Sie sah faszinierend aus. Alle Männer im Zelt warfen ihr immer wieder bewundernde Blicke zu.

»Ah, endlich die geheimnisvolle Mrs. McCauley!« Sherman eilte geradewegs zu ihnen und ignorierte seine salutierenden Offiziere. »Das ist sie also, Colonel McCauley. Kein Wunder, daß Sie Ihre Frau verstecken. Welch ein kostbarer Schatz!« Er küßte ihre Hand, und Jeremy beobachtete, wie alles Blut aus ihrem Gesicht wich.

Hastig zog sie ihre Hand zurück. »General Sherman...«

»Ich kenne Ihren Bruder, Madam. Viele Männer, die ohne seine ärztliche Hilfe gestorben wären, betrachten sein Talent als seltenes Gottesgeschenk.«

Christas Augen verengten sich. »Ja, Jesse ist sehr tüchtig, Sir. Haben Sie auch von meinem anderen Bruder gehört?«

»Daniel Cameron? In der Tat...« Angespannt wartete Jeremy. Alle Augenpaare im Zelt fixierten seine Frau und den General. Nach einer Weile fuhr Sherman fort: »Oft genug mußten wir über seine Heldentaten staunen. Wären er und seinesgleichen auf unserer Seite gewesen, hätten wir den Krieg vermutlich viel früher gewonnen.«

Auf diese höfliche Bemerkung fand Christa keine Antwort, und Jeremy sagte: »Um das zu erreichen, General, hätten wir nichts anderes tun müssen, als Christa auf unsere Seite zu ziehen.«

Schallendes Gelächter brach aus, und Christa schwieg immer noch, aber die Atmosphäre war etwas lockerer geworden. Jeremy grub die Finger in den Arm seiner Frau. »Jetzt mußt du unsere Gäste bitten, Platz zu nehmen«, zischte er.

Sofort befreite sie sich von seinem Griff, und er konnte sie nicht festhalten, ohne Aufsehen zu erregen.

»Wir brauchen Tischmusik«, erklärte sie, ging zu Nathaniel hinüber und flüsterte ihm etwas zu.

Jeremy biß die Zähne zusammen. »Wollen wir uns setzen?« schlug er selber vor.

Christa saß zwischen ihrem Mann und Sherman. Sicher hatte sie das nicht so geplant, aber vielleicht war es der Wunsch des Generals gewesen. Ursprünglich hätte er an Clara Jennings Seite Platz nehmen sollen. Vielleicht hatte er deshalb die Tischordnung über den Haufen geworfen. Was immer auch der Grund sein mochte, Jeremy wappnete sich innerlich gegen die Gewitterstürme, die jeden Augenblick aufzuziehen drohten.

Und es dauerte tatsächlich nicht lange. Höflich machte Sherman der Gastgeberin ein Kompliment über die ausgezeichnete Büffelsuppe, worauf sie erwiderte, um das Essen habe sie sich gar nicht gekümmert. Der Wein wurde serviert, ein Bordeaux, den

Jeremy für besondere Anlässe verwahrt hatte. Zu seiner Verblüffung leerte Christa ihr Glas in einem Zug, und es wurde sofort nachgefüllt. Ohne Fehl und Tadel bedienten seine Leute die Dinnergesellschaft.

»Mrs. McCauley«, lobte Sherman seine Tischgefährtin, »Sie haben ein exzellentes Dinner zustande gebracht, trotz der widrigen Umstände in der Wildnis.«

Sie nippte wieder an ihrem Wein, dann lächelte sie honigsüß. »Nun, in dieser Kunst besitze ich ein gewisse Übung. Wir Südstaatlerinnen waren es gewöhnt, aus kargen Zutaten köstliche Mahlzeiten zu bereiten. Aber selbst das wenige, das wir hatten, wurde uns genommen.« Tiefes Schweigen senkte sich auf die Tafel herab. Jeremy umklammerte fast schmerzhaft Christas Handgelenk, und ihre Blicke trafen sich sekundenlang.

Als Jaffe und seine Leute den Hauptgang servierten, wurde Christas Glas erneut nachgefüllt. Seit dem Beginn ihrer Schwangerschaft trank sie nur noch sehr selten Alkohol, weil sie ihn nicht mehr so gut vertrug wie früher. Aber an diesem Abend brauchte sie diese Stärkung. Trotzdem konnte sie nur einen winzigen Schluck zu sich nehmen. Jeremy lud den General ein, ein Glas Whiskey mit ihm zu trinken, und Christa bemerkte bissig: »Seltsam, daß der Whiskey hier draußen in Strömen fließt... Vor nicht allzulanger Zeit gab es in gewissen Lazaretten keinen einzigen Tropfen, und die Soldaten brüllten vor Schmerzen, wenn ihnen die Beine amputiert wurden.«

Fest entschlossen, dieser schockierenden Tischkonversation ein Ende zu setzen, legte Jeremy einen Arm um die Schultern seiner Frau, schlang die Finger unbemerkt in ihr Haar und zerrte heftig daran. »Christas Bruder war Militärarzt, deshalb findet sie nichts dabei, über solche Dinge zu reden.« Im Flüsterton fügte er hinzu: »Hast du meine Warnung vergessen? Ich werde dir tatsächlich den Hintern versohlen.«

Obwohl ihre Haarwurzeln höllisch brannten, lächelte sie mit zusammengebissenen Zähnen, dann wandte sie sich zu Sherman. »In Virginia ging es uns viel besser als den armen Leuten, die weiter im Süden lebten. Welche Qualen, welche Entbehrungen mußten sie erdulden! Im Vergleich dazu ist diese Reise in den Westen geradezu ein Vergnügen.«

Jeremy wollte in die Bresche springen, aber Clara Jennings kam ihm zuvor. »Nun, ich bezweifle, daß ich diesen Treck jemals genießen werde. Die Insekten! Der Regen! Und die ständige Angst vor den Indianern!«

»Das sind nur Prüfungen, die der Herr uns auferlegt, damit wir unsere Sünden erkennen«, verkündete Mrs. Brooks.

»Offenbar hielt es der Herr für angemessen, uns Südtstaatler besonders schwer zu prüfen«, murmelte Christa mit einem Lächeln, das ihren Worten scheinbar die Schärfe nehmen sollte. »Welch eine Angst hatten wir vor einer Yankee-Invasion – besonders, nachdem wir erfahren hatten, unser guter General Sherman sei im Anmarsch. Nachdem ich so lange mit dieser Furcht leben mußte, können mich schlichte Heiden wie die Indianer einfach nicht mehr erschrecken.«

»Sie stammen aus Virginia, Mrs. McCauley. Und mein Weg führte durch Georgia und Carolina.«

»Wir haben stets mit unseren Schwesternstaaten im tieferen Süden mitgelitten«, beteuerte Christa in unschuldigem Ton.

Der General nahm die Herausforderung an. Er neigte sich näher zu ihr und erwiderte leise: »Ich schwöre Ihnen, Mrs. McCauley, ich habe in diesem Krieg gekämpft, so gut ich es verstehe und – so merkwürdig das auch klingen mag – so barmherzig wie möglich. Wegen meiner großzügigen Kapitulationsbedingungen wurde ich vom Kriegsminister Stanton in zahlreichen Publikationen als Verräter bezeichnet. Ich mußte meine Order befolgen und neu mit Joe Johnston verhandeln. Aber ich bedauerte, daß meine ursprünglichen Bedingungen keine Geltung mehr hatten, denn sie waren richtig, ehrenwert und gut.«

Jeremy sah, wie seine Frau erblaßte. Vielleicht war es Sherman gelungen, irgendetwas in ihrem Innern anzurühren.

»Ich bin Soldat, Mrs. McCauley«, fuhr er fort, »kein Politiker. Jetzt liegt es an den Politikern, eine neue Regierung in den Südstaaten aufzubauen. Und es betrübt alle anständigen Yankees, wenn mit dieser Aufgabe Männer betraut werden, die ihrer nicht würdig sind.«

»Die Rekonstruktion ist für uns alle sehr bitter«, erklärte sie.

Entschlossen stand Jeremy auf und zog Christa auf die Beine. »Sollen wir tanzen, während das Geschirr abgeräumt und das Dessert serviert wird?« Dieser Vorschlag fand allgemeinen Beifall. Er zog seine Frau zu Nathaniel hinüber. »Bitte, Nat, spiel doch auf deiner Fidel eine Melodie, die uns alle in Stimmung bringt.«

Der Neger nickte, und ein Soldat, der neben dem Spinett stand, trat aus dem Schatten hervor und setzte sich an das Instrument. Die Musik begann ein bißchen zu früh. Das spielte jedoch keine Rolle. Fröhlich begannen sich die Paare im Rhythmus der lebhaften Klänge zu drehen. Jeremy drückte Christa fest an sich und wirbelte sie umher. Warnend flüsterte er ihr ins Ohr: »Hör endlich auf, den General zu beleidigen! Er tut sein Bestes, um dir höflich entgegenzukommen...«

»Und das entschuldigt alles, was er der Konföderation angetan hat?« unterbrach sie ihn ungläubig.

»Christa, der Krieg ist vorbei...« Er hielt inne, als auf seine Schulter geklopft wurde. Sherman stand hinter ihm. Es blieb ihm nichts anderes übrig, als dem General seine Frau zu überlassen. Unbehaglich trat er zurück und beobachtete das Paar. Während des Tanzes unterhielten sich die beiden angeregt. Worüber?

Die Musik verstummte, und Sherman führte Christa zu ihm zurück. Plötzlich versteifte sie sich, denn nun erklang zu Ehren des Gastes die Melodie von »Marching Through Georgia«. Nach dem letzten Ton eilte sie zu dem Spinett, bat den Soldaten, ihr Platz zu machen, und Sekunden später sang sie mit ihrer kristallklaren schönen Stimme: »I'm a Good Old Rebel.« Dieses Lied hatte man eigens für jene Rebellen geschrieben, die entschlossen gewesen waren, niemals zu kapitulieren. Nach den letzten Akkorden erhob sie sich anmutig.

Celia Preston begann zu applaudieren, und auch Sherman klatschte herzhaft. Christa knickste übertrieben tief, dann bat sie freundlich: »Gentlemen, Ladys – würden Sie mich jetzt bitte entschuldigen? Ich ermüde so leicht.«

Überschwenglich dankten ihr alle für den wundervollen Abend. Jeremy erwartete sie am Zeltausgang und hielt ihren Arm fest. Für ahnungslose Beobachter mochte es so aussehen, als würde er ihr zärtliche Liebesworte zuflüstern. »Die anderen entschuldigen dich vielleicht – aber ich gewiß nicht! Wenn ich dich zwischen die Finger kriege, Christa...«

Der Rest des Satzes blieb in der Luft hängen. Sie riß sich los. »Gute Nacht!« fauchte sie.

Mit schmalen Augen schaute er sie an. Falls sie seine Karriere zu zerstören beabsichtigte, hatte sie auf dieser Party einen guten Anfang gemacht. Ein Glück, daß Sherman einen bemerkenswerten Humor besaß...

Jeremy vertrat ihr immer noch den Weg, und sie wiederholte mit Nachdruck: »Gute Nacht! Der Abend ist vorbei!«

»O nein, für uns hat die Nacht erst begonnen.«

Wortlos schob sie sich an ihm vorbei, und er hielt sie nicht zurück.

14

Jeremy blieb noch eine Weile bei den Offizieren und ihren Frauen, während Nathaniel und der Soldat musizierten. Die Damen ließen ihre Fächer wedeln und versicherten ihm, sie würden Christas Erschöpfung verstehen. Man müsse doch an ihren Zustand denken. Er verkniff sich die Antwort, Christa habe nur in den ersten drei Wochen ihrer Schwangerschaft an kleineren Beschwerden gelitten – und seither nie mehr. Sie sei sogar gesünder und robuster als einige seiner Soldaten. Danach hörte er sich Shermans Warnungen bezüglich der Indianer an und tanzte mit einigen Frauen, auch mit Clara Jennings, was seine Laune keineswegs besserte. Kurz bevor er die Party verließ, mußte er sich noch einmal anhören, wie schön und liebenswürdig und tapfer seine Frau sei und wie großartig sie die Strapazen dieser Reise bewältigte. Auch das konnte seine Stimmung nicht heben.

Als er sein Zelt betrat, hielt er vergeblich nach Christa Ausschau. Kalte Furcht stieg in ihm auf, die er sofort verdrängte. Nichts konnte ihr zugestoßen sein. Das Camp war zu groß und zu gut bewaffnet für einen Komantschenangriff. Er eilte wieder hinaus und stieß beinahe mit Robert Black Paw zusammen. »Sie ist beim Fluß, Sir, ziemlich weit vom Lager entfernt. Ich habe den Soldaten O'Malley beauftragt, sie zu begleiten, aber ich fürchte, sie wird die Linie unserer Nachtpatrouille überqueren.«

»Danke, Robert, ich hole sie selber zurück.«

Der Späher nickte und verschwand in der Dunkelheit. Jeremy rannte zum Fluß hinab. Am Ufer fand er den jungen O'Malley. Jeremy schickte ihn ins Camp zurück, dann sah er Christa, die ins kalte schwarze Wasser starrte, einen Fuß auf einen umgestürzten Baumstamm gestützt. Hell schimmerte ihr Profil im Mondlicht, mitternachtsblau fielen die langen Haare auf ihren Rücken, wie Rabenflügel. Wäre ein junger Komantschenkrieger des Weges gekommen, hätte er alle Götter für sein unglaubliches Glück gepriesen.

Bei diesem Gedanken packte Jeremy noch größere Wut. Er stürmte zwischen den Bäumen hindurch, und als sie seine Schritte hörte, wandte sie sich hastig zu ihm. Seine Miene mußte verraten haben, was er empfand, denn sie versuchte davonzulaufen, obwohl es keinen Fluchtweg gab. Doch er war schneller, umklammerte ihre Arme und preßte sie gegen einen Baumstamm. »Was zum Teufel bildest du dir eigentlich ein? Was machst du hier?«

»Ich wollte nur frische Luft schnappen.«

»Also bist du einfach aus dem Camp gerannt?«

»Allerdings! Ich mußte weg von dir! Und von deiner Yankee-Gesellschaft!«

»Und es war dir völlig egal, daß ich mir Sorgen machen und befürchten mußte, ein Komantsche könnte dich entführt haben?«

»Ich...« Nur sekundenlang zögerte sie, dann hob sie ihr Kinn. »Ich dachte, du wärst beschäftigt und würdest dich überschlagen, den großen General zu beeindrucken – den Mann, der einen Krieg gewann, indem er unschuldige Frauen und Kinder verhungern ließ.«

»Er ist kein Monster, Christa! Um Himmels willen, ich hatte gehofft, du würdest inzwischen einsehen, daß er sein Bestes tat. Wenn du unbedingt jemanden kreuzigen willst, sollte ich Phil Sheridan hierherholen. Der setzt sich noch viel unbarmherziger für die Politik der verbrannten Erde ein.«

»Was macht es schon für einen Unterschied, wen du hierherholst?« zischte sie. »Wir werden niemals einer Meinung sein.«

»Ja, es sieht ganz so aus. Komm jetzt!«

Erbittert wehrte sie sich, als er sie mit sich zerren wollte.

»Laß mich los!«

Jeremy lächelte schief. Seine Frau loslassen? Nein, nicht in dieser Nacht. Die Funken, die aus ihren Augen sprühten – mochten sie von Trotz, Leidenschaft oder Haß beseelt sein – hatten ein Feuer in ihm entzündet, das nur sie löschen konnte. Kurz entschlossen hob er sie hoch, warf sie über seine Schulter und ignorierte ihren gellenden Protestschrei.

Während er sie zum Camp zurücktrug, trommelte sie wütend mit beiden Fäusten gegen seinen Rücken. »Laß mich runter! Vielleicht sind deine Freunde schon wach. Was würden sie sagen, wenn sie uns so sehen?«

»Erstens interessiert mich das nicht im mindesten. Und zweitens hätten meine Freunde wahrscheinlich gute Lust, dich zu verprügeln – nach deiner herzzerreißenden Wiedergabe des berüchtigten Rebellenlieds.«

Christa versuchte, in seine Schulter zu beißen, und er gab ihr einen kräftigen Klaps aufs Hinterteil, der eher ihre Turnüre beschädigte und ihren Stolz verletzte, als ihrer zarten Haut Schmerzen bereitete.

»Verdammt, laß mich runter!« fauchte sie.

»Bald, meine Liebe.« Inzwischen hatte er sein Zelt erreicht, und wenig später warf er sie aufs Bett. Da lag sie in ihrem eleganten blauen Kleid, die Brüste unter dem engen Samtoberteil von heftigen Atemzügen bewegt. Blitzschnell sprang sie auf und ballte die Hände. »Ich bleibe nicht hier, Jeremy. Das kann ich nicht, nachdem du mich gezwungen hast, den General zu empfangen…«

»Mit deinem Rebellenlied hast du dich zur Genüge gerächt.« Er zog seinen Waffenrock aus, dann entfernte er seine Manschettenknöpfe. Als sie an ihm vorbeigehen wollte, trat er ihr in den Weg. »Wohin willst du denn gehen?«

»Ich werde sicher eine Unterkunft finden.«

»Vielleicht möchtest du zu deinem charmanten Captain Clark flüchten, der dich so lebhaft an deinen armen verblichenen Liam erinnert.«

»Sogar in einem Komantschenzelt würde ich heute nacht lieber schlafen als hier bei dir!« fuhr sie ihn an.

Er packte ihr Handgelenk und stieß sie aufs Bett zurück. »Setz dich! Du wirst heute nacht nirgendwo hingehen.«

Christa holte tief Atem und schien nachzudenken. Offenbar erkannte sie, daß es ihr nicht gelingen würde, gegen seine überlegene Körperkraft aufzukommen. Also beschloß sie, ihn mit der ganzen königlichen Würde einer vornehmen Südstaatenlady zu besiegen. In sanftem, geduldigem Ton erklärte sie: »Ich werde nicht hierbleiben und mir anhören...«

»Bleib sitzen!« unterbrach er sie und zog sein Hemd über den Kopf.

Hochmütig warf sie die Haare in den Nacken. »Vielleicht könnten wir das Problem später erörtern«, schlug sie vor. Ihre Worte klangen höflich genug, aber Jeremy glaubte, ihre Zähne knirschen zu hören.

»Wir werden es sofort besprechen. Christa, ich habe dir wohl deutlich genug eingeschärft, daß du dich anständig benehmen sollst.«

»Anständig?« Sie stand wieder auf und verschränkte die Arme vor der Brust. Wie er diese majestätische Haltung haßte... »Das wagst ausgerechnet *du* mir zu sagen? Nachdem du mit deinen Yankee-Kumpeln in rauhen Mengen Whiskey getrunken hast?«

»Oh, das ist großartig!« rief er. »Und das aus dem Mund der zerbrechlichen Südstaatenschönheit, die den Wein wie Wasser in sich hineingeschüttet hat? Nein, Christa, damit kannst du nicht bei mir landen. Sicher, ich habe ein bißchen Whiskey getrunken, aber ich würde ein paar Flaschen brauchen, um dein Benehmen von heute abend zu vergessen.« Er zerrte sich die Stiefel von den Beinen, dann schlüpfte er aus seiner Kavalleriehose.

Die Aussicht, ihn nackt zu sehen, schien sie heftig zu beunruhigen. Dramatisch preßte sie ihre Hände an die Schläfen. »Ich habe schreckliche Kopfschmerzen, und du machst alles noch schlimmer. Tu wenigstens einmal so, als wärst du ein Gentleman und laß mich gehen! Es war ein grauenvoller Abend!«

»Der Krieg ist vorbei, Christa!« herrschte er sie an. »Du bist mit einem Kavalleristen verheiratet, und meine Zukunft steht auf dem Spiel. Hast du das jemals bedacht?«

Vielleicht nicht. Ein paar Sekunden lang schwieg sie, dann erwiderte sie: »Um deine Zukunft mache ich mir keine allzu großen Sorgen, Jeremy. Nach allem, was man so hört, bist du ein ausgezeichneter Kämpfer. Du kennst die Indianer besser als ihre eigene Mutter, und du hast sogar mit Buffalo Run Freundschaft geschlossen. Also wirst du ganz sicher die Karriereleiter emporklettern – auch wenn ich Sherman nicht um den Bart streiche.«

»Wie erstaunlich! Ich wußte gar nicht, daß du mir soviel zutraust – insbesondere, wo du im Dunstkreis so erhabener Männer wie deinen Brüdern aufgewachsen bist.«

»Wage es bloß nicht, von meinen Brüdern zu sprechen! Der Krieg ist vorbei, nicht wahr? Aber Daniel hat noch immer keinen Pardon erhalten. Diese Ämterjäger geben sich in Richmond als Politiker aus, und der ganze Süden wird von raffgierigen Yankee-Opportunisten überrannt. Erzähl mir nur ja nicht, der Krieg sei beendet!«

»Christa…« Er ging zu ihr, wollte sie trotz seines Ärgers trösten, aber sie wich rasch zurück.

»Rühr mich nicht an, oder ich schreie…«

Da packte er sie so grob an der Schulter, daß der Ärmel ihres Kleides abriß. Sie blickte auf ihre nackte Haut hinab.

»Was fällt dir ein…«

Jeremy hatte sie weder verletzen noch ihr Kleid zerreißen wollen. Aber nun war es geschehen, und es ließ sich nicht rückgängig machen. Außerdem wollte er ihr ein für allemal klarmachen, wie sinnlos es war, ihm mit ihrem Geschrei zu drohen. Mit einem kräftigen Ruck riß er ihr das ganze Kleid vom Leib, so daß sie nur noch im Korsett und in ihren Unterröcken dastand. Sie versuchte, ihn zu schlagen, doch er hielt ihr Handgelenk fest. »Ich habe dich gewarnt, Jeremy, ich schreie...«

»Dann schrei doch!« forderte er sie auf, schleuderte sie aufs Bett und kniete über ihr.

»Abscheulicher Yank!« zischte sie. »Du willst mich vergewaltigen...«

»Keineswegs, Lady.«

»Aber...«

»Wenn du splitterfasernackt bist, wirst du dich vielleicht anders besinnen und nicht davonlaufen. Dann wärst du nämlich in meinem Zelt besser aufgehoben.« Er drehte sie auf den Bauch, löste die Verschnürung ihres Korsetts, und als die Unterröcke zuviel Widerstand leisteten, zerfetzte er sie einfach. Damit handelte er sich eine neue Schimpfkanonade ein.

»Elender Bastard! Du ruinierst alle meine Sachen!«

»Für eine arme, geknechtete Rebellin hast du immer noch mehr Kleider als die meisten Vögel Federn. Und du kannst von Glück reden, wenn ich nur deine Garderobe beschädige und nicht deine verführerische, seidige, wundervolle Südstaatenhaut.«

Sie fluchte und kreischte, war ihm aber wehrlos ausgeliefert. Nachdem er ihr auch noch die spitzenbesetzte Unterhose ausgezogen hatte, blickte er auf ihren schönen nackten Rücken hinab, auf die sanft geschwungenen Hüften.

»Du abscheulicher Yankee-Schurke...«, begann sie mit halberstickter Stimme.

»Ein Wort noch, meine Liebste, und...«

»Und?« schrie sie in verzweifelter Herausforderung.

Krampfhaft schluckte Jeremy. Er sehnte diese Kämpfe keineswegs herbei. Aber was sollte er tun, wenn die Vergangenheit immer wieder Barrieren zwischen ihnen errichtete – heute abend in Shermans Gestalt? Zur Hölle mit dem General! Hätte er dieses Jahr nicht in ein anderes, etwas weiter im Norden gelegenes Indianergebiet reisen können?

Christa zitterte am ganzen Körper. Niemals würde sie kapitulieren, niemals einen Waffenstillstand schließen. Er biß sich in die Unterlippe, dann drückte er einen sanften Kuß auf ihren Rücken. Genausogut hätte er sie mit einem Brandeisen berühren können. Schreiend schwang sie sich herum, stemmte die Fäuste gegen seine Brust, Zornestränen in den Augen. Und dann schien sie plötzlich zu erstarren, denn ihr wurde bewußt, daß er nackt über ihr kniete, und seine Erregung war unübersehbar.

Ihre Augen verengten sich. »Ich hasse dich, Jeremy – ich hasse dich Shermans wegen – und wegen des Kriegs...«

»Ich kann die Vergangenheit nicht ändern, und ich bedauere keineswegs, daß der Norden gewonnen hat, daß die Sklaverei beendet und die Union gerettet ist.«

»Laß mich gehen...«

»Du haßt mich nicht, Christa. Das kann ich einfach nicht glauben. Und ich begehre dich so sehr. Ich möchte diesen magischen Funken berühren, der in dir steckt – gleich unter der Oberfläche. In dieser Nacht sollten wir wenigstens so tun, als würdest du mich nicht hassen.«

Tonlos entgegnete sie: »Ich habe mich nie gegen dich gewehrt.«

»Oh, du hast mir stets erlaubt, meine ehelichen Rechte wahrzunehmen. Aber das Feuer, das ich in dir spüre, hast du mir und dir selber immer versagt.«

»Ich habe keine Ahnung, wovon du redest.«

Jeremy umfaßte ihre Schultern, schaute ihr forschend in die Augen. »Doch, du weißt es. Du kämpfst gegen mich und dich selbst. Längst hättest du das Glück der Erfüllung kosten können, aber du gönnst dir keine Chance. Obwohl soviel Leidenschaft in dir verschlossen ist. So wundervolle Schätze...«

»Vielleicht besitzt du nicht den Schlüssel dazu, Yank.«

»Daran liegt es nicht. Ich habe deine Sinne angerührt, daran zweifle ich nicht. Aber du hältst dich zurück, um den Krieg in unserem Ehebett weiterzuführen. Doch das wirst du nicht mehr tun – nie mehr nach dieser Nacht.« Seine Lippen preßten sich auf ihre, er schmeckte das Salz ihrer Tränen, spürte ihren Widerstand und hob den Kopf. »Gib uns beiden eine Chance, Christa.«

»Nicht, Jeremy...« Aber ihre Gegenwehr wurde schwächer, und sie seufzte leise.

»Nur eine Chance...« Wieder küßte er ihren Mund, fühlte die Wärme ihres Körpers, atmete ihren Duft ein, und ein fast unbändiges Verlangen quälte ihn. Sie lag in seinen Armen, und er hätte seine Sehnsucht stillen können, wie schon so oft. Aber das wollte er nicht. Er streckte sich neben ihr aus. »Die Entscheidung liegt bei dir, Christa.«

»Was?« wisperte sie erstaunt.

»Ich werde dich zu nichts zwingen.«

Sofort wandte sie sich von ihm ab, und er strich behutsam mit einem Finger über ihren Rücken, beschrieb kleine Kreise auf der Hüfte, drückte die Lippen auf ihre Schulter. Nach einer Weile begann sie zu zittern und drehte sich zu ihm. »Du hast gesagt, ich kann entscheiden...«

»Natürlich.«

»Aber...«

»Weißt du eigentlich, was du mir antust? Würde der Krieg noch dauern, in diesem Augenblick würde ich vielleicht sogar die Seiten wechseln.«

»Du hast gesagt...«, wiederholte sie eigensinnig.

»Ja, ich weiß, es ist *deine* Entscheidung.« Offenbar mußte sie noch ein bißchen animiert werden. Er nahm sie in die Arme, zeichnete mit seiner Zungenspitze die Konturen ihrer Lippen nach, wartete auf einen neuen Protest, aber statt dessen hörte er zu seiner Verblüffung ein leises Stöhnen. Ihre Finger drückten sich in seine Schultern. Sie hielt ihn fest – schob ihn nicht weg. Da küßte er sie leidenschaftlicher, streichelte ihren glatten Rücken, die Wölbung ihrer Hüfte.

In dieser Nacht war es anders. Noch erwiderte Christa seine Begierde nicht, aber er fühlte ein heißes, pulsierendes Versprechen. Aufreizend ließ er seinen Mund über ihren Hals wandern, vergrub das Gesicht in der dichten Wolke ihrer ebenholzschwarzen Haare, hörte nicht auf, sie mit Händen und Lippen zu liebkosen. Als er sich aufrichtete, begegnete er ihrem Blick. Offenbar hatte sie nicht damit gerechnet, diese drängende

Begierde zu fühlen, denn sie schüttelte heftig den Kopf. »Nein!« hauchte sie.

»Ja«, widersprach er. »Soeben haben wir den Schlüssel im Schloß herumgedreht.«

»Es liegt am Wein. Du nutzt meine Schwäche aus...«

»Sehr richtig.« Jeremy lachte leise. »Ich nutze jeden Vorteil, der sich bietet. Aber der Wein hat nichts damit zu tun, denn seit du unser Kind erwartest, trinkst du kaum etwas. Und die zwei Gläser heute abend könnten eine allzu starke Wirkung ausüben.«

»Ich...«

Wieder brachte er sie mit einem Kuß zum Schweigen. Entzückt spürte er, wie sich ihre Zunge erst zaghaft und dann immer begieriger vorschob, um mit seiner ein Duell auszufechten. Er streichelte die harten Spitzen ihrer Brüste, die weichen Schenkel, konnte kaum noch an sich halten. Oft genug hatte Christa ihn erregt, aber in dieser Nacht strahlte sie einen überwältigenden Zauber aus. Vielleicht liegen Liebe und Haß tatsächlich dicht beieinander, dachte er, beides geboren aus einer Leidenschaft, die heiße Sehnsucht entfachen kann.

Seine Hand glitt über Christas Bauch nach unten, zur sanften Erhebung des tiefschwarzen Dreiecks zwischen ihren Beinen. »Fühlst du die Flammen, die immer wilder in dir brennen, wenn ich dich da berühre?« flüsterte er. »Und da...?«

Ein Schauer durchrieselte ihren ganzen Körper, sie hielt den Atem an, rückte ein wenig zur Seite, als wollte sie sich ihm immer noch entziehen. Wenn das Feuer nicht stark genug in ihr loderte – ihn selbst drohte es zu verzehren. Trotzdem nahm er sich Zeit. Christa lag jetzt auf dem Rücken, ihre Haut schimmerte im goldenen Lampenlicht. Verwirrt starrte sie ihn an. Hatte er sie nur für ein paar Minuten überrumpelt – oder endgültig die Barriere zwischen ihnen niedergerissen?

Wie sehr er sie begehrte... Aber ehe er seinen Hunger stillte, wollte er die Leidenschaft, die in den Tiefen ihrer Seele schlummerte, in diesen schönen blauen Augen sehen, die drängenden Bewegungen ihrer Hüften spüren. Er beugte sich über sie, sein Mund streifte ihren nur ganz leicht und folgte dann der Spur, die sein Finger zwischen ihren Brüsten nach unten zog. Sanft schob er ihre Schenkel auseinander, und sein intimer Kuß entlockte ihr einen halberstickten Schrei. Stöhnend warf sie den Kopf hin und her, schlang die Finger in sein Haar, und ihr Körper begann sich zu winden. Falls doch der Wein das Schloß geöffnet hat, dann sollen die kostbaren Reben gesegnet sein, dachte Jeremy. Oder es lag an der magischen Wildnis ringsum, am Nachtwind, am endlosen Sternenhimmel. Seine Zunge fand den sinnlichsten Punkt im weichen Fleisch, und er spielte gnadenlos damit, bis ein heftiges Zucken durch ihre Glieder fuhr. »Bitte!« flüsterte sie. »Ich kann nicht mehr...«

Warum kann ich es nicht, fragte sie sich. Was geschieht heute nacht mit mir? Wo ist mein Kampfgeist geblieben? Wie auch immer, sie fühlte sich machtlos, konnte nicht einmal mehr denken, denn was sie empfand, war zu stark.

Und diese Emotionen trugen sie in einer süßen Spirale empor, gegen die sie sich nicht zu wehren vermochte. Wenn Jeremy seine erotischen Küsse kurz unterbrach, flüsterte er zärtliche Worte, und in ihrer Fantasie sah sie das wunderschöne Bild einer dunklen Rosenknospe, die unter sengender Hitze aufblühte. Die betörenden Liebkosungen seiner Hände, seiner Lippen, seiner Zunge, all die Dinge, die er tat, diese seltsame Spannung, die in ihr wuchs, süß und schmerzlich zugleich, immer unerträglicher, bis sie sich verzweifelt aufbäumte.

Plötzlich schien irgend etwas in ihr zu bersten – so heiß, so berauschend, in hellem Licht, gefolgt von schwarzem Dunkel. Sterne jagten über einen Samthimmel. Nie zuvor hatte Christa etwas so Wundervolles verspürt – Honig, der in ihren ganzen Körper floß.

Und dann lag Jeremy auf ihr, und sie schaute wie durch einen Schleier in seine Silberaugen. »O nein...«, wisperte sie, als er in sie eindrang.

»O ja«, verbesserte er sie.

Ihre Hände umschlossen seine Schultern, und sie begriff nicht, wieso dieses himmlische Gefühl schon wieder in ihrer erwachte, die schwebende Spirale, das zitternde Licht... Immer schneller bewegte er sich in ihr, fordernd und drängend, und sie hob ihm die Hüften entgegen, paßte sich seinem Rhythmus an, bedeckte seinen Hals mit glühenden Küssen, grub die Finger in die harten Muskeln an seinem Rücken. Und da begann das Feuer wieder zu explodieren. Atemlos klammerte sie sich an ihn, Sterne regneten herab, und in ihrer wilden Ekstase nahm sie die Hitze kaum wahr, die aus seinem Körper in ihren strömte.

Als er dann neben ihr lag und nach Luft rang, als plötzlich Tränen in ihren Augen brannten, erschauerte sie und wandte sich zur Seite. O Gott, nie hätte sie sich träumen lassen, daß man das Paradies auf Erden erleben konnte... Doch, sie hatte zumindest geahnt, was Jeremy ihr zu schenken vermochte, aber dagegen gekämpft. Warum? Weil er nicht Liam war, den sie so unschuldig geliebt hatte und der jetzt unter der kalten Asche ihrer zerstörten Welt lag?

Aber sie hatte nicht Liam geheiratet, sondern Jeremy. In diesem Augenblick erkannte sie, wieviel er ihr bedeutete. Ja, er besaß tatsächlich den Schlüssel zu ihrem Herzen. Er hatte es berührt und alles gefunden, was er sich von ihr wünschte.

Sanft strich er über ihre Schulter. »Du bist tatsächlich eine wundervolle Ehefrau.«

Weidete er sich jetzt an seinem Erfolg? Typisch für die Yankees. Wenn sie siegten, konnten sie es nicht dabei bewenden lassen, sie mußten ihren Triumph auch noch auskosten, in vollen Zügen, und die Niederlage noch bitterer gestalten. Das war die große Tragik, die in einer Kapitulation lag. »Es war der Wein«, wisperte sie.

»So?« murmelte er.

Christa zuckte leicht zusammen. Verspottete er sie? Aber dann geschah ein neues Wunder – sie spürte etwas in ihrem Bauch, nichts Wildes, Magisches, Erregendes – etwas ganz anderes. Das Baby... Es bewegte sich in ihr. Nur ein zartes Flattern, so seltsam, so leicht. Ihr Atem stockte, und Jeremy richtete sich sofort auf. »Was hast du?«

»Das Baby...«

»Mein Gott!« stieß er hervor. »Es ist doch alles in Ordnung? Oder habe ich...«

Sie schüttelte den Kopf. »Es bewegt sich, und das ist ein ganz eigenartiges Gefühl.«

Seine Hand glitt über ihren Bauch. »Da ist nichts.«

»Es wird noch eine Weile dauern, bis man auch von außen was spürt. Aber jetzt weiß ich, daß es dem Baby gutgeht, daß es leben wird...«

Jeremy küßte ihre Stirn. »Schlaf jetzt. Morgen haben wir einen langen, harten Tag vor uns.«

An seinen warmen Körper geschmiegt, schloß sie die Augen. Wie angenehm und beruhigend seine Nähe wirkte. Aber dann fragte sie sich, ob er jetzt an ein anderes ungeborenes Kind dachte. Und an die Mutter dieses Kindes...

15

»Christa, du mußt sofort aufwachen!«

Langsam tauchte sie aus den dunklen Tiefen ihres Schlafes empor, der sie wie ein sonderbarer, tröstlicher Kokon einhüllte. Letzte Nacht hatte sie Jeremy viel mehr geschenkt als nur die Erfüllung ihrer ehelichen Pflichten – und schließlich durch ihre Kapitulation sogar inneren Frieden gewonnen. Jetzt wurde dieses Wohlgefühl von Angst verdrängt. Sie hatte ihm zuviel gegeben, sich zu rückhaltlos unterworfen. Nun wünschte sie nur noch, sie könnte sich unter der Decke verkriechen, müßte ihn nicht ansehen – nie wieder. »Laß mich!« flehte sie und vergrub das Gesicht im Kissen.

»Steh auf, Christa!« Vorhin hatte seine Stimme sehr sanft geklungen, jetzt schwang wieder der gewohnte Kommandoton darin mit. Als wäre das nicht schon ärgerlich genug gewesen, spürte sie auch noch seine kraftvolle Hand, die ihr einen Klaps aufs Hinterteil gab.

Erbost öffnete sie die Augen, starrte ihn an, dann kehrte sie ihm den Rücken. »Nur noch ein paar Minuten...«

»Raus aus den Federn!« Er packte sie an der Schulter und drehte sie herum. Offenbar war er schon vor einiger Zeit aufgestanden, denn er trug bereits seine Galauniform. Warum mußte er in diesem verhaßten Blau so attraktiv aussehen? »So leid es mir tut, wir müssen aufbrechen«, fügte er hinzu. »Glaub mir, ich würde mich gern wieder zu dir ins Bett legen – insbesondere nach der vergangenen Nacht. Du warst so wundervoll.« Zärtlich strich er über ihre Wange, die sich dunkelrot färbte.

»Nur weil ich Wein getrunken habe…«

»Und ich dachte, es hätte an meinem unwiderstehlichen Charme gelegen«, erwiderte er grinsend. »Vielleicht sollte ich meine Pflicht vergessen und wieder zu dir unter die Decke kriechen, um die Wahrheit herauszufinden.«

»Glaub mir, es war der Wein.« Sie wollte nicht daran erinnert werden, wie verzweifelt sie ihn begehrt, wie restlos sie kapituliert hatte.

»Wenn das so ist, werde ich dir in Zukunft jeden Abend ein paar Gläschen servieren.« Jeremy umklammerte ihre Arme und zog sie hoch. »Aber jetzt steh endlich auf! Oder auch nicht… Jeden Moment wird mein Stabsfeldwebel ins Zelt kommen, und vielleicht möchtest du nackt im Bett bleiben, um ihm das Ereignis seines Lebens zu bieten. Um elf findet das Picknick für die Offiziere und ihre Frauen statt. Du wirst da sein und dich ordentlich benehmen. Und du wirst keinen einzigen Ton singen!« Mit einem Knie auf die Bettkante gestützt, umklammerte er Christas Oberarme noch fester.

»Wird er auch kommen?«

Sie brauchte nicht zu erklären, daß sie General Sherman meinte. »Was macht das für einen Unterschied?« fragte er.

»Einen ganz gewaltigen.«

Jeremy ließ sie so abrupt los, daß sie unsanft ins Kissen zurückfiel. Dann sprang er auf, trat zurück und stemmte die Hände in die Hüften. »Der Krieg ist *vorbei*!« stieß er hervor, wandte sich ab und eilte zum Ausgang. Dort drehte er sich noch einmal um. »Sherman wird nicht am Picknick teilnehmen. Er inspiziert Truppen, ein Stück weiter vorn auf unserer Route. Christa, ich bitte dich nicht, Sherman oder sonstjemanden zu mögen oder uns den

Krieg zu verzeihen. Nur eins verlange ich von dir – du wirst unseren Gästen in dieser gottverlassenen Wildnis die Höflichkeit erweisen, die ihnen gebührt. Könntest du so freundlich sein?«

Sie zog sich die Decke bis ans Kinn. »Und wenn ich das nicht fertigbringe?«

»Du wirst dich bemühen. Und ich rate dir dringend, dein Bestes zu tun.« Mit diesen Worten verließ er das Zelt.

Tränen brannten in ihren Augen. Warum konnte er sie denn nicht verstehen? Sie hatte nichts gegen die Kavalleristenfrauen, einige bedauerte sie sogar. Sie war gezwungen worden, für sich selbst zu sorgen, hatte Fleisch geräuchert, Brot gebacken, Seife hergestellt. Mochte sie auch wie eine Lady aufgewachsen sein, das Leben hatte ihr harte Lektionen erteilt.

Aber die kleine Celia Preston war praktisch in einem Kloster groß geworden. In ihrem Heimatstaat Maine hatte sie kaum etwas vom Krieg gewußt, war jahrelang von einer irischen Zofe verwöhnt worden und völlig unvorbereitet in die Wildnis gekommen, wo soviel Mühsal und unbekannte Gefahren lauerten.

Nein, die Gesellschaft dieser Frauen störte Christa nicht. Aber wie konnte man von einer Rebellin erwarten, General Sherman zu ertragen? Stöhnend warf sie sich auf die andere Seite, wo Jeremy geschlafen hatte. Plötzlich fröstelte sie. Ohne ihn war das Bett kalt geworden. Ihr Kopf schmerzte. Sie war müde, und plötzlich wollte sie nur noch die Augen schließen, schlafen, die Welt vergessen. Aber der Stabsfeldwebel würde jeden Augenblick ins Zelt kommen. Sie stand auf, in die Decke gewickelt. Jeremy hatte ihr Waschwasser gebracht und ein frisches Handtuch bereitgelegt. Wie aufmerksam er immer war…

Hastig wusch sie sich und schlüpfte in ihre Kleider, dann verließ sie das Zelt, ehe Jeremy oder sein Stabsfeldwebel eintreten konnten. Sie brauchte etwas Zeit, um ihre Gedanken zu ordnen und dann als höfliche, liebenswürdige Rebellin am Picknick für die Yankee-Offiziere teilzunehmen.

Jeremy fragte sich, ob Christa seine Geduld tatsächlich ein weiteres Mal strapazieren und nicht beim Picknick erscheinen würde.

Inzwischen hatte er seine Besprechung mit Stabsfeldwebel William Hallie abgehalten und dann eine Stunde mit Jennings verbracht, um sich über die neuesten Aktivitäten der Indianer entlang der Reiseroute nach Westen informieren zu lassen. Nun schlenderte er zum Platz in der Mitte des Zelts und atmete erleichtert auf. Eifrig richtete seine Frau zusammen mit Bertha und Nathaniel das Buffet her. Bei seiner Ankunft hob sie nur kurz den Kopf, dann beugte sie sich wieder über die feinen weißen Leinenservietten, die sie zusammenrollte und in silberne Ringe steckte.

Auch die Tische, im Gras aufgestellt, waren mit weißem Leinen und Christas schönem Porzellangeschirr und Tafelsilber gedeckt. Sogar hier draußen in der Wildnis verstand sie es, die elegante Atmosphäre von Cameron Hall zu erzeugen. Die Ehe mit einer Südstaatenschönheit hat gewisse Vorteile, dachte er mit einem schwachen Lächeln, dann begegnete er noch einmal dem Blick ihrer leuchtenden blauen Augen und erinnerte sich an die vergangene Nacht. Mit Christa verheiratet zu sein – das hatte einen ganz besonderen Reiz, vor allem jetzt, wo ihr Widerstand endlich gebrochen war. Er konnte den Einbruch der Dunkelheit kaum erwarten.

Andererseits durfte man bei Christa nie sicher sein. Was in der einen Nacht geschehen war, mußte keineswegs auch für die nächste gelten.

Allmählich trafen die Offiziere mit ihren Frauen ein, und die Junggesellen kamen ohne Begleitung. Zuletzt erschienen Major Paul Jennings und seine Gemahlin Clara.

Kein übler Bursche, entschied Jeremy, während er Jennings beobachtete. Offenbar hält Sherman eine ganze Menge von ihm. Aber diese Frau ist einfach unerträglich. Seit ihrer Ankunft im Camp hatte sie nichts weiter getan, als sich zu beklagen und junge Soldaten herumzukommandieren.

Jeremy schaute wieder zu seiner Frau hinüber, die das Buffet der Obhut Berthas und Nathaniels überlassen hatte. Nun stand sie bei den Prestons und Emory Clark, der gerade etwas zu ihr sagte. Seine Bemerkung schien ihr zu gefallen, denn sie lachte laut auf.

Zu seiner eigenen Verwunderung wurde Jeremy von heftiger Eifersucht ergriffen. Warum mußte sie Emory so strahlend anlächeln? Verdammt, er war genauso ein Yankee, wie alle anderen Männer in diesem Camp. Aber er bildete natürlich eine Ausnahme. Weil er sie an Liam erinnerte.

Jeremy preßte seine Lippen aufeinander, dann wurde seine Aufmerksamkeit von Christa abgelenkt, weil eine schrille Stimme vom Buffet herüberdrang. »Oh, das ist ja grauenhaft! Dieses Fleisch kann ich unmöglich essen. Ich brauche dringend ein Stück Brot!« Clara Jennings schwenkte aufgeregt ein Taschentuch vor ihrer Nase.

Besorgt eilte Bertha hinter dem Buffet hervor. »Nathaniel, bring bitte ein Stück Brot für Mrs. Jennings.«

Hastig stellte er die leer gegessenen Teller beiseite, die er soeben eingesammelt hatte, und schnitt ein paar Scheiben von einem Brotlaib ab. Clara Jennings, die ihn erst jetzt zum erstenmal sah, wandte sich entsetzt zu Bertha. »Oh, ich soll das Brot essen, das er angefaßt hat?«

Ringsum entstand drückendes Schweigen, und Nathaniel erstarrte mitten in der Bewegung. »Nun, der Mann ist doch ein Neger!« verteidigte sie sich. »Und er hat dieses Brot berührt!«

Jeremy sah Nathaniels Gesicht, ein Gesicht, dem er schon seit so vielen Jahren vertraute, das er liebgewonnen hatte, und er sah die Müdigkeit und den Schmerz darin. Nun mußte er etwas unternehmen, um diese Frau so höflich wie nur möglich in ihre Schranken zu weisen.

Doch das war nicht nötig, denn jetzt erklang eine durchdringende weibliche Stimme. »Entschuldigen sie mich bitte.« Christa trat neben den Schwarzen und legte eine Hand auf seinen Arm. »Nathaniel, wären Sie bitte so freundlich, meinen Schal aus dem Wagen zu holen?«

Dunkle Augen schauten sie an, traurig und stolz zugleich. »Ja, Mrs. McCauley, natürlich.«

Nun hätte Jeremy eingreifen müssen, das wußte er, aber er war zu neugierig auf das weitere Vorgehen seiner Frau. Und so lehnte er sich an einen Eichenstamm und beobachtete die Szene.

Sie straffte die Schultern, schlang die Finger ineinander und musterte Clara Jennings kühl. »Wie merkwürdig, daß so viele Nordstaatler einen leidenschaftlichen Kampf gegen die Sklaverei geführt haben und so wenig über die Menschen wissen, die sie mit aller Macht befreien wollten... Mrs. Jennings, Nathaniel wurde als freier Mann geboren und genoß eine bessere Erziehung als die meisten Weißen, die ich kenne. Ich weiß nicht, ob Sie das interessiert, aber ich stamme aus einer Familie, die in früheren Zeiten Sklaven besessen hat. In meiner Kindheit wurde ich von Schwarzen gefüttert und gebadet, und sie standen mir bei, als ich erwachsen war und die Welt um uns zusammenbrach. Ich weiß, daß die Neger Herzen und Seelen besitzen. Ihre dunkle Haut kann sehr schön sein, und sie färbt keineswegs ab, wenn man sie berührt. Ja, ich gehörte zu den schrecklichen Südstaatlern, die menschliche Wesen ihr eigen nannten. Aber ich wußte wenigstens, daß es Menschen waren. Und jetzt entschuldigen Sie mich bitte. Nathaniel ist mein Freund, und ich möchte mich um ihn kümmern.«

Nie zuvor war sie Jeremy so majestätisch erschienen. Sekundenlang trafen sich ihre Blicke, und er glaubte, Unsicherheit in ihren blauen Augen zu sehen. Vermutlich glaubte sie, er würde sie tadeln, weil sie eine Offiziersgattin so unhöflich behandelt hatte. Doch dann reckte sie herausfordernd das Kinn hoch, eilte davon, und er unterdrückte ein Lächeln.

»Also, das ist doch unerhört!« Indigniert ging Clara Jennings auf ihn zu. »Colonel, ich verlange, daß Sie Ihre Frau zur Rede stellen!« Er verneigte sich formvollendet. »In der Tat, Mrs. Jennings, ich habe vor, mit meiner Frau zu sprechen. Und ich werde ihr sagen, wie rührend und bewundernswert ich ihre Worte finde. Nathaniel ist nämlich auch mein Freund. Er wuchs im Norden auf, und ich muß ihm wohl wieder einmal sagen, daß die meisten Nordstaatler Ihre Gefühle nicht teilen.«

Während er davonging, hörte er Clara Jennings kreischen: »Das ist ja unglaublich! Paul, ich erwarte von dir...«

»Halt den Mund, Clara«, wurde sie von ihrem Mann unterbrochen.

Jeremy folgte dem Weg, der zum Fluß hinabführte. Er war überzeugt, daß er Nathaniel dort finden würde, denn wann immer sie ihr Lager an einem Gewässer aufschlugen, zog sich der Neger ans Ufer zurück, wenn er ungestört nachdenken wollte.

Zwischen den Bäumen entdeckte er nicht nur Nathaniel, sondern auch Christa. Als Jeremy die Stimme seiner Frau hörte, blieb er in einiger Entfernung stehen.

»Hoffentlich haben Sie sich nicht über Mrs. Jennings geärgert, Nathaniel. Sie ist eine schreckliche Frau.«

»Ja, Ma'am, das ist sie.«

»Und viel zu dumm, um zu verstehen, was sie sagt.«

»Viele Menschen denken so.«

»Aber nicht die guten.«

Kerzengerade richtete sich der Schwarze auf. »Als ich davonging hörte ich, was Sie sagten, Mrs. McCauley, und ich weiß es zu würdigen. Ich bin Ihnen wirklich sehr dankbar. Aber meinetwegen sollten Sie sich keinen Ärger mit den anderen Frauen einhandeln. Ein halbes Leben wurde ich ›drekkiger Nigger‹ genannt.«

»Nur weil es immer wieder geschieht, muß es nicht richtig sein.«

Nathaniel grinste breit. »Vielleicht sind die Leute aus den Südstaaten doch gar nicht so übel.«

Seufzend senkte Christa den Kopf. »Ich weiß gar nicht mehr, wie ich diese Welt beurteilen soll, Nathaniel. Über die Hälfte der Südstaatenjungs, die in den Krieg zogen, haben nie in ihrem Leben einen Sklaven besessen. Und viele Sklaven wurden von ihren Besitzern sehr gut behandelt.« Zögernd fügte sie hinzu: »Natürlich gab es auch grausame, die ihre Neger ausbeuteten, in Ketten legten und schlugen... Nein, ich kann die Sklaverei wirklich nicht verteidigen...«

Nathaniel griff nach ihrer Hand, die zierlich und weiß auf seinen kräftigen dunklen Fingern lag. »Sie wissen, daß die schwarze Hautfarbe nicht wie Schmutz abfärbt. Und das bedeutet mir sehr viel.«

»Nun, die Sklaverei wurde abgeschafft«, erwiderte sie lächelnd, »auf welche Weise auch immer. Und jetzt müssen wir nur noch ein paar Leuten klarmachen, daß wir alle Menschen sind.«

»Ein hübscher Gedanke, Ma'am. Aber in hundert Jahren werden wir immer noch versuchen, gewisse Leute von dieser Tatsache zu überzeugen...« Nathaniel verstummte, als er Jeremy zwischen den Baumstämmen entdeckte, runzelte die Stirn und wollte Christa auf die Anwesenheit ihres Mannes hinweisen.

Doch da schüttelte Jeremy rasch den Kopf. Christa sollte nicht wissen, daß er gelauscht hatte, und er entfernte sich lautlos, nachdem der Neger die Warnung verstanden hatte.

16

Jeremy kehrte nicht zum Picknick zurück. Die Gäste würden ohne den Kommandanten und seine Frau zurechtkommen müssen. Er hatte beschlossen, die Wachen zu verdoppeln, denn er erwartete nicht, daß Robert Black Paw mit guten Nachrichten über die Rauchwolke zurückkehren würde, die Paul Jennings entlang der Reisestrecke bemerkt hatte. Sollte der Major recht behalten, sann Buffalo Run wieder einmal auf Rache. Daß Jeremys Regiment keine Greueltaten gegen die Indianer verübt hatte, spielte keine Rolle. In dieser Hinsicht dachten sie genauso wie die Weißen, für die eine Rothaut wie die andere war. Genauso sahen auch die Indianer ihre Feinde.

Im Komantschengebiet konnte Jeremy niemals garantieren, daß der Track vor einem Überfall sicher war. Er zweifelte zwar nicht an der Kampfkraft seiner Soldaten, wollte sich aber nicht überraschen lassen – vor allem jetzt nicht, wo so viele Frauen zur Reisegruppe gehörten. Deshalb mußte er besonders vorsichtig sein. Wenn Clara Jennings schon davor zurückschreckte, von einem Schwarzen eine Scheibe Brot anzunehmen – wie würde sie sich erst fühlen, wenn sie von einer Rothaut verschleppt wurde? Der Gedanke, die korpulente Frau mit den roten Backen könnte den Rest ihrer Tage als Sklavin einer strengen Komantschen-

Squaw verbringen, entlockte ihm ein Lächeln, das aber sofort wieder erlosch.

Manchmal folterten die Komantschen ihre Gefangenen. Wie er wußte, legten viele Offiziere im Westen Munition beiseite, um ihre Frauen und Kinder lieber zu töten, als sie in Indianerhände fallen zu lassen. Plötzlich rann ihm ein Schauer über den Rücken. Und Christa?

Nein. Niemals würde er eine Kugel in ihr Herz jagen. Sie war jung und stark und schön. Die Indianer würden ihr nichts zuleide tun, sie nur gefangenhalten, und so wie er sie kannte, würde sie die erstbeste Gelegenheit zur Flucht nutzen. Sie war eine Kämpfernatur. Und er durfte ihr nicht alle Chancen nehmen, indem er sie schon vor einer etwaigen Entführung erschoß. Und wenn ein Indianer sie zur Frau nahm? Nun, sie hatte bereits mit einem Yankee geschlafen, etwas Schlimmeres konnte ihr nicht mehr passieren.

Bedrückt blieb er zwischen den Bäumen stehen. O Gott, warum hatte er sie von ihrem kostbaren Cameron Hall weggeholt, hierher in diese gefährliche Wildnis? Und warum war er so dumm gewesen, sich unsterblich in sie zu verlieben?

»Colonel!«

Er drehte sich um und sah Robert Black Paw auf seinem gescheckten Pony heranreiten. »Konnten Sie die Ursachen der Rauchwolke feststellen, die Major Jennings gesehen hat?«

Ernst nickte der Indianer, schwang ein Bein über das Sattelhorn und sprang geschmeidig zu Boden. »Ein Komantschenüberfall auf einen einzelnen Wagen. Ich glaube, er gehörte Ranchern aus der Pembroke-Siedlung. Zwei tote Männer lagen am Boden und der Wagen hatte gebrannt.«

»Irgendwelche Komantschenspuren?«

»Nein. Offenbar wollten sie das Dorf rächen, in dem Captain Miller alles niedergemetzelt hatte. Solche Aktionen von unserer Seite könnten Buffalo Run zu einem erbitterten Krieg veranlassen. Sie kennen ihn, Sir.«

»Ja, ich kenne ihn.«

»Seltsam, Colonel. Ich glaube, dieser Halbblutkomantsche mag

Sie tatsächlich. Er scheint anzunehmen, Sie würden sein Volk in Ruhe lassen. Aber wenn Männer wie dieser Miller weiterhin alte Leute, Frauen und Kinder töten, dann wird sich die Lage gefährlich zuspitzen.«

Wütend ballte Jeremy die Hände. Robert hatte natürlich recht. Was zum Teufel konnte man von den Komantschen erwarten, wenn ihresgleichen immer wieder von den Weißen brutal abgeschlachtet wurden? Sicher, sie waren ein kriegerischer Stamm, aber im Gegensatz zu der amerikanischen Regierung meinte es Buffalo Run ernst, wenn er Verträge abschloß, und er pflegte sein Wort zu halten.

»Dieser verdammte Miller!« stieß Jeremy hervor. »Von jetzt an müssen wir noch besser aufpassen. Ich werde keine kleinen Jagdtruppen mehr losschicken und mit allen Männern sprechen. Am besten sehe ich mir den Schauplatz des Verbrechens selber an.« Er ging davon, dann drehte er sich noch einmal um. »Behalten Sie meine Frau im Auge, bis ich zurückkomme.«

Der Cherokee nickte und legte eine Hand auf seine Brust. »Ich werde sie mit meinem Leben beschützen.« Seine Loyalität hatte er schon oft genug bewiesen. Aber Christa schien auch noch sein Herz zu erobern. »Danke«, erwiderte Jeremy lächelnd, dann ließ er sich vom Stabsfeldwebel Hallie sein Pferd bringen, trommelte die Kompanie B zusammen und befahl den Männern, so rasch wie möglich aufzubrechen. Wenige Minuten später ritt er mit ihnen zu der Stelle, wo der Wagen überfallen worden war.

Nathaniel hatte sich wieder um seine Pflichten gekümmert und Christa am Ufer allein gelassen. Müde saß sie auf einem alten umgestürzten Baumstamm und schaute aufs Wasser, als sie die Signalhörner hörte. Sofort sprang sie auf. Eine ganze Kompanie schien das Camp zu verlassen.

Falls irgendwo ein Problem gelöst werden mußte, würde Jeremy seine Leute sicher begleiten. Sie biß sich auf die Finger und wünschte, sie könnte ihm nachlaufen, ihn bitten, gut auf sich aufzupassen. Aber vermutlich wollte er sie gar nicht sehen. Sicher ärgerte er sich, weil sie so unfreundlich zu Mrs. Jennings gewesen war, nachdem er sie eindringlich aufgefordert hatte, keine Schwierigkeiten heraufzubeschwören. Trotzdem beschloß sie, herauszufinden, was da vorging, und so eilte sie zum Camp.

Plötzlich trat ihr Robert Black Paw, der Cherokee, in den Weg. Wie immer sah der hochgewachsene, sehr zurückhaltende Mann sehr interessant aus. An diesem Tag hatte er sein langes dichtes schwarzes Haar zu zwei Zöpfen geflochten. Er trug eine Kavalleriehose, ein weißes Hemd und eine reichbestickte Rehlederjacke. Seine scharfkantigen Gesichtszüge waren nicht hübsch, aber markant. Wie alt er sein mochte, ahnte Christa nicht. Er erschien ihr so alt wie die Zeit. Bestimmt wußte er, was Jeremy vorhatte.

»Robert, mein Mann...«

»Vor dem Einbruch der Dunkelheit wird er zurückkommen.« Als sie an ihm vorbeilaufen wollte, fügte er hinzu: »Er ist schon weggeritten, Mrs. McCauley.«

»Was ist denn los?« fragte sie nervös.

»Sie haben nichts zu befürchten, Ma'am.«

Das hörte sie tagtäglich, aber sie wußte, wieviele Gefahren in dieser Wildnis lauerten. »Wird er gegen die Komantschen kämpfen?«

Beruhigend schüttelte er den Kopf. »Machen Sie sich keine Sorgen. Nichts wird ihm zustoßen.«

Eigentlich hätte er zu mir kommen und mir selber Bescheid geben können, dachte sie. Aber wahrscheinlich wollte er vor seinen Offizieren nicht zeigen, wie wütend er auf mich ist...

Nun, vielleicht war es gut so. Wenn er abends zurückkam, würde sie sich schlafend stellen, und falls sie Glück hatte, würde sie nicht mit ihm sprechen müssen, bevor sein Zorn verraucht war.

Obwohl sie sich das alles einredete, verspürte sie ein seltsames dumpfes Gefühl in der Brust. Sie hatte Angst um ihn. Und sie wollte ihn nicht verlieren. Ihr Herz schlug viel zu heftig und unwillkürlich preßte sie eine Hand darauf. Was war nur los mit ihr? Liebte sie ihn etwa?

Roberts kluge, scheinbar alterslose Augen beobachteten sie aufmerksam. Sie dankte ihm, dann wanderte sie langsam um das Zelt herum. Sie hatte nicht die geringste Lust, zu dem Picknick zurückzukehren. Sicher würden Bertha und Nathaniel auch ohne ihre Hilfe zurechtkommen.

Um den Gästen nicht zu begegnen, ging Christa auf Umwegen zu ihrem Zelt und trat ein. Ihr Blick fiel auf den kleinen Klapptisch, wo Whiskey, Cognac und Wein bereitstanden. Krampfhaft schluckte sie und biß sich auf die Lippen.

Oh, der Fluch des Weins – und die beschämende Niederlage ihres Herzens... Was würde Jeremy empfinden, wenn er sie wiedersah? Er war so wütend nach dem Abend mit Sherman gewesen. Würde sich sein Zorn auch diesmal in stürmische Leidenschaft verwandeln?

Oder vielleicht würde er so reagieren wie damals, nachdem sie ihm gesagt hat, er solle sie bloß nicht anrühren. Er hatte erwidert, dazu sei er viel zu müde. Und sein Kissen spende ihm viel mehr Trost und Wärme als sie. Würde sie ihn eines Tages so weit bringen, daß er sich überhaupt nicht mehr für sie interessierte?

Betrübt wanderte sie auf und ab und wünschte, er wäre nicht weggeritten. Dann hätten sie die Auseinandersetzung jetzt schon hinter sich.

»Christa!« rief eine sanfte Stimme vor dem Zelt, und sie zog die Klappe beiseite. Celia Preston stand vor ihr – zierlich und bildhübsch in einem silbergrauen Tageskleid. Hinter ihr sah Christa den Cherokee Wache stehen, winkte ihm zu, und er nickte, ohne eine Miene zu verziehen.

Celia kam ins Zelt und schaute sich lächelnd um. Voller Bewunderung betrachtete sie die beiden Schreibtische, das breite Bett und den komfortablen Waschtisch. »Wieviel Platz du hast! Natürlich ist unser Zelt größer als die meisten anderen, denn immerhin ist Jimmy ein Lieutenant. Aber das hier...« Ihre braunen Samtaugen funkelten fröhlich. »Welch eine Eleganz inmitten der Wildnis!« Doch dann wurde sie ernst. »O Christa, ich bin so beunruhigt. Jimmy ist mit Colonel McCauley und der Kompanie B weggeritten. Was ist denn geschehen?«

»Das weiß ich nicht. Aber du brauchst dich nicht aufzuregen, es ist alles in Ordnung. Die Männer sind immer sehr vorsichtig, das weißt du doch.«

Celia nickte. »Verzeih, daß ich hier einfach hereingeplatzt bin, aber ich war so nervös... »Nach einer kleinen Pause lächelte sie wieder. »O Christa, es war einfach himmlisch, wie du dieser Xanthippe heute über den Mund gefahren bist. Sie sieht immer noch so aus, als könnte sie vor Wut platzen. Jetzt zerreißt sie sich gerade den Mund über dich, nach Leibeskräften unterstützt von Mrs. Brooks. Darf ich ein Glas Wein mit dir trinken?«

»Ja, natürlich. Tut mir leid. Ich hätte dir schon längst etwas anbieten sollen.« Sie füllte ein Glas mit Burgunder, reichte es ihr, und sie setzten sich nebeneinander aufs Bett.

»Trinkst du nichts?«

»Nein, lieber nicht«, antwortete Christa.

»Wie erträgst du bloß diese schreckliche Warterei?«

»Die mußte ich noch nicht allzuoft ertragen.« Verlegen wich Christa dem Blick ihrer Freundin aus, die sie voller Bewunderung, vielleicht sogar ehrfürchtig anstarrte.

»Du bist so stark. Und du meisterst alle Situationen, was immer auch passieren mag. Tag für Tag versichert mir Jimmy, wie großartig du bist.«

Schuldbewußt senkte Christa den Kopf. Dieses Lob verdiente sie gar nicht. Ihre angeblich so großen Leistungen vollbrachte sie nur, um sich vor ihrem Mann keine Blöße zu geben, um nicht die geringste Schwäche zu zeigen, denn etwas anderes wäre einer Cameron unwürdig gewesen.

»Ich wünschte, ich wäre so wie du«, fuhr Celia fort.

»Jimmy liebt dich so, wie du bist.«

»Oh, das hoffe ich. Aber du bringst es fertig, strahlend schön und auch noch eine perfekte Ehefrau zu sein.«

»Ich glaube, nun werde ich mir doch etwas Wein genehmigen«, sagte Christa, um ihr Unbehagen zu überspielen. Sie stand auf, goß sich ein Glas ein und nahm einen großen Schluck, dann ermahnte sie sich, nicht zuviel zu trinken. Nicht zuletzt wegen ihres Weinkonsums war sie in der letzten Nacht eine perfekte Ehefrau geworden. »Weißt du, Celia, mein Mann findet mich gar nicht so vollkommen«, gestand sie.

»Wie kannst du das behaupten!«

»Weil es stimmt. Ich habe mich General Sherman gegenüber unmöglich benommen, und auch die Szene heute beim Picknick hat Jeremy bestimmt nicht erfreut.«

Celia kicherte. »Ich glaube, das Rebellenlied hat General Sherman eher amüsiert. Und was das Picknick betrifft – da täuschst du dich ganz gewaltig. Schade, daß du nicht geblieben bist! Als sich Clara Jennings bei deinem Mann über dich beklagte, nahm er dich in Schutz. Auch alle anderen Damen und Herren ergriffen deine Partei.«

Fast schmerzhaft hämmerte Christas Herz gegen ihre Rippen. Jeremy hatte sie verteidigt? Gegen Clara Jennings? Stimmte das, oder versuchte Celia sie nur über die gesellschaftliche Katastrophe hinwegzutrösten?

Celia sprang plötzlich auf, stellte ihr Weinglas auf den kleinen Tisch und umarmte Christa. »Oh, hätte ich bloß den Mut, so zu reden wie du! Du warst einfach wunderbar. Jeden Tag bemühe ich mich so zu werden wie du.«

»Red nicht solchen Unsinn! Dein Mann will dich gar nicht anders haben. Und wenn ich dir auch ganz besonders tüchtig vorkomme – so bin ich nur geworden, weil...« Christa verstummte. Wie sollte sie Celia die schrecklichen Dinge erklären, die während des Krieges und nachher geschehen waren?

»Weil du eine Rebellin bist«, vollendete ihre Freundin den Satz. »Es tut mir so leid, was du alles durchmachen mußtest. Für mich war der Krieg nur etwas Vages, Unbegreifliches – etwas, das in weiter Ferne lag, und ich wußte nur, was in der Zeitung stand. Als Jimmy nach Washington versetzt wurde, war der Krieg schon vorbei. Ich kann mir gar nicht vorstellen, wie das gewesen sein muß, in Virginia leben zu müssen, während ringsum die wildesten Schlachten tobten, die ganze Umgebung von Feinden wimmelte. Das hätte ich niemals überlebt.«

Christa lächelte schmerzlich. »Jeder kann überleben, wenn er's muß. Aber jetzt liegt das alles hinter uns, nicht wahr?«

Eifrig nickte Celia. »Ich bin so glücklich, weil du's überstanden hast, denn ich wüßte nicht, wie ich die Reise ohne dich verkraften sollte.« Seufzend ging sie zur Zeltklappe, wo sie sich noch einmal umdrehte. »Danke.«

Christa schüttelte den Kopf. »Nein, ich danke dir, Celia.«

»Ich möchte dasein und warten, wenn Jimmy in unser Zelt kommt. Gute Nacht.«

»Gute Nacht.«

Christa begleitete ihre Freundin zum Ausgang und schaute ihr eine Weile nach, dann setzte sie sich wieder aufs Bett. War es wirklich wahr, daß Jeremy sie verteidigt hatte?

Etwas später brachte ihr Robert Black Paw etwas von dem Büffeleintopf, der bei dem verhängnisvollen Picknick übriggeblieben war.

Sie bedankte sich, verspürte aber keinen Hunger, und so ließ sie die Schüssel auf ihrem Schreibtisch stehen. Der Cherokee fragte, ob sie noch einen Wunsch habe, und sie bat ihn etwas zögernd, ob ihr einer der Soldaten heißes Wasser und die Sitzbadewanne bringen könne.

Robert versicherte, diesen Gefallen würde man ihr gerne tun, und nach knapp dreißig Minuten stand die Wanne bereit, gefüllt mit dampfendem Wasser. Christa schüttete ein paar Tropfen von ihrem kostbaren Badeöl mit dem Rosenduft hinein, dann rekelte sie sich genüßlich in weißem Schaum.

Plötzlich wurde ihr bewußt, daß sie für ihren Mann badete. Sie glaubte, ihm etwas schuldig zu sein, und die Camerons beglichen immer ihre Schulden, das hatte sie ihm einmal erklärt. Vielleicht war er immer noch wütend auf sie und hatte sie nur verteidigt, um sein Gesicht zu wahren. Wie auch immer, an diesem Abend würde sie auf ihn warten.

In einem Flanellnachthemd setzte sie sich an den Schreibtisch und bürstete ihr Haar. Durch die weiße Segeltuchplane des Zelts sah sie das Lagerfeuer, das Robert Black Paw entzündet hatte. Jetzt saß er da draußen, wärmte seine Mahlzeit auf und braute starken Kaffee. Nachdenklich beobachtete sie den tanzenden Flammenschein.

Die Stunden verstrichen, das Feuer sank zu Asche herab, und irgendwann fielen ihr die Augen zu. Müde stützte sie die verschränkten Arme auf den Schreibtisch und legte den Kopf darauf. Sicher würde sie nicht einschlafen, dafür war sie viel zu wach...

Als sie erwachte, war es dunkel im Zelt. Sie lag im Bett und spürte etwas Warmes am Rücken. Verwirrt zuckte sie zusammen. Jeremy war also nach Hause gekommen, hatte sie schlafend im Schreibtischsessel gefunden und ins Bett gebracht.

»Stimmt was nicht?« fragte er leise. Sogar die kaum wahrnehmbare Bewegung hatte er bemerkt.

»Ich...« Unsicher verstummte sie.

»Großer Gott, seit wann hat es dir denn die Sprache verschlagen?« fragte er ungeduldig.

»Ich – ich wollte beim Picknick niemanden beleidigen, aber als sich diese Frau über Nathaniel aufregte...«

»Du hast niemanden beleidigt.«

»Und ich wollte dich ganz bestimmt nicht ärgern.«

»Ah, das ist ja ganz was Neues«, murmelte er.

Christa kehrte ihm immer noch den Rücken und war froh, weil die Finsternis das Blut verbarg, das ihr brennend in die Wangen stieg. Offenbar beabsichtigte er nicht, ihr alles ein bißchen leichter zu machen. Sie holte tief Atem und fuhr hastig fort: »Allem Anschein nach hast du dich verpflichtet gefühlt, mich zu verteidigen...«

»Mein Gott, Christa, wofür hältst du mich denn? Jahrelang hat mir Nathaniel den Rücken gedeckt, er gehört zu meinen besten Freunden. Traust du mir nicht zu, daß ich mich selber für ihn eingesetzt hätte, wenn es nötig gewesen wäre?«

»Das alles sagte ich nicht nur Nathaniel zuliebe, sondern ich dachte auch an Tyne und Janey und so viele andere Leute. In meiner Gegenwart hat sich noch niemand so unglaublich benommen wie Clara Jennings. Aber sie ist eben eine Nordstaatlerin.«

Ja, zum Teufel, dachte Jeremy, diese Frau ist eine Nordstaatlerin. Und Christa versteht nicht, daß viele Männer und Frauen im Norden noch nie einen Neger gesehen haben, genauso, wie viele Männer und Frauen im Norden nicht wissen, daß über die Hälfte der konföderierten Soldaten niemals Sklavenhalter gewesen sind.

»Die Union hat den Krieg gewonnen«, sagte er leise und starrte zum dunklen Zeltdach hinauf. »Aber wahrscheinlich wird es noch Jahrzehnte dauern, bis in diesem Land echter Friede einkehrt.«

»Jeremy…« Abrupt verstummte sie.

Er stützte sich auf einen Ellbogen. Versuchte sie, sich zu entschuldigen und ihm zu danken? Welch ein einzigartiges Erlebnis… Vermutlich würde sie sich jetzt bereitwillig in die Arme nehmen lassen, aus reiner Dankbarkeit.

Aber er war so müde. Und der Anblick der Spuren, die der Komantschenüberfall hinterlassen hatte, deprimierte ihn immer noch. Außerdem wünschte er sich von seiner Frau viel mehr als nur Dankbarkeit. Sie sollte nicht irgendwelche eingebildeten Schulden begleichen.

Wenn die Magie der vergangenen Nacht nicht heraufbeschworen werden konnte, verzichtete er lieber auf erotische Genüsse. »Schlaf jetzt, Christa.« Er spürte, wie sie sich versteifte, drehte sich auf die andere Seite und schloß die Augen.

Wie süß sie duftete, nach Rosen… Sie hatte so zauberhaft ausgesehen, als er ins Zelt gekommen war, schlafend im Sessel zusammengerollt, unschuldig wie ein Kind, ohne jene Verteidigungsbastionen, die sie sonst stets um sich errichtete. Und sie hatte so verletzlich gewirkt. Wie gern hätte er sie an sich gedrückt und geliebt…

Der Rosenduft kitzelte unentwegt in seiner Nase, und er kniff die Augen noch fester zusammen. Nein, nicht heute nacht. Diesmal sollten keine Kämpfe ausgefochten werden. Er *mußte* sein Verlangen nicht stillen. Schon einmal hatte er ihr versichert, sie sei keineswegs unwiderstehlich.

Warum verfolgte ihn dann ihr Duft? Warum drängte es ihn, sich zu ihr zu wenden, sein Gesicht in ihrem seidigen Haar zu vergraben, das Grauen zu vergessen, das er gesehen hatte?

Die Antwort war ganz einfach. Weil er in seiner unglaublichen Dummheit sein Herz an Christa verloren hatte. Aber trotz seiner Qualen drehte er sich nicht zu ihr um. Stolz. Was für ein närrisches Laster… Da lag sie neben ihm, wartete auf seine Berührung, und er weigerte sich, wieder mit ihr in jenen Himmel zu fliegen, der sich letzte Nacht geöffnet hatte.

Schließlich hielt er es nicht länger aus und wandte sich zu ihr. Doch da schien sie wieder zu schlafen. Er fühlte ihre tiefen, gleichmäßigen Atemzüge, strich ihr behutsam das zerzauste Haar aus dem Gesicht und spürte Tränen auf ihren Wangen.

Christa hatte geweint?

Unmöglich. Camerons weinten nicht, weder die Männer noch die Frauen. Und wenn sie Tränen vergoß, dann nur, wenn sie allein war.

»Oh, was für eine Hölle haben wir beide füreinander geschaffen?« flüsterte er. Seufzend legte er einen Arm um sie und hielt sie fest.

Ein Arm glitt unter ihre Brüste. Sein Verlangen wurde dadurch keineswegs gemildert, aber in sein Herz kehrte ein wenig Ruhe ein, als sie sich unbewußt im Schlaf an ihn schmiegte, wie selbstverständlich.

Ihre Nähe tat so gut. Irgendwo in der Ferne heulte ein Wolf, und nach einer Weile schlief Jeremy endlich ein.

17

Wegen der langen, scheinbar endlosen Regenstunden und einer beschwerlichen Reiseroute bekam Christa ihren Mann während der nächsten Tage kaum zu Gesicht. Trotz des schlechten Wetters drängte er immer wieder zur Eile, denn er wollte das Fort Jacobson erreichen und befestigen, ehe der Winter begann. Und wenn er es auch nicht für nötig befand, sie über seine Entscheidungen zu informieren, so war immerhin James Preston höflich genug und hielt sie auf dem laufenden.

Captain Clark, einer der Kuriere im Westen, hatte den Treck verlassen, also konnte sie sich nicht mehr mit dem charmanten Mann unterhalten. Dafür hatte Sergeant Jaffe sie mit einigen anderen Offizieren bekannt gemacht, die sehr nett zu ihr waren und ihr die Bosheiten, die sie General Sherman an den Kopf geworfen hatte, anscheinend nicht übelnahmen.

Wie sie zu ihrer Verblüffung erfuhr, hatten einige der Soldaten bis vor kurzem graue Uniformen getragen. »O ja, hier draußen haben wir eine interessante Armee, Ma'am«, bemerkte Jaffe eines Tages. »Lauter erfahrene, knochenharte Leute. Die Hälfte dieser Burschen hat vier Jahre lang auf Weiße gefeuert. Also werden sie nicht mit der Wimper zucken, wenn sie ihre Waffen gegen Rothäute erheben.«

Christa fand diese Aussicht nicht besonders ermutigend. Wie sie wußte, war Jeremy oft entsetzt, weil das Unionsheer die Indianer so grausam behandelte.

Drei Nächte lang kampierten sie auf hohen Böschungen über dem Fluß, ohne Zelte aufzuschlagen. Christa schlief bei Celia und den jungen Hündchen im Krankenwagen. Am vierten Tag hörte es zu regnen auf, und sie passierten ein Reservat. Jaffe erklärte ihr, hier würden die Caddo-Indianer leben, ein »halbzivilisierter« Stamm. Fasziniert stieg sie vom Pferd und beschloß, ihnen etwas abzukaufen. Ein etwa einjähriges Kind kam angelaufen und prallte gegen Christas Beine. Sie lachte und erinnerte sich wehmütig an ihre Neffen und Nichten. Dann hob sie den kleinen Jungen hoch und schwenkte ihn im Kreis herum, so wie sie es früher oft mit John Daniel gemacht hatte. Er kreischte vor Freude, und seine Mutter lächelte.

Christa legte ihr das Kind in die Arme und suchte sich mit Jaffes Hilfe ein paar Waren aus, die sie kaufte. Bald würden sie in Regionen kommen, wo hauptsächlich Komantschen und Kiowa lebten, und die zählten beide nicht zu den Stämmen, die Ackerbau betrieben. Sie folgten den Büffelherden, bekämpften ihre Feinde und ergänzten ihre tierische Nahrung mit Waldfrüchten und Lebensmitteln, die sie bei Plünderungen erbeuteten.

Im Caddo-Reservat erstand Christa vor allem Gemüse. Auch einige Mitglieder des Regiments kauften ein. Die Army-Rationen waren spärlich. Wie Jaffe erklärte, erhielt ein gemeiner Soldat dreizehn Dollar im Monat, außerdem jede Woche etwas Pökelfleisch, getrocknete Bohnen, Kaffee, braunen Zucker, Weizenmehl und Seife. Zweimal pro Woche sollten die Männer frisches Fleisch essen, aber da sie erfolgreich auf die Jagd gingen und Jeremy den Büffel erlegt hatte, trafen sie es in dieser Hinsicht viel besser. Für frisches Obst und Gemüse mußten sie allerdings selber sorgen. Sogar die Leute, die ihren Sold verspielten, noch ehe sie ihn bekamen, beschafften sich nun Mais und Grünzeug.

Wieder unterwegs, erfuhr Christa von Celia, Mrs. Jennings würde bei Mrs. Brooks in deren Krankenwagen sitzen. »Dort beten sie gemeinsam für deine Seele, weil du mit dem Indianerkind gespielt hast.«

»Man sollte meinen, sie könnten sich zur Abwechslung mal über die Schlangen und Taranteln beklagen, statt immer nur an *mir* herumzunörgeln.«

»Oh, über die regen sie sich auch auf«, erwiderte Celia, und beide lachten. Christa freute sich über die Heiterkeit ihrer Freundin, die alle Unannehmlichkeiten der letzten Zeit gut verkraftet hatte und sich allmählich zu einer tapferen Kavalleristenfrau entwickelte.

An diesem Tag legten sie über zwanzig Meilen zurück und kampierten am Washita River. Nathaniel und Robert Black Paw bauten das Zelt für Christa und Jeremy auf, und sie kochte gerade vor dem Eingang Kaffee, als sie plötzlich innehielt. Trotz der Abenddämmerung konnte sie beobachten, wie ein Offizier drei Indianer ins Lager brachte.

Langsam erhob sie sich vom Lagerfeuer und starrte die Neuankömmlinge an. Trotz der kühlen Nachtluft trugen sie keine Hemden. Ihre Pferde waren rot bemalt, ebenso wie ihre Gesichter. Der Kopfputz des Anführers bestand aus einem Büffelkopf mit Hörnern. Nichts an diesen Männern wirkte zivilisiert. Allein schon ihre straffe Körperhaltung zeugte von ihrem Freiheitsgefühl, von der wilden Entschlossenheit, ihr unabhängiges Leben auch weiterhin zu führen.

»Robert...« Bestürzt wandte sich Christa zum indianischen Späher ihres Mannes.

»Komantschen«, sagte er leise.

Ihr Herz begann schneller zu schlagen. »Warum sind sie hier?

Wurden sie gefangengenommen? Nein, dann würden sie nicht so stolz auf ihren Pferden sitzen. Wie können sie es wagen, einfach in unser Camp zu reiten?«

Robert zuckte die Achseln. »Sie wollen mit dem Colonel sprechen. Vorerst kommen sie in friedlicher Absicht, und Sie haben nichts zu befürchten.«

Die Indianer stiegen vor dem Hauptquartier von ihren Ponys und verschwanden darin. Nervös zog sich Christa in ihr Zelt zurück, setzte sich aufs Bett, fand keine innere Ruhe. Erstens blickte sie der Nacht mit gemischten Gefühlen entgegen, denn sie hatte kaum ein Wort mit Jeremy gewechselt, seit er von seinem Ritt in die Prärie zurückgekehrt war. In jener Nacht hatte er sie nicht angerührt, und nun erschien er ihr beinahe fremd. Zweitens weckten die Komantschen eine Neugier, die sich kaum bezähmen ließ.

Schließlich sprang sie auf, legte einen Schal um ihre Schultern und verließ das Zelt. Vor dem Hauptquartier hielt der Soldat Darcy Wache. »Ma'am...«, begann er und wollte sie aufhalten.

Sie hob eine Hand. »Das ist schon in Ordnung, Mr. Darcy. Meinen Mann wird es sicher nicht stören, wenn ich hineingehe.«

Natürlich würde es ihn stören, aber da es Darcy widerstrebte, handgreiflich zu werden, konnte er sie nicht daran hindern, das Zelt zu betreten.

Neben dem Eingang blieb sie stehen und betrachtete die Szene. Der weiße Offizier, der die Komantschen ins Lager geführt hatte, war Captain Clark. Er stand schräg hinter Jeremy, der am Schreibtisch saß. Daneben waren zwei Krieger postiert, der dritte hatte dem Kommandanten gegenüber Platz genommen und sagte nun in erstaunlich gutem Englisch: »Erst vor wenigen Monaten versammelten wir uns zu Tausenden an den Ufern des Washita – Komantschen, Apachen, Kiowa, Pawnee und andere – und hörten, was uns der Große Weiße Vater der Konföderierten Staaten von Amerika anbot.«

Verblüfft hob Christa die Brauen, als ihr bewußt wurde, daß Präsident Jeff Davis gemeint war. Jeremy nickte dem Mann zu. »Der Gesandte der Konföderierten Staaten sprach in gutem Glauben zu euch. Aber um jene Zeit brach die Regierung der Konföderierten Staaten bereits zusammen. Buffalo Run weiß...«

»Buffalo Run weiß, was hier geschieht – zum Beispiel das Massaker am Sand Creek. Er war froh, als er hörte, daß du hierherkommst, denn er erinnert sich gut an dich. Und er hält dich für den einzigen ehrlichen weißen Mann, der ihm je begegnet ist.«

»Eagle Who Flies High...« Jeremy beugte sich vor. »Es freut mich, daß Buffalo Run bereit ist, mit mir zu verhandeln. Aber ich bin tief betrübt. Erst vor kurzem ritt ich mit einer Kompanie meines Regiments in die Prärie hinaus und entdeckte Soldaten von einer anderen Gruppe, die getötet worden waren. Und erst vor wenigen Tagen fand ich Leichen, nicht weit von unserer Reisestrecke. Will Buffalo Run auf diese Weise seinen guten Willen bekunden?«

»Ebenso wie du nicht alle Weißen im Zaum halten kannst, ist es auch Buffalo Run verwehrt, über alle Komantschenkrieger zu gebieten.«

»Ah, aber er übt doch einen gewissen Einfluß aus.«

Der Indianer, ein mittelgroßer, kräftig gebauter Mann, neigte den Kopf. »Er wird also mit dir sprechen. Und seine Brüder Setting Sun und Walks Tall werden dich ebenfalls guten Willens erwarten.«

»Damit bin ich einverstanden.« Jeremy stand auf. Offenbar war die Besprechung beendet.

Auch der Indianer erhob sich und wandte sich zum Ausgang, aber bei Christas Anblick erstarrte er. Auch Jeremy entdeckte sie erst jetzt. Seine Augen verengten sich, und sie spürte, wie ihr das Blut heiß in die Wangen stieg, während der Komantsche sie von Kopf bis Fuß musterte.

»Meine Frau, Eagle Who Flies High«, erklärte Jeremy.

»Eine schöne Frau.« Der Krieger verbeugte sich vor Jeremy, dann ging er aus dem Zelt, wobei er Christa beinahe streifte. Die beiden anderen Indianer folgten ihm schweigend, ihre dunklen Augen fixierten die Frau des Kommandanten ebenso unverhohlen.

Sobald sie außer Hörweite waren, stieß Jeremy wütend hervor: »Was um Himmels willen treibst du hier?«

Ich wollte nur...«

»Jeremy«, mischte sich Emory Clark ein, »es ist sicher nicht Mrs. McCauleys Schuld, wenn sie unwissentlich hereingeplatzt ist.«

»Ich wäre dir dankbar, wenn du dich um deine eigenen Angelegenheiten kümmern würdest, Emory«, fiel Jeremy ihm erbost ins Wort. Er ging auf Christa zu. »Und du mußt endlich lernen, dich aus Dingen rauszuhalten, die dich nichts angehen!«

»Aber das geht mich was an!« entgegnete sie und wünschte, sie wäre nicht hierhergekommen, nicht zuletzt, weil ihr der arme Emory leid tat, der sich nun in einer etwas peinlichen Situation befand. »Die Komantschen...«

»Die Komantschen sind ganz verrückt nach weiblichen Gefangenen.«

Captain Clark räusperte sich. »Er ist nur um Ihr Wohl besorgt...«

»Vielen Dank, Emory, ich rede selber mit meiner Frau.«

»Jawohl.« Emory salutierte und verließ das Zelt, aber nur widerwillig.

»Du hättest nicht so unhöflich sein müssen«, warf Christa ihrem Mann vor.

»Und du solltest dich nicht so dumm benehmen.«

Abrupt kehrte sie ihm den Rücken, stürmte fast blindlings aus dem Hauptquartier und stolperte beinahe über Darcy.

»Christa!«

Sie tat so, als würde sie Jeremys Ruf nicht hören, und eilte zu ihrem Zelt.

Dicht hinter ihr trat er ein, ergriff ihre Schultern und drehte sie zu sich herum. »Christa, lauf mir nie wieder so davon.«

»Und du schrei mich nie wieder so an.«

»Ich war nur besorgt.«

»Und es wäre auch nicht nötig gewesen, Captain Clark so abzukanzeln.«

Seufzend verdrehte er die Augen. »Natürlich, dem armen lieben Burschen, der Liam McCloskey so ähnlich ist, darf ich nicht zu nahe treten.«

»Großer Gott!« Christa warf wütend die Arme hoch. »Du hast recht, Captain Clark ist wirklich arm, denn dafür wird er sein Leben lang bezahlen müssen.« Sie riß ein Kissen vom Bett und schleuderte es auf ihren Mann. Der fing es geschickt auf, um es wieder zurückzuwerfen. Dann ging er auf sie zu, und sie wich unbehaglich zurück. »Ich wollte dir wirklich keine Schwierigkeiten machen. Aber ich wußte nicht, wie lange du noch wegbleiben würdest, und ich ...«

»Du warst neugierig auf die Komantschen.«

Hastig wandte sie sich ab, schenkte ihm einen Cognac ein und reichte ihm das Glas. »Oh, ich habe schon sehr viele Indianer gesehen.«

»Aber keine Komantschen.«

»Und gerade dieser Stamm ist besonders wichtig für dich. Es gibt so vieles, was ich nicht verstehe. Wovon hat er geredet? Was ist am Sand Creek geschehen?«

»Das Massaker...« Er setzte sich hinter seinen Schreibtisch und warf ihr einen scharfen Blick zu. »Hast du nie davon gehört?«

»Nun, ich weiß, daß dort ein Krieg stattfand.«

Jeremy nickte. »Ein anständiger Offizier namens Wynkoop war westlich von hier postiert, im Fort Lyon. Unter gewissen Bedingungen hatten sich einige Arapaho- und Cheyenne-Indianer unter seinen Schutz gestellt. Aber Wynkoop war zu anständig. Irgend jemand beschloß ihn loszuwerden, und ein Major Anthony trat an seine Stelle. Gouverneur Evens aus Colorado und ein Miliz-Colonel namens Chivington strebten einen Krieg an. Anthony vertrieb die Indianer aus dem Schutz des Forts, denn außerhalb dieser Grenzen konnte er sie angreifen. Und das tat er. Chivington hatte seinen Leuten befohlen, alle Indianer umzubringen und zu skalpieren, die Erwachsenen ebenso wie die Kinder, um sie restlos auszurotten. Und so zogen die Männer los und metzelten alles nieder, was eine rote Haut hatte. Ein Captain Silas aus Chivingtons Heer weigerte sich, der Order Folge zu leisten, und wurde wenig später in Denver ermordet. Anthony und Chivington versuchten, es so hinzustellen, als hätten sie eine edle Schlacht geschlagen, aber die Wahrheit sprach sich sowohl bei den

Weißen als auch bei den Indianern herum. Buffalo Run ist nicht dumm. Was er aus der Vergangenheit gelernt hat, behält er und berücksichtigt es bei seinen Zukunftsplänen. Er traut nicht allzuvielen Männern.«

Das konnte Christa dem Häuptling nicht verübeln, seit sie diese Geschichte gehört hatte. Obwohl Jeremy das Massaker nicht in allen Einzelheiten geschildert hatte, konnte sie sich nur zu gut vorstellen, wie grauenvoll es gewesen sein mußte. »Dir scheint Buffalo Run zu trauen.«

Er zuckte die Schultern. »Nun, er ist mir etwas freundlicher gesinnt, als den meisten anderen Weißen.« Plötzlich beugte er sich vor. »Seine Männer hätten dich niemals sehen dürfen.«

»Aber...«

»Die Komantschen leben in einer polygamen Gesellschaft. Buffalo Run hat mehrere Frauen, und wahrscheinlich würde er sich gerne noch eine weitere nehmen. Die Komantschen sind schnell wie der Wind. Oft reiten sie nach Mexiko hinunter und treiben Handel mit den Spaniern. Dabei verkaufen sie Frauen ebenso wie Büffel, Fleisch und Häute. Zuvor vergewaltigen sie ihre weiblichen Gefangenen, denn sie wollen den Spaniern nur Frauen überlassen, die beschmutzt sind. Auf diese Weise fühlen sie sich überlegen.«

Ein eisiger Schauer lief über Christas Rücken. »Aber – ich bin doch ins Hauptquartier gekommen, ich war nicht draußen in der freien Wildnis.«

»Immerhin bist du schon einmal hinausgelaufen«, erinnerte er sie in kühlem Ton.

»Das werde ich nie wieder tun«, versprach sie unbehaglich.

Er stand auf und ging auf sie zu. »In den nächsten Tagen, bis ich wieder zurück bin, mußt du stets in Robert Black Paws Nähe bleiben.«

»Bis zu deiner Rückkehr?« wiederholte sie verwirrt.

»Morgen besuche ich mit Eagle Who Flies High das Lager, wo sich Buffalo Run gerade aufhält.«

Entsetzt schnappte Christa nach Luft. »Du reitest – in ein Komantschencamp? Das darfst du nicht!«

»Ich werde Buffalo Runs Lager nicht zum erstenmal besuchen.«

Sie schüttelte den Kopf. »Aber – wie kannst du ihm vertrauen? Er tötet seine Gefangenen und hält sich nur an seine eigenen Gesetze...«

»Ich muß mit ihm sprechen, Christa. Und ich traue ihm mehr als den meisten anderen Männern, unabhängig von der Hautfarbe.«

»Wenn du keine Zweifel an ihm hegst, warum bist du mir dann so böse?«

»Verdammt!« schrie Jeremy. »Ich versuche doch nur, dir einiges klarzumachen!«

»Hör auf, mich so anzubrüllen«, stieß sie mit zusammengebissenen Zähnen hervor. »Sonst rufst du womöglich noch Mrs. Brooks auf den Plan.«

Plötzlich lächelte er und sank aufs Bett. »Wirst du mich vermissen?« fragte er Christa.

Sie wurde rot. »Jeremy, ich...«

»Ganz sicher wirst du mich ein kleines bißchen vermissen. Komm her. Mir bleibt nur noch diese Nacht, bevor ich losreite, und da will ich nicht mit dir streiten.«

»Du streitest ja gar nicht, du schreist nur und erwartest, daß ich sofort zu dir laufe, wenn du mit den Fingern schnippst.«

Da stand er rasch auf, zog sie zum Bett und drückte sie darauf. »Christa, du brauchst wirklich keine Angst um mich zu haben. Buffalo Run hat zwei seiner Brüder als Geiseln hierhergeschickt, und sie bleiben in unserem Camp, bis ich wohlbehalten zurückkehre. Außerdem haben der Häuptling und ich Blutsbrüderschaft geschlossen. Die Komantschen sind zwar ein freiheitsliebender Stamm, und jeder Krieger besitzt das Recht, für sich selbst zu denken, aber sie alle respektieren gewisse Vereinbarungen. Das sind sie ihrer Ehre schuldig. Zwei Minuten nach meiner Rückkehr ins Camp mögen Kämpfe ausbrechen. Aber solange ich unter Buffalo Runs Schutz stehe, bin ich sicher.« Nach einer kleinen Pause fügte er hinzu: »Was dich betrifft, werde ich niemals sicher sein. Nun, wirst du mich vermissen?«

»Vielleicht«, flüsterte Christa.

»Jede Sekunde, die ich von dir getrennt bin, wird mich quälen.«

»Du lügst!« klagte sie ihn an.

»Das ist die reine Wahrheit.«

»Wie soll ich das glauben? Wenn du willst, kannst du sehr gut Abstand halten.«

»Und dann bin ich immer wütend auf mich selber. Aber heute wird nichts zwischen uns stehen, und morgen wirst du mich ganz sicher schmerzlich vermissen.« Als sie seinem eindringlichen Blick nicht standhielt, fragte er leise: »Was, kein Protest? Kein Wutanfall?«

Im gedämpften Lampenlicht schaute sie auf ihre Hände hinab. Obwohl sie dagegen ankämpfte, spürte sie, wie sich ihr Blut erhitzte. Atemlos erwiderte sie: »Du verspottest mich, und ich weiß nicht, was du willst. In jener Nacht habe ich dir alles gegeben. Darüber schienst du dich zu freuen, aber als du dann von deinem Ritt zurückkamst, warst du völlig desinteressiert.«

»Das war ich nie«, widersprach er, ließ sich vor ihr auf ein Knie nieder und ergriff ihre Hand. »Niemals. Aber danach sagtest du mir, es hätte nur am Wein gelegen.«

Unsicher senkte sie den Kopf. »Vielleicht war es das, vielleicht auch nicht. Eins verstehe ich nach wie vor nicht: Was willst du sonst noch von mir?«

»Mehr, Christa, immer mehr. Aber vor allem wünsche ich mir, daß du zu mir kommst. Nicht, weil du auf meinen Schutz angewiesen bist und auch nicht, weil die Camerons stets ihre Schulden begleichen. Sondern weil du mich begehrst. Wäre das denn so schwierig?«

Sie schüttelte den Kopf und schluckte krampfhaft. Endlich trafen sich ihre Blicke. Dann versuchte sie zu sprechen, fuhr sich mit der Zungenspitze über die Lippen, suchte vergeblich nach Worten. Vielleicht erkannte er ihr Dilemma? Vielleicht wußte er genau, wann er sie drängen, wann er ihr ein wenig Spielraum gewähren mußte?

Er ließ ihre Hände los, nahm sie in die Arme, und als er aufstand, zog er sie hoch. Sein glutvoller Kuß weckte von neuem das Feuer, das so lange in ihr geschwelt und das sie erst vor kurzem kennengelernt hatte. Wie schnell es emporloderte... Sie legte die Arme um Jeremys Hals, öffnete bereitwillig die Lippen. Ihre Zunge spielte mit seiner, während sich ihre Finger in sein Nackenhaar schlangen. Sie spürte, wie sich sein Herzschlag beschleunigte.

Nach einer Weile hob er den Kopf. »Großer Gott!« flüsterte er, und sie lächelte, ohne zu wissen, welch ein betörender Glanz aus ihren Augen strahlte.

Ungeduldig drehte er sie um, öffnete die Häkchen und Ösen an ihrem Mieder. Als das Kleid von ihren Schultern glitt und zu Boden fiel, wandte sie sich wieder zu Jeremy, und er küßte begierig ihren Busenansatz. Gleichzeitig löste er das Band ihrer Unterhose, die auf dem Kleid landete, und Christa stieg aus ihren Sachen heraus. In dieser Nacht schien das Lampenlicht besonders sanft zu schimmern.

Er setzte sich auf das Bett, zog einen Stiefel aus, und sie kniete vor ihm nieder, um ihn vom zweiten zu befreien. Rasch schlüpfte er aus seinem Hemd. Sie richtete sich auf, umarmte ihn, ihre Lippen streiften seinen Hals, seine Brust, ihre Finger liebkosten das kastanienbraune Kraushaar, ihre Zungenspitze kostete die bronzebraune Haut. »Christa!« stöhnte er, riß sie an sich, und während er aufsprang, hob er sie hoch, um sie aufs Bett zu legen.

Dann zog er seine Kavalleriehose aus, und Sekunden später fühlte sie seine heißen Lippen auf ihren Schultern, ihren Brüsten.

Dabei flüsterte er Worte, die sie nicht genau verstand, aber das war auch gar nicht nötig, denn seine Stimme und die Liebkosungen drückten deutlich aus, welch heißes Verlangen ihn erfüllte. Als er an ihren Brustwarzen saugte, begann auch sie zu wispern und flehte ihn an, sie von der süßen Qual zu erlösen. Doch das tat er nicht. Er streichelte sie, bedeckte ihren ganzen Körper mit glühenden Küssen.

Endlich streckte er sich neben ihr aus, hob sie hoch und setzte sie auf seine Hüften. Seine Augen tauchten in ihre, während er tief in sie eindrang.

Er zeigte ihr, wie sie sich bewegen mußte, betrachtete ihr langes Haar, das ihn berührte, ihre wippenden Brüste. Und seine Hände dirigierten sie, bis die natürliche Kraft ihrer eigenen Begierde alle Anweisungen überflüssig machte.

Nun übernahm sie die Führung, jagte ihn und sich selbst in

einen Wirbelsturm drängender Glut, der sich in wilder Ekstase entlud. Die ganze Welt schien in gleißendem Sonnenlicht zu explodieren und dann in schwarzes Dunkel zu fallen, als Christa erschöpft auf die Brust ihres Mannes hinabsank.

Als sie zu Atem gekommen war, glitt sie erstaunt zur Seite, vermochte kaum zu fassen, daß es etwas so Himmlisches geben konnte wie das Wunder, das sie soeben miteinander geteilt hatten. Reglos lag sie neben Jeremy, spürte seinen erhitzten Körper, dankbar für die Wärme, die sie beide einhüllte. Dann hörte sie seine leise Stimme – vielleicht ein wenig spöttisch, aber auch voller Sehnsucht. »Wirst du mich vermissen?«

Ja, wollte sie rufen, so wie die Sonne, wie die Luft. Mehr als sonst jemanden auf dieser Welt. Schmerzlicher, als ich meine Brüder in den grausigen Kriegsjahren vermißt habe. Ich liebe sie – aber dich liebe ich anders, viel tiefer. Und in grenzenloser Leidenschaft. O Gott, ja ich liebe dich...

»Wenn du so lange brauchst, um eine Antwort zu geben, habe ich dich wohl noch immer nicht überzeugt.«

Er preßte sie so fest an sich, daß ihr der Atem ausging. Und dann liebte er sie wieder, langsam und hingebungsvoll, und während die Lust einem neuen Gipfel entgegenstürmte, vergaß Christa alle Gedanken, konnte nur noch fühlen.

Als sie dann neben ihm lag und nach Luft rang, wiederholte er seine Frage. »Wirst du mich vermissen?«

Es dauerte eine Weile, bis sie sprechen konnte. »Ja...«

Lachend zog er sie an seine Brust. »Und ich dich auch, meine Liebste«, gelobte er leise. »Du wirst mir ganz schrecklich fehlen.«

18

Im Regimentscamp schleppten sich die Tage, die Jeremy mit James Preston und einigen anderen Männern bei Buffalo Run verbrachte, viel zu langsam dahin.

Obwohl Major Jennings und Major Brooks mehr Erfahrungen

in den westlichen Regionen besaßen, hatte Jeremy für die Dauer seiner Abwesenheit dem Regimentsarzt Major Weland das Kommando übertragen. Das ärgerte Mrs. Brooks und Mrs. Jennings maßlos, aber Christa erkannte die Weisheit dieser Entscheidung. Der Doktor bekleidete den gleichen Rang wie die beiden anderen Männer, aber seine Handlungsweise wurde in erster Linie von Menschlichkeit bestimmt, und er gebrauchte lieber seinen Kopf, als zu den Waffen zu greifen.

Sie hatte Jeremy versichert, sie würde ihn vermissen, und er fehlte ihr wirklich ganz schrecklich. Wenn sie nachts wach im Bett lag, erkannte sie zu ihrer eigenen Überraschung, wie heftig sie sich nach ihm sehnte – nicht nur körperlich, sondern auch mit ganzer Seele, mit heißem Herzen. Würde jemals der Zeitpunkt kommen, wo sie ihm ihre Gefühle gestehen konnte? Oft fragte sie sich wehmütig, welche Geheimnisse er in seinem eigenen Innern verschloß. Dachte er immer noch an Jenny, an das Kind, das er verloren hatte?

Am dritten Tag nach Jeremys Abreise lud Weland sie zum Abendessen ins Kommandozelt ein. Zu ihrem Entzücken überreichte er ihr einen Brief von zu Hause. Ein Kurier hatte an diesem Nachmittag Post ins Camp gebracht. Das Schreiben war an Christa und Jeremy adressiert und enthielt Beiträge von sämtlichen Familienmitgliedern, abgesehen von den allerkleinsten. Sogar John Daniel, Jesses und Kiernans Sohn, hatte etwas dazugekritzelt.

Callie, Kiernan und Jesse berichteten von amüsanten Neuigkeiten aus ihrem Alltagsleben. Und Daniel, schon immer der eifrigste Korrespondent unter den Camerons, schrieb etwas mehr. Bedrückt las Christa, er habe mit Callie das Fort Monroe besucht, wo Jeff Davis gefangengehalten werde. Varina war immer so gut zu ihnen allen gewesen – damals, in jenem anderen Leben. Deshalb hatten sie beschlossen, herauszufinden, ob sie etwas für die Familie Davis tun könnten, um ihre Dankbarkeit zu beweisen. Aber da gab es kaum Möglichkeiten. Die Unionsregierung wußte noch immer nicht, was mit dem einstigen Präsidenten der Konföderation geschehen sollte. Einem Gerücht zufolge wollte man ihn hängen. Aber Daniel bezweifelte, daß es dazu kommen würde.

Ich glaube, man wird ihn noch eine Zeitlang im Kerker festhalten und dann freilassen. Vielleicht fürchtet die Union, der Süden könnte sich wieder erheben. Doch das kann ich mir nicht vorstellen. Wir zählen zu den Glücklichen unter unseren Landsleuten, denn auf unseren Feldern gedeiht die Ernte, und das Haus ist unversehrt. Aber wenn auch überall ringsum gebaut wird – man sieht immer noch Ruinen, und viele Plantagen liegen brach. Auf meinen Pardon warte ich nach wie vor, doch nun ermutigen wir Jesse, ein öffentliches Amt zu übernehmen. Eines Tages wird dieser ganze Wahnsinn ein Ende finden. Die Südstaaten werden endgültig zur Union zurückkehren. Nun scheinen sich die ehedem leidenschaftlichsten Konföderierten zu bemühen, die tiefen Risse im Land zusammenzuflicken, einen neuen Anfang zu machen. Es ist ein bitterer, trauriger Gedanke, wie viele Jahre es dauern wird, bis der Süden zu seiner alten Blüte zurückkehren kann, bis wieder Häuser ohne Einschußlöcher dastehen werden. Diese Aufgabe kann nur bewältigt werden, wenn wir alle unsere ganze Kraft dafür aufbieten.

Christa ließ den Brief in ihren Schoß sinken und stellte sich vor, wie es jetzt in Virginia aussehen mochte. Die Landschaft würde in allen Herbstfarben leuchten, dunkelrot und gelb und orange.

»Heimweh?« fragte Weland.

»Ein bißchen.«

»Aber hier ist es doch nicht so schlimm, wie Sie anfangs dachten?«

Christa zuckte die Achseln, dann lächelte sie. »Ich muß zugeben – diese Reise fasziniert mich.«

»Ja, der wilde, wilde Westen!« murmelte Weland. »Und es wird immer interessanter.«

»Zu Hause werden die Spuren des Krieges allmählich beseitigt.«

Er stand auf, trat hinter ihren Stuhl und legte ihr väterlich die Hände auf die Schultern. »Nun beginnt ein neues Zeitalter, Christa. Die Kämpfe sind vorbei, und wir können in die Zukunft blicken. Der Westen wird geradezu explodieren, der Süden wieder aufgebaut. Wir leben in einem sehr aufregenden Zeitalter, und deshalb fällt es schwer, Entscheidungen zu treffen.«

»Welche Entscheidungen?«

Weland nahm wieder ihr gegenüber am Eßtisch Platz. »Ob man die neue Welt erforschen oder die alte wieder aufbauen soll. Werden Sie sich in Virginia oder im Westen niederlassen?«

»Ich glaube, da habe ich keine Wahl«, erwiderte sie seufzend. »Jeremy ist Kavallerieoffizier, und ich gehe dahin, wo er...« Sie unterbrach sich. Beinahe hätte sie gesagt: ›Wohin er's befiehlt.‹ Nun fügte sie hinzu: »Ich gehe dorthin, wo er hingeht.«

Der Doktor lächelte. »Die Heimat liegt immer da, wo das Herz eines Menschen höher schlägt. Das müssen Sie herausfinden. Und es wird Ihnen sicher gelingen.« Er schüttelte den Kopf. »Ich bedaure vor allem die armen Indianer.«

Erstaunt hob Christa die Brauen. Sie wußte, welche Greueltaten die Indianer immer wieder begingen, und deshalb wunderte sie sich über Welands Mitleid.

»Sie sind die wahren Verlierer«, erklärte er. »Tag für Tag ziehen neue Wagenkolonnen in den Westen. Bis jetzt hielt uns der Krieg davon ab, hier neues Land zu erschließen. Aber nun kommen die Amerikaner scharenweise hierher, aus Norden und Süden. Sie werden sich niederlassen und die Regierung zwingen, immer neue Verträge zu brechen.« Eifrig beugte er sich vor. »Was glauben Sie wohl, warum die Komantschen die Texaner so abgrundtief hassen?«

»Das weiß ich nicht...«

»Sie halten die Texaner nicht einmal für Amerikaner und glauben, sie hätten ihnen die Jagdgründe gestohlen. Und das stimmt tatsächlich. Auch das sind die Aspekte des Fortschritts.« Weland zündete seine Pfeife an. »Noch etwas Kaffee?«

Christa schüttelte den Kopf und dankte ihm. Ich gehe jetzt ins Zelt zurück und beantworte den Brief meiner Familie.«

Nachdem sie ihm eine gute Nacht gewünscht hatte, wanderte sie durch das Camp. An einem der kleinen Lagerfeuer erklang leiser Gesang. Die Schritte, die ihr folgten, hörte sie nicht, spürte sie aber. Bei ihrem Zelt angekommen, drehte sie sich um. »Gute Nacht, Robert.«

»Gute Nacht, Mrs. McCauley«, antwortete der Späher.

Während das Regiment auf die Rückkehr des Kommandanten wartete, zog es weiter. Die Landschaft wurde immer schöner. Nun folgten sie dem Canadian River, nahe der Grenze, die das Indianergebiet vom nördlichen Texas trennte. An manchen Stellen schien der breite Fluß zu verschwinden, und Nathaniel zeigte Christa, wie das Wasser unter der Erde weiterfloß. Am Nachmittag erreichten sie die Antelope Buttes. Verblüfft betrachtete Christa die hohen felsigen Tafelberge mit den Steilhängen. Nachdem sie das Nachtlager aufgeschlagen hatten, saß sie noch lange im Freien, um diese merkwürdigen Berge zu bewundern.

Und als ihr die sinkende Sonne nicht mehr in die Augen schien, entdeckte sie den Pfahl auf einem der Felsen. Von Neugier getrieben, ritt sie auf Tilly zum Hauptquartier. Weland hielt gerade eine Besprechung mit Jennings und Brooks ab. Sie legten den Kurs für den folgenden Tag fest, und so bemerkten sie Christa zunächst nicht.

»Wir haben uns verspätet«, meinte Major Brooks mürrisch. »Colonel McCauley hatte es von Anfang an sehr eilig, und das war gut so. Wenn er morgen nicht zurückkommt, müssen wir die Leute härter antreiben.«

»Gentlemen, ich habe seine Order präzise befolgt und sehe keinen Grund irgendwas daran zu ändern«, verteidigte sich Weland.

»Aber es gibt einen Grund«, erwiderte Jennings seufzend. »Diesem Halbblut Buffalo Run kann man nicht trauen. Sollte der Colonel morgen nicht ankommen, müssen wir annehmen, daß er ebenso wie seine Eskorte den Tod gefunden hat.«

Daß Christa aufgeschrien hatte, bemerkten sie erst, als die drei Männer sie anstarrten. Sofort sprang Weland auf. »Major! Wie können Sie so etwas sagen. Die arme Mrs. McCauley hier in der Wildnis, in anderen Umständen… Sie sollten sich schämen, Sir.« Fürsorglich legte er den Arm um Christa, führte sie zu einem Stuhl und drückte sie darauf.

»Oh, ich fühle mich so schwach!« stöhnte sie.

Auch Jennings war aufgestanden. »Es tut mir so leid, Madam.

Aber Sie müssen bedenken, wir sind für das ganze Regiment verantwortlich.«

»Jeremy hat mir versichert, er würde zurückkommen, und ich zweifle nicht daran«, entgegnete sie.

Jennings nickte. »Natürlich, Mrs. McCauley.« Er räusperte sich und zwirbelte seinen Schnurrbart. »Nun, dann werde ich jetzt gehen. Brooks?«

»Ja, ich begleite Sie.«

Hastig verließen die beiden Majore das Zelt, und Christa brach in Gelächter aus. »Oh, Sie waren wundervoll, Doktor!«

»Nein, *Sie* waren großartig, weil Sie mir die zwei vom Hals geschafft haben.« Weland lächelte, dann musterte er sie aufmerksam. »Sie fühlen sich doch gut? Ich habe Jesse einen strammen Neffen beziehungsweise eine gesunde Nichte versprochen. Wenn ich nicht auf Sie aufpasse, wird er mich an den nächstbesten Baum hängen.«

»O nein, niemals!« protestierte sie.

Er starrte sie seltsam an, und dann grinste er. »Doch das würde er, aber reden wir nicht mehr drüber. Sind Sie zu mir gekommen, weil Ihnen nicht gut ist, oder wollten Sie mich nur besuchen?«

Christa schüttelte den Kopf. »Ich habe etwas auf einem der Berge gesehen.«

»Was denn?« fragte er und runzelte die Stirn.

»Ich weiß nicht, was es ist, aber ich werde es Ihnen zeigen.«

Er begleitete sie hinaus und ließ sich von einem der Soldaten sein Pferd bringen, dann ritt er mit Christa zum letzten Zelt. Von dort aus konnten sie den Pfahl sehen. »Das soll sich Robert Black Paw anschauen«, meinte Weland. »Ich werde ihn holen.«

Christa lächelte. »Oh, das ist nicht nötig.« Sie schwenkte Tilly herum und rief: »Robert, wo sind Sie?«

Verwundert zog der Doktor die Brauen hoch, als der Indianer etwas verlegen hinter dem Zelt hervorritt, und zeigte auf den Pfahl. »Könnten Sie mal nachsehen, was das ist?«

Der Späher nickte und wandte sich zu Christa. »Ich würde hinaufklettern, aber...« Er verstummte.

»Bis zu ihrer Rückkehr werde ich nicht von Major Welands Seite weichen«, versprach sie ihm.

Das beruhigte Robert. Mit ein paar anderen Männern ritt er zum Tafelberg hinüber. Weland und Christa statteten Celia einen Besuch ab und versuchten, sie aufzuheitern. Dann warteten sie im Hauptquartier und spielten Schach. Als der Arzt gerade am Zug war, ließ er sich so viel Zeit, daß Christa ihn überrascht anstarrte. Schließlich erklärte er: »Robert wußte bereits, was dieser Pfahl bedeutet.«

»Und Sie wissen es auch!«

»Ja, das fürchte ich.«

Sie fand keine Gelegenheit mehr, ihn zu fragen, was er meinte, denn er blickte über ihre Schulter hinweg. Da drehte sie sich um und sah, daß Robert das Zelt betreten hatte. Wortlos sah er Weland an.

»Was immer es ist, sagen Sie es bitte!« forderte Christa ihn auf.

»Ich weiß nicht, ob Sie es erfahren sollten…«

»Unsinn. Wie Sie beide wissen, werde ich weder zusammenbrechen noch einen hysterischen Anfall bekommen.«

»Ein Skalp?« erkundigte sich Weland.

Robert nickte. Sie wurde nicht hysterisch, sie brach nicht zusammen, sie schrie nicht, aber sie wurde von kalter Angst erfaßt. »Oh, mein Gott, Jeremy…«

»Nein, nein, Christa«, fiel Robert ihr hastig ins Wort und vergaß, daß er sie normalerweise immer ›Mrs. McCauley‹ nannte. Er kniete neben ihr nieder. »Es ist der Skalp einer weißen Frau, mit langem blondem Haar.«

»Oh…« Krampfhaft schlang sie die Finger im Schoß ineinander.

»Wie wurde er an dem Pfahl befestigt?« wollte Weland wissen.

»Auf einen Reifen gespannt, mit Sehnen an den Stock gebunden.«

»Glauben Sie, das ist eine Warnung?«

»Vielleicht.«

»Und Jeremy?« wisperte Christa. »Ist er in Sicherheit?«

»Buffalo Run hat sein Ehrenwort gegeben«, antwortete Robert, »also wird Ihrem Mann nichts zustoßen.«

Weland gab keinen Kommentar dazu ab. Nervös stand Christa auf. Jetzt mußte sie unbedingt allein sein. »Ich – ich werde jetzt besser ins Bett gehen. Wahrscheinlich werden wir morgen früh aufstehen, und ich bin sehr müde.«

Die Furcht ließ sich nicht verdrängen. In ihrem Zelt wanderte sie rastlos hin und her. Sie spürte, wie sich das Baby bewegte und biß auf ihre Unterlippe. Würde Jeremy jemals spüren, wie sein Kind im Mutterleib strampelte? Sie fröstelte und goß sich einen Cognac ein, der sie ein wenig erwärmte. Schließlich zog sie ein warmes Flanellnachthemd an und kroch unter die Bettdecke. Durch die Zeltplane sah sie die Lagerfeuer brennen und drehte die Lampe herab. Jetzt mußte sie schlafen, für das Baby. Für den Sohn oder die Tochter, für ein Kind, das in einer neuen Welt aufwachsen würde, in Welands Zeitalter der großen Entdeckungen. Es würde das Leid des Südens nachempfinden, mit den Idealen des Nordens sympathisieren. Die Augen fielen ihr zu, und nach wenigen Minuten schlummerte sie ein.

Irgend etwas rührte sich, und sie versuchte zu erwachen. Aber in dem Nebel zwischen Bewußtsein und Schlaf sah sie nur den Pfahl auf dem Tafelberg emporragen. Und sie glaubte, Trommeln zu hören. Kriegstrommeln. Dann sah sie Komantschenkrieger, die im Rhythmus der dumpfen Trommelschläge tanzten. In ihrer Mitte stand Jeremy, und ein Indianer mit rotbemaltem Gesicht ging mit einem blitzenden Messer auf ihn zu…

Plötzlich war sie hellwach und sprang schreiend aus dem Bett. Da war jemand im Zelt. Die Indianer waren gekommen. Kräftige Arme umfingen sie in der Finsternis. »Christa!«

»Jeremy…« Zitternd rang sie nach Atem, schmiegte sich an ihn, umschlang seinen Hals und vergaß, daß er jemals ihr Feind gewesen war. »Du bist wieder da! Du bist zurückgekommen!«

Die vehemente Begrüßung verwirrte ihn ein wenig, aber er strich über ihr Haar und beschloß, sich einfach nur über den liebevollen Empfang zu freuen, statt über die Hintergründe nachzudenken. »Ich sagte doch, ich würde wiederkommen.«

»Ja – aber Robert hat einen Skalp gefunden.«

Er erwähnte nicht, wie viele Skalps man im Westen finden konnte, auch Indianerhaare, von weißen Männern erbeutet. »Weland hat's mir schon erzählt.« Ohne Christa loszulassen, nahm er seinen Hut ab. Sie schien sich in seinen Armen sehr wohl zu fühlen, und er spürte ihren unregelmäßigen Herzschlag, ihre heftigen Atemzüge. »Du hast mich also vermißt?« fragte er leichthin.

»Natürlich! Du hast mich hier zurückgelassen, bei dieser gräßlichen Clara Jennings und ihrer Busenfreundin, Mrs. Brooks.«

Jeremy lachte, längst vertraut mit dem scharfen Unterton ihrer melodischen Stimme. Ganz kapitulieren würde sie niemals. Vielleicht stand ihm ein lebenslanger Kampf bevor. Das störte ihn nicht. In gewisser Hinsicht genoß er die täglichen Scharmützel sogar, und er würde niemals den Versuch aufgeben, irgendwann endgültig zu gewinnen. Wenn sie doch nur die Geister der Vergangenheit loswerden könnten! Wenn sie doch nur seine Liebe erwidern würde! Aber er wollte ihr sein Herz nicht auf einem Präsentierteller reichen. »Nun, da bin ich wieder«, sagte er sanft.

Langsam ließ sie die Arme von seinem Hals gleiten. »Und wie war's bei den Komantschen, bei Buffalo Run?«

»Darüber will ich jetzt nicht reden.«

»Oh, dann... Möchtest du ein Glas Wein? Oder Cognac? Whiskey?«

»Nein, danke.« Er trat zurück und öffnete seinen Waffengurt.

»Ich könnte dir Kaffee machen.«

»Im Augenblick will ich nur eins«, entgegnete er tonlos.

Sogar in der Dunkelheit sah er, wie sich ihre Wangen röteten. »Oh«, hauchte sie.

»Wirst du mir gewähren, was ich mir am allermeisten wünsche?«

Christa senkte die Wimpern. »Du weißt, daß du dir immer nehmen kannst, was du willst.«

»Darum habe ich dich nicht gebeten.«

Da blickte sie auf, und ihre Augen funkelten zornig. »Warum tust du mir das an?«

»Mir war nicht bewußt, daß ich dir irgend etwas antue. Aber...«

Lächelnd legte er einen Finger unter ihr Kinn und hob es hoch. »In den Tagen unserer Trennung konnte ich nur an dich denken. Ich hätte mich auf meine wichtige Besprechung mit Buffalo Run konzentrieren müssen, aber meine Gedanken wanderten immer zu dir. Wenn ich die Augen schloß, sah ich dich vor mir – deinen schönen nackten Körper, dein schimmerndes, seidiges Haar, ein sanftes Lächeln auf deinen Lippen. *Ich* muß fragen, was du mir antust, Christa. Hast du mich verhext? Sind die Camerons wirklich so talentiert?«

Als sie ihm nicht antwortete, fügte er leise hinzu: »Ich sehne mich so nach dir, nach dem süßen Geschmack deiner Lippen, nach deiner warmen weichen Haut. Bietest du dich selber genauso bereitwillig an wie Wein oder Whiskey?«

»Was soll dieses Spiel?« flüsterte sie.

Da nahm er sie wieder in die Arme. »Es ist kein Spiel, Christa. Gibst du mir alles, weil du es selber willst?«

»Ja...« Mehr wußte sie nicht zu sagen. Sie stellte sich auf die Zehenspitzen und küßte ihn. Die langen Stunden des Wartens und der Sorge steigerten die Leidenschaft ihres Kusses.

Jeremy hob sie hoch und trug sie zum Bett hinüber. Worte waren überflüssig, und er zwang sie nicht mehr zu irgendwelchen Geständnissen, denn er wollte den verletzlichen Zauber nicht brechen.

Das Wunder dauerte die ganze Nacht.

Er spürte, wie sie aufstand. Immer noch schläfrig, beobachtete er sie mit halbgeschlossenen Augen. Anmutig ging sie in der bleichen Morgendämmerung durch das Zelt. Wie schön ihr nackter Körper war, trotz des leicht gewölbten Bauchs. Jeremy genoß es, ihr zuzuschauen, während sie glaubte, er würde schlafen. Sie trat an den Waschtisch, ergriff den Krug und füllte die Schüssel. Fröstelnd wusch sie sich, dann zog sie sich möglichst leise an, um ihn nicht zu wecken.

Nun würde sie sicher hinausgehen, Kaffee kochen und zu ihm zurückkehren. Er unterdrückte ein Lächeln. In diesem Augenblick kümmerte es ihn nicht, um welche Zeit das Regiment aufbrechen würde. Er hatte seine Ruhe verdient. Als Christa das Zelt verlassen hatte, schloß er wieder die Augen und erinnerte sich an die Tage bei Buffalo Run.

Zahlreiche Komantschengruppen hatten sich versammelt. Sie alle waren immer noch mit den Wind-River-Schoschonen befreundet, von denen sie abstammten, deren Sprache sie teilten. Mit den Kiowa hatten sie Bündnisse geschlossen, um größere Plündererntruppen zusammenzustellen, aber sie bekämpften die Ute, trotz der gemeinsamen Sprache. Es gab keine Zentralregierung. Jede Gruppe hatte ihren eigenen Häuptling, der jedoch Macht auf andere ausüben konnte.

Ein solcher Häuptling war Buffalo Run, ein intelligentes Halbblut, ein Renegat. Viele Leute machten die Komantschen für die Mehrzahl der Todesfälle im Westen verantwortlich, aber Jeremy bezweifelte, daß es seinem Blutsbruder Freude bereitete, einen Menschen sterben zu sehen.

Zunächst hatte er die Aktivitäten der Weißen nur beobachtet. Im kegelförmigen Zelt mit den vier Pfosten hatte Jeremy die Berichte des Häuptlings gehört und zugegeben, dies alles werfe dunkle Schatten auf die Geschichte seines eigenen Volkes.

»Eins mußt du bedenken, McCauley! 1846 wurde Santa Fé von eurem General Kearny eingenommen, davor war es die Hauptstadt des spanischen und mexikanischen New Mexico gewesen. Einige Navaho stahlen ein paar seiner Rinder und überfielen die Siedlungen. Ja, weiße Siedler wurden getötet. Ja, die Navaho raubten schließlich Tausende von Schafen, Rindern und Pferden. Aber Kearny begann einen Feldzug, der mit über achttausend gefangenen Navaho in einem der Forts endete. Dort leben sie immer noch.«

»Vielleicht wollte Kearny die anderen Stämme auf diese Weise warnen und von Überfällen abhalten.«

»Oder er versuchte, sie zur Kapitulation zu bewegen. McCauley, ich habe gesehen, wie sich die Weißen verhalten. Dein Volk wird erst glücklich sein, wenn es meins völlig ausgerottet hat.«

»Deine Mutter war eine Weiße«, erinnerte Jeremy den Häuptling.

Buffalo Runs klassisch geschnittene Gesichtszüge verzogen sich zu einem Lächeln. Obwohl er ein Mischling war, besaß er kohlschwarze Augen und eine bronzebraune Haut. »Ich hatte nie etwas gegen Frauen oder Kinder, die bei den *Numinu* aufwuchsen«, erklärte er und benutzte die Komantschenbezeichnung für den Stamm. »Sie lernen unsere Lebensart und werden so wie wir.«

Noch immer fragte sich Jeremy, warum Buffalo Run ihn ins Lager geholt hatte. Er war wie ein Freund begrüßt worden. Die drei Frauen des Häuptlings, zwei Schwestern und deren Kusine, hatten ihm ihr bestes Büffelfleisch, frisches Wasser und eine Flasche guten irischen Whiskey gebracht – entweder gekauft oder gestohlen, das wußte er nicht. Offensichtlich war er ein hochgeschätzter Gast, doch er ahnte, daß Buffalo Run irgend etwas von ihm wollte. Und er behielt recht.

»Ich habe dich nicht hierhergebeten, damit du mir etwas versprichst, das du nicht halten kannst«, erklärte der Häuptling. »Und auch ich kann keine Zusagen machen, denn die Komantschen sind ein freies Volk.«

»Warum bin ich hier?«

»Die jüngste Schwester meiner Frau wurde von Männern in grauen Uniformen entführt. Ich hatte versprochen, sie in meinem Zelt aufzunehmen, denn ich bin ein mächtiger Mann und kann für viele Frauen sorgen.«

Jeremy nickte. Ein Komantsche konnte sich so viele Frauen nehmen, wie er wollte – und so viele er verkraften konnte. Er persönlich fand, daß eine einzige vollauf genügte.

»Wie ich höre, hast du dir eine Frau genommen«, bemerkte Buffalo Run.

»Ja.« Jeremy wußte nicht, warum er sich plötzlich so unbehaglich fühlte.

»Eagle Who Flies High sagte mir, es sei eine sehr schöne Frau.«

Wieder nickte Jeremy, dann zögerte er. »Wir erwarten unser erstes Kind.«

»Mögest du einen Sohn bekommen.«

Jeremy erwähnte nicht, daß es ihm gleichgültig war, ob Christa einen Jungen oder ein Mädchen zur Welt bringen würde – solange Mutter und Kind die Geburt gut überstanden. »Danke. Aber ich verstehe immer noch nicht…«

»Die Schwester meiner Frau soll zu mir zurückgebracht werden. Und du müßtest die Männer in Grau zur Rechenschaft ziehen.«

»Das sind vermutlich Konföderiertensoldaten, die sich in Banditen verwandelt haben. Ich weiß nicht, was ich…«

»Sie haben Morning Star gestohlen«, fiel Buffalo Run seinem Blutsbruder ins Wort, »und ich würde sie töten, aber sie sind mit jenen Colts bewaffnet, die mit Vorliebe von den Texas Rangers benutzt werden, wenn sie gegen uns kämpfen. Da würde ich zu viele Männer verlieren. Meine Krieger fürchten sich nicht, denn es ist ehrenwert, in einer Schlacht zu sterben – ein Weg, der zu unseren Ahnen führt.«

Das verstand Jeremy. Die Komantschen glaubten an ein Leben nach dem Tod. Aber es wurde Männern und Frauen verwehrt, die im Dunkel starben, die erwürgt beziehungsweise skalpiert wurden oder ertranken. Auf Begräbniszeremonien wurde großer Wert gelegt, sie galten als heilig. Und jeder Krieger wünschte sich einen Tod auf dem Schlachtfeld.

»Diese Männer überfielen auch die Handelsniederlassung auf dieser Seite des Indianergebiets und töteten deinen Freund Joseph Greenley. Eagle Who Flies High folgte ihnen. Außerdem überfielen sie einen Soldwagen von der Union und schlitzten den Männern, die ihre Waffen bereits weggeworfen hatten, die Hälse auf.«

»Ich würde sie sehr gern aufspüren.«

Buffalo Run nickte. »Als sie Morning Star entführten, versorgten sie sich mit Komantschenpfeilen. Es soll so aussehen, als wären die Überfälle unser Werk gewesen. Diese Pfeile ließen sie bei ihren Opfern zurück. Sie skalpierten die Männer und schnitten ihnen die Zungen ab.«

»Ich verstehe«, antwortete Jeremy. Zum Zeichen wahrer Freundschaft hatte ihn der Häuptling ins Lager gebeten und ihm die Ehre überlassen, die Banditen zu bestrafen.

Nun lag er wieder in seinem eigenen Zelt und roch den Kaffee, den Christa kochte. In wenigen Minuten würde sie ihm eine Tasse bringen. Wie konnte er sie dazu überreden, sich auszuziehen, obwohl der Tag schon angebrochen war?

Eine Tasse in der Hand, kam sie herein und trat ans Fußende des Betts. Er freute sich auf den hellen Klang ihrer Stimme, den Geschmack des Kaffees, auf einen Kuß.

»Du Bastard!« zischte sie.

Er konnte gerade noch rechtzeitig aufspringen, um dem heißen Schwall des Kaffees auszuweichen, der sich beinahe auf seine empfindlichsten Körperteile ergossen hätte. Die Tasse flog nur um Haaresbreite an seinem Kopf vorbei.

Da stand Christa, die Hände in die Hüften gestemmt, das Haar wild zerzaust. Ihre Augen schienen blaues Feuer zu sprühen. Daß sie beinahe die Hoffnung zunichte gemacht hätte, ihrem ungeborenen Kind einen Bruder oder eine Schwester zu schenken, schien sie nicht im mindesten zu kümmern. »Du Yankee-Bastard!« stieß sie wütend hervor.

Das Ende des Zaubers, dachte er. Christa hatte die Gefangenen in den grauen Uniformen gesehen. »Laß den Unsinn!« warnte er. Oder willst du das Schicksal dieser Männer teilen?«

»Nur zu gern! Wie kannst du es nur wagen, diese armen Menschen wie Tiere einzusperren!«

Erbost preßte er ihr eine Hand auf den Mund. »Sei still! Du stellst meine Geduld auf eine zu harte Probe, Christa. Das ganze Camp kann dich hören, wenn du so schreist, und nicht einmal dir zuliebe gebe ich die Witzfigur für ein ganzes Regiment ab. Ich habe Gründe für meine Handlungsweise, und ich will verdammt sein, wenn ich deine Zornausbrüche noch länger ertrage, bevor du überhaupt weißt, worum es geht.« Langsam und vorsichtig nahm er seine Hand von ihren Lippen.

»Yankee-Bastard!« zischte sie.

Plötzlich fühlte er sich erschöpft, von einer Macht niedergedrückt, die er nicht bekämpfen konnte. »Also gut, ich bin und bleibe eben ein Yankee-Bastard. Tut mir leid, Christa.«

Wortlos wandte sie sich ab und rannte aus dem Zelt.

19

Christa verstand nicht, wie ein Morgen, der so wunderbar begonnen hatte, sich so schnell verdunkeln konnte. Sie war erwacht und so froh gewesen, Jeremy endlich wieder an ihrer Seite zu spüren. Aber dann hatte sie begonnen, Kaffee zu kochen, und die Konföderierten entdeckt. In aller Eile war eine Palisade für die vier Gefangenen errichtet worden. Sie trugen immer noch ihre grauen Uniformen, sahen todmüde und ziemlich mitgenommen aus. Bestürzt lief sie zu ihnen.

Der Soldat Ethan Darcy bewachte die Männer, ein ausgezeichneter Scharfschütze. Ihr Herz begann, schneller zu schlagen, und heller Zorn stieg in ihr auf. Warum wurden sie so grausam behandelt? Nicht einmal ein Dach schützte sie vor den Elementen. Es gab keine Matten, auf denen sie sich ausstrecken konnten, und sie kauerten rings um ein sterbendes Feuer.

»Mrs. McCauley, kümmern Sie sich nicht um die Gefangenen«, warnte Darcy.

Aber sie schüttelte den Kopf und betrachtete die Männer. Einer trug die Rangabzeichen eines Captains, neben ihm saß ein Sergeant, und die beiden anderen waren offenbar gemeine Soldaten. Welch ein Häufchen Elend... Die Verlierer des Kriegs, dachte sie, und genauso sahen sie auch aus. In zerfetzten Uniformen, ausgemergelt, armselig.

»Mein Gott«, flüsterte sie, »warum werden sie so gequält? Wer hat das angeordnet?«

»Vielleicht sollten Sie mit Ihrem Mann reden, Mrs. McCauley«, schlug Darcy vor.

»Das Wort eines Indianers gilt ihm mehr als die Beteuerung eines weißen Südstaatlers«, erklärte der Captain. »Dafür müssen wir nun leiden, Ma'am. Ihr Colonel scheint nicht zu wissen, daß der Krieg beendet ist.«

Christa trat näher an den Zaun heran und schaute in die wässerigen haselnußbraunen Augen des Mannes mit dem ungepflegten Bart. Noch nie hatte sie so tiefes Mitleid mit einem menschlichen Wesen empfunden. Plötzlich fühlte sie sich krank. Und dann stockte ihr Atem. Getrocknetes Blut befleckte einen seiner Ärmel. »Sie sind verletzt!« rief sie.

Er zuckte die Achseln. »Nur ein Kratzer, Ma'am. Aber ich wäre sehr dankbar, wenn man mich verarzten würde.«

Bedrückt dachte sie an die vergangene Nacht, an die Ekstase in Jeremys Armen. Und kurz zuvor hatte er seine Gefangenen hier einsperren lassen. Wie niederträchtig war sie hintergangen worden... »Ich hole den Arzt«, versprach sie und warf Darcy einen vernichtenden Blick zu. »Die Leute brauchen ein Zelt, ein warmes Feuer. Warum werden sie nicht besser versorgt?«

»Wir bewachen sie nur, Mrs. McCauley. Bald erreichen wir das Fort Jacobson. Dort wird man sich um sie kümmern.«

»Ich werde veranlassen, daß sie schon jetzt besser behandelt werden«, entgegnete Christa in energischem Ton.

Als sie sich abwandte, rief Darcy ihr leise nach: »Madam, Ihr Mann hat diese Burschen ins Camp gebracht. Und er wußte sehr genau, was er tat. Ich glaube, Sie verstehen nicht...«

»Ich glaube, *Sie* verstehen nicht! Jeremy darf nicht so mit diesen Leuten umgehen. Der Krieg ist vorbei.«

Seufzend schaute er ihr nach und schüttelte den Kopf.

Auf dem Rückweg zu ihrem Zelt blieb sie kurz stehen und schloß die Augen, als ihr Herz sich schmerzhaft zusammenkrampfte. Sie hatte ihre Liebe zu Jeremy erkannt, ihn so leidenschaftlich willkommen geheißen – und gleichzeitig waren diese Männer in die Palisade gebracht worden, halb verhungert und verwundet. »O Gott!« wisperte sie.

Vor dem Zelt blieb sie stehen und füllte Jeremys Blechtasse mit kochendheißem Kaffee, dann trat sie ein.

Nackt lag er auf dem Bett, die großen braunen Glieder weit von sich gestreckt. Wie zufrieden und selbstgefällig er aussah... »Du Bastard!« zischte sie und warf die Blechtasse auf ihn.

Nachdem sie aus dem Zelt geflohen war, ergriff sie den Kaffeekessel und eine Blechtasse, dann eilte sie zur Palisade. »Lassen Sie mich hinein, Darcy!« befahl sie.

»Ma'am, ich weiß nicht...«

»Soeben komme ich von meinem Mann. Ich habe Kaffee mitgebracht. Diese Männer müssen sich aufwärmen. Lassen Sie mich sofort hinein!«

Widerstrebend gehorchte er. Mit zitternden Händen ergriff der Captain die Kaffeetasse, die sie für ihn gefüllt hatte. Er nahm einen Schluck, dann reichte er die Tasse an einen seiner Gefährten weiter. »Vielen Dank, Madam. Sympathisieren Sie mit den Südstaaten oder sind Sie einfach nur ein Engel, den uns der Himmel geschickt hat?«

»Ich bin Virginierin«, entgegnete sie und musterte die anderen Männer. Einer der gemeinen Soldaten war höchstens achtzehn oder neunzehn Jahre alt. In der letzten Kriegsphase waren die Konföderiertensoldaten immer jünger geworden – und so viele hatten die Kämpfe nicht überlebt.

»Oh, ich habe meine Manieren vergessen, Madam«, sagte der Captain. »Ich bin Jeffrey Thayer, das ist Sergeant Tim Kidder – und hier sehen Sie meine Soldaten Tom Ross und Harry Silvers.«

Christa nickte jedem einzelnen zu. »Warum sind Sie hier?«

»Irgendwelche verrückten Indianer redeten dem Unions-Colonel ein, wir seien schuld an den Greueltaten, die sie selber begangen hatten!« stieß Thayer hervor.

»Ist das nicht ungeheuerlich?« Sergeant Kidder trank die Kaffeetasse leer.

»Ich schenke Ihnen noch etwas ein«, erbot sich Christa hastig. »Und ich bringe Ihnen auch etwas zu essen. Darcy wird das Feuer schüren. Mein Gott, und Ihr Arm, Captain! Ich hole den Doktor.«

»Sie sind tatsächlich ein Engel«, entgegnete Jeffrey Thayer.

Sie schüttelte den Kopf. »Ich verstehe das alles nicht…«

»Viele Exkonföderierte ziehen von Texas aus nach Süden, und wir waren auf dem Weg zu ihnen.«

»Nach Süden?« wiederholte Christa verwirrt.

»Südamerika. Dort wollen wir eine neue Kolonie gründen, Madam, eine Rebellenkolonie. Sie wären uns jeder Zeit willkommen, falls Sie sich uns anschließen wollen. Dorthin werden keine Yankees kommen, um unsere Häuser und Felder zu verwüsten.

Und dort können wir wieder das Leben führen, das wir gewöhnt sind.« Plötzlich biß er die Zähne zusammen und umklammerte seinen verletzten Arm. »O Gott, tut das weh!«

»Nur gut, daß der Colonel nicht zielen kann«, bemerkte der junge Tom.

Hinter sich hörte Christa, wie Darcy verächtlich schnaufte. »Mach dir nichts vor, Kleiner!« rief er. »Colonel McCauley traf den Captain genau da, wo er wollte. Hätte er woanders hingezielt, würde der Captain jetzt die Radieschen von unten sehen.«

»Mr. Darcy!« mahnte Christa und schaute zum Himmel hinauf. Es war eben erst hell geworden. Wahrscheinlich schlief John Weland noch. Doch das kümmerte sie nicht. Sie mußte ihn wekken. »Captain, ich hole jetzt Hilfe.«

Als sie sich abwenden wollte, umklammerte er mit zitternden Fingern ihre Hand und flüsterte heiser: »Madam, wir haben so viele Kämpfe überlebt. Wenn Sie uns irgendwie zur Flucht verhelfen könnten, wäre ich Ihnen mein Leben lang zu Dank verpflichtet. Man will uns hängen – für das, was die verdammten Indianer verbrochen haben. Und nicht zuletzt müssen wir deshalb sterben, weil die Nordstaatler uns immer noch hassen. Wen sie im Krieg nicht getötet haben, den beseitigen sie jetzt. Bitte, Lady...«

Bestürzt befreite sie sich von seinem Griff. Es stand nicht in ihrer Macht, diesen Männern zu helfen. Und selbst wenn sie es könnte, würde sie es nicht wagen. Mühsam schluckte sie, als sie sich an den Skalp erinnerte, den Robert auf dem Tafelberg gefunden hatte. Die Komantschen waren wild und brutal. Warum nahm Jeremy für bare Münze, was sie über die Konföderierten behauptet hatten? Buffalo Run mußte ihm eine dreiste Lüge aufgetischt haben, um eine grausige Tat zu vertuschen, die er selber verübt hatte.

Natürlich glaubte ihm Jeremy. Weil diese Männer graue Uniformen trugen. »Ich gehe jetzt zum Arzt«, erklärte sie und verließ die Palisade. Während sie zwischen den Zelten hindurcheilte, sah sie, daß noch nicht allzuviele Männer aufgestanden waren. Jeremy hätte nicht befürchten müssen, sie könnten das Geschrei seiner Frau gehört haben. Zu jenem Zeitpunkt hatten sie offenbar alle noch geschlafen. Die wenigen, die schon wach waren, begrüßten sie höflich und machten ihr Platz.

Vor Welands Zelt blieb sie zögernd stehen. »John?« rief sie leise.

»Christa?«

»Darf ich hineinkommen?«

Er trug nur seine Hose und ein Hemd, als er die Zeltklappe beiseite schob, um sie einzulassen.

»Jeremy hat Gefangene ins Camp gebracht...«, begann sie.

»Ja, das habe ich gehört.«

»Was?« fragte sie erstaunt. »Warum haben Sie sich dann nicht um den Verwundeten gekümmert?«

»Angeblich war es nur ein leichter Kratzer. Jeremy sagte, er habe den Mann nur angeschossen, um ihn aufzuhalten.«

»Aber er hat Schmerzen Major Weland. Bitte, kommen Sie mit mir und schauen Sie sich den Arm an.«

Plötzlich schienen seine Augen aufzuleuchten, und sie dachte, daß er Jesse glich. Wann immer ein Mensch ärztliche Hilfe brauchte, war Weland bereit. »Ich ziehe nur rasch meinen Uniformrock an.« Wenig später folgte er ihr aus dem Zelt, seine schwarze Tasche in der Hand. Sie gingen zu der Palisade am anderen Ende des Camps, wo Darcy immer noch Wache hielt. Inzwischen war es heller geworden. Christa betrachtete die Landschaft ringsum, und jetzt verstand sie, warum man keine strengeren Maßnahmen ergriff, um die Gefangenen an der Flucht zu hindern. Zu Fuß würden sie hier nirgendwo Unterschlupf finden, nicht im Komantschengebiet. Nur mit Pferden könnten sie entkommen.

»Gehen Sie bitte hinein, John«, drängte sie. »Inzwischen hole ich den armen Männern etwas zu essen.«

»Sergeant Jaffe wird ihnen was bringen«, wandte Darcy ein.

»Sie sollen aber schon jetzt etwas bekommen«, beharrte sie und eilte zu Jaffe. Zu ihrer Erleichterung hatte er bereits eine Mahlzeit für die Gefangenen vorbereitet. Sie kehrte mit ihm zur Palisade zurück, und an einen Zaunpfosten gelehnt, eine Wange an das kühle Holz gedrückt, beobachtete sie, wie die Männer gierig aßen. Weland hatte die Behandlung der Wunde kurz unterbrochen, und als Jeffrey Thayer seinen Teller geleert hatte, legte der Arzt ihm einen Verband an.

Seufzend bemerkte der Captain: »Der Tod schreckt mich nicht. Meine Jungs und ich haben so lange an der Front gekämpft, daß er uns beinahe wie ein Freund erscheint. Aber es will mir einfach nicht in den Kopf, daß der Colonel uns an den Galgen liefern wird wegen eines grauenvollen Verbrechens, das ein paar wilde Komantschen begangen haben.«

Christa warf Weland einen unbehaglichen Blick zu. Er schien ein wenig zu erblassen. »Haben Sie versucht, meinem Mann die Wahrheit klarzumachen?« erkundigte sich Christa.

Thayer lächelte schmerzlich und nickte. »Gott ist mein Zeuge, Madam, ich habe mein Bestes getan. Aber Buffalo Run scheint irgendeinen verrückten Einfluß auf den Colonel auszuüben. Außerdem sind wir Rebellen, Madam. Immer wieder dieselbe alte Geschichte. Kein Yankee kann einem Rebellen glauben.«

Wortlos wandte sie sich ab und ging davon. Wenige Sekunden später spürte sie eine sanfte Berührung auf der Schulter und drehte sich zu Weland um. »Wollen Sie den Gefangenen zur Flucht verhelfen, Christa?« fragte er leise.

Erschrocken schüttelte sie den Kopf. »Ich – ich...«

»Ich werde es tun«, unterbrach er sie, und als sie den Mund öffnete, um zu protestieren, warnte er sie hastig. »Seien Sie still! Kommen Sie mit. Gehen wir ins Lazarett. Niemand darf uns hören.«

Erstaunt starrte sie ihn an, dann nickte sie, als sie die Verzweiflung in seinen Augen las. Er ist wie Jesse, dachte sie, er kann niemanden leiden sehen. Außerdem ist der Krieg für ihn vorbei, endgültig.

Nervös folgte sie ihm in sein Zelt. Er goß Sherry in ein Glas, das er ihr reichte. »Es ist noch so früh am Morgen.«

»Sie werden eine kleine Stärkung brauchen.« Während er auf und ab ging, entschied sie, daß er vermutlich recht hatte und leerte das Glas in einem Zug. Nach einer Weile blieb er stehen und schaute sie eindringlich an. Wie sie wußte, dachten sie jetzt beide an den Skalp auf dem Tafelberg. Wie konnte Jeremy den Komantschen mehr Glauben schenken, als den ausgemergelten Männern in der Palisade?

»Was sollen wir tun?« fragte sie mit halberstickter Stimme.

Stöhnend sank er in einen Sessel. »Allein schon wegen dieser Gedanken könnte man mich vor ein Kriegsgericht stellen.«

»Dann können Sie nichts unternehmen. Ich muß es tun.«

Aufmerksam beobachtete er ihr Gesicht. »Nur Sie haben die Möglichkeit, den Männern zu helfen, Christa.«

Ihre Finger begannen zu zittern, ihre Knie wurden weich, und sie setzte sich aufs Fußende seines Betts. »Aber wie?«

Weland strich sich das Haar aus der Stirn. »Heute hätten wir ins Fort Jacobson reiten sollen, aber ich glaube, Jeremy möchte noch eine Zeitlang hier kampieren, Besprechungen mit den Offizieren abhalten und einige Depeschen schreiben. Wahrscheinlich ist er den ganzen Tag im Hauptquartier beschäftigt. Solange es hell ist, dürfen die Männer natürlich keinen Fluchtversuch unternehmen...«

»Erst nach Einbruch der Dunkelheit?«

Er nickte. »Dann können sie sich noch einige Stunden ausruhen, und Jeff Thayers Wunde wird besser verheilen. Was für arme Kerle! Wie konnte Jeremy...« Seine Stimme erstarb, und er schaute Christa schuldbewußt an. »Sicher hatte er seine Gründe.«

Ja, dachte sie. Die Männer sind Rebellen.

»Heute nacht werde ich ein paar Pferde in der Nähe der Palisade festbinden«, fuhr Weland fort. »Und Sie müßten sich um Darcy kümmern.«

»Soll ich ihn ablenken?«

»Ja.« Weland stand auf. »Das dürfte Ihnen nicht schwerfallen. Da die Gefangenen unmöglich ohne Hilfe entkommen können, wird man sie nicht allzu streng bewachen. Und wenn sie verschwunden sind...«

»Dann werde ich niemandem verraten, daß Sie ihre Hand im Spiel hatten, das schwöre ich!« versicherte Christa.

»Auch Sie müssen die Unschuld spielen.«

»Jeremy wird mich ganz bestimmt verdächtigen.«

Weland schlug mit einer Faust auf seine Handfläche. »Aber wir tun doch das Richtige, oder?« stieß er hervor und beantwortete seine Frage selbst. »Es muß geschehen. Vor meinem geistigen Auge sehe ich immer noch diesen Skalp, getrocknet, auf den Reifen gespannt…«

»Hören Sie auf! Bitte!«

»Christa, Sie müssen sehr, sehr vorsichtig sein. Jeremy wird Ihnen anmerken, wie aufgeregt Sie sind.«

»Oh, er weiß bereits, daß ich mich aufrege«, erwiderte sie. »Heute werde ich ihm aus dem Weg gehen, und das dürfte nicht allzu schwierig sein.«

Er seufzte tief auf. »O Gott, ich kann es kaum fassen, daß wir uns gegen Jeremy verschworen haben.«

»Das wollte ich nie«, wisperte Christa.

»Ich auch nicht. Auf keinen Fall dürfen Sie ihn mißtrauisch machen. Und sehen Sie zu, daß er abends im Zelt bleibt, damit ich die Pferde in die Nähe der Palisade bringen kann.«

»Ja«, versprach sie tonlos. Wie sollte sie Jeremy im Zelt festhalten, wo sie doch nicht einmal miteinander sprechen würden…

»Wenn wir diesen Männern nicht helfen, werden sie am Galgen hängen.«

Christa nickte und biß sich auf die Lippen, dann verließ sie Welands Zelt – von Dankbarkeit erfüllt, weil er in erster Linie ein Mensch war, kein Soldat.

An diesem Tag fiel es ihr tatsächlich nicht schwer, sich von Jeremy fernzuhalten, denn er verspürte offensichtlich keine Sehnsucht nach ihrer Gesellschaft. Stundenlang saß er im Hauptquartier, sprach mit seinen Leuten und erledigte seine Korrespondenz. Eine Zeitlang versuchte sie, sich mit Celia zu unterhalten, wagte aber nicht allzu lange bei ihrer Freundin zu bleiben, aus Angst, sie könnte ihre Gefühle verraten.

Zum Abendessen kam Jeremy nicht ins Zelt. Robert Black Paw teilte ihr mit, der Colonel würde mit den Majors Brooks und Jennings dinieren und lasse sich bei ihr entschuldigen.

Die Stunden verstrichen, es wurde immer später. Sie brachte keinen Bissen hinunter, und sie wagte auch nicht einzuschlafen.

Ich muß ihn hier im Zelt festhalten, dachte sie beklommen. Aber wenn er nicht auftaucht...

Endlich hörte sie seine Schritte. Während er ein paar Worte mit Robert wechselte, der draußen wie immer Wache hielt, kleidete sie sich hastig aus und drehte die Lampe herunter, so daß sie nur noch einen schwachen Schein verströmte. Als Jeremy eintrat, lag sie im Bett, die Decke bis ans Kinn hochgezogen.

Die Augen geschlossen, spürte sie seinen Blick, lauschte den Bewegungen, die ihr so vertraut geworden waren. Er nahm den Waffengurt ab, und sie hörte das Klicken des Metalls auf seinem Schreibtisch. Dann spürte sie sein Gewicht am Ende des Bettes, dumpf prallten seine Stiefel am Boden auf. Ein leises Rascheln erklang, während er sich auszog, und dann kroch er neben ihr ins Bett.

Durch halbgeschlossene Wimpern sah sie, wie er sich über sie neigte, auf einen Ellbogen gestützt. Offenkundig glaubte er nicht, daß sie schlief. »Wage dich nie wieder in die Nähe der Gefangenen, Christa.«

»Ich will nicht mit dir reden«, erwiderte sie kühl.

»Aber ich mit dir.« Ärgerlich setzte er sich auf, schlug die Decke zurück, und da sah er, daß sie splitternackt war.

Unsicher wich sie seinem Blick aus. Gepeinigt vom Gedanken an ihren Verrat, vermochte sie ihm nicht in die Augen zu schauen. Und sie wußte nicht, wie sie das Spiel beginnen sollte, von dem das Schicksal der Gefangenen abhing. »Ich – ich will nicht mit dir reden«, bekräftigte sie, und sie wollte es tatsächlich nicht. Sie war so wütend auf ihn. Was er getan hatte, drohte ihr das Herz zu brechen. Doch wie ihre heftigen Herzschläge verrieten, änderte das nichts an gewissen Dingen, und sie fürchtete sogar, sie würden zum letzten Mal beisammen sein. Vielleicht konnten sie einander nach dieser Nacht nie mehr verzeihen.

Jedenfalls mußte sie ihn im Zelt festhalten, und diese Aufgabe sollte ihr nicht schwerfallen, das erkannte sie am Klang seiner heiseren Stimme, als er ins Kissen zurücksank. »Christa...«

Sie richtete sich auf, küßte seine Schultern, liebkoste seinen ganzen Körper mit ihren zärtlichen Händen und Lippen, immer kühner, immer intimer. Atemlos flüsterte er Liebesworte, und sein wachsendes Verlangen steigerte auch ihr eigenes. Schließlich warf er sich auf sie und drang in sie ein. Sie glaubte, durch die Nacht davonzuschweben, vergaß alles andere, sehnte sich nur nach dem höchsten Glück der Erfüllung. Flüssiges Feuer schien ihre Adern zu durchströmen, und sie vermochte die heiße Sehnsucht kaum noch zu ertragen. Als sie endlich in den Sternenwirbel ihrer Ekstase emporgetragen wurde, klammerte sie sich zitternd an Jeremys Schultern und genoß die wilden Erschütterungen seines Körpers. Danach lag sie an seiner Seite, und die Nachtluft kühlte ihre erhitzte Haut. Gequält schloß sie die Augen und dachte an ihren Verrat.

»Christa…«, begann er wieder. Doch sie wollte nichts hören. Sicher würde er sie tadeln, weil sie mit den Gefangenen gesprochen hatte. Ich hasse ihn, redete sie sich ein, ich hasse ihn, denn er stellt sich auf die Seite der Komantschen, nur weil diese Männer für die Konföderation gekämpft haben. »Ich will nicht mit dir sprechen!«

»Verdammt, Christa…«

»Ich will nicht!«

»Also gut, dann schweigen wir eben.«

Wenig später spürte sie wieder seine Hände, die aufreizend über ihren Körper wanderten.

Der Morgen graute bereits, als er endlich eingeschlafen war. Vorsichtig stand sie auf, und er bewegte sich, schien zu merken, daß sie nicht mehr neben ihm lag. Aber er würde sie niemals des Verrats verdächtigen, den sie begehen wollte. In aller Eile wusch sie sich und zog sich an. Ehe sie das Zelt verließ, schaute sie noch einmal zum Bett hinüber. Entspannt lag er da, die Augen fest geschlossen. In der Morgendämmerung hob sich das kastanienbraune Haar dunkel vom schneeweißen Kissen ab. Wie konnte sie ihn so leidenschaftlich lieben und ihn trotzdem hintergehen?

Weil er sich weigerte, die Wahrheit zu erkennen. Das war auch Dr. Weland bewußt geworden. Jeremy hatte so lange gegen Männer in grauer Uniform gekämpft, daß er sie bis an sein Lebensende als seine Feinde betrachten würde. Und deshalb ließ er sich von einem Komantschen täuschen.

Lautlos schlich sie aus dem Zelt. Ringsum schien alles zu schlafen. Nebelschleier wehten durch die tiefe Stille des Camps. Sie rannte zu der Palisade, wo Ethan Darcy in den frühen Morgenstunden wieder die Wache übernommen hatte.

»Guten Morgen, Mr. Darcy«, begrüßte sie ihn. »Sie haben doch nicht die ganze Nacht hier gestanden?«

»Nein, Mrs. McCauley.« Mißtrauisch schaute er sie an. »Vor kurzem habe ich Fairfield abgelöst.«

Beinahe hätte sie nach Luft geschnappt und den jungen Soldaten gewarnt, als sie Weland lautlos hinter ihn treten sah. Ein Gewehrkolben landete auf Darcys Schläfe, der zusammenbrach, ohne zu wissen, was ihn getroffen hatte.

Angstvoll wandte sich Christa an den Doktor. »Er ist doch nicht ernsthaft verletzt?«

»Natürlich nicht«, erwiderte er leise. »Beeilen Sie sich. Die Pferde warten ganz in der Nähe. Jetzt müssen wir die Männer freilassen.« Er lief zum Zaun und schob den Riegel des Gatters zurück. Sofort kam Jeffrey Thayer heraus. Die anderen folgten ihm nicht. »Kommt schon«, befahl er.

»Ich – ich gehe nicht ins Komantschengebiet zurück«, entgegnete Tom Ross.

»Das ist ein Befehl«, erklärte Thayer. Aber Tom Ross rührte sich nicht von der Stelle, und Weland drängte: »Die Zeit wird knapp. Lassen Sie ihn hier!«

»Ich – ich komme auch nicht mit«, verkündete Sergeant Tim Kidder.

»Harry!« herrschte Thayer den dritten seiner Männer an.

»Willst auch du mir den Rücken kehren?«

Der junge Mann nickte. »Ich bleibe hier.«

»Ich verstehe nicht...«, begann Christa.

»Das spielt jetzt keine Rolle.« Weland packte ihren Arm und führte sie mit Thayer zu den Pferden. »Reiten Sie ein Stück mit ihm. Wenn die Wachposten Sie sehen, werden sie ihn nicht aufhalten.«

Heftig schüttelte sie den Kopf. »Das kann ich nicht, John...« Entsetzt verstummte sie, als er sein Gewehr auf sie richtete – dieselbe Waffe, mit der er Darcy bewußtlos geschlagen hatte.

»Steigen Sie auf das Pferd, Christa!« befahl er.

»John...«

Plötzlich hörte sie eine leise Stimme. »Was geht hier vor?«

Verwirrt drehte sie sich zu Robert Black Paw um. Erst jetzt fiel ihr wieder ein, daß er ihr auf Schritt und Tritt zu folgen pflegte, wie ein Schatten. Doch das nützte ihr in diesem Augenblick nichts. Sie hielt den Atem an, als Major Dr. John Weland sorgfältig zielte und auf den Cherokee schoß. Kein Laut kam aus ihrer Kehle, denn Sergeant Jeffrey Thayer drückte eine knochendürre Hand auf ihren Mund.

»Bringen Sie Mrs. McCauley von hier weg. Schnell!« befahl Weland. »Und sehen Sie zu, daß sie nicht zurückkommt. Verkaufen Sie sie an die Indianer oder erwürgen Sie sie. Sie darf nie wieder hier aufkreuzen. Das ist der Preis für Ihre Freiheit.«

Christa biß in die Hand, die ihren Mund zuhielt, und Thayer fluchte wütend. Er umklammerte ihren Arm und zog sie zu sich heran. »Wenn ich allein mit dir bin, mein Engel, wirst du dafür bezahlen!«

Sie öffnete den Mund, um zu schreien, aber da richtete Weland die Gewehrmündung auf Darcy. »Wenn Sie nur einen einzigen Laut von sich geben, Christa, erschieße ich auch Darcy.«

»Warum tun Sie das?« fauchte sie.

Dr. John Weland, ihr Freund in so vielen schwierigen Tagen, lächelte. Er versuchte, ihre Wange zu streicheln, aber sie wich ihm blitzschnell aus. »Nicht ihretwegen, Christa. Ich mag Sie wirklich.«

»Dann – Jeremys wegen...«

»Es geht mir auch nicht um Ihren stolzen, ehrenwerten Ehemann. Ihr Pech, daß Sie nicht auf ihn hören wollten. Sie haben mir direkt in die Hände gespielt. Mit voller Absicht ließ ich mich zu diesem Regiment versetzten. Monate, nein, viele Jahre lang plante ich meine Rache. Zuvor hatte ich einen besseren Plan geschmiedet, aber der wurde von Ihnen vereitelt.«

»Ich weiß nicht, wovon Sie reden«, flüsterte Christa. Wenn sie versuchte, Zeit zu gewinnen, würde ihr vielleicht jemand helfen. Sie wurde stets beobachtet, von Robert, der nun blutend am Boden lag. Großer Gott, was steckte hinter dieser gräßlichen Szene?

»Sie haben McCauley geheiratet«, fügte Weland mit ruhiger Stimme hinzu. »Beinahe hätte ich Cameron Hall kaufen können. Während des Krieges verdiente ich eine Menge Geld, weil ich mich mit diesen verrückten Blockadebrechern aus den Südstaaten zusammentat. Das waren keine edlen, ehrenhaften Rebellen, sondern Kerle wie Thayer, der genau weiß, wie man sich in Kriegszeiten bereichern kann.«

»Aber – warum?« stammelte sie.

»Es geht um Jesse Cameron.«

Ein Gefühl lähmender Schwäche erfaßte ihren ganzen Körper. Was mochte das alles bedeuten? Das Haus... Als sie es mit Jeremys Hilfe gerettet hatte, war sie überzeugt gewesen, ein Feind Daniels wollte Vergeltung üben. »Jesse?« wiederholte sie leicht benommen.

»Jesse Cameron«, bestätigte Weland. »Der großartige, unbesiegte Unionsoffizier, der Wunderdoktor, der gleich hinter Jesus Christus an zweiter Stelle steht.« Erbost spuckte er auf den Boden. »Der Mann, der alle Beförderungen genoß, die auch mir zugestanden hätten!«

»Und deshalb – mußten Sie einen Menschen ermorden?«

Sein Blick schien in weite Ferne zu wandern. »Er war ein überaus erfolgreicher Arzt – bis er meinen jüngeren Bruder operierte. Und für den konnte er nichts tun. Schreiend starb Gerald auf dem Operationstisch. Die Leute behaupteten, er sei ein Feigling gewesen und vor der Front davongelaufen, als ihn eine Kugel getroffen habe. Das war eine Lüge. Aber Ihr gottverdammter Bruder hätte ihn so oder so getötet. Er schnitt ihn auf, und dabei brachte er ihn um.«

»Da irren Sie sich«, protestierte Christa. »Niemals würde Jesse einen Menschen sterben lassen, den er retten könnte. Und ich dachte, Sie wären so wie er – ein Arzt, der seinen Lebensinhalt darin sieht, Kranken und Verwundeten zu helfen. Stets schienen

Sie an das Recht aller Menschen zu glauben, auf dieser Erde zu leben, mögen sie weiß oder schwarz oder rot sein...«

Weland fiel ihr ungeduldig ins Wort. »Ich dachte, Cameron Hall in Schutt und Asche zu sehen, müßte seinem Herzen eine Wunde zufügen, die niemals verheilen würde. Aber was ich jetzt vorhabe, ist vielleicht noch besser. Niemals wird er erfahren, was mit seiner kostbaren Schwester geschehen ist. Ob die Komantschen Sie Tag für Tag vergewaltigen, oder ob ein mörderischer Rebellenrenegat Sie zu seinen Kameraden nach Südamerika entführt hat... Das wird er nie wissen, und es wird ihn bis ans Ende seiner Tage quälen. Hoffentlich lebt er noch sehr, sehr lange.«

»Sie sind krank...«

»Und ich werde mit diesen Idioten am Galgen baumeln, wenn ich nicht bald von hier verschwinde«, mischte sich Jeffrey Thayer ein.

»Der Major ist krank«, beschwor sie ihn.

»Und wenn er ein tobsüchtiger Irrer ist – das kümmert mich nicht. Er läßt mich laufen, und Sie, Madam, werden mir den Weg in die Freiheit ebnen. Reiten wir los!«

»Begleiten Sie ihn, Christa!« befahl Weland. »Oder ich schieße Darcy mitten in den Kopf. Aber ich habe eine noch bessere Idee. Ich werde Darcy auf ein Pferd legen, dann kann Thayer ihn töten, sobald Sie ihm Ärger machen.« Er hob den schlaffen Körper des Soldaten hoch und warf ihn über den Sattel eines der vier Pferde, die er geholt hatte, um den Rebellen zur Flucht zu verhelfen.

Captain Thayer umklammerte Christas Arm. »Steigen Sie auf!«

»Sie sind ein Mörder, nicht wahr?« fragte sie tonlos. »Mein Mann glaubte den Komantschen, weil sie die Wahrheit sagten.«

»Steigen Sie endlich aufs Pferd! Ich habe schon mehrere Menschen getötet, aber mit Ihnen würde ich lieber etwas ganz anderes machen, mein Engel. Also halten Sie den Mund...«

»Ich werde Sie an den Galgen bringen«, versprach Christa.

Viel zu spät verriet ihr sein Grinsen, was für ein Mensch er in Wirklichkeit war. Die Farbe seiner Uniform hatte nichts zu bedeuten.

»Wollen Sie Ihr Gewissen mit dem Tod dieses Soldaten belasten?« fragte er und zeigte auf Darcy.

Mühsam schluckte sie, ging zu einem Pferd und schwang sich in den Sattel. Dann starrte sie Weland an. »Auch Sie werden hängen«, versprach sie.

Selbstgefällig hob er die Brauen. »Das wäre mir völlig egal.«

»Reiten wir, mein Engel«, drängte Thayer.

Plötzlich hörten sie einen sonderbaren Gesang. »Vorwärts, christliche Soldaten...«

»Allmächtiger!« stöhnte Weland. »Mrs. Brooks, diese verdammte Frömmlerin!«

Die Bibel in den Händen, näherte sie sich der Palisade, offenbar in der Absicht, den sündhaften Gefangenen eine Predigt zu halten. Und dann blieb sie stehen und starrte sie alle mit weit aufgerissenen Augen an. Weland richtete sein Gewehr auf sie. »Steigen Sie auf, Mrs. Brooks. Sie werden ausreiten.«

»Nein!« protestierte Thayer. »Schießen Sie die alte Hexe doch nieder!«

»Um Himmels willen, nein!« rief Christa.

»Was im Namen des Herrn«, begann Mrs. Brooks.

»Steigen Sie auf – bitte steigen Sie auf«, drängte Christa.

»Das werde ich nicht tun«, erwiderte Mrs. Brooks indigniert. »Mit diesem schändlichen Verrat will ich nichts zu tun haben...«

»Er wird Sie erschießen, Mrs. Brooks!« warnte Christa, sprang aus dem Sattel und schob die Frau zu einem der Pferde. »Der arme Robert mußte bereits dran glauben.« Sie zeigte auf die reglose Gestalt, aus deren Brust Blut quoll.

»Oh! Oh, himmlischer Vater! Ich falle in Ohnmacht.«

»Steigen Sie endlich auf!« befahl Christa. Mit aller Kraft hievte sie die korpulente Mrs. Brooks auf ein Pferd. Wenn sie zunächst mit Thayer ritten, würden sie ihm später vielleicht entkommen können. Da Weland im Camp zurückblieb, war der Captain von jetzt an auf sich allein gestellt.

Als Mrs. Brooks endlich im Sattel saß, zitternd und mit blassem Gesicht, stieg auch Christa wieder auf.

»Leben Sie wohl, meine Liebe«, sagte Weland, dann wandte

er sich an Thayer. »Wenn sie zurückkommt, sind Sie ein toter Mann.«

Lachend kletterte der Rebell auf ein Pferd. »Sie wird bei mir bleiben, bis der Tod uns scheidet.« Dann rammte er seine Fersen in die Flanken des Tiers.

Während sich am östlichen Horizont die ersten rosa Streifen der Morgensonne zeigten, galoppierten vier Pferde über die Prärie.

20

Es war noch dunkel, als Jeremy die Augen öffnete. Er streckte seinen Arm nicht aus, denn er wußte, daß Christa schon vor einiger Zeit aufgestanden war. Seltsam, dachte er, nach einer so wundervollen Nacht allein und unglücklich zu erwachen... Seine Frau weigerte sich, mit ihm zu sprechen, wollte die Wahrheit nicht hören, nicht glauben, daß ein Mann in einer grauen Uniform irgendwelche Missetaten begehen konnte.

Plötzlich fuhr er hoch. Ein Geräusch war zu ihm gedrungen. Nicht Christa. Er roch keinen Kaffee. Seit sie leise aus dem Zelt geschlichen war, hatte sie sich nicht mehr bemerkbar gemacht.

»Um Gottes willen« rief er und sprang aus dem Bett, denn eine blutige Hand tastete nach der Decke.

Mühsam war der schwerverletzte Robert Black Paw zu ihm gekrochen. Jeremy schrie um Hilfe, hob den Indianer, seinen langjährigen Freund und Gefährten, auf das Bett und suchte nach der Wunde. Immer schneller breitete sich ein roter Fleck auf der Brust aus. Hastig riß Jeremy ein Laken in Streifen und bemühte sich, die Blutung zu stoppen.

»Jeremy...« Mit schwacher Stimme versuchte Robert zu sprechen.

»Was zum Teufel ist passiert?«

In diesem Augenblick stürmte Nathaniel herein, und bei Roberts Anblick stockte sein Atem. »Ich hole Doc Weland...«

»Nein!« Robert richtete sich ein wenig auf, schüttelte den Kopf, dann sank er wieder ins Kissen zurück.

»Halt diese Lappen fest, Nathaniel!« befahl Jeremy und zeigte auf den Knäuel, den er auf die Wunde gedrückt hatte. Dann schlüpfte er in seine Hose. »Robert, verdammt, stirb nicht – stirb nicht! Ich hole den Arzt.«

»Nein!« würgte der Cherokee hervor und bedeutete Jeremy, näher zu treten. Ehe ihn seine Kräfte endgültig verließen, flüsterte er so schnell wie möglich: »Weland... Es hängt mit dem Bruder deiner Frau zusammen... Thayer ist frei... Mit Christa...«

Jeremy glaubte, der Boden würde ihm unter den Füßen entzogen. »Christa?« flüsterte er.

»Sie dachte – er wäre unschuldig. Weland – drohte ihr...« Roberts Stimme versagte.

»Verdammt, du darfst nicht sterben!« brüllte Jeremy.

Nathaniel wandte sich zu ihm. »Er atmet noch. Wenn ich die Blutung stoppen kann – anscheinend hat ihn die Kugel ganz glatt durchbohrt und ist auf der anderen Seite wieder herausgedrungen.«

»Versuch, sein Leben zu retten!« Jeremy ergriff seinen Waffengurt und stürmte aus dem Zelt.

Verdammt, was für ein Narr war er gewesen. Warum hatte er es nicht erkannt? Sie hatte ihn nur verführt, um die Konföderierten freizulassen. Aber was für eine Rolle spielte Weland? Warum sollte er Christa oder Robert etwas antun? Das ergab keinen Sinn.

Er begegnete einem der jungen Signalhornbläser, der gerade aus seinem Zelt taumelte. »Ruf die Männer zu den Waffen«, befahl er. »Und schick jemanden zur Palisade!« Er rannte weiter – und sah eine Szene, die seine schlimmsten Befürchtungen übertraf. Drei unbewegliche Gestalten lagen hinter dem Zelt, blutbefleckt, in zerfetzten Uniformen.

Am Gatter stand John Weland, starrte sie an und schüttelte den Kopf. »Jeremy, Gott sei Dank, endlich sind Sie da. Christa... Es tut mir so leid, wirklich – aber sie war fest entschlossen, diese Schurken freizulassen. Irgendwie besorgte sie sich eine Waffe, die sie Thayer gab. Robert wollte sie daran hindern, und da wurde er von diesem Kerl getötet. Dann richtete er das Schießeisen auf seine eigenen Männer.«

Jeremy starrte ihn an. Waren denn alle verrückt geworden? Aber vorerst zählte nur eins – Christa ritt mit einem gnadenlosen Mörder über die Prärie.

Forschend blickte er in das Gesicht des Mannes, dem er blindlings vertraut hatte. Dann betrat er die Palisade. Der erste Rebell war zweifellos tot. Eine Kugel steckte in seinem Kopf. Den zweiten hatte das Geschoß mitten ins Herz getroffen, aber der dritte schien sich zu bewegen. Es war der Sergeant namens Kidder.

Langsam hob er die Lider, und Jeremy kniete sich neben ihn. Aus den Augenwinkeln beobachtete er Weland, der scheinbar sorglos am Zaun wartete. Weil er unschuldig war? Oder weil er nicht befürchtete, daß die Toten etwas erzählen konnten?

Jeremy beugte sich zu dem Sergeant hinab. »Ihr Yank ist ein Verräter, Colonel«, flüsterte der Mann. »Der Bastard hat mich niedergeschossen.«

Ein kalter Schauer rann über Jeremys Rücken. Weland... Kaltblütig hatte er auf Robert und diese Männer gefeuert. Warum? Er stand auf und kehrte zu dem Major zurück.

»Tut mir leid, Jeremy, ich kann nichts für diese Männer tun, und für Robert auch nicht.«

»Robert ist nicht tot«, erwiderte Jeremy.

Welands Augen verengten sich. »Nicht tot? Er liegt doch da drüben. Ihn fand ich zuerst. Ich...« Er drehte sich um, und da sah er, daß der Indianer verschwunden war. Langsam wandte er sich wieder zu Jeremy. Er war entlarvt, und sie wußten es beide. »Nun, das ist unwichtig. Jetzt können Sie nichts mehr tun. Thayer wird dafür sorgen, daß Christa noch eine Zeitlang am Leben bleibt und dann qualvoll stirbt.«

»Warum?« schrie Jeremy ungläubig. Er fluchte wütend und ballte die Hände, als der Doktor ihn stumm anstarrte. Auf die Hintergründe dieses Grauens kam es jetzt nicht an. Vor allem mußte er Christa finden. Er eilte noch einmal zu dem Rebellen, der immer noch atmete. »Jemand wird sich um Sie kümmern, mein Junge.«

Der Soldat öffnete wieder die Augen. »Niemals wollte ich jemanden töten, Sir, wirklich nicht. Ich habe die Indianerin nicht entführt, auf keinen einzigen Kavalleristen geschossen, und an dem Überfall auf den Soldwagen war ich auch nicht beteiligt.« Er fuhr sich mit der Zunge über die Lippen. »Thayer wird versuchen, nach Texas zu fliehen und von dort nach Südamerika zu gelangen. Verdammt, ich lasse mich lieber aufhängen, ehe ich einem Komantschen über den Weg laufe.« Würgend begann er zu husten, Blut quoll aus seinem Mund. »Seien Sie vorsichtig, Colonel! Thayer hat unseren Gefängniswärter mitgenommen, Darcy.« Der junge Mann lächelte schwach. »Und diesen alten Drachen, der uns ständig Psalme vorgesungen hat...«

»Mrs. Brooks?« fragte Jeremy entgeistert.

»Nur deshalb konnte Thayer Ihre Frau veranlassen mitzureiten. Sie – sie wußte es nicht, Sir. Sie dachte, wir wären einfach nur Exrebellen, die unfair behandelt wurden.«

Jeremy nickte. »Sprechen Sie nicht mehr, die Männer werden für Sie sorgen.«

Als er sich aufrichtete, rief der junge Sergeant: »Geben Sie acht, Colonel!«

Blitzschnell drehte sich Jeremy um und starrte in die Mündung von Welands Gewehr. Er griff instinktiv nach dem Colt an seiner Seite, und während er feuerte, spürte er einen brennenden Schmerz in seinem Arm.

John Weland hatte sein Ziel verfehlt, Jeremy nicht. Er ging zu dem Mann, der am Boden lag und blicklos in den Himmel starrte. Was in dieser Nacht geschehen war, verstand er noch immer nicht. Er schaute sich um. Von allen Seiten rannten Soldaten herbei, von den Schüssen angelockt. Als er Lieutenant Preston entdeckte, rief er: »Kompanie D, satteln. In fünf Minuten brechen wir auf! James, holen Sie Morning Star, sie reitet mit uns. Und irgend jemand, um Himmels willen, soll diesen armen Reb verarzten!«

In halsbrecherischem Tempo rasten sie über die Prärie, bis Thayer erkannte, daß er die Pferde umbringen würde, wenn er sie weiterhin so gnadenlos antrieb. Darcy kam allmählich zu sich, und Mrs. Brooks fand ihre Sprache wieder.

»Vorerst brauche ich euch alle«, erklärte der Captain. »Wenn die Kavallerie uns auf den Pelz rückt, lasse ich einen nach dem anderen frei, um ein bißchen Zeit zu gewinnen. Abgesehen von Ihnen, mein Engel.« Grinsend wandte er sich zu Christa. »Sie kommen mit mir. Bis nach Südamerika.«

»Sie müssen wahnsinnig sein.«

Er richtete seinen Colt, ein Geschenk von Weland, direkt auf ihr Herz. »Was? Ist die schöne Südstaatlerin ihrer Überzeugung untreu geworden? Sie waren doch so eifrig bestrebt, uns zu helfen.«

»Ich wollte Sie vor dem Galgen bewahren, als ich noch an Ihre Unschuld glaubte.«

»Ich hatte doch bloß ein bißchen Spaß mit einer kleinen Indianerin, und ich knallte ein paar Yanks ab. Zum Teufel, im Krieg habe ich sie dutzendweise erschossen. Welchen Unterschied machen da ein paar Monate mehr oder weniger?«

»Einen ganz gewaltigen. Sie sind nichts weiter als ein mörderischer Bastard!«

»Oh, Sie werden mich schon noch mögen«, meinte er grinsend. »Wenn ich mir vorstelle, was wir alles miteinander machen werden...«

»Reiten Sie allein mit ihr weiter!« kreischte Mrs. Brooks. »Jetzt sind wir weit genug vom Camp entfernt. Lassen Sie mich hier zurück. Ich erzähle meinem Mann, daß sie Ihnen freiwillig folgt. Sie war eine Rebellin, ist eine Rebellin und wird immer eine Rebellin bleiben. Also nehmen Sie sie mit, und der Teufel soll Sie beide holen...«

»Mrs. Brooks!« rief Darcy mit schwacher Stimme, und Christa kümmerte sich sofort um ihn. Sie hatten an einem Bach angehalten, um die Pferde trinken zu lassen und um sich selbst ein wenig zu erfrischen. Nun lief sie zu ihm, riß einen Streifen von ihrem Unterrock und tauchte ihn ins Wasser, um sein Gesicht zu waschen. »O Gott, Ethan, es tut mir so leid!« flüsterte sie.

Er umfaßte ihre Hand. »Weland hat mich niedergeschlagen?«

»Ja.«
»Warum?«
»Das ist eine lange Geschichte.«
»Lassen Sie mich nicht bis in alle Ewigkeit warten!« warnte Thayer. »Ich will weiterreiten. Eine falsche Bewegung, Miss Christa, und für die Bibeltante oder Ihren Yankee hat die letzte Stunde geschlagen. Und Sie...« Er wandte sich zu Darcy. »Bloß keine Heldentaten! Oder die edle kleine Rebellin muß mit blutenden Händen ihre Zügel halten.«
Sie stiegen alle auf. Darcy warf Christa einen wehmütigen Blick zu. »Irgendwann muß er mal schlafen!« wisperte er hoffnungsvoll.
Seufzend nickte sie. Würde sich eine Gelegenheit zur Flucht ergeben?
Nach einem anstrengenden Galopp erreichten sie einen Felsblock. Zu Christas Überraschung schien sich Jeffrey Thayer plötzlich unbehaglich zu fühlen. Und auch sie gewann den Eindruck, beobachtet zu werden.
Sie drehte sich um, und ihr Herz drohte stehenzubleiben. Auf dem Gipfel des Felsens sah sie sechs Indianer. Stumm wie Statuen, mit rotbemalten Gesichtern, saßen sie auf ihren Ponys. Alle trugen Waffen – Gewehre oder Bogen mit Pfeilköchern und unglaublich lange Lanzen, geschmückt mit Federn und Skalps. »Dieser Hurensohn!« fauchte Thayer. »Buffalo Run! Er hat McCauley diese Rothäute nachgeschickt, um sich zu vergewissern, daß ich auch wirklich hingerichtet wurde.«
Christa starrte ihn verwirrt an. »Wovon reden Sie?«
»Falls Sie eine zusätzliche Waffe haben – um Himmels willen, geben Sie uns allen eine Chance!« flehte Darcy.
»Jetzt ist jeder auf sich allein gestellt!« schrie Thayer und rammte seinem Pferd brutal die Sporen in die Flanken. Das Tier sprang in die Luft, dann raste es davon, gefolgt von den anderen, die ihren Reitern nicht mehr gehorchten.
In wilder Verzweiflung beugte sich Christa so tief wie möglich über den Pferdehals und schickte ein stummes Gebet zum Himmel. Vergeblich. Noch bevor sie den ersten gellenden Kriegsschrei

hörte, spürte sie die Nähe der Indianer. Ihr Pferd wurde zur Seite gedrängt und zum Stillstand gezwungen, dann bildeten die Komantschen einen Kreis um sie herum, in dem auch Darcy und Mrs. Brooks eingeschlossen waren.

Aber nicht Jeffrey Thayer. Entsetzt beobachtete Christa, wie er von seinem Hengst gezerrt wurde. Er versuchte, auf den Indianer zu schießen, der ihn festhielt, dann brüllte er laut auf, als die Lanze des Komantschen seine Brust durchbohrte, gefolgt von einem Pfeilregen.

Jeder Indianer hatte auf ihn geschossen. Die Schäfte der Pfeile ragten aus seinen Beinen, seinen Armen, seinen Augen. Und er schrie immer noch.

Ein Komantsche kniete neben ihm nieder, und während Thayer seinen letzten Atemzug tat, wurde er skalpiert.

Hinter Christa begann Mrs. Brooks zu würgen, dann übergab sie sich. Und Darcy stöhnte vor Entsetzen.

Aber Christa war wie gelähmt vor nacktem Grauen, brachte keinen Laut hervor, konnte sich nicht bewegen. Erst als die Komantschen wieder aufstiegen, schlug sie instinktiv die Zügel auf den Hals ihres Pferdes, es bäumte sich auf, dann ging es durch. Nur wenige Minuten verstrichen, bis ein Komantsche an ihrer Seite ritt. Die Tiere streiften einander, der Mann neigte sich herüber und umschlang Christas Taille. Blitzschnell zerrte er sie zu sich hinüber und legte sie quer über seine Schenkel.

Der Ritt über die Prärie schien eine halbe Ewigkeit zu dauern. Andere Komantschen hatten Mrs. Brooks und Darcy zu sich auf die Pferde gesetzt.

Während der Staub, von den Hufen aufgewirbelt, in Christas Gesicht flog, dachte sie an Jeremy, den sie verraten hatte. Womöglich würde sie ihn durch ihre unbedachte Handlungsweise in den Tod führen – und auch ihr ungeborenes Kind.

Erschöpft nach der schlaflosen Nacht, vom Hunger und ihrer unbequemen Lage über den Schenkeln des Indianers geschwächt, verlor sie schließlich das Bewußtsein. Abrupt kam sie wieder zu sich, als sie vom Pferd gehoben und unsanft auf die Beine gestellt wurde. Ein Komantsche fesselte ihr mit einem Strick die Hände, ein anderer trat zu ihm und sagte etwas in seiner Muttersprache.

Wütend und angstvoll fauchte Christa: »Wartet nur, bis die Kavallerie kommt! Die Soldaten werden euch zerstückeln und mit Blei vollpumpen! Nicht einmal für die Aasgeier wird genug von euch übrigbleiben!«

Zu ihrer Verblüffung lächelte der Krieger, der sie festhielt, und fragte in perfektem Englisch: »Glauben Sie, die Kavallerie wird Sie holen? Warum sollte man Sie retten – wo Sie doch so fest entschlossen waren, einen Mörder zu befreien?«

Sie blinzelte verwirrt. Wieso wußte er Bescheid? »Nein – mein Mann wird ganz sicher kommen.« Vielleicht irrte sie sich da, aber von diesem Komantschen wollte sie sich nicht einschüchtern lassen. »Sie haben auch einem anderen Mann die Frau weggenommen...«

Sie verstummte, denn der andere Komantsche sagte wieder etwas in seiner eigenen Sprache, und der Mann, der sie gefesselt hatte, lachte laut auf.

»Was soll das?« schrie sie erbost.

»Mein Freund glaubt, der Mann dieser älteren Frau würde uns viel Geld bezahlen, wenn wir sie nicht zurückschicken.«

Mrs. Brooks heulte und kreischte unentwegt, und das konnte Christa ihr nicht verübeln, denn sie wäre diesem Beispiel nur zu gern gefolgt. Aber manche Komantschen schnitten den Gefangenen, die zuviel Lärm machten, die Zungen heraus. »Lassen Sie die Frau ins Camp zurückkehren«, schlug Christa vor. »Vielleicht wird die Kavallerie Sie dann nicht verfolgen...«

»Ihr Mann kommt ganz gewiß, Madam«, unterbrach sie der hochgewachsene Krieger. »Das weiß ich, weil ich ihn kenne. Wenn er hier ist, werden wir weitersehen.«

»Sie kennen ihn?« Jetzt verstand sie, warum er so gut Englisch sprach. »Sie sind Buffalo Run.«

»Ja, der bin ich.«

»Sind Sie zu unserem Camp geritten, um festzustellen, ob Thayer von den Weißen getötet wurde?«

Der Häuptling zeigte auf einen der anderen Krieger. »Das war

Eagle Who Flies High mit seinen Männern. Er dachte, man müßte sichergehen, und ich stimmte ihm zu. Ihr Mann hat mich noch nie verraten, Madam. Aber es sieht so aus, als hätten *Sie* ihn hintergangen.«

Er zerrte an dem Strick, der ihre Handgelenke zusammenpreßte, und sie stolperte beinahe, biß aber die Zähne zusammen – fest entschlossen, nicht zu schreien. Neue Hoffnung stieg in ihr auf. Immerhin konnte sie sich mit Buffalo Run verständigen. Vielleicht war er bereit, mit ihr zu verhandeln. Doch was hatte sie zu bieten?

Während er sie mit sich zog, fragte er: »Sie erwarten Jeremys Kind?«

»Ja!« bestätigte sie rasch. »Ja!« Würde ihr Zustand sein Mitgefühl erregen?

Wortlos führte er sie zu einem Bach, ließ den Strick los und erlaubte ihr zu trinken. Während sie ihren Durst stillte, überlegte sie, ob sie die Gelegenheit zu einem Fluchtversuch nutzen sollte. Aber er griff sofort wieder nach der Fessel und band sie an einem Baum in der Nähe des Ufers fest. Dann ging er zu den anderen Kriegern, um eine Besprechung mit ihnen abzuhalten.

Unglücklich wartete sie. Der harte Baumstamm drückte sich schmerzhaft an ihren Rücken, der Strick scheuerte an ihren Handgelenken. Der beschwerliche Ritt hatte fast den ganzen Tag gedauert, und alle Knochen taten ihr weh.

Von ihrer Umgebung sah sie kaum etwas, denn die Komantschen hatten nur ein kleines Lagerfeuer unter dem aufsteigenden Mond entzündet. Offenbar wollten sie hier kampieren, unter freiem Himmel.

Welches Schicksal erwartete sie? O Gott, darüber wollte sie gar nicht nachdenken...

Sie mußte eingenickt sein, denn sie zuckte erschrocken zusammen, als Buffalo Run auf sie zukam und ihr ein Stück getrocknetes Fleisch hinhielt. Da sie halb verhungert war, griff sie mit ihren gefesselten Händen danach und verschwendete keinen Gedanken an ihren Stolz, der es ihr eigentlich hätte verbieten müssen, etwas von diesem Indianer anzunehmen. Er beobachtete, wie sie aß, und plötzlich hörte sie einen Schrei. Mrs. Brooks.

Beinahe blieb ihr das getrocknete Fleisch im Hals stecken. Flehend schaute sie zu Buffalo Run auf. »Lieber Gott, bitte, bringen Sie sie nicht um!«

»Weil sie Ihre liebe Freundin ist?« fragte er spöttisch.

»Weil man mir die Schuld geben wird, wenn sie stirbt«, antwortete sie wahrheitsgemäß.

»Meine Männer töten sie nicht.« Was sie mit Mrs. Brooks machten, erwähnte er nicht, und es blieb Christa überlassen, sich das bedrückt auszumalen.

Er stand auf, und sie stellte fest, daß er viel größer war als die anderen Komantschen. Er hatte dunkle Augen, langes, tintenschwarzes Haar und im Gegensatz zu seinen grobknochigen Kriegern ein schmales Gesicht. Christa erinnerte sich, daß er ein Mischling war. Aber nicht in seinem Herzen, dachte sie. Da ist er ein ganzer Komantsche.

»Werden Sie mich töten?« fragte sie.

»Heute nacht nicht«, erwiderte er und ging davon.

Allmählich erstarb Mrs. Brooks Geschrei. Die Indianer saßen noch lange am Feuer und redeten. Christa fragte sich, was Jeremy jetzt denken und empfinden mochte. Unglücklich lehnte sie den Kopf an den Baumstamm.

Nach allem, was ich ihm angetan habe, muß er mich hassen, sagte sie sich. Sie war so selbstgerecht gewesen in ihrem Mitleid mit den armen verwundeten Kavallerist von der Konföderation. Sie hatte nicht bedacht, daß es auch unter den Rebellen einige Schurken gab.

Und sie hatte Jeremy keine Gelegenheit gegeben, ihr zu erklären, warum die Männer gefangengehalten worden waren.

Jetzt wußte sie es – zu spät. Ihr Mann hatte die vier Soldaten lieber selber festgenommen, statt sie den Komantschen zu überlassen.

Dann hatte Jeff Thayer an ihr Mitgefühl appelliert, eine Närrin aus ihr gemacht. Wie dumm war sie gewesen... Durch ihre Schuld hatte Robert Black Paw den Tod gefunden,

Jeremys langjähriger, treuergebener Freund. Welches Opfer würde ihre Unvernunft sonst noch fordern? Seit über vierundzwanzig Stunden bewegte sich ihr Baby nicht mehr. Verzweifelt betete sie, daß es noch lebte. Jeremys Kind. Wäre sie doch nicht so stolz und eigensinnig gewesen! Längst hätte sie ihm sagen müssen, wie sehr sie ihn liebte.

Sie senkte den Kopf und kämpfte mit den Tränen. Die ganze Zeit hatte sie sich gegen ihre Liebe gewehrt, starrsinnig an der Vergangenheit festgehalten, ihrer Ehe keine echte Chance gegeben – außer in manchen Nächten, in Jeremys Armen. Und jetzt würde sie ihn vielleicht nie wiedersehen. Durch ihre Schuld würde er womöglich sein zweites Kind auch noch verlieren.

Würde er den Indianern folgen und versuchen, seine Frau zu retten, sein ungeborenes Baby? Buffalo Run hatte es prophezeit, und er schien Jeremy besser zu kennen als sie selbst. Ja, er würde kommen, weil es seine Ehre verlangte. Würde er damit sein eigenes Leben aufs Spiel setzen?

21

Jeremy stieg vom Pferd und kniete neben der blutigen, verstümmelten Gestalt nieder. Obwohl sich die Leiche in einem grauenvollen Zustand befand, brauchte er nur wenige Sekunden, um den Captain Jeffrey Thayer aus der Konföderiertenarmee zu erkennen. Ein halbes Dutzend Pfeile ragte aus der grauen Uniform. Das Gesicht war zerschnitten, der Skalp abgezogen.

Nun mußte sich Jeremy nicht mehr angstvoll fragen, was der Rebell mit Christa machen würde.

»Komantschen?«

Er stand auf, drehte sich zu James Preston um, der ihn beklommen beobachtete, und nickte. Dann zwang er sich, ganz fest zu glauben, daß die Indianer seiner Frau nichts zuleide tun würden. »Lassen Sie die Umgebung nach anderen – Leichen absuchen.«

Krampfhaft schluckte James, dann wandte er sich an die Kompanie, um den Befehl weiterzugeben. Die Soldaten schwangen sich aus den Sätteln, und Jeremy starrte über die Prärie hinweg zum Horizont. Buffalo Run hatte einen Trupp zum Camp geschickt, um herauszufinden, wie die Weißen mit den mörderischen Rebellen verfuhren, und hatten Thayer dann selbst hingerichtet. Er blickte auf die schrecklich zugerichtete Leiche hinab. »Du Narr!« flüsterte er. »Nun hast du bekommen, was du verdienst – nicht zuletzt, weil du die Naivität meiner Frau ausgenutzt hast, du gottverdammter Hurensohn!«

»Keine weiteren Leichen«, meldete Lieutenant Preston.

»Weder Darcy noch Mrs. Brooks?«

James schüttelte den Kopf. »Und Christa auch nicht«, ergänzte er leise.

»Das war Buffalo Runs Werk.«

»Es gibt viele Komantschengruppen«, gab James zu bedenken.

»Aber nur Buffalo Run kann Thayer auf diese Weise getötet und die anderen mitgenommen haben. Ich muß allein zu ihm reiten.«

»Nein, um Himmels willen! Sie könnten feindlich gesinnten Indianern begegnen und getötet werden, ehe Sie ihn erreichen.«

»Sie begleiten mich mit der Kompanie D bis zum Rand seines Lagers, Lieutenant. Würde ich Sie alle mitnehmen, käme es zu einem schrecklichen Gemetzel, und die Komantschen würden alle Gefangenen sofort töten. Nur Morning Star wird mich begleiten, dann habe ich eine Chance.«

»Colonel!« rief einer der Männer, und Jeremy drehte sich zu den dreiundzwanzig Soldaten von der Kompanie D um. Jenkins schaute ihn unbehaglich an. »Sollen wir den Toten begraben, Sir?«

Obwohl Jeremy gute Lust hatte, Thayer den Geiern zu überlassen, nickte er. »Aber beeilen Sie sich! Wir müssen weiterreiten.«

So viel stand auf dem Spiel. Er durfte keine Zeit verschwenden. Nicht nur Christa mußte er retten, er trug auch die Verantwortung für Darcy und Mrs. Brooks. Deshalb wollte er die Komantschen so schnell wie möglich erreichen – ehe sie auf den Gedanken kamen, einen oder eine ihrer Gefangenen zu töten.

Vielleicht würde er sterben, wenn er Christa zu befreien versuchte. Aber ohne sie wäre sein Leben ohnehin nichts mehr wert. Nicht einmal Jenny hatte soviel Liebe, soviel Leidenschaft in ihm geweckt wie seine Frau. Er hatte sie mehr oder minder unter Zwang geheiratet – aber nichts auf der Welt hätte ihn dazu veranlassen können, wäre er in der Tiefe seines Herzens nicht dazu bereit gewesen.

Die Nacht brach herein, und er blickte zum dunklen Himmel hinauf, wo schattenhafte, geflügelte Geschöpfe kreisten – Aasgeier, die um ihre ersehnte Mahlzeit gebracht wurden, weil er Thayer beerdigen ließ. Verzweifelt hoffte er, die Vögel nicht noch einmal zu sehen. Er schwang sich auf sein Pferd und rief James zu: »Wir reiten weiter!«

Bald würden sie in der Finsternis anhalten müssen, ebenso wie die Komantschen.

Am Morgen band der Häuptling Christa vom Baum los, aber ihre Hände blieben gefesselt. Er führte sie zu einem Gebüsch am Ufer des Bachs, wo sie die Gelegenheit erhielt, ein menschliches Bedürfnis zu erfüllen.

Auf dem Rückweg entdeckte sie Darcy, den man ebenfalls an einem Baum festgebunden hatte. Reglos saß sie da, und sie fürchtete sekundenlang, er wäre tot. Doch dann hob er langsam die Lider, erblickte sie und öffnete den Mund, als wollte er schreien. Warnend schüttelte sie den Kopf und wandte sich zum Lager.

Die Indianer hatten sich rings um das Feuer versammelt und schienen einander ihre neuesten Abenteuer zu schildern. Vorerst achtete niemand auf die beiden Gefangenen. Christa lief zu Darcy und kniete neben ihm nieder. Blut hatte sich an seinem Hals verkrustet, und sie biß sich bestürzt auf die Lippen. »Sind Sie so schwer verletzt, daß Sie nicht aufstehen und reiten können?«

Müde schüttelte er den Kopf. »Die Indianer haben mich nur in die Ohren geschnitten und meinen Hals zerkratzt. Diese Leute verstehen es sehr gut, einen Gefangenen am Leben zu erhalten, ihm immer wieder Schmerzen zuzufügen und ihn für lange Zeit in Angst und Schrecken zu versetzen.«

Mit ihren gebundenen Händen versuchte sie, die Stricke zu lösen, die ihn an den Baum fesselten. Die Indianer verstehen es auch, Knoten zu machen, dachte sie. Ihre Finger waren wund, ehe sie Darcy endlich befreien konnte.

»Krempeln Sie mein rechtes Hosenbein hoch«, bat er hastig. »In meinem Stiefelschaft finden Sie eine kleine Scheide, und ich glaube, mein Messer steckt immer noch drin.«

Wegen ihrer zusammengebundenen Hände fiel es ihr schwer, seinen Wunsch zu erfüllen, aber sie schaffte es und zog das Messer hervor. Sobald sie ihm die Fesseln abgenommen hatte, sprang er auf und durchschnitt auch ihre. »Vielleicht haben wir soeben Ihr *Todesurteil unterzeichnet*, Ma'am.«

»Und Ihres auch.«

»Wahrscheinlich war ich ohnehin schon dem Tod geweiht. Wir müssen die Pferde holen.«

»Und Mrs. Brooks.«

Krampfhaft schluckte er und nickte. Sie schaute sich um. Die Pferde standen auf der linken Seite des kleinen Lagers, Mrs. Brooks war nicht zu sehen.

»Gehen Sie zu den Pferden«, befahl Christa dem jungen Soldaten. »Ich kümmere mich um Mrs. Brooks.«

»Wenn die alte Hexe auch nur ein einziges Mal den Mund aufmacht, lassen Sie sie hier!« mahnte er.

»Einverstanden...« Christa huschte zwischen den Büschen hindurch. Offensichtlich rechneten die Komantschen nicht mit einem Fluchtversuch ihrer Gefangenen, denn die sechs Krieger saßen immer noch am Feuer.

Mrs. Brooks war während des Morgens erstaunlich still gewesen, und kalte Angst stieg in Christa auf. Hatte man ihr die Zunge herausgeschnitten?

Aber als sie ihre Leidensgenossin fand, sah sie, daß sie mit einem Fetzen von ihrem Unterrock geknebelt worden war und zu schlafen schien. Mit Darcys Messer durchschnitt Christa die Strikke, die Mrs. Brooks an einen Baum fesselten.

Erschrocken riß die Frau ihre Augen auf, und Christa legte warnend einen Finger an die Lippen, ehe sie ihr den Knebel abnahm. Zur Abwechslung war Mrs. Brooks endlich einmal vernünftig genug, um zu schweigen. Verängstigt starrte sie ihre Retterin an, die ihr auf die Beine half und eindringlich flüsterte: »Kommen Sie! Seien Sie vorsichtig – und ganz leise!«

Christa führte sie in weitem Bogen um die Indianer herum. Sie erreichten Darcy, der drei Pferde losgebunden hatte. Mit Christas Hilfe hievte er die korpulente Frau auf eines der Tiere. Um für einen größeren Vorsprung zu sorgen, ließ er auch alle anderen frei, damit sie davonrannten und verhinderten, daß die Komantschen sofort die Verfolgung aufnahmen.

Zunächst entfernten sie sich in gemäßigtem Trab und möglichst lautlos vom Lager, dann gab Darcy das Zeichen zum Galopp. Wie von Furien gehetzt, jagten sie über die Prärie. Der junge Soldat kannte den Weg, Mrs. Brooks und Christa folgten ihm. Plötzlich erklang ein Schrei hinter ihnen.

Nun hatten die Komantschen die Flucht ihrer Gefangenen bemerkt. Darcy warf Christa einen entsetzten Blick zu. Sie schaute über ihre Schulter. Nur drei Indianer hatten ihre Pferde eingefangen und sprengten hinter den Weißen her. »Wir müssen uns trennen!« rief sie Darcy zu.

»Um Himmels willen, nein!« warnte er sie verzweifelt.

Aber es gab keinen anderen Ausweg. Wenn sie nicht die Initiative ergriff, mußten sie vielleicht alle sterben. Vermutlich würden die Komantschen nur ihr folgen. Sie verlangsamte die Geschwindigkeit des Pferdes ein wenig, und während Darcy mit Mrs. Brooks weitergaloppierte, bog sie nach Norden. Sofort beschleunigte sie das Tempo wieder. Ihr Herz pochte im selben Rhythmus wie die blitzschnellen Hufschläge. Und sie spürte, daß der Boden nicht nur unter ihrem eigenen Pferd erzitterte. Sie schaute wieder nach hinten. Die drei Indianer rasten hinter ihr her, und einer hatte sie beinahe eingeholt. Obwohl sie eine ausgezeichnete Reiterin war – mit Buffalo Run konnte sie sich nicht messen. Als er an ihrer Seite auftauchte und nach ihr griff, glaubte sie, dem sicheren Tod ins Auge zu blicken, denn bei diesem halsbrecherischen Tempo würde sich ein Sturz nicht vermeiden lassen. Aber er zog sie mit einer geschmeidigen Bewegung zu sich herüber und versetzte seinen Hengst in langsameren Trab. Dann schwenkte er ihn herum und kehrte zu seinen Kriegern zurück.

Wieder einmal lag Christa verzweifelt quer über seinen Schenkeln, schluckte Staub, roch Pferdeschweiß.

Im Lager angekommen, stieß er sie unsanft vom Rücken seines Ponys, und sie fiel zu Boden. Hastig sprang sie auf und sah sich um. Zu ihrer Erleichterung konnte sie Darcy und Mrs. Brooks nirgends entdecken. Die beiden waren entkommen, weil der Häuptling nur auf eine einzige Gefangene Wert legte. Also hatte sie die Situation richtig eingeschätzt.

Er kam auf sie zu und schlug ihr mit aller Kraft ins Gesicht. Wieder sank sie in den Staub, und er zog sie auf die Beine. Dann hob er sie wieder auf sein eigenes Pferd. Nach ihrem Fluchtversuch mißtraute er ihr gründlich und ließ sie nicht mehr allein reiten. Er stieg hinter ihr auf, und wenig später verließen sie alle das Lager.

»Werden Sie mich jetzt töten?« fragte Christa.

»Noch nicht.«

»Um Himmels willen, lassen Sie mich doch gehen!«

»So einfach ist das nicht. Jedenfalls nicht bei den Komantschen. Wurden Sie denn nicht gewarnt?«

O ja, sie war sehr eindringlich gewarnt worden. »Warum geben Sie mich nicht frei?«

»Sie haben mich nicht nur zwei Gefangene und zwei Pferde gekostet, sondern das Tier, das Sie so hart geritten haben, beinahe getötet.«

»Und was soll jetzt mit mir geschehen?«

»Der Verlust dieser beiden Pferde schmerzt mich wirklich!« stieß er hervor. »Und deshalb rate ich Ihnen, mich nicht noch mehr zu reizen und den Mund zu halten. Oder wollen Sie, daß ich Ihnen die Zunge herausschneide?«

»Mein Mann wird mich befreien!«

»Seien Sie still!«

»Die Kavallerie wird...«

»Noch ein Wort, und es wir Ihr letztes sein!« Diese Drohung veranlaßte Christa, endlich zu schweigen.

Immer noch von der Kompanie D eskortiert, erblickte Jeremy zwei Reiter auf der sanft gewellten Prärie. Er spornte sein Pferd an, galoppierte ihnen entgegen, und einige Sekunden später erkannte er Mrs. Brooks und Darcy.

Als er dicht vor ihnen sein Pferd zügelte, fiel es ihm schwer, seine bittere Enttäuschung zu verbergen. Er kam vorerst gar nicht zu Wort, denn sobald er abgestiegen war, warf sich Mrs. Brooks schluchzend, schreiend und stammelnd in seine Arme.

Darcy vermochte, sich etwas klarer auszudrücken. »Buffalo Run hat uns gefangengenommen, Sir, und...«

»Wo ist meine Frau, Darcy?« fiel Jeremy ihm mit gepreßter Stimme ins Wort.

»Es gelang ihr, Mrs. Brooks und mich loszubinden, und wir flohen zu dritt. Aber die Wilden blieben uns auf den Fersen. Da beschloß Mrs. McCauley, sich von uns zu trennen, und ich konnte sie nicht aufhalten. Sie wußte, daß die Komantschen ihr folgen und uns laufenlassen würden. Sir, Sie kennen die ganze Geschichte noch gar nicht. Doc Weland muß den Verstand verloren haben. Er ist gefährlich...«

»Jetzt nicht mehr«, entgegnete Jeremy tonlos. »Er ist tot.« Das Herz wurde ihm schwer. Christa war also noch immer bei den Komantschen. Und sie hat Buffalo Run verärgert, dachte er bedrückt. Wird er sich daran erinnern, daß er mein Blutsbruder ist?

Noch immer war er mindestens einen Tagesritt vom Komantschenlager entfernt. Die Zeit wurde knapp. Er wandte sich zu James Preston, der ihn inzwischen mit der restliche Kompanie eingeholt hatte, und schob die jammernde Mrs. Brooks hinüber. »Von jetzt an reite ich allein weiter, dann komme ich schneller voran.«

»Wir sollten Ihnen folgen, als Verstärkung.«

Jeremy schüttelte den Kopf. »Wenn die Indianer so viele Soldaten sehen, könnten sie Christa und alle anderen Gefangenen töten, die sie vielleicht in ihrer Gewalt haben. Außerdem trage ich die Verantwortung für diese Kompanie, und ich darf diese Menschenleben nicht riskieren. Also werde ich allein ins Lager reiten und mit Buffalo Run verhandeln.«

»Colonel, Sir, nehmen Sie wenigstens mich mit«, begann Darcy.

»Einen entflohenen Gefangenen, der zurückkehrt, würde Buffalo Run ganz sicher nicht am Leben lassen. Sie kehren mit Mrs. Brooks in unser Camp zurück.«

»Jawohl, Colonel, aber ich würde Sie sehr gern begleiten – Mrs. McCauley zuliebe. Sie ist die tapferste Frau, die ich je gesehen habe.«

»Eine Rebellin«, erwiderte Jeremy leise. »Und sie hat zu kämpfen gelernt, bei den besten Lehrern, die man sich nur vorstellen kann.« Er stieg wieder auf sein Pferd. »James, Sie übernehmen das Kommando. Bringen Sie die Leute so schnell wie möglich in unser Camp zurück.«

Gefolgt von Morning Star, dem Komantschenmädchen, ritt er über die Prärie davon.

22

Am späten Nachmittag erreichte Buffalo Run mit seinen Kriegern und der Gefangenen sein Hauptlager, das einen seltsam friedlichen Anblick bot. Etwa zwei Dutzend Zelte standen am Ufer eines langsam dahinfließenden Bachs. Kinder spielten im Wasser, Hunde rannten umher. Mehrere Frauen, in Baumwollblusen und -röcken oder Wildlederkleidern, widmeten sich verschiedenen häuslichen Aufgaben. Einige nähten mit großen Nadeln aus Knochen Tierhäute zusammen, andere hockten vor kleinen Feuern und bereiteten Mahlzeiten vor. Ein alter Indianer mit breitem, zerfurchtem Gesicht ging den Neuankömmlingen entgegen, eine Wolldekke um die Schultern. Das immer noch rabenschwarze Haar hing, zu Zöpfen geflochten, auf seinen Rücken hinab. Ehrfürchtig sprach Buffalo Run mit ihm. Der Greis nickte und musterte Christa, die vor dem Häuptling auf dem Pferd saß, aufmerksam.

Die Frauen drängten sich heran und betrachteten die weiße Gefangene neugierig. »Jetzt sind Sie bei den Komantschen.« Buffalo Run stieg ab, hob Christa von seinem Hengst herunter und stellte sie zwischen die Frauen. Sie begannen zu schreien, zupften an ihrem Kleid, schlugen mit kleinen Stöcken auf sie ein. Erschrokken wich sie zurück, aber es gab kein Entkommen, denn sie wurde von ihren Peinigerinnen umzingelt. In deren Mitte entdeckte sie ein weißes Mädchen, mit einer langen Narbe auf der linken Wange. Die Ohrläppchen fehlten. Aber welche Folter sie auch immer ertragen hatte, sie gehörte jetzt zu den Komantschen und schrie Christa genauso an wie die anderen.

Eine große, kräftige Indianerin gab der Gefangenen einen heftigen Stoß und warf sie beinahe zu Boden. Auch diese Frau war verstümmelt worden. Man hatte ihr die Nasenspitze abgeschnitten und dadurch ihre Bösartigkeit wahrscheinlich noch gefördert. Inzwischen lachten und sangen die anderen, aber die große Squaw schlug immer wieder mit ihrem spitzen Stock nach Christa, die sich schreiend wehrte.

Plötzlich erklang ein durchdringender Befehl, und die Frauen wichen sofort zurück. Buffalo Run erteilte weitere Anordnungen, dann ergriff er Christas Arm und schob sie in sein Zelt. Sie stolperte, fand aber ihr Gleichgewicht wieder und drehte sich zum Häuptling um. Vor Angst wurde ihr beinahe schwindlig. Grausige Bilder erschienen in ihrer Fantasie, von verstümmelten, zu Tode gefolterten weißen Gefangenen. Aber sie wußte, daß sie einen klaren Kopf behalten mußte, wenn sie nicht alle Hoffnungen verlieren wollte. »Was haben Sie jetzt mit mir vor?« fragte sie leise.

Lächelnd verschränkte er die Arme vor der Brust. »Sie halten uns wohl für ein außergewöhnlich wildes Volk, nicht wahr?«

»Ja«, bestätigte sie ohne Umschweife. »Da draußen habe ich eine Frau gesehen, der die Nasenspitze abgeschnitten wurde, und sie gehört zu Ihrem Stamm. Was soll ich denn da von den Komantschen halten?«

»Basket Woman kannte die Folgen ihrer Handlungsweise. So ist das bei den Komantschen.«

»Was hat sie denn verbrochen?«

»Sie schlief mit einem anderen Krieger.«

Auf Ehebruch steht also eine sehr harte Strafe, dachte Christa.

»Und Ihre weißen Gefangenen behandeln Sie sicher noch grausamer«, flüsterte Christa.

»Der weiße Mann war auch zu uns grausam. Und vielleicht gibt es sogar noch schlimmere Stämme als die Komantschen.« Langsam ging er um ein kleines Feuer in der Mitte seines Zeltes herum. »Die Pawnee führen mit weiblichen oder männlichen Gefangenen eine besonders interessante Zeremonie durch, um dem Gott Tirawa Opfer zu bringen. Wenn sie mehrere Leute gefangennehmen, heißen sie alle in ihrem Dorf willkommen. Einer wird besonders gut ernährt und respektvoll behandelt. Doch dann wird er splitternackt ausgezogen und an einem Kreuz festgebunden. Der Pawnee, der ihn erbeutet hat, durchbohrt ihn mit einem Pfeil, während ein Feuer unter ihm angezündet wird. Dann schießen alle anderen Männer mit Pfeilen auf ihn, während er langsam verbrennt. Inzwischen betet der ganze Stamm zu Tirawa. Danach darf er auf gute Ernte hoffen, auf Kriegsglück. Manchmal opfern die Pawnee ihrem Gott auch weibliche Gefangene. Ihre eigenen Frauen töten sie nur ungern. Vielleicht sollte ich Sie zu den Pawnee bringen, Mrs. McCauley. Die würden mir bestimmt viele Pferde für Sie geben.«

»Das werden Sie wohl kaum tun. Und wenn Sie mich ohnehin töten wollen – warum bringen wir es nicht sofort hinter uns?«

»Wir verstehen es meisterhaft, unsere Gefangenen zu foltern.«

In diesem Augenblick hörte sie ein sanfte Stimme und drehte sich verwundert um. Auf einem Bärenfell an der hinteren Zeltwand saß eine junge Frau, die an einem Hemd nähte. Buffalo Run gab ihr eine ärgerliche Antwort, dann schien er sich zu beruhigen und richtete seinen Blick wieder auf Christa. »Meine jüngste Frau, Little Flower. Sie werden ihr dienen und alles tun, was sie sagt, Madam. Es war ihre jüngere Schwester, Morning Star, die von den mordlustigen Soldaten entführt wurde.«

»Was?« fragte Christa bestürzt.

»Der weiße Mann, den wir zur Strecke brachten, hatte Morning Star gestohlen und vergewaltigt. Ich wollte sie zu meiner vierten Frau nehmen. Außerdem tötete dieser Captain mit seinen drei Leuten die Kavalleriesoldaten, die einen Soldwagen bewachten, und einen weißen Händler namens Greenley – einen Freund Ihres Mannes. Thayer verdiente den Tod.«

Als er sich abwandte, um das Zelt zu verlassen, rief Christa: »Warten Sie!« Ihre Stimme klang verzweifelt, und das schien sein Mitleid zu erregen, denn er drehte sich langsam um. »Was für ein Mensch dieser Thayer war, erkannte ich erst, als es zu spät war. Es tut mir sehr leid, daß er sich an Morning Star vergangen hat.« Nach einer kleinen Pause fügte sie hinzu: »Bitte – was soll mit mir geschehen?«

»Das werden wir sehen.«

»Aber…«

Sein Blick wurde etwas sanfter. »Weil Sie die Frau meines Blutsbruders sind, habe ich bereits Gnade vor Recht ergehen lassen. Die Frauen dürfen Sie nicht mehr behelligen. Sie werden Little Flower dienen, und wenn Sie mich nicht mehr ärgern, bleiben Sie am Leben – bis Ihr Schicksal entschieden wird.«

»Und was werden Sie beschließen?«

Als er auf Christa zuging, zwang sie sich, nicht zurückzuweichen. »Das hängt von McCauley und von Ihnen ab. Sollte er sterben, nehme ich Sie vielleicht zur Frau, falls Little Flower und die anderen einverstanden sind. Später verkaufen wir Sie vielleicht den Apachen oder Spaniern.« Mit diesen Worten kehrte er ihr endgültig den Rücken und ging hinaus.

Christa holte tief Atem. Ihre Beine trugen sie nicht länger, und sie sank zu Boden. Zu ihrer Überraschung strich eine zarte Hand über ihr Haar. »Sie müssen sich nicht fürchten«, sagte die junge Indianerin. Auch sie sprach sehr gut Englisch, wenn auch nicht so fließend wie Buffalo Run. »Der Häuptling findet keinen Gefallen daran, seine Gefangenen zu verletzen. Und er lehnt manche unserer Sitten und Gebräuche ab.«

Mühsam schluckte Christa und schaute in die dunklen, ausdrucksvollen Augen des Mädchens. »Da draußen sah ich Frauen, die…«

»Das weiße Mädchen war nicht seine Gefangene – und Basket Woman nicht seine Frau.«

Damit muß ich mich wohl vorerst trösten, dachte Christa. Um

nicht den Verstand zu verlieren, brauchte sie irgendeine Hoffnung, an die sie sich klammern konnte.

Little Flower – der Name paßte zu dem Mädchen, denn es wirkte so sanft und zierlich wie die Blütenblätter einer Rose, so weich und so schön. »Ich bedauere sehr, daß Ihre Schwester entführt wurde«, versicherte Christa. »Geht es ihr jetzt wieder gut?«

»Das weiß ich nicht. Wir fanden ihren Wäschekorb am Bach – und einige Fetzen von ihren Kleidern, die ihr der Entführer vom Leib gerissen hatte. Vielleicht hat McCauley sie inzwischen gefunden.«

Zitternd schlang Christa ihre Arme um die Knie und verspürte eine gewisse Erleichterung, weil sie ihre Furcht endlich zeigen konnte. »Ich glaube, mir gegenüber wird Buffalo Run keine Milde zeigen. Immerhin hat er durch meine Schuld zwei andere Gefangene und zwei Pferde verloren.«

Little Flower dachte kurz nach, dann erwiderte sie: »Das könnte er auch als verdiente Strafe für seine eigene Achtlosigkeit betrachten. Aber alles weitere hängt von Ihrem Mann ab, Mrs. McCauley.«

Verzweifelt schlug Christa die Hände vors Gesicht. Jeremy... Selbst wenn er sich nicht in ihrer Nähe befand, beschützte er sie – einfach nur, weil er ein charakterfester, wundervoller Mann war, den sie hinter seiner blauen Uniform nicht hatte sehen wollen. »Ich weiß nicht, ob er kommen wird«, entgegnete sie mit dumpfer Stimme. Dann umklammerte sie den Arm des Mädchens. »Little Flower, Sie sprechen so gut Englisch...«

»Das hat mir Buffalo Run beigebracht«, erklärte die Indianerin stolz. »Wenn ich mich gegen die Weißen behaupten will, muß ich sie verstehen, während sie nicht wissen, was ich sage.«

Christa nickte. Offensichtlich war Buffalo Run ein hochintelligenter Mann. »Ich erwarte ein Baby...«

»Ja, das hat Mr. McCauley dem Häuptling erzählt.«

»Es wird erst in ein paar Monaten zur Welt kommen. Aber wenn Sie irgendeinen Einfluß auf Buffalo Run ausüben und falls die Komantschen beschließen, mir etwas anzutun – könnten Sie veranlassen, daß ich zuerst mein Kind gebären kann und daß es meinem Mann übergeben wird?«

Little Flower hob ihre dunklen Brauen. »Das ist Ihr Wunsch?«

»Ja.«

»Dann will ich mein Bestes tun und Ihnen helfen, solange Sie bei uns wohnen. Wenn Sie fleißig sind, wird man Sie in Ruhe lassen.«

»Oh, ich kann arbeiten.«

In den nächsten Tagen lernte Christa mit Little Flowers Hilfe das Lagerleben und die Gebräuche der Komantschen kennen.

Wenn eine Zeltklappe offenstand, durfte ein Gast unaufgefordert eintreten. War sie geschlossen, mußte er sich erst bemerkbar machen. Die Indianer, die zum Essen eingeladen wurden, brachten ihre eigenen Schüsseln und Löffel mit. Man ging nicht zwischen einem Feuer und den Leuten hindurch, die sich ringsherum versammelt hatten, sondern die Sitzenden neigten sich vor, um den anderen Platz zu machen. Den Frauen war es nicht gestattet, sich wie die Männer mit gekreuzten Beinen hinzusetzen. Entweder mußten sie auf ihren Fersen hocken, oder sie legten beide Beine auf eine Seite.

Der Friedenshäuptling hieß Tall Feather. In allen Angelegenheiten, die nichts mit Kriegsführung zu tun hatten, wurde sein Rat respektvoll befolgt. Beim Kriegsrat durfte jeder sprechen, der etwas zu sagen wußte, die jüngeren allerdings erst, wenn sie von den älteren dazu ermuntert wurden. Jeder Krieger konnte auch unabhängig von Buffalo Run Kämpfe oder Überfälle planen und durchführen. In manchen Indianerstämmen herrschte das Matriarchat, aber die Komantschengesellschaft wurde eindeutig von den Männern geprägt.

So wie die anderen Frauen befaßte sich Christa mit häuslichen Arbeiten, wobei sie nicht von Little Flowers Seite wich. Wie sie bald herausfand, aßen die Komantschen keine Fische und im Gegensatz zu anderen Stämmen auch keine Hunde oder Kojoten, denn sie verehrten einen Hundegott. Über einem offenen Feuer brieten sie Büffelfleisch, das an einem Dreifuß hing, oder sie kochten Büffeleintopf in einem Beutel, der aus den Magenwänden des Tiers hergestellt wurde und in den sie heiße Steine legten. Nichts wurde vergeudet. Sie trockneten das übriggebliebene Frischfleisch, oder sie verarbeiteten es zu Würsten, die sie mit wilden Zwiebeln und Salbei würzten. Aus einem Teil des Dörrfleischs machten sie Pemmikan, indem sie es mit einem steinernen Hammer pulverisierten und dann mit getrockneten Beeren und Fett mischten. Der Pemmikan wurde in Beuteln aus enthaarter Büffelhaut für den Winter verwahrt, wo man nur selten zur Jagd gehen konnte.

Die Nächte mußte Christa in Buffalo Runs Zelt verbringen. Neben Little Flower hatte er noch zwei andere Frauen, die Schwestern Dancing Maid und Running Doe, und zwei kleine Kinder. Running Does Baby war erst ein paar Wochen alt, das Kind von Dancing Maid etwa sechs Monate.

Oft schrien die Babys stundenlang oder gaben schmatzende Geräusche von sich, wenn sie gestillt wurden. Nacht für Nacht mußte Christa mit anhören, wie sich Buffalo Run und Little Flower liebten. Das stürzte sie in schreckliche Verlegenheit und weckte wehmütige Erinnerungen an Jeremy. Ehe der Häuptling einschlief, schaute er manchmal im Flammenschein zu ihr herüber und lachte laut. Natürlich wußte er, was sie befürchtete – daß er irgendwann beschließen könnte, mit ihr zu schlafen. Und er genoß es, sie zu quälen.

Sie verstand nicht, warum die Frauen keine Eifersucht aufeinander zeigten. Eines Morgens versuchte Little Flower, ihr das zu erklären. »Nach der Hochzeit konnte jede von uns den Häuptling eine Zeitlang für sich allein beanspruchen. Jetzt sind Dancing Maid und Runnig Doe mit ihren Kindern beschäftigt. Auch ich werde ein Baby gebären, und dann kümmern sich die beiden wieder um Buffalo Run. Sollte er Sie zur Frau nehmen, wird es Ihnen ebenso ergehen.«

»O Gott!« wisperte Christa. Sie waren zum Bach gegangen, um zu baden. Das kalte Wasser störte Little Flower nicht. Zunächst hatte Christa nicht gewagt, sich auszuziehen, aber die junge Indianerin versicherte ihr, bei den Komantschen würde jeder die Privatsphäre des anderen respektieren.

Sie sehnte sich nach einem Bad, denn nach dem langen Ritt durch die staubige Prärie hatte sie bisher keine Gelegenheit dazu gefunden. Jetzt trug sie nicht mehr ihr eigenes Kleid, denn Little Flower hatte ihr mitgeteilt, es würde Dancing Maid mißfallen. Und diese habe als erste von Buffalo Runs Frauen das Recht, die Sklavin so zu kleiden, wie es ihr beliebte. Christa nahm an, daß Dancing Maid das Kleid für sich selber haben wollte, doch das machte ihr nichts aus. Solange sie nur ihre Nasenspitze und ihre Ohrläppchen behielt. Außerdem fühlte sich das Rehlederkleid, das man ihr gegeben hatte, sehr weich an und wärmte sie in kalten Nächten.

Offenbar wollte ihr keine von Buffalo Runs Frauen ernsthaften Schaden zufügen. Sie bemühte sich, genauso hart zu arbeiten wie die anderen, oft bis zur Erschöpfung. Am liebsten betreute sie die Babys. Die wußten noch nicht, daß sie zu den Komantschen gehörten und daß Christa eine Weiße war. Und wie sie schon seit langer Zeit wußte, vertrauten alle kleinen Kinder – mochten sie weiß oder rot oder schwarz sein – den Menschen, die ihnen Liebe und Zärtlichkeit schenkten. Weil sie so gut mit den Babys umgehen konnte, zeigten sich Dancing Maid und Running Doe bald etwas gnädiger. Sollte Buffalo Run beschließen, sie zu heiraten, würden seine anderen Frauen sicher nicht protestieren. Eine Komantschensquaw mußte eine Menge Arbeit erledigen, die sie sich nur zu gern mit anderen Geschlechtsgenossinnen teilte. Einzig und allein Christa würde kaltes Entsetzen empfinden, wenn Buffalo Run sie zur Frau nahm.

»Er ist ein großartiger Kriegshäuptling und ein ausgezeichneter Jäger«, versicherte Little Flower, während sie badeten, »und ein halber Weißer. Als Kind verbrachte er mehrere Jahre in einem Fort, wo er Englisch lernte.«

Fröstelnd verschränkte Christa im kalten Wasser die Hände vor der Brust. »Sicher ist er ein wunderbarer Krieger. Aber ich liebe den Mann, mit dem ich verheiratet bin.«

Little Flower nickte. »Er sieht sehr gut aus, und er ist anständig – besonders für einen Weißen.«

Als Christa die Uferböschung hinaufkletterte, wurde sie von plötzlichem Unbehagen und einer bösen Ahnung erfaßt. Ehe sie nach ihrem Rehlederkleid und den Stiefeln greifen konnte, trat ihr ein Krieger in den Weg – der zweitgrößte nach Buffalo Run. Er trug eine Wildlederhose, ein Baumwollhemd und eine Weste, mit Fransen und Perlenstickerei verziert. Das lange schwarze Haar war zu Zöpfen geflochten, um den Kopf hatte er ein mit Lederbändern durchwobenens Tuch geschlungen.

Sofort erkannte sie Eagle Who Flies High wieder und erinnerte sich an die Nacht, wo Jeremy ihr böse gewesen war, weil sie das Hauptquartier betreten hatte. Dort war ihr dieser Indianer zum erstenmal begegnet. Und bei ihrer Flucht mit Jeffrey Thayer war er ihr mit seiner Kriegertruppe entgegengeritten. Jetzt starrte er sie wortlos an, und sie flüsterte in wachsender Panik: »Little Flower…« Die junge Indianerin kam aus dem Wasser und redete in ihrer Muttersprache auf Eagle Who Flies High ein, doch das nützte nichts. Er gab ihr eine knappe, schroffe Antwort, dann wandte er sich wieder zu Christa, die nervös fragte: »Was sagt er?« Konnte er sich etwa an ihr vergreifen? Sicher stand dieses Recht nur Buffalo Run zu.

»Er sagt, er habe Sie zuerst gesehen und deshalb seien Sie *seine* Gefangene. Buffalo Run könne keinen Anspruch auf Sie erheben. Er habe Sie viel zu sehr verwöhnt und damit gegen die Komantschengesetze verstoßen. Nun will Eagle Who Flies High Sie in sein Zelt holen als seine Sklavin.«

»Um Himmels willen, nein!« rief Christa. Als der Komantsche auf sie zukam, ergriff sie schreiend die Flucht, ohne Rücksicht auf ihre Nacktheit. Sie rannte ins Wasser, kämpfte sich durch das Gestrüpp am anderen Ufer, Dornen zerkratzten ihre Haut, Steine drückten sich schmerzhaft in ihre Füße.

Aus Leibeskräften schrie sie um Hilfe. Würde man sie im Lager hören und retten? Eagle Who Flies High folgte ihr. Im Wasser behinderten ihn seine Stiefel, aber sobald er festen Boden erreichte, war er im Vorteil. Sie konnte nicht so schnell über die Steine laufen wie er. Schon nach wenigen Sekunden packte er sie, schleuderte sie zu Boden und warf sich auf sie.

Mit aller Kraft wehrte sie sich, trat nach ihm, und sie mußte ihn an einer sehr empfindlichen Stelle getroffen haben, denn der Krieger, der niemals irgendwelche Gefühle und schon gar nicht Schmerz verriet, verzerrte das bronzebraune Gesicht. Hörbar knirschte er mit den Zähnen und wälzte sich verkrümmt zur Seite. Christa sprang auf und bezweifelte nicht, daß er sie jetzt, nachdem sie ihm solche Qualen bereitet hatte, um so brutaler vergewaltigen, wenn nicht sogar töten würde. Sie begann, wieder zu laufen und kreischte gellend, als sich kräftige Finger in ihr Haar schlangen.

Aber bevor sie wieder zu Boden gestoßen werden konnte, krachte ein Schuß, eine Kugel zersplitterte einen Felsen dicht neben ihren Füßen.

Ebenso wie Eagle Who Flies High drehte sie sich hastig um. Da stand Buffalo Run, vermutlich von Little Flower alarmiert. Die Kugel, die er abgefeuert hatte, stammte aus einem U. S. Army-Colt, sicher bei einem Überfall erbeutet. Es war nur ein Warnschuß gewesen.

Wütend begann Buffalo Run zu sprechen, und Eagle Who Flies High antwortete ebenso empört. Christa wartete nicht auf das Ende des Streits und versteckte sich hinter dem Häuptling. Aufgeregt lief Little Flower zu ihr und wickelte sie in eine Decke. Nun fanden sich mehrere Stammesmitglieder ein. Schweigend lauschten sie der Diskussion, dann erschien Tall Feather, der Friedenshäuptling, und mischte sich ein.

»Was sagte er?« flüsterte Christa der Indianerin zu. Aber Little Flower fand keine Gelegenheit, ihr zu antworten, denn Buffalo Run packte Christas Arm und zerrte sie zum Lager. »Ich habe gar nichts verbrochen!« beteuerte sie. »Bitte, erklären Sie mir, was hier vorgeht!«

Aber er blieb stumm und zog sie an seinem eigenen Zelt vorbei, zu einem anderen, das einem Krieger namens Eagle Claw gehört hatte. Vor kurzem war er bei einem Kampf gestorben, und man hatte seine kinderlose junge Frau zu ihrem Vater zurückgebracht. Christa erkannte, daß sie nun auf neutralem Boden gefangengehalten werden sollte.

Der Häuptling stieß sie unsanft in das Zelt. »Sie machen immer nur Ärger!« klagte er sie an.

»Aber diesmal habe ich wirklich nichts getan. Er stürzte sich einfach auf mich...«

»Hätte ich Ihnen bloß die Nase abgeschnitten! Dann würden Sie jetzt nicht die Begierde von Eagle Who Flies High erregen!«

»Aber ich...« »Bleiben Sie hier! Bald komme ich wieder. Sie sind eine gefährliche Beute – und jemand wird den Preis für Sie bezahlen. Noch heute!«

Wütend verließ er das Zelt, und sie versuchte, ihm zu folgen, von kalter Angst erfaßt. Draußen wartete Basket Woman, grinste grausam und hob ein Messer. Christa bezweifelte nicht, daß ihr die Frau mit Vergnügen die Kehle durchschneiden würde. Mutlos kehrte sie ins Zelt zurück und setzte sich. Ein paar Minuten später hörte sie eine sanfte Flüsterstimme. Little Flower brachte ihr die Kleider, die sie am Bach hatte liegenlassen, und begann, hastig Feuer zu machen. »Ich kann nicht lange bleiben. Ihretwegen gibt es schrecklichen Ärger.« Flammen loderten empor. »Jetzt haben Sie's wenigstens warm.«

»Was wird geschehen?«

»Das weiß ich nicht. Nie zuvor ist ein so erbitterter Streit bei uns ausgebrochen. Und ich habe keine Ahnung, wie er geschlichtet werden soll. Eagle Who Flies High erklärt, er wolle Sie so behandeln, wie es einer Gefangenen zukommt, wie Buffalo Run es bisher versäumt habe, und er selbst könne ohnehin ältere Rechte auf Sie geltend machen. Und der Häuptling sagt, Morning Star sei seine künftige Frau und müsse gegen Sie ausgetauscht werden. Außerdem habe *er* Sie von Ihrem Pferd gerissen. Die Wellen schlagen hoch, und jetzt versammeln sich Tall Feather, Buffalo Run und Eagle Who Flies High mit den anderen Kriegern...«

Vor dem Zelt erklang eine scharfe Stimme. Basket Woman befahl Little Flower, herauszukommen.

»Ich wage es nicht, noch länger bei Ihnen zu bleiben, Christa. Die Männer sind so zornig, und ich fürchte, jemand muß sterben...« Als ein zweiter gellender Ruf ertönte, sprang Little Flower auf und eilte aus dem Zelt.

Christa zog sich an und sank auf die Büffelfelle, die in der Ecke lagen. O Gott, dachte sie, vielleicht wäre es am besten, wenn ich selber sterben und dieses Elend ein Ende finden würde... Plötzlich spürte sie, wie sich ihr Baby wieder bewegte. Nach so langer Zeit – zum erstenmal... Da wußte sie, daß sie weiterleben mußte, um ihr Kind auf die Welt zu bringen. Buffalo Run würde es zu Jeremy bringen, falls er auch nur einen Funken Ehrgefühl besaß.

Sie legte ihre Stirn auf die Knie, kämpfte mit den Tränen und fragte sich wieder einmal, welches Schicksal sie erleiden würde. Und dann hörte sie die Trommeln. Ein langsamer, stetiger, bedrohlicher Rhythmus, der böse Ahnungen weckte. Stundenlang schienen sie zu dröhnen, bis Christa glaubte, den Verstand zu verlieren.

Als sie aufblickte, blieb ihr beinahe das Herz stehen. Eine große Gestalt füllte den Zelteingang.

23

Kurz nachdem sich Jeremy von der Kompanie D getrennt hatte, spürte er, daß er beobachtet wurde. Nun hatte er Buffalo Runs Territorium erreicht. Die unsichtbaren Augen zerrten an seinen Nerven.

Er drehte sich zu Morning Star um, die ihm schweigend folgte, und sah, wie ihr Blick umherwanderte. Still und stumm hatte sie die Ereignisse der letzten Tage ertragen – die Entführung, ihre Befreiung beim Handelsposten, wo Thayer und seine drei Männer von Jeremys Truppe überwältigt worden waren, den langen Ritt zum Camp der Weißen und jetzt den Rückweg ins Indianergebiet.

Nach wenigen Minuten entdeckte er einen Krieger auf dem Grat des Hügels, dem sie sich näherten. Bald tauchte ein zweiter auf, dann ein dritter. Langsam wurden Jeremy und Morning Star von den Komantschen umzingelt. Sie hielten Abstand und bildeten nur eine Eskorte auf dem restlichen Ritt ins Lager.

Ein alter Mann stand vor den Zelten und hob die Hand, Tall Feather, der Friedenshäuptling. »McCauley!«

Jeremy zügelte seinen Hengst und stieg ab. »Ich habe euch Morning Star zurückgebracht. Und nun möchte ich meine Frau holen.«

»Du willst die beiden Frauen gegeneinander austauschen?«

Jeremy schüttelte den Kopf. »Ich hätte Morning Star so oder so hierhergeführt. Und falls mein Bruder Buffalo Run meine Frau in seiner Gewalt hat, nehme ich an, daß er sie zu mir bringen wird – unter welchen Umständen auch immer.«

Tall Feather zeigte auf sein Zelt. »Es gibt Ärger wegen deiner Frau.«

Mühsam bekämpfte Jeremy die Panik, die in seiner Brust aufstieg, folgte dem Friedenshäuptling ins Zelt und setzte sich mit gekreuzten Beinen. Tall Feather sprach mit einer seiner Frauen in der Komantschensprache, und Jeremy verstand nicht alle Worte, ahnte aber, daß sie zu Buffalo Run geschickt wurde.

Dann holte Tall Feather seine schönste Pfeife hervor. Der steinerne Kopf war mit Büffelfett poliert, der lange Stil mit Perlen und Pferdehaar verziert. Daß der alte Häuptling seine beste Pfeife benutzte, wertete Jeremy als gutes Zeichen. Der Komantsche respektierte ihn und wollte sein Freund bleiben. Außerdem konnten ernsthafte Angelegenheiten unmöglich geregelt werden, wenn die Betroffenen während ihrer Besprechung keine Pfeife rauchten.

Jeremy versuchte, seine Angst und Ungeduld zu verbergen, sog tief an der Pfeife und gab sie dann dem Friedenshäuptling zurück. »Warum gibt es Ärger mit meiner Frau?« Grausige Visionen erschienen vor seinem geistigen Auge. War Christa bestraft worden, weil sie den beiden anderen Gefangenen zur Flucht verholfen hatte? Sekundenlang schloß er die Augen, bei der Vorstellung, man könnte ihr die Nase oder die Ohrläppchen abgeschnitten haben. »Da Buffalo Run mein Bruder ist...«

»Er will dir deine Frau nicht verweigern. Schon seit Tagen wartet er auf dich. Und es war auch sein Entschluß gewesen, dir die Gesetzlosen zu überlassen. Diese weißen Männer begingen

Verbrechen und versuchten, die Schuld auf die Komantschen abzuwälzen. Buffalo Run wußte, daß du uns glauben würdest. Aber Eagle Who Flies High brach mit ein paar Kriegern auf, um festzustellen, ob du die Missetäter festgenommen hattest. Und nachdem der weiße Anführer entflohen war, bestraften sie ihn selbst.«

»Das weiß ich. Ich habe ihn gefunden.«

Tall Feather nickte bedächtig. »Wir hören viele Dinge, und so wissen wir auch, daß deine Frau auf der Seite des Heeres in den grauen Jacken stand.« Mahnend hob er einen Zeigefinger. »Ein Mann sollte seinen häuslichen Herd unter Kontrolle haben.«

In diesem Augenblick war Jeremy beinahe froh, daß Christa sich nicht in seiner Nähe befand, denn wahrscheinlich hätte er ihr beide Hände um den Hals gelegt. »Ich beuge mich deiner Weisheit, Tall Feather.«

Die Zeltklappe bewegte sich. Buffalo Run und Eagle Who Flies High traten ein, setzten sich und ergriffen nacheinander die Pfeife, um an der Diskussion teilnehmen zu können.

Der Kriegerhäuptling erwiderte den Blick seines weißen Blutsbruders und versicherte: »Es geht ihr gut. Und nachdem du mir Morning Star zurückgebracht hast, werde ich mein Recht auf deine Frau nicht behaupten.«

»Also kann ich mit ihr in unser Camp zurückreiten…«

Eagle Who Flies High unterbrach Jeremy gebieterisch: »Nein!«

»Es steht nicht fest, wer ein Recht auf die Gefangene hat«, erklärte Tall Feather zu Jeremy gewandt. »Eagle Who Flies High beansprucht deine Frau, weil er sie als erster gesehen hat. Ehe wir wußten, daß du heute kommen würdest, forderte er Buffalo Run zum Kampf heraus. Die beiden haben vereinbart, die Streitfrage mit ihren Messern zu bereinigen.«

»Ich werde die weiße Frau nicht aufgeben.« Eagle Who Flies High starrte in Jeremys Augen. »Es war nicht meine Frau, die du zurückgebracht hast, und deshalb schulde ich dir nichts.«

»Ohne Christa werde ich dieses Lager nicht verlassen«, entgegnete Jeremy leise.

»Dann wirst du an Buffalo Runs Stelle gegen Eagle Who Flies High kämpfen, McCauley«, entschied Tall Feather. »Ist deine Frau das wert?«

Mehr als mein Leben, dachte Jeremy und antwortete: »Sie gehört mir, und ich werde sie mitnehmen.«

»Oder sterben, wenn du es versuchst«, drohte ihm Eagle Who Flies High.

Wie Jeremy jetzt erkannte, ging es nicht nur um Christa, sondern um einen Machtkampf innerhalb des Stammes. Ein Mann, der als Buffalo Runs Gesandter zu ihm ins Camp gekommen war, wollte offensichtlich die Häuptlingswürde an sich reißen.

»Oder ich werde sterben, wenn ich es versuche«, bestätigte Jeremy.

»Dann ist alles geregelt«, sagte Tall Feather. »Morgen früh werdet ihr euch mit dem Messer gegenübertreten. Ein gerechter Kampf zwischen zwei Kriegern soll stattfinden, so wie es bei uns Sitte ist. Der ganze Stamm wird Zeuge sein.«

»Wenn ich siege – versprichst du mir dann bei deiner Ehre, mich ungehindert mit meiner Frau gehen zu lassen?« fragte Jeremy.

Der Friedenshäuptling nickte. »Dann kannst du gehen, und unsere Dankbarkeit wird dich begleiten, denn Morning Star ist zurückgekehrt.« Er begann, den verbrannten Tabak aus seinem Pfeifenkopf zu klopfen – ein deutliches Zeichen für das Ende der Besprechung. Jetzt war es für alle an der Zeit, sich zu erheben und sich von Tall Feather zu verabschieden. Aber obwohl Jeremy diese Regel kannte, blieb er sitzen.

»Morgen werde ich kämpfen. Und diese Nacht will ich bei meiner Frau verbringen.«

»Damit bin ich nicht einverstanden…«, begann Eagle Who Flies High.

Ehe Jeremy widersprechen konnte, kam ihm Buffalo Run zuvor. »Sie ist McCauleys Frau. Und sie erwartet sein Kind. Vielleicht wird er sterben. Die beiden müssen einige Dinge klären. Ich denke, man sollte ihnen diese gemeinsame Nacht gewähren.« Er wandte sich zum Friedenshäuptling und hob die Brauen.

»Das ist nur gerecht«, meinte Tall Feather. »Ein Kampf auf

Leben und Tod zwischen unseren beiden besten Kriegern kann glücklicherweise verhindert werden. Es wäre sehr bitter für uns, einen dieser beiden zu verlieren, denn wir brauchen so viele tapfere Kämpfer wie nur möglich – gerade jetzt, wo wir so wenigen weißen Soldaten und Siedlern trauen dürfen. Ebensowenig werden Buffalo Run und McCauley, die Blutsbrüderschaft geschlossen haben, gegeneinander antreten. Eagle Who Flies High und McCauley werden in einem gerechten Kampf die Entscheidung herbeiführen. Buffalo Run, führ deinen weißen Bruder zu seiner Frau und bereite ihn auf den Morgen vor. Eagle Who Flies High – du wirst bis dahin warten.«

Alle standen auf, und Jeremy spürte den hitzigen Zorn, den sein Gegner ausstrahlte. Er wußte, daß es dem Komantschen in den Fingern juckte, ihm schon hier und jetzt die Kehle zu durchschneiden. Aber seine Stammesbrüder hatten gegen ihn gesprochen, und um das Gesicht zu wahren, mußte er den Kampf abwarten. Und gewinnen.

Und Jeremy würde wenigstens diese eine Nacht bleiben, sollte er alles andere verlieren.

Sie durchquerten das Camp, und er wurde von allen begrüßt, die ihn kannten. Aber viele musterten ihn feindselig, denn sie wußten, welche Unruhe wegen seiner Frau im Lager entstanden war.

Buffalo Run blieb vor einem Zelt stehen, das nicht weit von seinem eigenen entfernt war. »Im Morgengrauen mußt du sie verlassen und zu mir kommen. Ich werde dich so kleiden, wie es der Kampf erfordert, und Dancing Maid bestreicht dich mit Bärenfett, damit dein Gegner nicht im Vorteil ist.«

»Danke.«

»Du bist eine Ausnahme unter den weißen Männern, McCauley. Seit wir uns kennen, hast du nie dein Wort gebrochen. Ich hoffe, du wirst weiterleben, so daß ich in Zukunft nicht auf deine Freundschaft verzichten muß.«

»Das hoffe ich auch«, antwortete Jeremy lächelnd. Buffalo Run nickte ihm zu und ging davon.

Die Squaw, die vor dem Zelt saß und Wache hielt, rückte

beiseite und ließ ihn eintreten. Er hob die Klappe und stand eine Zeitlang im Eingang, bis sich seine Augen an die Dunkelheit gewöhnten.

In der Zeltmitte brannte nur ein schwaches Feuer, und dahinter sah er undeutlich die Umrisse einer Gestalt. Angst, Zorn und heiße Sehnsucht kämpften in seinem Herzen, als er langsam zu Christa ging. Sie rührte sich nicht, saß wie erstarrt da, und dann hörte er, wie sie nach Atem rang. »Du!« rief sie.

Offenbar erkannte sie erst jetzt, wer in ihr Zelt gekommen war.

Im zuckenden Feuerschein sah er, daß sie ein Rehlederkleid trug. Das lange schwarze Haar fiel offen auf ihren Rücken. In ihren großen Augen las er Angst, die sich plötzlich auf ihn übertrug. Der Kampf mit Eagle Who Flies High jagte ihm kein Grauen ein. An der Front hatte er oft genug Mann gegen Mann gekämpft. Aber er fürchtete, Christa erneut zu verlieren – sollte er am nächsten Morgen eine Niederlage erleiden. Nun, dann wollte er wenigstens die Erinnerung an ihre süßen Küsse in den Tod mitnehmen.

Er eilte zu ihr, zog sie auf die Beine, riß sie in die Arme. »Vielleicht werde ich morgen für dich sterben.« Seine Finger zeichneten die Konturen ihrer Gesichtszüge nach, schlangen sich in ihr zerzaustes Haar. »Morgen werde ich vielleicht sterben. Aber heute nacht...« Prüfend schaute er ihr in die Augen. O ja, sie sehnte sich nach ihm. Bei der letzten Begegnung hatte sie ihn verführt, um ihn zu hintergehen. Manchmal hatte sie mit ihm geschlafen, weil sie glaubte, sie wäre ihm etwas schuldig – und hin und wieder, weil es ihm gelungen war, das Feuer der Leidenschaft in ihr zu wecken. Diesmal würde sie ihn lieben, weil draußen die Trommeln dröhnten, weil er für sie leben oder sterben würde. »Heute nacht«, fügte er hinzu, »heute nacht wirst du mir alles geben, meine Liebste.«

Fordernd preßte er seinen Mund auf ihren und entfachte die Flammen in ihrem Körper von neuem. »Großer Gott«, wisperte sie, als sich seine Lippen von ihren gelöst hatten. Dann schlang sie die Arme um seinen Hals, klammerte sich an ihn, und er sank mit ihm auf die Büffelfelle hinab. »Leben und Tod – sorge dafür, daß sich beides lohnt. Liebe mich!«

Sie schwieg, während er aufstand, um sich auszuziehen. Dann legte er sich wieder zu ihr, befreite sie von dem schönen Lederkleid, das die Komantschen ihr gegeben hatten, und betrachtete ihren nackten Körper. Nirgends entdeckte er Spuren von Mißhandlungen. Makellos wie eh und je schimmerte ihre Haut im Feuerschein. Er strich über ihre Brüste, die voller geworden waren, über den leicht gewölbten Bauch, der das ungeborene Kind barg, und plötzlich flehte er den Allmächtigen verzweifelt an, sie alle am Leben zu lassen. Sie begann zu zittern. Vor Angst oder Verlangen? Er wußte es nicht. »Gib mir alles, Christa, alles.«

Sie fuhr sich mit der Zunge über ihre Lippen, und der Klang ihrer leisen und doch so leidenschaftlichen Stimme drang in die Tiefen seiner Seele. »Ich will dir alles geben. Und es soll sich lohnen.«

Diese Nacht war anders als alle vorangegangenen. Nie zuvor hatte ihn seine Liebe zu Christa so überwältigt. Sanft und aufreizend zugleich liebkosten seine Hände und Lippen ihren Körper. »Der Tod schreckt mich nicht, meine Liebste. Du bist alles wert, was ich auf mich nehme.«

Er fühlte, wie sie seine Zärtlichkeiten erwiderte, drängend und immer kühner, immer intimer. Schließlich konnte er nicht länger warten, und sie verschmolzen miteinander. Christa schlang die Beine um Jeremys Hüften, und sie liebten sich im wilden Rhythmus der Trommelschläge, die durch das Komantschenlager hallten. Zitternd erreichten sie den Gipfel des Entzückens, und in höchster Ekstase entschlüpften ihm unwillkürlich die Worte:

»Oh, ich liebe dich…«

Ob sie es hörte, wußte er nicht, und es spielte auch keine Rolle. Danach hielt er ihren Körper, dessen Hitze allmählich abkühlte, schweigend in den Armen. Als sie den Mund öffnete, um etwas zu sagen, flüsterte er: »Pst! Die ganze Nacht gehört uns.«

Christa schmiegte sich an ihn, berührte seine Wange, aber sie wich seinem Blick aus. Nach einer Weile gestand sie: »Ich kann meine Angst nicht lange genug vergessen, um nur an unsere Leidenschaft zu denken – die ganze Nacht…«

»Gib mir eine Chance«, erwiderte er lächelnd, und sie erinnerten sich beide an das letzte Mal, wo er diese Bitte ausgesprochen hatte.

Sie richtete sich auf und betrachtete ihn im flackernden, rötlichen Licht. »Jeremy, ich weiß, ich habe schrecklichen Verrat an dir begangen und nicht das Recht, dich um Verständnis zu bitten, aber – du weißt noch längst nicht alles. Dr. Weland...«

»... ist tot«, unterbrach er sie.

Christa hielt den Atem an, Tränen glänzten in ihren Augen. »Er hat Robert Black Paw erschossen.«

»Vielleicht lebt er noch.«

»O Gott, hoffentlich.«

Er selbst wünschte sich sehnlichst, sein guter Freund würde der schweren Verletzung nicht erliegen. Doch in dieser Nacht – vom Dröhnen der Trommeln erfüllt – schien das Camp, wo Robert gegen den Tod kämpfte, Millionen Meilen weit entfernt zu liegen. Verzweifelt drückte er Christa wieder an sich. »Viel Zeit haben wir nicht mehr.«

Mit gleicher Glut erwiderte sie seinen begierigen Kuß, doch dann schaute sie ihm angstvoll in die Augen. »Du sagtest, du würdest vielleicht sterben. Das begreife ich nicht...«

»Eagle Who Flies High und ich werden morgen früh gegeneinander kämpfen, mit Messern.«

»O nein!« rief sie entsetzt. »Wie leicht könnte er dich töten!«

»Besten Dank für dein Vertrauen in meine Fähigkeiten.«

Unglücklich schüttelte sie den Kopf. »Er ist ein Indianer, ein Wilder...«

»Ein Wilder? Du hättest sehen sollen, wie dein Freund Jeffrey Thayer den armen Joe Greenley und die Unionssoldaten im Soldwagen zugerichtet hat.«

Bedrückt senkte sie die Lider. »Das wußte ich nicht, Jeremy.«

»Heute nacht ist es nicht wichtig«, antwortete er und versuchte sie wieder zu küssen, doch sie drehte den Kopf zur Seite.

»O Jeremy, ich will nicht, daß du für mich stirbst. Ich habe dich zu dieser Ehe gezwungen...«

»Nichts hätte mich dazu zwingen können, wäre ich dir nicht schon damals verfallen gewesen.«

Sie schwieg einige Sekunden lang, dann wandte sie sich zu ihm. »Vor deiner Ankunft im Komantschenlager bat ich Little Flower dafür zu sorgen, daß das Baby zu dir gebracht wird – falls mir etwas zustößt. Und das wird sie sicher tun, wenn du jetzt fliehst...«

»Das kann ich nicht«, unterbrach er sie. »Es geht um meine Ehre, meine Glaubwürdigkeit.«

»Aber...«

»Christa, diese Nacht ist so kurz. Im Morgengrauen...«

»Schon so bald?« wisperte sie erschrocken.

»Ich muß mich rechtzeitig vorbereiten.«

»Dann solltest du jetzt schlafen.«

»Später...«

Diesmal wehrte sie sich nicht gegen seine Küsse, die ihr den Atem nahmen, gegen seine aufwühlenden Liebkosungen.

Nachdem er endlich eingeschlummert war, saß sie neben ihm, blickte auf seine geschlossenen Lider hinab, und als heiße Tränen über ihre Wangen rollten, rückte sie hastig zur Seite, damit sie nicht in sein Gesicht tropften. »Du darfst nicht sterben«, hauchte sie. »Oh, bitte, stirb nicht! Ohne dich kann ich nicht leben.«

Irgendwann streckte sie sich neben ihm aus und schlief ein, obwohl sie geglaubt hatte, sie würde kein Auge zutun.

Jeremy erwachte im ersten Licht des neuen Tages. Behutsam küßte er seine Frau, schmeckte salzige Tränenspuren. Dann strich er über ihren Bauch, und da spürte er zum erstenmal, wie sich das Baby bewegte. Lieber Gott, betete er, wenn ich sterbe – laß Christa und das Kind leben. Er stand auf, sammelte hastig seine Sachen zusammen und eilte aus dem Zelt.

Gesänge und Jubelschreie weckten Christa. Verständnislos blinzelte sie ins Halbdunkel, dann fiel ihr ein, was an diesem Morgen geschehen würde. Sie sprang auf und schlüpfte in ihr Rehlederkleid. Würde Basket Woman das Zelt wieder bewachen und sie daran hindern, es zu verlassen?

Christa stürmte hinaus, aber da war niemand. Offenbar wollten alle Komantschen den Kampf beobachten, auch die Squaws. Sie lief zwischen den Zelten zu einem Platz am Ufer des Bachs, wo man mit einem Zweig einen großen Kreis ins Erdreich gezeichnet hatte. Darin standen die beiden Kontrahenten, umringt von den Stammesangehörigen.

Zunächst erkannte sie ihren Mann gar nicht. Er trug nur einen schlichten Lendenschurz, und sein Körper, mit Bärenfett eingerieben, glänzte fast so dunkel wie die Haut seines Gegners. Zwischen den beiden tanzte ein Medizinmann, der mit lauter Stimme sang und Kräuter auf den Boden streute. In der anderen Hand hielt er eine Bärentatze.

Er stieß einen Ruf aus, worauf Eagle Who Flies High vortrat und ihm den Rücken kehrte. Der Schamane fuhr mit der Tatze über den bronzebraunen Rücken, auf dem sich lange, blutige Streifen zeigten.

Ohne eine Miene zu verziehen oder einen Laut von sich zu geben, ging Eagle Who Flies High beiseite, offensichtlich sehr zufrieden mit sich selbst. Nun wandte Jeremy dem Medizinmann seinen Rücken zu, und Christa schrie auf. Schmale Finger umfaßten ihren Arm. Dancing Maid stand neben ihr und schüttelte den Kopf.

Christa wollte etwas sagen, gegen diesen Wahnsinn protestieren, doch sie besann sich anders, schloß die Augen und fühlte, wie sie von lähmendem Entsetzen befallen wurde.

Erst als die Komantschen beifällig jubelten, hob sie wieder die Lider und sah Blut über Jeremys Rücken strömen. Ihre Beine drohten nachzugeben. »O Gott, bitte, laß ihn nicht sterben!« flüsterte sie.

Trommelschläge erklangen, und der Schamane verließ den Kampfplatz. Die Messer gezückt, begannen sich Eagle Who Flies High und Jeremy langsam zu umkreisen.

24

Gleichzeitig stürzten sich die beiden Männer aufeinander, und ein seltsames klatschendes Geräusch entstand, als die eingefetteten Körper zusammenprallten. Sekundenlang schienen sie in der Luft zu schweben, dann wälzten sie sich über den Boden. An einem Arm erschien ein Blutstreifen, und Christa konnte zunächst nicht feststellen, welcher Kämpfer verletzt war. Dann schrie sie auf. Das Blut quoll aus Jeremys Arm.

»Schreien Sie nicht!« mahnte Little Flowers Stimme dicht an ihrem Ohr. »Bitte, Christa – Sie lenken ihn ab.«

Verzweifelt biß sie sich auf die Lippen. Die zwei Männer hatten sich voneinander losgerissen, lauernd umkreisten sie sich wieder. Jeremy ist ein Kavallerieoffizier, dachte sie, und darin ausgebildet, im Sattel zu kämpfen. Er kann großartig mit Colt und Säbel umgehen. Aber die Yankees und die Rebellen haben ihre Körper nicht eingefettet, sind nicht mit scharfen Messern aufeinander losgegangen...

Offensichtlich waren Jeremy und Eagle Who Flies High einander ebenbürtig – muskulös und behende, und jeder nahm die kleinste Bewegung des Gegners sofort wahr. Der schlanke Jeremy überragte den stämmigen, grobknochigen Komantschen um ein paar Zentimeter, und Christa hoffte, das größere Gewicht würde letzten Endes keine Rolle spielen.

Eagle Who Flies High sprang den weißen Mann wieder an, und beide gingen zu Boden. Die Indianer bildeten einen eng geschlossenen Kreis rings um den Kampfschauplatz, und Christa konnte nichts sehen. Sie versuchte, sich vorzudrängen. »Lieber Gott«, flüsterte sie, »bitte! Ich werde alles tun – die Kranken pflegen, die Armen betreuen – und immer nur nett zu den Yanks sein! Allmächtiger, nie wieder werde ich Dich um etwas ersuchen, aber ich flehe Dich an – laß ihn leben...«

Sie zwängte sich zwischen den Indianern hindurch, wurde zu Boden gestoßen, kroch durch den Staub bis zum Rand des runden Platzes, wo die Männer kämpften. Ihr Atem stockte, Tränen stiegen in ihre Augen. In Jeremys Brust klaffte eine rote Schnittwunde, eine andere an seiner Schulter. Die Augen geschlossen, lag er direkt vor ihr.

»O Gott, nein!« klagte sie. »Jeremy...«

Wie durch dichten Nebel drang sein Name zu ihm, und er kämpfte gegen den brennenden Schmerz, die Erschöpfung. Der Blutverlust schwächte ihn. Auch er hatte den Gegner mehrmals getroffen. Tiefe Wunden an der Hüfte und an einem Bein mußten Eagle Who Flies High erheblich behindern. Aber Jeremy hatte sein Schwindelgefühl nicht verscheuchen können. Und der Tod war ihm schrecklich erschienen – bis er Christas Stimme gehört hatte.

In namenloser Erleichterung sah sie, wie er die Augen öffnete, wie sich seine Lippen zu einem schwachen Lächeln verzogen. »Ich werde dich nicht enttäuschen, meine Rebellin«, flüsterte er.

Schwankend erhob er sich. Christa wurde plötzlich auf die Beine gezogen und festgehalten. Man erlaubte ihr nicht, noch näher an den Kampfplatz heranzugehen. »Bitte!« schrie sie, doch der Krieger ließ sie nicht los. Sie sah, wie die beiden nackten Gestalten wieder über den Boden rollten, sich ineinander verkeilten.

Dieses verdammte Bärenfett... Jedesmal, wenn Jeremy glaubte, er hätte Eagle Who Flies High zu fassen bekommen, entglitt ihm der Mann zwischen den Fingern.

Wankend standen sie voreinander, als sie wieder einmal innehielten. Durch den Schleier des Blutes, das ihm aus der Stirnwunde in die Augen rann, las Jeremy den Haß in den Augen seines Gegners, und er erriet, daß Eagle Who Flies High ihm nicht nur seine schöne Frau neidete, sondern auch die Blutsbrüderschaft mit Buffalo Run. Aber in erster Linie ging es um Christa.

Eagle Who Flies High hatte die Waffen gewählt, seiner Meisterschaft im Kampf mit dem Messer sicher, im Bewußtsein, daß die meisten Kavalleristen vor allem ihre Gewehre, Colts und Schwerter zu handhaben verstanden. Aber eines hatte er nicht bedacht – die Liebe konnte die allerstärkste Waffe sein.

»Komm, McCauley!« forderte er Jeremy heraus. »Koste meinen Stahl – tief in deiner Kehle!«

»Nein, Eagle Who Flies High. *Du* wirst *meinen* Stahl spüren.«

Zum letztenmal warfen sie sich aufeinander, und sie wußten es beide – jetzt ging es um Leben und Tod.

Ein blitzschneller Angriff – das beklemmende Geräusch einer Messerklinge, die auf Fleisch und Knochen traf. Ein müder Kämpfer stürzte, der andere taumelte schwer verwundet nach hinten. Christa sah nichts mehr, aber sie hörte ein gellendes Geschrei aus zahlreichen Kehlen. Hände erhoben sich, Lanzen wurden hochgeschwungen. Einer der Kämpfer lag tot oder sterbend am Boden, und sie erkannte nicht, wer es war.

»Oh, bitte!« Vergeblich versuchte sie, sich loszureißen. Der Krieger hielt sie unbarmherzig fest. Aber die Frau, die vor ihr stand, trat ein wenig zur Seite, und da fiel Christas Blick auf den bronzebraunen Rücken eines Mannes, der sein Gesicht in den Staub preßte, blutüberströmt. Zwischen den seitlichen Rippen ragte ein Messergriff hervor. »Nein!« wisperte sie. »Jeremy…« Was jetzt mit ihr geschah, interessierte sie nicht mehr. Ihre Knie knickten ein, und sie wäre zusammengebrochen, hätte der Komantsche nicht ihren Arm umklammert.

»Tall Feather! Buffalo Run!« Sie hörte die Stimme und hielt den Atem an. Es war nicht Jeremy, der am Boden lag. Er lebte, er sprach, und der Krieger, der sie so unerbittlich festhielt, trat mit ihr vor.

Da stand Jeremy, voller Blut und Staub und Büffelfett, und konnte sich kaum auf den Beinen halten. Zu seinem Blutsbruder und dem Friedenshäuptling gewandt, fuhr er fort: »Ich bedaure den Tod eines edlen Gegners. Es war ein ehrlicher Kampf, Mann gegen Mann. Nun werde ich meine Frau nach Hause bringen. Die große Welle der Gewalt, die zwischen unseren Völkern dahinrollt, können wir nicht aufhalten. Aber ihr wißt ebenso gut wie wir, daß es auch in den Reihen der Feinde ehrenwerte Männer gibt. Laßt mich gehen, zusammen mit meiner Frau.«

Buffalo Run und Tall Feather wechselten einen Blick. Dann nickte der Friedenshäuptling und hob eine Hand. Endlich ließ der Krieger Christas Arm los. Mit einem leisen Schrei rannte sie zu ihrem Mann und brachte ihn fast aus dem Gleichgewicht, als sie sich an seine Brust warf. Bestürzt wich sie zurück, sah seine zahlreichen Schnittwunden, streckte eine Hand aus und wollte ihn stützen, doch das ließ er nicht zu.

»Du hast recht, McCauley«, stimmte Buffalo Run zu. »Auch unter den Feinden gibt es ehrenwerte Männer. Reite mit deiner Frau zu deinem Regiment.«

Aber vorerst konnten sie nicht aufbrechen. Jeremy machte lächelnd einen Schritt in Christas Richtung, dann fiel er der Länge nach zu Boden. Schreiend kniete sie neben ihm nieder. Little Flower eilte zu ihr. »Bringen wir ihn in Ihr Zelt, schnell! Wir müssen das Blut stillen.«

Als er die Augen öffnete, saß Christa neben ihm. Er hörte Wasser plätschern und erkannte, daß sie seine Wunden wusch. Wie durch einen Nebelschleier sah er ihr schmales, bleiches Gesicht und versuchte zu lächeln, aber das war zu anstrengend.

Ein Pulver bedeckte seine Brust, und er runzelte die Stirn, wollte es wegwischen, aber Christa ergriff seine Hand. »Nicht!« Davon verstehe ich eine ganze Menge. Vor dem Krieg half ich Jesse sehr oft, Patienten zu betreuen, und er erzählte mir von der großartigen Wirkung indianischer Heilkräuter. Das hier sind zermahlene Schafgarben, besonders hilfreich bei Schnitt- und Schürfwunden.«

Er nickte nur, zu erschöpft, um zu sprechen, und schloß wieder die Augen. Als er das nächste Mal erwachte, fühlte er sich viel kräftiger. Christa schlief an seiner Seite, aber sie waren nicht allein. Little Flower reichte ihm eine Schüssel mit dünnflüssigem Brei. »Das wird Sie stärken«, versprach sie.

Jeremy kostete den Brei, der nach Büffelfleisch schmeckte. Er trank die Schüssel leer und gab sie der Indianerin zurück. Freundlich lächelte sie ihn an. »Ich danke Ihnen, weil Sie Morning Star zu uns zurückgebracht haben, Mr. McCauley. Und es ist nur gerecht, daß Sie Ihre Frau nach Hause mitnehmen werden. Deshalb waren Ihnen die Götter wohlgesinnt. Morgen früh sollten Sie aufbrechen. Sie dürfen nicht zu lange hierbleiben.«

»Bin ich nicht mehr willkommen?«

»Doch, aber wir leben in verschiedenen Welten. Bald wird Blut fließen. Bringen Sie Ihre Frau heim und sorgen Sie dafür, daß sie ein gesundes Baby bekommt.«

»Ja, das werde ich tun.«

»Voller Sehnsucht hat sie auf Sie gewartet. Sie liebt Sie sehr.« Little Flower verließ das Zelt, und Jeremy atmete tief durch, dann legte er einen Arm um Christa und schlief wieder ein.

Am nächsten Morgen weckte ihn ein kühles, feuchtes Tuch, das sie auf seine Stirn legte. Rasch setzte er sich auf. »Wir müssen von hier verschwinden.«

»O nein, du kannst noch nicht reiten«, widersprach sie erschrocken. »Du bist viel zu schwer verletzt.«

Er berührte seine Brust und seine Arme, die Christa mit Streifen aus ihrem alten Unterrock verbunden hatte. »Trotzdem müssen wir gehen«, beharrte er und stand schwankend auf. Sie stützte ihn, als er das Zelt verließ. Davor wartete Buffalo Run an Tall Feathers Seite. »Ich danke dir für deine Gastfreundschaft, mein Bruder«, sagte Jeremy. »Jetzt sind wir reisefertig. Wenn wir die Pferde mitnehmen dürfen, die ich hierhergebracht habe...«

Buffalo Run nickte, und Dancing Maid holte die beiden Tiere. Dann flüsterte sie ihm etwas in ihrer Muttersprache zu. Er nickte und erklärte: »In den Satteltaschen findest du Dörrfleisch und eine Wasserflasche, McCauley. Ihr habt einen weiten Weg vor euch. Deine Soldaten müßten inzwischen im Fort Jacobson sein.«

»Ja. Dort werden wir während des ganzen Winters bleiben.«

»Vielleicht erleben wir ein paar friedliche Monate.« Der Kriegerhäuptling schüttelte Jeremys Hand und hob Christa auf das Army-Pferd, das Morning Star bei ihrer Rückkehr ins Komantschenlager geritten hatte. Auch seinem Blutsbruder half er in den Sattel und salutierte grinsend.

Jeremy erwiderte den Gruß und lenkte seinen Hengst langsam davon, gefolgt von Christa, die sich ein letztes Mal zu Little Flower wandte. »Vielen Dank.«

Die Indianerin lächelte ihr zu, und dann blickte Christa nicht mehr zurück.

Nachdem sie einige Stunden lang in schnellem Trab geritten waren, brach sie das drückende Schweigen und meinte besorgt: »Du solltest dich jetzt ausruhen.«

»Erst müssen wir uns noch etwas weiter vom Komantschenlager entfernen.«

»Ich – ich möchte dir danken, Jeremy«, begann sie zögernd. »Weil du dein Leben für mich aufs Spiel gesetzt hast...«

»Verdammt, Christa, das war meine Pflicht. Du bist meine Frau, und du erwartest mein Kind.«

»Trotzdem bin ich dir dankbar...«

»Ich will deine Dankbarkeit nicht!«

Da verstummte sie und blieb ein wenig hinter ihm zurück. Sie ritten weiter, bis die Abenddämmerung hereinbrach. Dann stieg er vom Pferd und verzog das Gesicht vor Schmerzen. Ehe sie sich aus dem Sattel schwingen konnte, um ihm beizustehen, kam er zu ihr und half ihr herunter. Tränen brannten in ihren Augen, und sie wandte sich rasch ab. Warum war er nach jener leidenschaftlichen Nacht so kühl und abweisend?

Sie hatten an einem schmalen Bach angehalten. Hohe Bäume wuchsen am Ufer. Christa breitete eine Satteldecke aus. »Setz dich, bitte. Ich bringe dir etwas Dörrfleisch und Wasser.«

Erst nach ein paar Sekunden gehorchte er. Dann aß er heißhungrig ein Stück Dörrfleisch und trank aus der Flasche, während seine Frau ihren Durst am Bach stillte. Sein Rücken schmerzte, als er sich an einen Baumstamm lehnte, aber das Leid in seinem Herzen war noch viel schlimmer. Stolz und hoch aufgerichtet stand Christa vor ihm. Offenbar versuchte sie, etwas zu sagen. Sie war eine Cameron, und die Camerons beglichen immer ihre Schulden. Doch er wollte nicht, daß sie sich ihm verpflichtet fühlte, er wünschte sich viel mehr.

»Jeremy – ich weiß nicht, ob du mir je verzeihen kannst. Ich bereue zutiefst, was ich getan habe.«

»Das spielt keine Rolle.«

»Oh, doch!« stieß sie in plötzlicher Leidenschaft hervor. Dann holte sie tief Atem, und nach einer kleinen Pause fügte sie hinzu: »Also gut, wenn es keine Rolle spielt, fahre ich nach Hause – nach

Virginia, so schnell wie möglich. Ich lasse mich nicht von dir zurückhalten.«

Dröhnend pochte es in seinen Schläfen. »Du wirst nicht nach Hause reisen.«

»O ja – nachdem das alles geschehen ist…«

Wütend fiel er ihr ins Wort. »Verdammt, Christa…« Er sehnte sich nach Schlaf, nach einer Linderung seiner Schmerzen, und das letzte, was er jetzt gebrauchen konnte, war ein neuer Streit. Seine Hände zitterten. Warum wollte sie ihn plötzlich verlassen? Er glaubte, es zu wissen. Die Komantschen hatten ihr kalte Angst eingejagt, und sie ertrug es nicht, noch länger im Indianergebiet zu bleiben. Nun, vielleicht sollte er sie tatsächlich so schnell wie möglich nach Virginia schicken. »Wenn du dich vor den Komantschen fürchtest – und wenn der Haß in deinem Herzen so abgrundtief ist…«

»Mein Haß!« rief sie und trat einen Schritt näher. Mit seinen Augen schien irgend etwas nicht zu stimmen, denn er sah Tränen auf ihren Wangen. »Du dummer, dummer Yankee!«

»Christa, ich habe jetzt wirklich keine Lust, von einer Rebellin beschimpft zu werden…«

»Ich will mich nicht von dir trennen, weil ich dich hasse, sondern *weil ich dich liebe!* Du sollst nicht mehr für all das leiden, was ich anstelle…«

»Was?« Mühsam stand er auf. Offenbar hatte er dieses Wort aus Leibeskräften gebrüllt, denn sie wich verängstigt zurück.

»Little Flower erzählte mir, du hättest sehnsüchtig auf mich gewartet und würdest mich sehr lieben. Aber das wagte ich nicht zu glauben. Sag es mir!« Er ging zu ihr und umklammerte ihre Oberarme.

»Du hättest meinetwegen nicht ins Komantschenlager kommen sollen, um mich zu befreien. Und du hättest nicht mit Eagle Who Flies High auf Leben und Tod kämpfen dürfen…«

»Das ist es nicht, was ich hören will!«

Nervös fuhr sie mit der Zungenspitze über ihre Lippen. »Vielleicht habe ich deine Karriere ruiniert – damals, an dem Abend mit Sherman…«

»Zum Teufel mit Sherman! Sag es endlich, Christa! Verdammt, habe ich geträumt, oder sagtest du tatsächlich, du würdest mich lieben?«

»Ich...« Sie schluckte krampfhaft. Dann flüsterte sie: »Ich hab's wirklich gesagt.«

»Und du meinst es ernst?«

Christa senkte den Kopf, dann blickte sie wieder auf, schaute ihm eindringlich in die Augen. »Natürlich meine ich es ernst. Und deshalb will ich dir nicht länger im Weg stehen und dir auch keinen Kummer mehr bereiten. Und außerdem – ich fragte mich in so vielen schlaflosen Nächten, ob du dir nicht wünschst, ich wäre deine Jenny...«

»O Christa! Christa!« Gepeinigt schloß er die Augen und nahm sie fest in die Arme. »Sie war lieb und süß und sanft – und ja, ich liebte sie und war verzweifelt, als sie in diesem schrecklichen Krieg ihr Leben verlor. Aber ich habe mir niemals gewünscht, du mögest jemand anderer sein als du selbst, Christa. Und wenn du nicht schon längst erkannt hast, wie es in meinem Herzen aussieht, bist du eine ganz, ganz dumme Rebellin.«

Verwirrt schob sie ihn von sich, starrte ihn mißtrauisch an.

Da schüttelte er lächelnd den Kopf. »Du eigensinnige kleine Närrin!« forderte er sie heraus und freute sich, als er helle Wut in ihren Augen funkeln sah. Das war die Christa, die er kannte – und liebte. »Seit ich das Recht besitze, mit dir zusammenzuleben, bin ich wie besessen von dir. Von Anfang an begehrte ich dich, und es störte mich nicht einmal, daß du dir in meinen Armen vorstelltest, ich wäre Liam.«

»Niemals habe ich...«

»Ich wollte dich nicht gehen lassen, keine Sekunde lang, und ich wünschte mir so sehnlich, du würdest meine Gefühle erwidern.«

»Davor hatte ich Angst«, gestand sie leise. »Ich wollte mir meine Liebe zu dir nicht eingestehen. In all den Jahren war es völlig undenkbar für mich gewesen, einen Yankee zu lieben.« Sie lächelte wehmütig. »Wenn auch mein Bruder ein Yankee ist... O Jeremy, es tut mir so leid, was du durch meine Schuld durchmachen mußtest. Jetzt begreife ich nicht mehr, wie ich die gefangenen Rebellen freilassen konnte. Wirst du mir jemals verzeihen?«

Er legte einen Finger unter ihr Kinn und hob es hoch. »Christa, ich habe dir schon längst verziehen. Und ich war wütend auf mich selbst, weil ich deine Gefühle nicht verstand. Hätte ich dir die Zusammenhänge rechtzeitig erklärt, wäre das alles nicht passiert. O Christa, wie dumm wir beide waren! Ständig schienen wir aneinander vorbeizulaufen, gegen die Vergangenheit zu kämpfen, gegen die Geister der Menschen, die wir geliebt hatten…«

Zärtlich strich sie über seine Wange. »Es war mir immer ein Rätsel, wie Daniel mit deiner Schwester glücklich sein kann – und Kiernan, die Rebellin, mit meinem Yankee-Bruder. Den Feind zu lieben…«

»Ich bin nicht dein Feind, Christa.«

»Aber das warst du – jahrelang.«

»Jetzt ist der Krieg vorüber.« In ihren Augen, immer noch tränennaß, las er, daß sie die reine Wahrheit gesagt hatte. Sie liebte ihn. Und er wußte nicht, ob es an diesem überwältigenden Wunder oder an seinem Blutverlust lag, daß er nicht mehr stehen konnte. Langsam sank er in sich zusammen.

»Jeremy!« Sie stützte ihn, führte ihn zur Satteldecke und half ihm, sich darauf zu setzen. Seufzend lehnte er sich wieder an den Baumstamm, dann wischte er behutsam die Tränen von Christas Wangen.

»Camerons weinen nicht.«

»O Gott, Jeremy, stirb mir nicht!« flüsterte sie und preßte seine Hand an ihr Gesicht.

»Dafür sehe ich nun wirkliche keine Veranlassung mehr«, erwiderte er grinsend. »Nachdem du mir endlich deine Liebe gestanden hast…«

»Du mußt dich jetzt ausruhen.«

Jeremy nickte, dann schüttelte er traurig den Kopf. »Großer Gott, du liebst mich, wir sind allein an diesem wunderschönen Fleckchen Erde, an einem leise plätschernden Bach, unter dichtem Herbstlaub – und ich kann nicht einmal stehen!«

»Du wirst am Leben bleiben«, entgegnete sie und legte ihren Kopf an seinen. »Nur das ist vorerst wichtig.«

Sie schwiegen eine Weile, dann meinte er: »Wir werden es nicht leicht haben, Christa. Der Haß zwischen dem Norden und dem Süden ist noch nicht erloschen, und er wird noch einige Generationen überdauern. Mit dem Unterschied, daß...«

»Daß ihr den Krieg gewonnen habt«, unterbrach sie ihn.

»Genau. Kannst du damit leben?«

Liebevoll küßte sie seine Schläfe. »Ich kann mit allem leben, wenn ich bei dir bin.«

»Aber ich werde ständig von Yankees umgeben sein.«

»Das ist mir egal.«

»Haßt du sie nicht mehr?«

»Sehr viele Yankees sind mir immer noch zuwider, aber dich liebe ich viel mehr, als ich sie hasse.«

»Aber du haßt sie so leidenschaftlich.«

»Richtig«, stimmte sie lächelnd zu. »Also kannst du dir vorstellen, wie unsagbar ich dich liebe.«

»O Christa!« Er schlang seine Finger in ihr seidiges Haar und drückte einen sanften Kuß auf ihre Lippen. »Du bist in jeder Hinsicht eine perfekte Kavalleristenfrau, und ich bete dich an...« Dann verließen ihn seine Kräfte, die Augen fielen ihm zu, und er schlief ein, an den Baumstamm gelehnt.

Nackt stand sie im seichten Bach und versuchte sich mit steinigem Sand abzuschrubben, so wie sie es bei den Komantschen gelernt hatte. Ein plötzliches Geräusch ließ sie zusammenzucken, und sie sah rasch auf, voller Angst vor einer neuerlichen Begegnung mit Indianern.

Aber es war Jeremy, der ins Wasser stieg. Auch er hatte sich ausgezogen, und trotz der Wunden erschien ihr sein Körper schöner denn je. Manche Narben würden zurückbleiben, doch das störte sie nicht, denn sie würden sie stets daran erinnern, was er ihretwegen auf sich genommen hatte.

»Du hättest nicht aufstehen sollen«, flüsterte sie.

Lächelnd kam er auf sie zu, und da wußte sie, daß kein Komantsche in ihr kleines Paradies eindringen würde. Dieser Stamm pflegte die Privatsphäre anderer Menschen immer zu respektieren. Jeremy umarmte sie und küßte sie leidenschaftlich. »Du bist verletzt«, erinnerte sie ihn.

»Heute morgen fühle ich mich schon viel, viel besser. Und ich kann es nicht erwarten, mein Verlangen auf ganz neue Art zu stillen.«

»Auf neue Art?«

»Von jetzt an wirst du mir sagen, wie sehr du mich liebst, wann immer ich meine ehelichen Rechte beanspruche.«

»O ja, Jeremy, ja...«

Nach dem stürmischen Herbst verging der Winter langsam und beschaulich. Am 5. Oktober wurde ein Vertrag zwischen der Unionsregierung, den Komantschen und anderen Indianern unterzeichnet. Christa hatte geglaubt, Jeremy würde sich darüber freuen, aber er schien beträchtliche Zweifel zu hegen. »Ich fürchte, unsere Seite wird sich nicht an die Vereinbarungen halten«, erklärte er ohne Umschweife.

Doch während der langen Wintermonate wurde das ruhige Leben im Fort Jacobson nicht gestört. Es geschahen sogar kleinere und größere Wunder. Robert Black Paw überlebte seine schwere Verletzung.

Bei ihrer Rückkehr mit Jeremy war Christa im Fort von allen Männern und Frauen, inklusive Mrs. Brooks, wie eine Heldin begrüßt worden. Sie betreute ihren Mann und Robert mit Hilfe Dr. Remy Montforts, der im Fort stationiert war. Der Zivilist hatte die Kriegsjahre im Indianergebiet verbracht und behauptete, niemals Partei zu ergreifen. Christa wußte nicht recht, ob das stimmte, aber sie fand den lebhaften alten Kauz mit den funkelnden blauen Augen sehr sympathisch.

Nach Jeremys und Roberts Genesung gestand sie dem Arzt die Sorge um ihr Baby. »Diese winzigen Dinger sind viel stärker, als wir meinen«, erwiderte er. »Sie werden es schon sehen, alles wird ein gutes Ende nehmen.«

Und er sollte recht behalten. Am Morgen des St.-Patrick-Tages wurde Christa von eigenartigen Schmerzen im Rücken geweckt. Zunächst erwähnte sie es nicht, weil Jeremy eine Kompanie von einem Fort am Canadian River erwartete und weil sie ihn nicht mit falschem Alarm beunruhigen wollte.

Sie ging zu Celias Hütte, wo sich einige Frauen versammelt hatten, um Babysachen zu stricken. Im Frühsommer erwartete Celia ihr erstes Kind.

Eine Stunde später verspürte Christa so starke Schmerzen, daß sie aufsprang.

»Sie haben wohl schon seit einiger Zeit Wehen, junge Frau?« fragte Mrs. Brooks.

»Das – das weiß ich nicht, Mary.« Inzwischen nannten sie sich alle beim Vornamen. Jeremy hatte einen netten jungen Reverend im Fort Jacobson einquartiert, und das beglückte Mrs. Brooks dermaßen, daß sie sogar lächeln gelernt hatte. Oder vielleicht waren ihre Erlebnisse im Komantschenlager nicht wirkungslos an ihr vorübergegangen.

Bald wurde Christa von der nächsten Wehe überwältigt, und als sie sich zusammenkrümmte, eilte Clara Jennings zu ihr. Sie war noch immer nicht besonders umgänglich, aber sogar sie hatte sich verändert und begonnen, Nathaniel Französischunterricht zu geben. Eigentlich wollte er diese Sprache gar nicht lernen, aber im Interesse einer besseren Beziehung zwischen Schwarz und Weiß fand er sich mit seinem Schicksal ab.

»Ich hole den Colonel!« verkündete Clara.

»Nein, bitte nicht!« widersprach Christa. »Es wird noch eine ganze Weile dauern, das weiß ich. Immerhin ist mein Bruder Arzt. Und er war wahrscheinlich der beste Militärarzt in der Unionsarmee...« Abrupt verstummte sie, weil sie wieder von heftigen Schmerzen erfaßt wurde.

»O Gott!« Erschrocken stand Celia auf und legte ihr einen Arm um die Schultern.

Inzwischen hatte Mary Brooks, ohne lange zu überlegen, die Initiative ergriffen und Dr. Montfort geholt. »Nun, ist es soweit, Christa?« fragte er. »Dann wollen wir Sie sofort in Ihr Bett bringen, junge Dame. Wann haben die Schmerzen angefangen?«

»Heute morgen, vor sechs Uhr. Aber...«

»Dann könnte das Baby jerderzeit zur Welt kommen. In den letzten Monaten haben Sie sehr viel gearbeitet, und das kann eine Geburt beschleunigen.«

»Was kann ich tun?« erkundigte sich Celia hastig.

»Natürlich müssen Sie Wasser kochen«, erwiderte Dr. Montfort. »Und vielleicht sollte doch irgend jemand den Colonel verständigen.«

Wie Dr. Montfort prophezeit hatte, dauerte die Geburt tatsächlich nicht sehr lange. Um trotz der rasenden Schmerzen nicht zu schreien, biß Christa mit aller Kraft die Zähne zusammen. Aber nachdem der Arzt erklärt hatte, das Köpfchen des Babys sei schon zu sehen, wurde sie von so heftigen Qualen erfaßt, daß sie laut schrie.

Zu ihrer Verblüffung hörte sie eine beruhigende Stimme, eine Hand umfaßte ihre Finger. Da öffnete sie die Augen. Jeremy stand neben ihr. Man hatte ihm gesagt, er solle draußen im Salon warten, aber er war sofort zu ihr geeilt.

»Gleich hast du's geschafft, Christa. Nur noch einmal – ganz fest pressen!«

Sie gehorchte, dann sank sie erschöpft ins Kissen zurück.

Ein letztes Mal nahm sie ihre ganze Kraft zusammen und preßte, wobei sie befürchtete, die Finger ihres Mannes zu brechen. Dann hörte sie Dr. Montfort kichern. »Da ist das Baby, Christa!«

»Ein Junge!« rief Jeremy glücklich, beugte sich herab und küßte sie. Mary und Celia wuschen den Säugling, dann reichten sie ihn der jungen Mutter. Trotz ihrer Erschöpfung lächelte sie und griff nach dem winzigen Geschöpfchen, das wie am Spieß brüllte, das faltige Gesicht feuerrot, und mit kleinen Fäusten in die Luft schlug.

»Ich glaube, das ist ein Rebellenschrei«, wurde sie von ihrem Mann geneckt.

»Unsinn!« entgegnete der Doktor. »Er ist einfach noch zu jung, um höflich zu bekunden, wie beängstigend er diese neue Welt findet und daß er gern ein bißchen Wärme spüren und gestillt werden möchte.« Er wandte sich zu Celia und Mary, und die drei ließen die frischgebackenen Eltern mit ihrem Baby allein.

Christa knöpfte ihr Nachthemd auf und nahm ihren Sohn an die Brust. Als er zum erstmal kräftig daran saugte, schnappte sie erschrocken nach Luft, dann lachte sie. »O Jeremy, ich hatte so oft Angst um ihn! Aber er sieht kerngesund aus.«

Mit einer Fingerspitze strich Jeremy über die weiche Babywange. »Das ist er auch, Liebste. Und ein typischer Cameron. Schau dir das rabenschwarze Haar und die blauen Augen an.«

»Ich glaube, alle Neugeborenen haben blaue Augen.«

»Nun, wir werden ja sehen. Jetzt müssen wir überlegen, wie er heißen soll.«

»Josiah. Nach deinem Bruder.«

»Das ist nicht nötig, Christa...«

»Von Callie weiß ich, daß ihr beide euren Bruder, der im Krieg gefallen ist, sehr geliebt habt.«

»Aber er war ein Yankee.«

»Natürlich.« Christa küßte den Kopf des Babys. »Sein Vater ist auch ein Yankee, und den liebe ich sehr. Jedenfalls soll der erste Name unseres kleinen Jungen Josiah lauten, der zweite James, nach einem halben Dutzend Camerons.«

»Josiah James McCauley«, sagte Jeremy leise. »Ich danke dir. Und dir danke ich für den wunderbaren Sohn, den du mir geschenkt hast.«

Leise klopfte es an der Tür, dann trat Dr. Montfort ein und räusperte sich. »Nun sollten wir den Kleinen hinausbringen, Colonel. Ihre Frau braucht etwas Schlaf. Übrigens, sie hat sich fabelhaft gehalten.«

Lächelnd strich Jeremy ihr das zerzauste Haar aus der Stirn. »Daran habe ich nie gezweifelt. Immerhin ist sie eine Cameron.«

Sie drückte liebevoll seine Hand. »Eine geborene Cameron«, verbesserte sie ihn. »Jetzt bin ich eine McCauley.«

Mit einem zärtlichen Kuß verabschiedete er sich. »Mrs. McCauley, meine zauberhafte Rebellin, ich liebe dich! Und der Yank, der hier vor dir steht, hat nur zu gern vor dem Süden kapituliert.«

EPILOG

Juni 1866
Cameron Hall, Tidewater Region, Virginia

Christa saß auf der Fensterbank des Sommerhäuschens, in Jeremys langem weißem Baumwollhemd, die Arme um ihre angezogenen Knie geschlungen.

Über den gepflegten Rasen hinweg schaute sie zum Familienfriedhof hinüber. Jeremy setzte sich hinter sie, hob ihr langes Haar hoch und küßte ihren Hals. Als sie sich lächelnd an ihn lehnte, fragte er: »Bist du glücklich, hier in deinem Zuhause?«

Er spürte, wie sie zögerte, bevor sie antwortete. »Sicher bin ich glücklich. Das Gras leuchtet in saftigem Grün, um diese Jahreszeit weht eine angenehme Brise, und die Sonne scheint strahlend hell. Virginia ist wunderschön im Sommer.« Sie wandte sich zu ihm. »Und es freut mich, mit anzusehen, wie Josiah von Callie und Daniel und Kiernan und Jesse verwöhnt wird. Ich vergöttere meinen Sohn, aber wie ich gestehen muß, genieße ich es, endlich einmal mit dir allein zu sein.«

Sein Blick fiel auf die Felle, die vor dem Kamin am Boden lagen, im zuckenden Flammenschein. Daneben standen zwei halbvolle Weingläser. Auch er war froh über die unverhoffte Zweisamkeit. Am Morgen hatte er neben seinem Frühstücksteller Christas schriftliche Einladung in den Pavillon gefunden. Für diese wundervollen Augenblicke hat sich die weite Reise gelohnt, dachte er. Und nicht nur deshalb.

Das Gefühl, hierherzugehören, beglückte ihn. Seit seiner Ankunft mit Christa und Josiah waren alle Camerons im Haus versammelt. Um Jeremy zu überraschen, hatte Callie nach Maryland geschrieben, um Joshua McCauley und seine junge Frau Janis einzuladen, die inzwischen wieder abgereist waren. Und auf Jesses Vorschlag hin hatte Kiernans Vater, John McCay, ein paar Tage auf Cameron Hall verbracht.

Nun spielten die Cameron-Brüder draußen auf dem Rasen mit den Kindern, während ihre Frauen – bildschön in ihren eleganten Kleidern – auf der breiten Schaukel saßen und an eisgekühlten Drinks nippten. Callie hielt den kleinen Josiah im Arm. Hin und wieder drang lautes Gelächter bis zum Sommerhaus.

»Glaubst du, sie wissen, wo wir sind?«

Lächelnd nickte Christa. »Aber sie werden uns nicht stören. Schon in meiner Kindheit floh ich hierher, sooft ich Probleme hatte und meine seelischen Wunden lecken mußte. Das taten auch meine Brüder. Und wann immer einer von uns im Sommerhäuschen war, ließen die anderen ihn in Ruhe. Das war und ist ein ungeschriebenes Gesetz. Vor dem Krieg, als Kiernan und Jesse noch nicht verheiratet waren, trafen sie sich hier. Manchmal spielte ich die Liebesbotin, wenn sie sich verabreden wollten.«

»Hast du deinem Bruder etwa nachspioniert, du kleines Biest?«

»Niemals!« protestierte sie empört, schmiegte sich aber zärtlich an ihn. »Schau doch hinaus, Jeremy! Was für eine heitere, friedliche Szene! Fast so wie vor dem Krieg...«

Er schlang seine Finger in ihre. »Weil er vorbei ist.«

»Aber die Nachwirkungen sind überall zu spüren. Daniel wartet nach wie vor auf seinen Pardon, die halbe Regierung im Süden besteht immer noch aus korrupten Opportunisten...«

»Bis alle Konsequenzen überstanden sind, wird es vielleicht Jahre oder Jahrzehnte dauern. Unser Land ist blutjung, verglichen mit anderen, aber immerhin haben wir den Krieg als die Vereinigten Staaten überstanden. Und jetzt hat eine Zeit des Wachstums begonnen. Die Menschen schauen nach Westen, zu den großen Städten, suchen neue Möglichkeiten, neue Ziele – und allein der Lebenswille wird die Kluft zwischen dem Norden und dem Süden letzten Endes schließen. So wie wir beide unseren Frieden gefunden haben, werden ihn auch andere finden. Und die Camerons, die in hundert Jahren hier wohnen werden, könnten zu der Erkenntnis gelangen, daß der Krieg geführt und verloren werden mußte, damit das ganze Land groß und stark wird.«

»O Jeremy, ich liebe dich...«

Er küßte Christas Fingerspitzen. »Und ich dich – mehr, als ich's sagen kann. Übrigens hat mich das schon einige schlaflose Nächte gekostet.«

Erstaunt hob sie die Brauen. »Ich dachte, nach der Liebe schläfst du immer besonders gut – das heißt, wenn Josiah den Mund hält.«

»Das stimmt, aber ich habe nachgedacht.«

»O Gott! Wenn Yankees denken, sind sie gefährlich.«

Er strich über ihre Nasenspitze. »Trotz dieser frechen Bemerkung werde ich dir erzählen, worüber ich nachdenke, Mrs. McCauley. Jesse schrieb mir ins Fort Jacobson.«

»Dir?«

»Ja, stell dir vor – nur *mir!*« erwiderte Jeremy grinsend, dann wurde er wieder ernst. »Er teilte mir mit, euer Vater habe ihm Instruktionen bezüglich eines Stück Lands hinterlassen. Das sollst du bekommen, wenn du verheiratet bist und dort leben willst. Ich glaube, Jesse befürchtet, wir könnten streiten, falls ich mich im Westen niederlassen möchte und du Virginia bevorzugst.«

»Streiten?« Mit großen Augen starrte sie ihn an. »*Wir?*«

Er grinste. Seit der Rückkehr aus Buffalo Runs Lager gab es für beide keine Zweifel mehr an ihrer tiefen Liebe. Nicht einmal diese intensiven Gefühle konnten verhindern, daß die hitzigen Temperamente gelegentlich aufbrausten. Aber Christa und Jeremy hatten längst gelernt, wie wundervoll es war, nach heftigen Meinungsverschiedenheiten Versöhnung zu feiern.

»Nun, meine Liebe, Jesse ist mit dir aufgewachsen, also kennt er dich und deinen rebellischen Geist.«

Sie lachte, dann runzelte sie die Stirn. »O Jeremy, ich bin dir sehr dankbar, weil du die heikle Situation gestern abend so geschickt meistern konntest!«

Im Fort Jacobson hatte sie ihm das Versprechen abgenommen, ihrem älteren Bruder niemals zu erzählen, John Weland habe sich an ihm rächen wollen. Das Problem war zwar gelöst, aber Jesse würde sich bis an sein Lebensende Vorwürfe machen, nachdem Christa seinetwegen in so großer Gefahr geschwebt hatte.

Beim Dinner am Vorabend war das Gespräch auf das allgemein wachsende Reisefieber gekommen. Jesse räusperte sich und gestand, er wage es noch immer nicht, seinem Heim allzu lange fernzubleiben. Immerhin sei es vor einem Jahr beinahe niedergebrannt worden. Da hatte sich Jeremy überschwenglich entschuldigt und erklärt, er hätte es schon längst erzählen sollen. Im Westen sei er von jemandem über den Mann informiert worden, der damals hinter der Intrige gegen Cameron Hall gesteckt habe. »Ein geisteskranker Major, der inzwischen gestorben ist.«

Niemals würde Jesse die Wahrheit erfahren, und die ganze Familie konnte aufatmen, weil dem Haus keine Gefahr mehr drohte.

Christa küßte ihren Mann. »Du warst einfach wundervoll! Aber du hast dich schon immer großartig verhalten und sogar damals, als ich so eklig gewesen bin, Rücksicht auf meine Familie genommen.«

»Du warst ja auch sehr nett zu meiner Schwester, als sie hier ankam.«

»Oh, ich schloß Callie sofort in mein Herz – obwohl sie ein Yankee-Mädchen ist.«

»Und ich mochte deine Brüder auf Anhieb.«

»Sogar den Reb?«

»Den ganz besonders. Aber um auf mein Thema zurückzukommen... Ich habe dich von deiner Familie getrennt, in den Westen geholt und so vielen Gefahren ausgesetzt...«

»Mit gutem Recht! Schließlich habe ich dich gezwungen, mich zu heiraten...«

»Das wäre dir niemals gelungen, hätte ich's nicht gewollt.«

»Und mich hätte niemand zwingen können, in den Westen zu gehen.«

Jeremy ließ seine Frau los und stand auf, um vor dem Kamin umherzuwandern. Wieder einmal bewunderte sie seinen kraftvollen nackten Körper, der sich völlig ungezwungen bewegte, und dachte träumerisch an die heiße Leidenschaft, die sie vorhin miteinander geteilt hatten. Dann riß sie sich zusammen, weil ihr einfiel, daß er ja mit ihr reden wollte.

Er kam zu ihr zurück, stützte einen Fuß auf die Fensterbank. »Christa...«

»Da draußen liegen die Gräber meiner Ahnen«, unterbrach sie ihn.

»Ich weiß, und deshalb...«

»Lord Jamie Cameron kam mit seiner Jassy hierher...«

Jetzt war es Jeremy, der seine Frau unterbrach. »Diese Geschichte hat Jesse mir erzählt. Jassy stammte aus sehr einfachen, nicht besonders ehrenwerten Verhältnissen und hatte Jamie nur wegen seiner Ländereien in England geheiratet. Trotzdem brachte er sie hierher... «

»Stimmt, sie war ein eher gewöhnliches Mädchen, aber willensstark und entschlossen. Zusammen mit Jamie baute sie dieses Haus und blieb bei ihm. Weil sie sich mit der Zeit in ihn verliebte. Und stell dir vor, einmal mußte er sie sogar vor den Indianern retten – den Pamunkeys, die damals diese Gegend unsicher machten.« Christa strich über das kastanienbraune Haar ihres Mannes. »Aber um auf die Pointe der Geschichte zu kommen – aus Liebe zu Jamie gab Jassy auf, was sie sich so sehnlich gewünscht hatte...«

»Er sagte doch, falls sie ihn nicht freiwillig in die Neue Welt begleite, würde er sie gewaltsam an Bord des Schiffes schleppen.«

»Das ist nicht die Pointe. Sie erkannte, daß sie ihn von ganzem Herzen liebte. Gemeinsam lernten sie dieses Land lieben und bauten hier ihr Haus.«

Jeremy ergriff ihre Hände. »Das werden wir auch tun – in deiner Heimat.«

Sie schüttelte den Kopf. »Du hast mir nicht richtig zugehört. Wo, spielt gar keine Rolle.«

»Der Westen ist immer noch sehr gefährlich, und es wird noch Jahre dauern, bis wir das Indianerproblem einigermaßen lösen können.«

»Sicher, dort lauern Gefahren, aber es gibt auch wundervolle, aufregende Abenteuer zu bestehen, so viel Land zu erforschen und zu erschließen...«

»Und Virginia muß neu aufgebaut werden. Du legst doch großen Wert auf deine Heimat, und du und Josiah – ihr seid mein Leben. Diese Liebe ist viel stärker als das Bedürfnis nach Ruhm und Ehre im Westen. Die Entscheidung über unsere Zukunft liegt bei dir.«

Ungläubig schaute sie ihn an. »Aber – du sollst doch demnächst befördert werden…«

»Christa, ich kann auch hier eine ganze Menge tun.«

»O Gott, Jeremy, ich liebe dich…« Sie legte den Kopf auf seine Schulter. »Wie seltsam… Weißt du, was John Weland einmal sagte? Man ist dort zu Hause, wo das Herz höher schlägt. Und das stimmt. Verstehst du denn nicht? Es ist ganz gleichgültig, wo ich lebe – in deinen Armen bin ich zu Hause.«

Wortlos hob er sie hoch und trug sie zum Kamin, wo sie eng umschlungen auf die weichen Fellteppiche hinabsanken. Dicht an ihren Lippen flüsterte er: »Dann wollen wir später darüber nachdenken. So wundervoll Josiahs Tanten auch sind – bald wird er nach seinem Abendessen schreien. Also sollten wir die kostbare Zeit nutzen, die uns noch bleibt.«

Im goldenen Feuerschein küßten sie sich, und das Sommerhäuschen bot einen perfekten Hafen für alle Geheimnisse ihrer Liebe. Draußen floß der James River vorbei, ein sanfter Wind wehte darüber hinweg. Zeitlos.

Das Leben geht weiter, dachte Christa, und der Krieg ist vorbei. Wo immer ich auch bin – der Krieg ist vorbei. Vielleicht würden sie wieder in den Westen ziehen, wo es soviel zu tun gab, wo eine neue Welt entstand.

Oder sie würden hier im Süden, wo die Wunden des Krieges eben erst zu verheilen begannen, ein Haus bauen. Bis auch die Narben verschwanden, würde es sehr lange dauern. Aber ein neuer, anderer Süden würde aufblühen, wie Phönix aus der Asche steigen. Sowohl der Süden als auch der Westen brauchten tüchtige Männer und Frauen. Wo werden wir landen, fragte sich Christa. Sie wußte es nicht. Darüber mußte sie nachdenken, gemeinsam mit Jeremy. Träumerisch lächelte sie in seinen Armen. Ein weiter, mühsamer Weg lag hinter ihnen. Wie lange war es her, seit sie damals am Tor des Familienfriedhofs gestanden und geglaubt hatte, sie würde von ihren Wurzeln losgerissen, von allem, was sie liebte. Von allem, was Jamie und Jassy aufgebaut hatten.

Aber die beiden würden ganz sicher verstehen, was Christa jetzt empfand, daran zweifelte sie nicht. Wo sie lebte, war ganz unwichtig.

Sie war endlich nach Hause gekommen.